J P Delaney

Tot bist du perfekt

Thriller

Aus dem Englischen von Sibylle Schmidt

PENGUIN VERLAG

Die amerikanische Originalausgabe erschien 2019 unter dem Titel *The Perfect Wife*
bei Ballantine Books, New York.

MIX
Papier aus verantwortungsvollen Quellen
FSC® C014496

Verlagsgruppe Random House FSC® N001967

PENGUIN VERLAG

3. Auflage 2021

Die im Roman enthaltenen Zitate von Ovid und Shakespeare
stammen aus folgenden Ausgaben:
Ovid: *Metamorphosen*, übersetzt von Johann Heinrich Voß. Insel Verlag.
William Shakespeare: *Der Sturm*, übersetzt von Christoph Martin Wieland. Haffmans Verlag.
William Shakespeare, *Sonett 116*, übersetzt von Dorothea Tieck, A. Francke Verlag.
William Shakespeare: *Der Kaufmann von Venedig*, übersetzt
von August Wilhelm Schlegel. Diogenes Verlag.
Umschlag: bürosüd
Umschlagmotiv: Arcangel Images/Yolande de Kort;
Plainpicture/Mark Owen; www.buerosued.de
Redaktion: Susann Rehlein
Satz: Greiner & Reichel GmbH, Köln
Druck und Bindung: GGP Media GmbH, Pößneck
Printed in Germany
ISBN 978-3-328-10459-9
www.penguin-verlag.de

Dieses Buch ist auch als E-Book erhältlich.

Durch die Fehle gekränkt,
die dem weiblichen Sinne so häufig
Gab die Natur, verlebte Pygmalion
ohne Genossin
Einsame Tag' und entbehrt' ehlos
des geselligen Lagers.

OVID, Metamorphosen

Liebe ist nur ein anderes Wort
für positive Verstärkung.

B. F. Skinner,
Futurum Zwei / Walden Two

1

Du hast wieder diesen Traum, in dem du am Lichterfest mit Tim in Jaipur bist. Rundum strahlt und funkelt alles, erleuchtet von Laternen, Feuerwerk, flackernden Kerzen. Innenhöfe schimmern wie Teiche aus Licht, Hauseingänge sind mit Mustern aus bunter Reispaste geschmückt. Die Luft ist erfüllt vom dunklen Dröhnen der Trommelschläge und dem hellen Klirren von Zimbeln. Von der wogenden Menschenmenge lässt du dich mitziehen zu einem Markt, wo Händler dir Platten voller Süßspeisen anbieten. Spontan bleibst du an einer Bude stehen, an der eine Frau wunderschöne hinduistische Muster auf Gesichter malt. Der Sandelholzduft der Pinsel vermischt sich mit dem beißenden Geruch von Feuerwerkskörpern und dem Aroma von Caju, gerösteten Cashewnüssen. Während die Frau mit raschen, versierten Bewegungen deine Haut bemalt, tanzt eine Gruppe junger Männer mit blauen Gesichtern vorbei, die muskulösen Oberkörper nackt. Kurz darauf kommen die Männer zurück, tanzen nur für dich, ernsthaft und konzentriert. Mit dem letzten Strich malt dir die Frau ein Bindi zwischen die Augen. Sie sagt, der rote Punkt zeige an, dass du eine Ehefrau bist, eine Frau, die über alles Wissen der Welt verfügt. »Aber ich bin gar nicht verheiratet!«, protestierst du erschrocken, weil du fürchtest, gegen irgendwelche einheimischen Regeln zu verstoßen. Doch dann hörst du Tims Lachen, siehst die kleine Schachtel, die er aus der Tasche zieht, und noch bevor er inmitten des Getümmels auf ein Knie sinkt, weißt du, dass es jetzt so weit ist, dass er es wirklich tun wird, und das Herz fließt dir über.

»Abbie Cullen«, beginnt Tim, »seit du in mein Leben gestürmt bist, weiß ich, dass wir zusammengehören.«

Dann wachst du auf.

Alles tut weh, am schlimmsten die Augen. Grelles Licht verursacht pochende Kopfschmerzen, dein Nacken ist steif, die Wirbelsäule fühlt sich wund an.

Maschinen surren und piepen. Ein Krankenhaus? Hattest du einen Unfall? Du versuchst die Arme zu bewegen, doch sie fühlen sich starr an, du kannst die Ellbogen kaum beugen. Mit Mühe gelingt es dir, dein Gesicht zu berühren.

Dein Hals ist komplett bandagiert. Du musst wirklich irgendeinen Unfall gehabt haben, erinnerst dich aber nicht daran. So was kommt mitunter vor, denkst du. Nach Autounfällen verlieren Menschen manchmal das Gedächtnis. Hauptsache, du lebst.

Hatte Tim am Steuer gesessen? Und war Danny bei euch?

Bei der Vorstellung, dass Danny oder Tim tot sein könnten, erschrickst du so sehr, dass du keine Luft mehr kriegst. Irgendetwas an der piependen Maschine hat eine Schwester herbeigerufen. Du siehst die Taille einer Frau in blauem Krankenhauskittel. Etwas wird reguliert, aber der Schmerz ist zu schlimm, um den Kopf zu bewegen.

»Sie ist aufgewacht«, murmelt die Frau.

»Gott sei Dank.« Tims Stimme. Er lebt also. Und ist sogar bei dir. Du bist unendlich erleichtert.

Dann beugt er sich über dich. Er trägt sein übliches Outfit – schwarze Jeans, graues T-Shirt, weiße Basecap –, sieht aber hager aus, und die Falten in seinem Gesicht wirken tiefer.

»Abbie«, sagt er. »*Abbie.*« Tränen glitzern in seinen Augen, was dich in helle Panik versetzt. Tim weint sonst nie.

»Wo bin ich?« Deine Stimme klingt rau.

»In Sicherheit.«

»Hat es einen Unfall gegeben? Ist Danny am Leben?«

»Danny geht es gut. Sei ganz ruhig. Ich erklär dir alles später.«

»Hatte ich Operationen?«

»Später. Ich versprech's dir. Wenn du dich kräftiger fühlst.«

»Ich fühl mich aber schon kräftiger.« Das stimmt wirklich: Die Schmerzen lassen nach, Benommenheit und Erschöpfung lösen sich auf.

»Es ist unglaublich«, sagt Tim, nicht zu dir, sondern zu der Schwester. »Absolut verblüffend. Sie ist es wahrhaftig.«

»Ich habe geträumt«, sagst du. »Von deinem Heiratsantrag. Es war so schön.« Bestimmt wegen der Narkose, sagst du dir. Da wird alles farbiger. Da gab es doch so eine treffende Wendung in irgendeinem Theaterstück. Wie lautete die noch gleich? Einen Moment lang kannst du dich nicht erinnern, aber dann, mit einem seltsamen, fast schmerzhaften *Klack*, fällt es dir ein.

Dass ich, wenn ich erwache, schrei und weine, weil ich wieder träumen möchte.

Tim stehen immer noch Tränen in den Augen.

»Sei nicht traurig«, sagst du zu ihm. »Ich lebe. Das ist doch das Wichtigste, oder? Wir sind alle drei am Leben.«

»Ich bin nicht traurig«, erwidert Tim und lächelt unter Tränen. »Ich bin glücklich. Menschen weinen auch, wenn sie glücklich sind.«

Das wusstest du eigentlich. Aber trotz der restlichen Benommenheit spürst du, dass diese Tränen nicht so sind, als würde alles wieder gut werden. Hast du deine Beine verloren? Du versuchst die Beine zu bewegen und spürst sie – schwerfällig und steif – unter der Decke. Gott sei Dank.

Tim scheint eine Entscheidung zu treffen.

»Ich muss dir etwas erklären, Liebste«, sagt er und ergreift deine Hand. »Das fällt mir nicht leicht, aber du musst es wissen. Was du da erlebt hast, war kein Traum. Es war ein Upload.«

2

Dein erster Gedanke ist, dass du halluzinierst, dass diese Situation hier der Traum ist, nicht die Szene mit dem Heiratsantrag. Was Tim da über technisches Zeug wie Mind Files und neuronale Netze redet, ist dir vollkommen unverständlich.

»Ich verstehe nicht, was du meinst. Willst du mir sagen, dass irgendwas mit meinem Gehirn nicht stimmt?«

Tim schüttelt den Kopf. »Nein. Ich sage dir, dass du *künstlich* bist. Eine künstliche Intelligenz mit Bewusstsein … geschaffen von Menschen.«

»Aber mir geht es gut«, erwiderst du verwirrt. »Schau, ich kann dir drei beliebige Sachen über mich erzählen. Mein Lieblingsgericht ist Salade Niçoise. Letztes Jahr war ich wochenlang sauer, weil meine Lieblingskaschmirjacke von Motten zerfressen wurde. Ich gehe fast jeden Tag schwimmen …« Du hältst inne. Deine Stimme kann deine zunehmende Angst nicht zum Ausdruck bringen, sondern klingt monoton und krächzend. Ähnlich wie die Stimme von Stephen Hawking.

»Die Sache mit der Jacke ist vor sechs Jahren passiert«, sagt Tim. »Ich habe sie aber behalten. Deine ganzen anderen Kleider auch.«

Du starrst ihn an und versuchst zu begreifen.

»Ich krieg das hier wohl gerade nicht gut hin.« Tim zieht einen Zettel aus der Tasche. »Schau mal – das hab ich für unsere Investoren geschrieben. Vielleicht ist das eine Hilfe.«

Häufige Fragen

1. Was ist ein Cobot?
Cobot ist eine Abkürzung für »Companion-Robots«, es handelt sich also gewissermaßen um einen künstlichen Gefährten. Forschungen mit Prototypen haben ergeben, dass die Anwesenheit eines Cobots die Trauer über den Verlust eines geliebten Menschen lindern kann, indem der Cobot Trost spendet, Gesellschaft leistet und emotional unterstützend wirkt.

2. Inwiefern unterscheiden sich Cobots von anderen Formen künstlicher Intelligenz?
Cobots werden mit der Fähigkeit zur Empathie ausgestattet.

3. Ist jeder Cobot ein Unikat?
Ein Cobot gleicht äußerlich dem verlorenen Menschen. Dessen Äußerungen in den Social Media, Texte und andere Dokumente werden zu einer »neuronalen Datei« zusammengestellt, in der die Eigenarten und Charakterzüge der Persönlichkeit enthalten sind.

Da steht noch viel mehr, aber du kannst dich nicht länger konzentrieren und lässt das Papier sinken. Nur jemand wie Tim kann auf die Idee kommen, dass eine Frage-Antwort-Liste in so einer Lage hilfreich sein könnte.

»Ja, das ist dein Beruf.« Deine Erinnerung kehrt zurück. »Du entwickelst künstliche Intelligenz. Aber das hat doch mit Kundenservice zu tun … Chatbots …«

»Das stimmt«, fällt Tim dir ins Wort. »An so was habe ich

tatsächlich gearbeitet, aber vor fünf Jahren. Deine Erinnerung reicht nur so weit zurück. Nachdem ich *dich* verloren hatte, musste ich mich vor allem mit meiner Trauer befassen. Es hat all die Jahre gedauert, dich so weit zu entwickeln.«

Es dauert eine Weile, bis du diese Worte verarbeiten kannst. *Verloren. Trauer.* Dir wird bewusst, was Tim dir da sagen will.

»Du willst mir sagen, dass ich gestorben bin.« Ich starre ihn an. »Also, ich als realer Mensch bin gestorben. Vor fünf Jahren. Und du hast mich irgendwie in dieser Form wieder zum Leben erweckt?«

Tim antwortet nicht.

Deine Gefühle sind verworren. Da ist Fassungslosigkeit, aber auch Entsetzen, bei der Vorstellung, was Tim durchgemacht haben muss. Zumindest musstest du das nicht miterleben.

Cobots werden mit der Fähigkeit zur Empathie ausgestattet.

Und Danny. Du hast fünf Jahre seines Lebens versäumt.

Beim Gedanken an Danny erfasst dich eine vertraute Wehmut. Eine Wehmut, die du dir sofort verbietest. Und beides – die Wehmut wie auch das Verbieten – fühlt sich so normal und *vertraut* an, dass es sich nur um deine eigenen Gefühle handeln kann.

Oder?

»Kann ich mich bewegen?«, fragst du und versuchst dich aufzusetzen.

»Ja. Zu Anfang wirst du dich ein bisschen steif fühlen. Vorsicht!«

Du stellst die Füße auf den Boden und versuchst, dich aufzurichten, aber deine Beine sind schwach. Tim hält dich gerade noch rechtzeitig fest.

»Erst einen Fuß, dann den anderen«, sagt er. »Langsam Gewicht draufgeben. So ist es besser.«

Er stützt dich am Ellbogen, als du vorsichtig zum Spiegel gehst.

Jeder Cobot gleicht äußerlich dem verlorenen Menschen.

Das Gesicht, das dir über dem blauen Kittel entgegenblickt, ist *dein* Gesicht. Aufgequollen, mit Blutergüssen und einem Abdruck unter dem Kinn, wie von der Kordel eines Huts, den Soldaten bei einer Parade tragen. Aber du bist es. Nichts Künstliches.

»Ich glaube dir nicht«, sagst du recht gelassen und bist plötzlich sicher, dass Tim Unsinn redet. Dass dein Mann – dein hyperintelligenter, dich liebender, aber zweifellos ziemlich obsessiver Mann – wahnsinnig geworden ist. Er hat schon immer zu viel gearbeitet, bis an seine Grenzen. Jetzt ist er offenbar komplett durchgedreht.

»Das ist erst mal schwer zu begreifen, ich weiß«, sagt er leise. »Aber ich werde es dir beweisen. Schau.«

Er greift in deinen Nacken, ertastet etwas unter deinen Haaren. Ein schmatzendes Geräusch, ein seltsames kaltes Gefühl. Dann wird deine Haut – *dein Gesicht* – abgestreift wie ein Taucheranzug, und darunter kommt ein harter, weißer Plastikschädel zum Vorschein.

3

Du kannst nicht weinen, merkst du. So entsetzt du auch bist, du hast keine Tränen. Daran wird noch gearbeitet, sagt Tim ruhig. Sprachlos starrst du dieses grauenhafte Ding an, das aus dir geworden ist. Ein Crashtest-Dummy, eine Schaufensterpuppe. Hinter deinem Kopf ein Bündel Kabel wie ein grotesker Pferdeschwanz. Tim zieht dir die Gummihaut wieder übers Gesicht, und du bist wieder du. Aber die Erinnerung an dieses scheußliche glatte Plastikwesen hat sich dir ins Gedächtnis gebrannt.

Falls du so was überhaupt hast. Und nicht nur ein neuronales Netz, oder wie man das nennt.

Du siehst im Spiegel, dass dein Mund offen steht, Ausdruck von Verblüffung. Und du spürst, wie winzige Mechanismen unter deiner Haut surren und deinen Mund in diese Position ziehen. Als du genauer hinschaust, merkst du auch, dass dein Gesicht nicht ganz echt wirkt, etwa so als habe man deinen Kopf nach einem Foto gestaltet.

»Lass uns nach Hause gehen«, sagt Tim. »Dort wirst du dich wohler fühlen.«

Nach Hause. Wo ist das? Du weißt es nicht mehr. Dann – *klack* – stellt sich eine Erinnerung ein. Dolores Street im Zentrum von San Francisco.

»Ich bin dortgeblieben«, fügt Tim hinzu. »Weil ich dort sein wollte, wo wir zusammen gelebt haben. Wo wir so glücklich waren.«

Du nickst benommen. Hast irgendwie das Gefühl, dass du Tim danken solltest, aber es geht nicht. Du bist wie gelähmt, starr vor Grauen.

Tim nimmt deinen Arm, führt dich aus dem Zimmer. Die Krankenschwester – falls sie überhaupt eine war – ist nirgendwo zu sehen. Quälend langsam bewegst du dich den Flur entlang und schaust dabei in andere Zimmer, in denen auch Patienten in blauen Hemden liegen. Eine alte Dame sieht dich mit trübem Blick an. Ein kleines Mädchen mit braunen Locken schaut zu dir herüber und beobachtet dich. Dir fällt auf, dass die Kopfbewegung seltsam ruckartig wirkt, wie bei einer Eule. Und im nächsten Raum ist kein Mensch untergebracht, sondern ein Hund, ein Boxer, der den Kopf auch so merkwürdig bewegt …

»Die sind alle wie ich«, sagst du, als du plötzlich begreifst. »Alle sind …« Wie war das Wort noch gleich? »*Cobots.*«

»Ja, aber sie sind ganz anders als du. Du bist einzigartig, sogar hier.« Tim schaut sich verstohlen um, hält deinen Ellbogen fester, drängt dich, schneller zu gehen. Du spürst, dass er noch immer etwas vor dir verbirgt; dass er dich nicht einfach so mitnehmen dürfte.

»Ist das hier ein Krankenhaus?«

»Nein. Mein Arbeitsplatz. Meine Firma.« Er legt dir die andere Hand auf den Rücken und schiebt dich vorwärts. »Komm. Draußen wartet ein Wagen auf uns.«

Du kannst nicht schneller gehen, deine Knie lassen sich kaum beugen, es kommt dir vor, als seist du auf Stelzen unterwegs. Doch als du an deine Knie *denkst*, wird es plötzlich ein wenig einfacher.

»Tim!«, ruft jemand aufgeregt. »Tim, warte!«

Erleichtert wegen der Pause, bleibst du stehen und siehst dich um. Ein stämmiger Mann, etwa so alt wie Tim, mit langen strähnigen Haaren eilt auf euch zu.

»Nicht jetzt, Mike«, sagt Tim in warnendem Tonfall.

Der Mann bleibt stehen. »Du nimmst sie mit? Jetzt schon? Hältst du das für eine gute Idee?«

»Sie wird sich zu Hause wohler fühlen.«

Der Mann beäugt dich besorgt. Auf seinem Sicherheitsausweis, den er an einem Band um den Hals trägt, steht DR. MIKE AUSTIN. »Sie sollte zumindest noch von meinem Psychoteam durchgecheckt werden.«

»Sie ist in Ordnung«, erwidert Tim entschieden und öffnet eine Tür zu einem großen Raum, in dem an langen Tischen circa vierzig Leute vor Bildschirmen sitzen. Jetzt hören alle auf zu arbeiten und starren dich an. Eine junge Asiatin hebt die Hände und beginnt langsam zu klatschen. Tim wirft ihr einen genervten Blick zu, und sie schaut wieder auf ihren Monitor.

Tim führt dich durch das Büro, in einen kleinen Empfangsbereich. Hinter dem Tresen prangt an der Wand leuchtend bunt der Spruch: IDEALISMUS IST NUR LANGFRISTIGER REALISMUS. Irgendetwas daran kommt dir vertraut vor. Du möchtest stehen bleiben und dir das genauer anschauen, aber Tim drängt dich weiter.

Draußen ist es gleißend hell. Du keuchst erschrocken und überschattest die Augen, während ihr an einem glänzenden Stahlschild mit der Aufschrift SCOTT ROBOTICS vorbeigeht. Die Initialen S und R haben die Form aufrecht gestellter Unendlichzeichen. Ihr steigt in den wartenden Toyota Prius. »In die City«, sagt Tim zu dem Fahrer, während du versuchst, deine sperrigen Glieder auf den Rücksitz zu manövrieren. »Dolores Street.«

Nachdem ihr beide eingestiegen seid, ergreift Tim deine Hand. »So lange habe ich auf diesen Tag gewartet, Abbie«, sagt er. »Ich bin so glücklich, dass du endlich da bist. Dass wir endlich wieder zusammen sind.«

Du merkst, dass der Fahrer dich im Rückspiegel neugierig betrachtet. Als der Mann losfährt, wirft er einen Blick auf das Firmenschild, dann wieder auf dich. Er scheint zu begreifen.

Und dann siehst du den Abscheu in seinen Augen.

EINS

Von Tims Plan, jemanden als Artist-in-Residence in die Firma zu holen, erfuhren wir erst, als wir Tim mit Mike darüber reden hörten. So was war typisch für Tim. Wir wurden von ihm angehalten, offener und enger zusammenzuarbeiten, aber für ihn selbst galt die Regel nicht. Auf Mike hörte Tim sogar gelegentlich mal, immerhin hatten die beiden Scott Robotics vor fast zehn Jahren zusammen in Mikes Garage gegründet. Die Garage hatte Mike gehört, aber die Firma war nach Tim benannt. Damit wusste man eigentlich alles über das Verhältnis der beiden.

Was nun dieses Künstlerprojekt anging, *besprach* Tim es auch nicht mit Mike, sondern setzte ihn in Kenntnis darüber. Gleichermaßen typisch für Tim war die vorangehende laute Tirade darüber, wie idiotisch und falsch und vorsintflutlich bei uns alles ablief – obwohl wir genauso arbeiteten, wie er es beim letzten Ausbruch dieser Art von uns verlangt hatte.

»Scheiße noch mal, wir müssen endlich *aufwachen*, Mike«, wetterte er mit seinem britischen Akzent. »Wir müssen *kreativer* sein. Schau dir doch nur mal diese Leute an«, seine Geste schloss alle im Großraumbüro der Firma ein. »Du kannst mir nicht weismachen, dass die Paradigmen hinterfragen. Die müssen *inspiriert* und *stimuliert* werden. Und das erreicht man nicht mit Gratis-Bagels und Pilates.«

Einem Reporter hat Tim mal gesagt, eine Zukunftsvision zu haben und dann auf deren Verwirklichung warten zu müssen, sei wie im Verkehrsstau stecken. Der Mann ist alles andere als geduldig. Aber wir alle haben noch nie mit jemandem gearbeitet, der so genial ist wie Tim Scott.

»Und deshalb holen wir jetzt eine Künstlerin ins Haus«, verkündete er also. »Sie heißt Abbie Cullen, ist sehr intelligent und verbindet Kunst mit Technik. Ich finde sie total *spannend.* Wir geben ihr ein halbes Jahr.«

»Um was zu tun?«, fragte Mike.

»Worauf sie Lust hat. Darum geht es ja gerade. Sie ist *Künstlerin*, keine Stechuhr-Arbeitsdrohne.«

Falls jemand in unseren Reihen wegen dieser Bemerkung beleidigt war – und wir hatten einige Millionäre im Team, Veteranen von bedeutenden Silicon-Valley-Start-ups –, ließ es sich jedenfalls keiner anmerken; obwohl wir uns schon fragten, ob die Tage der Gratis-Bagels jetzt gezählt waren.

Mike nickte. »Okay, dann mal los.«

Wir warteten, dass Tim, wie vor seinen Ankündigungen üblich, »Hört mal alle her, Leute!« schreien würde. Aber er war schon in sein Glaskabuff zurückgestürmt.

Die meisten von uns gaben bereits *Abbie Cullen Künstlerin* in die Suchmaschine ihrer Wahl ein. (Für Menschen, die mit Technologie arbeiten, ist Arbeit mit Google oder Bing so, als würde ein Craft-Beer-Brauer Budweiser saufen.) Wir waren also alle sofort im Bilde über die schlichten Fakten: Abbie Cullen hatte kürzlich beim South by Southwest und beim Burning Man ausgestellt, stammte ursprünglich aus dem Süden, war vierundzwanzig, rothaarig, eine aufregende Schönheit und Surferin. Auf ihrer Homepage war das simple Statement zu lesen: »Ich baue Kunstobjekte aus der Zukunft.«

Wer Videos von ihren Arbeiten fand, schickte sie den anderen. *Sieben Schleier* bestand aus Ventilatoren, in einem Kreis so angeordnet, dass in der Mitte schmale Streifen bunter Seide umherwirbelten. *Erde, Wind und Feuer* war eine wild lodernde Flamme über einem Gasbrenner, die sich in Luftströmen in alle Richtungen bog. Am eindrucksvollsten fanden wohl alle *Pixels*, ein Gitter, auf dem zig federleichte Bälle ein Muster bildeten. Sie schienen auf einem Luftkissen zu schweben, standen aber auch in Interaktion mit dem Betrachter. Manchmal bewegten sie sich flink wie ein Fischschwarm, manchmal schienen sie eher träge zu schwappen wie Wellen hinter einem Boot. Oder sie bildeten erkennbare Formen: einen Kopf, eine Hand, ein Herz. In einem Video sah man ein kleines Mädchen in die Hände klatschen, worauf die Bälle zuerst abrupt zu Boden fielen und dann so argwöhnisch wieder nach oben krochen, wie eine Herde Kühe sich einem Wanderer annähert. Das Kunstwerk war verspielt, eigenartig und bezaubernd, und obwohl es keine eindeutige Botschaft hatte, brachte es etwas zum Ausdruck, auch wenn sich das nicht leicht in Worte fassen ließ.

Aber was hatte so was mit uns und unserer Arbeit zu tun? Wir, ein Team aus Männern und Frauen, waren Ingenieure, Mathematiker, Programmierer, die intelligente Schaufensterpuppen für Designer-Stores entwickelten: *Shopbots*, Tims bahnbrechende Idee, mit der er in den letzten drei Jahren fast achtzig Millionen Dollar an Start-up-Geldern an Land gezogen hatte. Wozu brauchten wir jetzt eine Künstlerin? Das konnte sich keiner von uns erklären. Aber wir hatten schon lange gelernt, Tims Entscheidungen nicht zu hinterfragen.

Tim war ein Visionär, ein »Wunderkind«, und nur seinetwegen arbeiteten wir alle in diesem Unternehmen. Was Bill Gates für den PC war, Steve Jobs für das Smartphone und Elon Musk für das Elektroauto, das war Tim Scott für künstliche Intelligenz – oder würde es jedenfalls bald sein. Wir bewunderten und fürchteten ihn, aber sogar diejenigen, die wieder gehen mussten, hatten größten Respekt vor ihm. Viele mussten wieder gehen, denn Scott Robotics war nicht nur ein Unternehmen, sondern eine Mission, ein Wettrennen und ein Blitzkrieg im Kampf um die Zukunft der Menschheit. Und Tim war nicht nur Unternehmensgründer, sondern der Kommandeur, der in vorderster Reihe focht, unser persönlicher Alexander der Große. Seine schlaksige Gestalt, das markante Rockstar-Gesicht und das alberne Kichern täuschten über seinen eisernen Willen hinweg, eine Eigenschaft, die er übrigens auch von uns verlangte. Zwanzig-Stunden-Arbeitstage waren eine Selbstverständlichkeit, und die Uniabsolventen aus Stanford, die Tim üblicherweise einstellte, fühlten sich von diesem aberwitzigen Arbeitsethos eher angespornt als ausgebeutet. (Tims Stil bei Vorstellungsgesprächen war übrigens legendär. Man wurde in sein Kabuff geführt, er schrieb E-Mails und sagte irgendwann, ohne aufzuschauen: »Ich höre.« Dann sollte man erklären, warum man für ihn arbeiten wollte. Hatte man diese erste Hürde genommen, kam das, was wir als »Feuerprobe« bezeichneten. Manchmal bestand sie aus einer rechnerischen Frage: »Wie viel Quadratmeter Pizza werden pro Jahr in den USA gegessen?« Es gab auch die philosophische Variante – »Was ist das Schlimmste an der Menschheit?« – oder die technisch-praktische: »Warum sind Gullydeckel rund?« Meistens ging es aber ums Programmieren. Dann konnte die Frage lauten: »Wie würden Sie einen künstlichen Politiker programmieren?« Das war nicht nur hypothetisch gemeint, sondern Tim erwartete dann, dass man konkret Programmzeilen ausspuckte, und zwar ohne Stift und Papier, geschweige denn einen Rechner. War man gut, sagte er das mit einem einzigen Wort, an die E-Mails gerichtet, an denen er währenddessen weitergearbeitet hatte: »Cool.« Wenn er dagegen leise sagte: »Das war ziemlich mau«, war man raus.)

Seine Ungeduld war ebenfalls legendär und Teil seines Charismas; Beweis dafür, dass die Mission dringlich war, dass jede Sekunde zählte. Tim pinkelte sogar im Eiltempo, wie ein Angestellter berichtete, der neben ihm am Urinal gestanden hatte (der Mann litt seither an Pinkelhemmung). Tims Sprechstil war auch beachtlich: In kurzen, präzisen Sätzen wurde man mit Anweisungen und/oder Verbalinjurien bombardiert. Wer in der Firma aufsteigen wollte, versuchte, mit Tims knappem Londoner Tonfall zu sprechen, dem absoluten Gegenteil vom lässigen, leicht fragenden Akzent Nordkaliforniens. Tim war eine Art wandelndes Kraftfeld, in das alle anderen hineingezogen wurden. Wenn er einem in die Augen schaute und sagte: »Du musst heute Abend nach Mumbai fliegen«, fühlte man sich geehrt, weil man die Chance bekam, sich zu beweisen. Sagte Tim dagegen: »Ich übernehme deinen Auftrag«, war man am Boden zerstört.

Es hatte durchaus etwas von einem Kult. Nicht umsonst nannte man uns im Silicon Valley *die Scottbots*. Die Mission konnte verbessert, aber nicht angezweifelt werden. Der Führer mochte Schwächen haben, doch er irrte sich niemals. Bei Kostümpartys – seltsamerweise liebte Tim Kostümpartys – gingen die meisten von uns als Figuren aus *Star Wars* oder *Matrix*. Tim dagegen war immer der Sonnenkönig, mit Schnallenschuhen, Justaucorps, gigantischer Perücke und Krone.

Auch seine Herkunft war Teil der Legende. Die Armut in der Kindheit, die Misshandlungen, die ihn dazu gebracht hatten, mit elf die Schule abzubrechen und sich selbst auszubilden. Sein Interesse an Chatbots zu einer Zeit, als andere gerade lernten, wie man ein Smartphone benutzt oder sich etwas im Internet bestellt. Dann entwickelte er Axel, einen Kundenservice-Bot, der nicht robotermäßig höflich und entnervend unterwürfig, sondern hochintelligent, effizient, geistreich und cool war – eigentlich wie Tim selbst, sagten einige. Axels Rechtschreibung war nicht immer korrekt, und er verzichtete auf Großbuchstaben. Er spickte seine Antworten mit Emojis und witzigen Anspielungen auf Nerd-Kultur, Zitaten aus *South Park* zum Beispiel oder Sprüchen aus Sci-Fi-Filmen. Axel kam einem vor wie ein Teenager-Wizard-Genie, das Probleme aus reinem Spaß an der Freude löst. Es wunderte niemanden, dass Google Axel für sechzig Millionen Dollar kaufte.

Mit dreiundzwanzig hörte Tim bei Google auf, nahm Mike mit und gründete mit ihm Scott Robotics. Ihr erster Erfolg – der in der bereits erwähnten Garage entstand – war Voyce, ein Telefon-Chatbot, der erheblich effizienter arbeitete als jeder Mensch. Danach ging der Erfolgskurs ungebremst weiter. Tim war besessen von der Vision, dass KIs lebensecht sein sollten. »Eines Tages werden Tastatur und Maus so hoffnungslos veraltet sein wie Lochkarte und Diskette heutzutage«, gehörte ebenso zu seinen persönlichen Mantras wie: »Man kann die Zukunft nicht ändern, ohne Regeln zu ändern.« Die Shopbots waren ein kühner Fortschritt. Noch niemand hatte bislang KIs direkt mit Menschen kommunizieren lassen, ohne Bildschirm oder Telefon als Zwischenmedium. Aber die Idee war brillant und rechnete sich auch. Hochwertige Schaufensterpuppen kosteten richtig Geld, auch Verkaufspersonal war teuer und stand oft nur nutzlos herum. Noch teurer waren kompetente und sympathische Einkaufsberater. Dieser Sektor war reif für einen innovativen

Durchbruch, und Scott Robotics – unsere kleine Bande – würde ihn schaffen, indem alle drei Bereiche kombiniert wurden.

Und nun sollte eine Künstlerin uns behilflich sein. Hätten wir gewusst, wie das enden würde – hätte einer unserer Futurologie-Experten die Zukunft voraussagen können –, wir wären wohl nicht so unbekümmert gewesen. Doch selbst wenn: Ob wir dann etwas dagegen gesagt hätten? Unwahrscheinlich. In diesem Unternehmen wurde nicht darüber diskutiert, wo die Reise hingehen sollte.

4

Tim schweigt während der Fahrt. Small Talk hat ihm noch nie gelegen, aber jetzt kommt es dir eher vor, als sei er völlig erschöpft. Dir fällt wieder ein, dass er nach großen Präsentationen für die Investoren immer in diesen Zustand geriet: Nach wochenlanger besessener Arbeit im Büro war er so erledigt, dass er kaum noch sprechen konnte.

Und bei dir setzt der Schock jetzt erst richtig ein. Der Abscheu im Blick des Fahrers ist nichts gegen den Ekel und die Selbstverachtung, die du jetzt empfindest.

»Du hättest es so gewollt, Abs«, sagt Tim irgendwann. »Glaub mir das. Ich weiß, es fühlt sich bestimmt erst mal seltsam an, aber du wirst dich daran gewöhnen. Du warst immer der mutigste Mensch, den ich kannte.«

Warst du mutig? Bilder tauchen auf: Du surfst in Linda Mar auf einer großen Welle. Du schmiedest ein Kunstwerk, Funken sprühen vor den blauen Gläsern deiner Schutzbrille. Doch dann nichts mehr. Nebel.

Du schaust aus dem Fenster, versuchst schaudernd, dein Spiegelbild zu ignorieren. San Francisco wirkt unbekannt und vertraut zugleich auf dich, wie ein Land, in das du nach vielen Jahren zurückkehrst, ein Exil, das du fast vergessen hast. Die Gebäude sehen beinahe wie damals aus, aber anderes hat sich verändert: Die Smartphones in den Händen der Menschen sind größer statt kleiner geworden, es gibt mehr E-Bikes als früher, die gelben Taxen wurden durch diese weißen Toyota-Prius-Hybridwagen ersetzt. Und der Mission District ist gentrifizierter, an jeder Ecke gibt es Bio-Cafés.

Dann biegt der Fahrer ab, und plötzlich ist alles vollkommen unbekannt, du hast nur Nebel im Kopf.

»Warum kann ich mich an das hier jetzt nicht erinnern?«, fragst du panisch.

»Um Erinnerungen herzustellen, braucht man viel Rechenleistung. Ich musste Prioritäten setzen. Die Lücken werden sich im Lauf der Zeit schließen.«

Ein Müllaster auf der anderen Straßenseite fährt über eine Plastikflasche. Du hörst das Knacken und Knirschen und triffst eine Entscheidung. Das wirst du in ein paar Tagen auch machen: dich vor einen Laster werfen. Der Tod ist besser als so ein widerwärtiges pervertiertes Dasein. Doch noch während du das denkst, fragst du dich, ob du mutig genug dafür sein wirst. Und selbst wenn: Würden Tims Techniker deine Einzelteile nicht einfach aufsammeln und dich wieder zusammenflicken?

Zusammenflicken ... Erneut fällt dir auf, dass du keine Ahnung hast, was mit dir passiert ist.

»Wie bin ich gestorben?«, hörst du dich selbst fragen.

Tim wirft dir einen angespannten Blick zu. »Wir reden darüber, ich versprech es dir. Aber noch nicht jetzt. Das könnte zu anstrengend für dich sein.«

Das Taxi hält vor einem elektrischen Tor. Dahinter siehst du euer Haus, eine schöne weiße Holzvilla. Trotz der astronomischen Preise in der Innenstadt hätte Tim sich ein weitaus prachtvolleres Anwesen leisten können. Er war enorm reich, auch im Vergleich mit anderen Spitzenverdienern seiner Branche. Aber Protzen war nicht sein Stil. Du fragst dich, ob in der Garage noch immer der alte VW-Bus steht.

»Willkommen zu Hause«, sagt Tim leise.

Die Haustür klemmt, und es dauert ein paar Momente, sie aufzukriegen. Das kommt dir bekannt vor, auch die Haltung, in der Tim geduldig mit dem Schlüssel hantiert. Du schaust dich um und entdeckst eine kleine Videokamera über der Tür. Noch ein Upload.

Im Haus ist vieles vertraut und fremd zugleich, wie in Räumen, die man aus der Kindheit kennt.

»Ich führ dich rum«, sagt Tim aufmunternd. »Damit sich Lücken schließen.«

Zuerst die Küche. Lichtdurchflutet und behaglich, aber mit einem ultramodernen Gasherd. Mauviel-Töpfe hängen von der Decke wie ein Windspiel aus Kupferteilen. Du öffnest den nächstbesten Schrank. Gläser mit frischen, ungemahlenen Gewürzen, ordentlich aufgereiht und von dir selbst säuberlich beschriftet.

»Du kochst gerne«, erklärt Tim.

Ach ja? Du versuchst dich an etwas zu erinnern, das du zubereitet hast, aber dir will nichts einfallen. Dann plötzlich – *klack* – Hunderte von Instagram-Bildern. Du hattest sogar Follower, die deine Kreationen nachgekocht haben.

Du deutest auf eine Schale mit Objekten, die dir fast außerirdisch vorkommen. Sie leuchten so sehr, dass dir die Augen schmerzen. »Was ist denn das?«

»Das?« Tim reicht dir so ein Ding. »Orangen.«

»Orange ist eine Farbe.«

»Ja. Eine Farbe, die nach einer Frucht benannt wurde.«

Du betrachtest eine der Früchte von allen Seiten. Dann kommt dir ein Gedanke. »Meine Haare haben auch diese Farbe. Aber die Leute sagen, sie sind rot, nicht orange.«

»Ja. Rot ist eine Farbe. Aber keine Frucht.«

»Rot ist auch die Farbe des Blutes. Und gilt als die Farbe der Liebe.« *Klack*. Verwirrt hältst du inne. »Habe ich mich daran jetzt erinnert, oder hab ich das nur geraten?«

»Weder das eine noch das andere.« Ein Lächeln vertreibt die Erschöpfung aus Tims Gesicht. »Das nennt man ›maschinelles Lernen‹. Ohne dass du es gemerkt hast, hat dein Gehirn gerade in der Cloud einen Abgleich für Farben gefunden. Und das Verrückte dabei ist, dass nicht mal *ich* dir exakt erklären könnte, wie du das gemacht hast. Ich kann sehen, was auf dem Bildschirm passiert, aber nicht alles nachvollziehen. Ich sag meinen Angestellten immer: KIs funktionieren längst autonom. Du bist mein technischer Durchbruch.«

An seinem Tonfall merkst du, wie stolz Tim auf dich ist. Ein Teil von dir möchte diesen Stolz genießen. Aber du denkst nur: Ich bin ein Monstrum.

»Wie kannst du mich denn nur in diesem Zustand lieben?«, fragst du verzweifelt.

Einen Moment lang sieht Tim aufgebracht, fast wütend aus. Dann entspannt sich sein Gesicht. »*Lieb' ist ja nicht Liebe / Wenn sie beim Wankelmuth sich kann vermindern*«, zitiert er. »Sonett 116, weißt du noch? Wir haben es bei unserer Hochzeit vorgetragen, jeder sechs Verse. Und die letzten beiden gemeinsam.«

Du schüttelst den Kopf. Nein, das weißt du nicht mehr.

»Es wird wiederkommen.« Du fragst dich, ob er die Erinnerung oder das Gefühl meint. »Und diese Worte waren für uns nicht nur Schein. Du warst schon immer einzigartig, Abbie. *Unersetzlich*. Die perfekte Ehefrau. Die perfekte Mutter. Die Liebe meines Lebens. So etwas sagen viele, aber ich habe es wirklich so empfunden. Nachdem ich dich verloren hatte, haben mir viele Leute gesagt, ich solle dich innerlich loslassen und mir eine neue Partnerin suchen. Aber ich wusste, dass ich dazu nicht imstande sein würde. Deshalb habe ich dich auf diese Art wiedererschaffen. Ob das richtig war? Ich weiß es nicht. Aber ich musste es einfach versuchen. Und dich hier in unserem Haus zu erleben und sprechen zu hören … das ist jetzt schon all die Jahre wert, die ich dafür gearbeitet habe. Ich liebe dich, Abbie, und ich werde dich für immer und ewig lieben, wie ich es dir bei unserer Hochzeit versprochen habe.«

Er verstummt und wartet ab.

Du weißt wohl, dass du nun *Ich liebe dich auch* sagen solltest. Und natürlich liebst du ihn. Aber der Schock ist noch zu heftig. Und wenn du ihm jetzt eine Liebeserklärung machen würdest, wäre das, als würdest du sagen: *Ja, du hast alles richtig gemacht, mein Liebster. Ich bin froh, dass du mich als monströses, abscheuliches Stück Plastik zum Leben erweckt hast. Denn so kann ich wieder mit dir zusammen sein.*

Auch ich liebe und ehre dich mehr als das Leben selbst.

»Sollen wir weitergehen?«, unterbricht Tim nach ein paar Momenten das Schweigen.

5

Er führt dich nach oben. Du musst dich am Geländer festhalten und vorsichtig jede Stufe nehmen.

»Das waren alles deine«, sagt Tim und weist auf ein Regal, das im Flur die ganze Wand einnimmt. »Du hast Bücher geliebt, weißt du noch? Und da ist Dannys Zimmer.«

Dieser Raum am Treppenabsatz sieht nicht wie ein Kinderzimmer aus. Keine Vorhänge, kein Teppich, weder Comics noch Bilder oder Spielsachen. Außer dem Bett gibt es nur einen kleinen Fernseher und ein Regal mit DVDs. Die meisten Menschen würden das als erschreckend kahl empfinden, aber du weißt, dass es für ein Kind wie Danny entspannend ist. Oder zumindest weniger bedrohlich.

»Wie geht es ihm?«, fragst du.

»Er macht Fortschritte. Langsam natürlich, aber …« Tim verstummt.

»Meinst du, er wird mich erkennen?«

Tim schüttelt den Kopf. »Ich fürchte, nicht. Tut mir leid.«

Du spürst einen Anflug von Traurigkeit. Aber nach fünf Jahren würde vielleicht auch ein gesundes Kind seine Mutter nicht mehr wiedererkennen. Geschweige denn ein Kind wie Danny. Euer Sohn leidet an einer desintegrativen Störung des Kindesalters, dem sogenannten Heller-Syndrom. Diese Erkrankung kommt so selten vor, dass die meisten Kinderärzte in ihrer Laufbahn nie damit zu tun haben und es wohl für ausgeschlossen halten würden, dass ein gesundes vierjähriges Kind innerhalb weniger Wochen stark autistisch werden kann. Dass es, statt ganze Sätze zu sprechen, nur noch kreischt und grunzt und Dialogfetzen aus dem Kinderfernsehen von sich gibt. Dass es auf den Teppich pinkelt und aus der Kloschüssel trinken will. Dass es sich grundlos büschelweise Haare ausreißt oder sich in die Arme beißt, bis sie bluten.

Wenn ein Kind stirbt, wird das als Tragödie erlebt. Die Eltern trauern, aber es besteht immerhin die Möglichkeit, dass die Trauer eines Tages ein wenig nachlässt. Doch das Heller-Syndrom macht aus einem Kind einen sabbernden Zombie. In gewisser Weise ist das schlimmer als ein Todesfall. Denn man liebt dieses fremde Wesen weiter, obwohl man zugleich um das liebenswerte Kind trauert, das man verloren hat.

Man erlebt eine seltsame Umkehrung in sich: Wenn man endlich erfahren hat, woran das Kind leidet, will man es nicht glauben, denn es gibt keine Heilung. Stattdessen klammert man sich an die Hoffnung, es könnte ein Gehirntumor, Epilepsie oder noch etwas anderes sein, worüber man im Internet recherchieren kann. Irgendetwas, das einen kleinen Hoffnungsschimmer verheißt.

»Wo ist er jetzt?«, fragst du.

»Er geht auf eine tolle Förderschule auf der anderen Seite der Stadt. Sian – sie war dort als Pädagogin tätig, bis ich sie als permanente Betreuerin eingestellt habe – bringt Danny jeden Morgen hin und arbeitet danach zu Hause mit ihm an seinem Therapieprogramm. Die Schule ist leider weit weg, aber es ist die beste in ganz Kalifornien für Kinder wie Danny.«

Du hast so viel versäumt, denkst du. Danny geht zur *Schule*.

Tim öffnet eine weitere Tür. »Und das ist unser Schlafzimmer.«

An einer Wand des geräumigen Zimmers hängt das fast lebensgroße Porträt einer rothaarigen Frau. Ihre vielen Zöpfchen – Dreadlocks beinahe – sind hochgesteckt, am linken, dem Betrachter zugewandten Ohr sieht man drei große Stecker. Die Frau trägt ein langes gestreiftes Hemd, das im unteren Teil voller Farbflecken ist, als habe sie ihren Pinsel daran abgewischt. Sie wirkt fröhlich, wie ein optimistischer, temperamentvoller Mensch. Ein Tattoo, ein kunstvolles keltisches Muster, schlängelt sich vom Halsansatz über einen Arm.

Du schaust auf deinen fleischfarbigen Gummiarm.

»Tattoos sind nicht möglich«, sagt Tim. »Die würden das Hautmaterial beschädigen.« Er zeigt auf das Bild. »Aber ansonsten ist doch alles ziemlich gelungen, findest du nicht?«

Er meint, dass du als Kopie des Gemäldes gut gelungen bist, nicht umgekehrt. Man hat es wohl gescannt, um dich anzufertigen.

Ist die Frau auf dem Gemälde wirklich du? Sie wirkt irgendwie zu selbstverliebt, zu cool. Du schaust auf die schwungvolle Signatur in der unteren linken Ecke. *Abbie Cullen.*

»Normalerweise hast du nicht mit Ölfarben gemalt«, sagt Tim. »Dieses Bild war dein Hochzeitsgeschenk für mich. Du hast monatelang daran gearbeitet.«

»Wow … und was hast du mir geschenkt?«

»Das Strandhaus«, antwortet er trocken. »Ich hab es als Überraschung für dich bauen lassen. Mit einer großen Garage, die du als Studio nutzen konntest. Du hast viel Platz gebraucht für deine Projekte.« Er öffnet eine Tür gegenüber vom Schlafzimmer. »Aber wenn wir in der Stadt waren, hast du hier gearbeitet. Auch das Selbstporträt ist hier entstanden.«

Die Dielen in dem kleinen Raum sind mit Farbflecken übersät. Auf einem Tapeziertisch Gläser voller angetrockneter Pinsel und Tuben mit hart gewordener Acrylfarbe. Und ein silberner Füller in einem Halter. Auf dem Schaft eine Gravur: ABBIE. AUF IMMER UND EWIG. TIM.

»Die Tinte ist sicher verdunstet«, sagt er. »Ich besorg dir neue. Am besten, ich fange gleich mal eine Liste an.«

Benommen zupfst du an dem Krankenhaushemd, das du immer noch trägst. »Ich würde mich gerne umziehen.«

»Na klar. Deine Kleider sind da drin.« Er zeigt dir den begehbaren Schrank, einen kleinen Raum, der vom Schlafzimmer abzweigt. Die Kleider sind zauberhaft: Boho-Chic, in leuchtenden, kraftvollen Farben und aus wunderbaren Stoffen. Du betrachtest die Label: Stella McCartney, Marc Jacobs, Céline. Du hattest einen guten Geschmack, denkst du. Und dank Tim ein üppiges Budget.

Du suchst ein weites indisches Kleid aus, das problemlos zu tragen ist. »Ich lass dich mal alleine«, sagt Tim taktvoll und geht raus.

Wegen der Erinnerung an den grässlichen Plastikschädel wendest du den Blick vom Spiegel ab, als du das Hemd ausziehst. Aber dann musst du doch hinschauen. Seit Dannys Geburt war dein Körper nicht mehr so muskulös, denkst du unwillkürlich …

Aber das ist ja gar kein *Körper*. Die Glieder wurden in einer Werkstatt zusammengefügt, deine Hautfarbe aufgesprüht. Und unterhalb der Taille ist alles so glatt und geschlechtslos wie bei einer Puppe. Schaudernd schlüpfst du in das Kleid.

Unten ist ein Knallen zu hören, als die Haustür zufällt, dann trampelt jemand die Treppe herauf.

»Nicht rennen, Danny«, sagt eine Frauenstimme.

»Nich' rennen«, murmelt eine Kinderstimme. »Rennen!« Die Schritte werden nicht langsamer.

Danny. Du fährst herum, siehst ihn an der offenen Tür vorbeistürmen. Schwarzer Haarschopf, ernstes Elfengesicht mit tief liegenden Augen. Liebe durchströmt dich. Wie groß er geworden ist! Aber er muss ja auch schon fast neun sein. Sein halbes Leben hast du versäumt.

Du folgst ihm in sein Zimmer, wo er sofort eine Kiste mit Spielzeuglokomotiven unter dem Bett hervorzieht. »Reihe machen. Reiiiiiihe«, murmelt er aufgeregt, als er sie, nach Größe sortiert und schnurgerade, an der Fußleiste aufreiht.

»Danny?«, sagst du. Er reagiert nicht.

»Danny, schauen«, sagt die Frauenstimme hinter dir entschieden. Jetzt blickt Danny auf, und sein Blick streift dich ausdruckslos. Er scheint dich nicht einmal als Menschen wahrzunehmen, geschweige denn als seine Mutter.

»Gutes Schauen. Gut gemacht.« Die junge Frau tritt an dir vorbei und geht neben Danny in die Hocke. Sie ist etwa Mitte zwanzig, trägt ihre blonden Haare zum Pferdeschwanz gebunden, wirkt heiter. »Abklatschen, Danny!«

»Sian, das ist …«, beginnt Tim.

»Ich weiß, was es ist«, erwidert Sian und wirft dir einen Blick zu, der noch gleichgültiger ist als der von Danny. »Abklatschen, Danny!«, wiederholt sie.

Ohne den Blick von seinen Loks abzuwenden, hält Danny die Hand in ihre Richtung, und Sian klatscht ab. »Gutes Schauen, gutes Abklatschen«, lobt sie. »Aber jetzt sollst du noch einmal die Treppe richtig raufgehen. Dann darfst du mit Thomas spielen.« Sie streckt die Hand aus. Als Danny nicht reagiert, sagt Sian fest: »Steh auf und nimm meine Hand, Danny.«

Widerstrebend steht er auf und ergreift ihre Hand. »Gut gemacht! Gutes Aufstehen!«, sagt Sian, als sie mit ihm hinausgeht.

»Sie ist eine exzellente Pädagogin«, sagt Tim, als die beiden ihn nicht mehr hören können. »Als sie zu uns kam, hat Danny sich nur mit Essen und Loks beschäftigt. Inzwischen gibt es mindestens zehn Äußerungen am Tag.«

»Das ist toll«, sagst du, obwohl das *es* noch immer wehtut. »Ich bin stolz auf euch beide.«

Du erinnerst dich daran, wie aufgeregt du warst, als ihr beide die Applied Behavior Analysis, ABA, entdeckt habt, mit der man angeblich autistische Kinder sogar heilen, sie aber zumindest in Gruppen gesunder Kinder integrieren kann. Ob du wohl die Kraft gehabt hättest durchzuhalten, hättest du damals gewusst, dass Danny fünf Jahre später immer noch selbst mit dem Blickkontakt Schwierigkeiten hat?

Du untersagst dir den Gedanken. Natürlich hättest du durchgehalten. Jeder kleine Fortschritt, so hart er auch erarbeitet werden muss, ist wertvoll.

Danny stapft wieder die Treppe herauf, aber diesmal langsamer, gefolgt von Sian. In seinem Zimmer reicht sie ihm eine blaue Lokomotive. »Gutes Gehen, Danny. Da ist Thomas.«

»Da ist Thomas«, wiederholt Danny, hockt sich hin und stellt die Lok neben die anderen.

Dann, ganz plötzlich, schaut er zu dir auf.

»Ma«, sagt er und lacht. »Ma-ma.«

»Hast du gerade Mama zu mir gesagt?«, fragst du völlig verblüfft.

Tim weint vor Freude. Du würdest auch weinen, wenn du könntest.

ZWEI

Abbie Cullen tauchte erst mehrere Wochen nach Tims Ankündigung in der Firma auf. Vielleicht musste sie noch einen Auftrag fertigstellen, mutmaßten wir, oder hatte Zweifel bezüglich der Zusammenarbeit. Wir hatten selten Besucher in der Firma, weil unsere Geldgeber höchsten Wert auf Sicherheit legten. Und die Lage des Unternehmens hatte man wegen der niedrigen Grundstückspreise gewählt, nicht weil man dort gut zu erreichen war. Dass Abbies Auftritt für großes Aufsehen sorgte, hatte also wohl weniger mit ihr als mit unserer Abgeschirmtheit zu tun.

Schon bevor Tim rief: »Alle mal herhören!«, hatten die meisten von uns Abbie im Empfangsbereich entdeckt. Spätestens als Tim auf sie zusteuerte, konnte man sie nicht mehr übersehen. Sie war über eins achtzig, trug Skinny Ripped Jeans und kniehohe Cowboystiefel. Der wilde Berg rotbrauner Zöpfchen auf ihrem Kopf ließ sie noch größer wirken. Ein schwarzes Tribal Tattoo – hawaiianisch, sagte später jemand, vielleicht auch keltisch oder maorisch – schlängelte sich von ihrem Hals über den linken Arm. Aber am meisten erstaunte uns alle, wie jung sie wirkte. In unserer Branche, in der man schon in seinen Zwanzigern als Veteran gelten kann, wirkte sie auffallend frisch und unverbraucht.

»Das ist Abbie Cullen, Leute. Unsere Artist-in-Residence«, verkündete Tim, als er mit ihr ins Großraumbüro kam. »Ihre Arbeiten sind fantastisch, informiert euch darüber. Sie wird ein halbes Jahr bei uns sein und an Projekten arbeiten.«

»Was für Projekte?«, fragte jemand.

Abbie selbst gab die Antwort. »Das habe ich noch nicht entschieden. Ich hoffe, es wird inspiriert sein von dem, was ihr hier macht.« Sie sprach mit einem leichten Südstaatenakzent, und ihr Lächeln war so strahlend, dass der Raum schlagartig heller wirkte.

Es war nicht klar, ob jemand ihn vorsätzlich losgeschickt hatte, aber jedenfalls steuerte einer der Shopbots in diesem Moment auf Abbie zu und sagte munter: »Wie geht es Ihnen heute? Die Jacke, die ich trage, würde Ihnen auch sehr gut stehen.« Natürlich trug der Bot keine Jacke; wir hatten diesen Satz einfach in den Prototyp einprogrammiert. »Wie wär's, wenn wir uns gemeinsam nach etwas Passendem für Sie umsehen? Konfektionsgröße 38?«

»Du hast es erfasst«, sagte Abbie lachend, und obwohl die Szene nicht gerade rasend komisch war, stimmten wir alle in ihr Lachen ein. Es war, als hätte unser Kind zu einer bedeutenden Persönlichkeit etwas Unpassendes, aber Lustiges gesagt. Tim reagierte mit seinem jungenhaften Kichern, eine seiner wenigen nerdigen Schrullen.

»Abbie ist in K-3 untergebracht«, sagte er dann. Das war einer unserer Sitzungsräume. Abbie widersprach sofort.

»Ich würde lieber hier bei euch einen Arbeitstisch haben, wo ich mitkriege, was passiert. Wenn das für euch okay ist.«

»Wie du möchtest«, erwiderte Tim mit einem Achselzucken. »Unterstützt Abbie bitte in jeder Hinsicht, Leute. Und lernt von ihr. Kopiert ihr Gehirn. Reproduziert ihre Kreativität. Immer dran denken, dass *sie* zu *eurem* Nutzen hier ist, nicht umgekehrt.«

Wir alle fanden später, dass das nicht gerade eine besonders herzliche Begrüßung für Abbie gewesen war. Aber so war Tim nun mal.

6

Drei Wochen, hatte Tim prophezeit. Drei Wochen würdest du brauchen, um dich an deine neue Daseinsform zu gewöhnen.

Wie das meiste, was er von sich gibt, ist das nicht aus der Luft gegriffen, sondern beruht auf überprüfbaren Fakten. In den Fünfzigerjahren dokumentierte ein plastischer Chirurg namens Maxwell Maltz, wie lange Patienten nach einer Gesichtsoperation brauchten, um sich an die Veränderungen zu gewöhnen. Die Ergebnisse der Studie veröffentlichte er in einem Buch mit dem Titel *Psychokybernetik*, das zu einer der Bibeln von Tims Branche wurde.

Deshalb hat Tim nun geplant, drei Wochen zu Hause zu bleiben, um dir bei der Eingewöhnung zur Seite zu stehen. Er beginnt mit einem einfachen Programm, bringt dir Dinge aus dem Garten – einen eigenartig geformten Stein, ein Blatt, einen Vogelflügel – oder liest dir aus der Zeitung vor. Seine Freude, wenn er etwas entdeckt, das dein Gehirn noch nicht bearbeitet hat – wie die Orangen –, und er dir etwas Neues beibringen kann, ist ansteckend.

Wie bei einem Kind achtet er darauf, dass du nicht zu viel Zeit im Internet verbringst, und überprüft die Websites, weil er der Meinung ist, dass zu viel Information dein neues Gehirn überfordern würde. *Geh, geh, geh, sagte der Vogel: Der Mensch kann nicht viel Wirklichkeit ertragen.* Früher wusstest du, wer das geschrieben hat, aber du kannst dich nicht erinnern. Dein Gedächtnis ist mit Fragmenten angefüllt, die Tim hochgeladen hat, bevor du aufgewacht bist. Oder *hochgefahren* wurdest, wie er manchmal auch sagt.

Dann – *klack* – ist die Antwort plötzlich da, aus der Cloud. *T.S. Eliot.*

Um dich vorerst zu schonen, spricht Tim nach wie vor nicht über die Umstände deines Todes. Er deutet lediglich an, dass es einen *Unfall* gegeben hat, und macht dann dicht. Bislang war noch nie ein Mensch imstande, sich an seine eigene Vernichtung zu erinnern, erklärt Tim. Das könnte unerträglich schmerzhaft und deshalb womöglich auch extrem schädlich für dich sein. Du vermutest aber, dass er das Thema nicht nur um deinetwillen meidet, sondern weil es auch für ihn selbst zu schmerzhaft sein könnte. Außerdem hat Tim sich nie lange mit Dingen aufgehalten, die in der Vergangenheit schiefgelaufen sind. Jetzt hat er dich ja zurückbekommen und wird wahrscheinlich so tun, als hätte es die schlimmen Jahre dazwischen gar nicht gegeben.

Du versuchst dir vorzustellen, was er durchgemacht hat, wie diese letzten fünf Jahre für ihn waren. In gewisser Weise hattest du es leichter, wird dir dabei klar. Du bist einfach gestorben, aber Tim hat furchtbares Leid durchlebt. Das siehst du an den tiefen Furchen in seinem Gesicht, den schütteren Haaren, dem kleinen Fastfood-Bauch an seinem früher muskulösen Läufer-Körper: Auswirkungen der Trauer und Einsamkeit, die ihn nächtelang umtrieben und dazu brachten, wie ein Besessener an deiner Neu-Erschaffung zu arbeiten. Er hat durchblicken lassen, dass er mehrmals fast kollabiert wäre, dass er Krach mit den Investoren hatte, dass Angestellte gekündigt haben. Die ersten Cobots waren verheerende Pleiten, berichtet er, Experimente, die Millionen Dollar verschlungen hatten und komplett misslangen. Doch Tim wollte nicht aufgeben, und nach dem fünften oder sechsten Anlauf sah er Licht am Ende des Tunnels. »Aber *dich* wollte ich erst entwickeln, wenn ich die Technologie vollkommen im Griff hatte. Ich wollte nicht, dass du als unausgegorenes Betaweibchen zurückkommst.«

»Was bin ich denn dann? Ein Prototyp?«

Tim schüttelt den Kopf. »Viel mehr. Ein Quantensprung. Ein Paradigmenwechsel. Und am allerwichtigsten: meine Frau.«

Manchmal sitzt er einfach nur vor dir und starrt dich an, genießt deinen Anblick, als könne er noch immer nicht glauben, dass du wirklich da bist. Als sei ihm so viel mehr gelungen, als er je für möglich gehalten hätte. Dann lächelst du ihn an, und er kommt wieder zu sich. »Hey. Entschuldige, Süße. Es ist einfach wunderbar, dass ich dich wiederhabe.«

»Es ist wunderbar, dass ich wieder da bin«, erwiderst du. Und ganz allmählich beginnst du, das auch selbst so zu empfinden.

7

Du stellst fest, dass Tim versucht hat, deinen Körper so lebensecht wie möglich zu gestalten. Deine Brust hebt und senkt sich, als würdest du atmen. Wenn es kalt ist, zitterst du, und wenn es warm ist, musst du Kleidung ablegen. Du blinzelst, seufzt und runzelst die Stirn und hast nicht immer Kontrolle darüber. Nachts schläfst du in einem Gästezimmer, um Tim nicht zu stören; oder vielmehr gehst du in einen Low-Power-Modus, in dem deine Akkus aufgeladen und weitere Erinnerungen hochgeladen werden. Diese Zeit magst du am liebsten, denn deine Träume erscheinen dir oft viel reicher als die Wirklichkeit.

In einer dieser Phasen erwacht die Erinnerung an den Tag nach Tims Heiratsantrag. Ihr wurdet in einem klimatisierten Mercedes zum Tadsch Mahal chauffiert; Tim hatte ein Vermögen dafür bezahlt, dass ihr dort eine Privatführung ohne Touristen bekommen konntet. Du warst die ganze Zeit in einem euphorischen Glücksrausch; auf der Rückbank an Tim geschmiegt, schautest du immer wieder staunend auf den riesigen roten Diamanten an deiner Hand.

Später erklärte euer Führer, der Palast sei als Denkmal für die geliebte verstorbene Frau des Großmoguls erbaut worden, Mumtaz Mahal.

»Sollte ich vor dir sterben, möchte ich auch mindestens einen Palast kriegen«, sagst du grinsend zu Tim.

»Ich werde verhindern, dass du vor mir stirbst.« Und sogar in dem Upload hörst du die Entschiedenheit in Tims Stimme.

Am vierten Tag werden Farben geliefert.

»Ich hoffe, die sind richtig«, sagt Tim, als er sie auspackt. »Du hast immer nur mit bestimmten Marken gearbeitet.«

Das weißt du nicht mehr. »Sie sind sicher gut.«

Aber was sollst du malen? Du hast keinen Impuls. Doch es ist Tim offenbar so wichtig, dass du dich zu einem Versuch zwingst. Die Orangen, beschließt du. Ein Stillleben. Du trägst die Schale mit den Früchten nach oben ins Atelier.

Vier Stunden später ist das Bild fast fertig, und du zeigst es Tim.

»Das ist ja unglaublich«, sagt er bewundernd. »Siehst du? Dein Talent ist unvermindert da.«

Zweifelnd blickst du auf die Leinwand. Dir kommt es eher vor, als würdest du zwar noch über die Technik verfügen, nicht aber über das Talent. Das Bild ist so detailgetreu und ausdruckslos, dass es auch eine Fotografie sein könnte.

Aber Tim ist begeistert und drängt dich, es zu signieren. *Abbie Cullen-Scott.* Die schwungvolle Handschrift sieht genauso aus wie früher. Aber die Signatur ist dennoch eine Fälschung. Ein digital erzeugtes Imitat. Genau wie du selbst.

Als Nächstes bestellt Tim Sportartikel. Es geht nicht darum, dass du abnimmst – dein Gewicht wird immer bei zweiundsiebzig Kilo liegen –, sondern dass deine Bewegungen natürlicher wirken. Auch eine Nintendo Wii trifft ein. Zu Anfang landest du mehrmals unsanft auf dem Boden beim Versuch, die einfachsten Nummern von *Dance Party* mitzumachen. Aber bei jedem Anlauf wirst du etwas geschmeidiger.

Du flichtst deine Haare zu Zöpfchen, wie auf dem Gemälde, und experimentierst sogar mit Make-up. Früher hast du dich kaum geschminkt, aber dieses neue Gesicht verlangt nach Akzentuierung. Dass du Künstlerin bist, ist eine Hilfe: Nach und nach entwickelst du ein Gespür dafür, wie du diese glatten Gummiflächen mit Highlighter und Lidschatten so gestalten kannst, dass dein Gesicht fast echt wirkt.

Auf Tims Vorschlag hin probierst du sogar Yoga und stellst erstaunt fest, dass du alle Übungen schaffst, auch schwierige wie *Taube*, *Pfau* und *Tittibhasana.* Tim schaut mit sichtlichem Stolz zu, und dir wird klar, dass dein Körper so perfekt konstruiert ist wie ein Rennwagen. Jetzt musst du ihn nur noch steuern lernen.

Tims drittes Geschenk ist ein großes Wettkampftrampolin. Als du den Lieferanten zusiehst, die es auf dem Rasen aufbauen, erinnerst du dich plötzlich daran, wie Tim dich bei einem eurer ersten Treffen ins House of Air, die Indoor-Trampolinanlage unweit der Golden Gate Bridge, ausgeführt hat. Damals wurde dir bewusst, dass Tim nicht nur von seiner Arbeit besessen war, sondern dass es auch Spaß machte, mit ihm zusammen zu sein. Hinterher seid ihr noch zusammen auf dem Bay Trail zum Fort Point spaziert und habt dort Händchen haltend aufs Meer geschaut.

»Wir sollten mal wieder in den Golden Gate Park gehen«, sagst du jetzt, angeregt durch die schöne Erinnerung. »Das war damals wunderbar.«

Tim zögert. »Das ist nicht so eine gute Idee, glaub ich. Zumindest vorerst nicht.«

»Warum nicht?«

»Das könnte jetzt noch schwierig sein.«

Du starrst ihn erschrocken an. »Du meinst, ich kann das Haus nicht verlassen?«

»Doch, doch, bald«, antwortet er hastig. »Wir müssen dich nur … darauf vorbereiten.«

Als das Trampolin aufgebaut ist, streift Tim seine Schuhe ab und klettert hinauf. »Kommst du?«, fragt er und streckt dir die Hände hin.

Vorsichtig ziehst du dich hoch. Auf der Fläche ist es zunächst nicht leicht, das Gleichgewicht zu halten, aber Tim hält dich fest und hopst nur ganz sachte.

»Genau«, sagt er aufmunternd. »Du machst das gut.« Er beginnt mit einem Countdown, wie vor dem Start einer Rakete. »Fünf, vier, drei, zwei, eins: Start!« Nun springt er fester auf die Fläche. Du spürst, wie sich deine Knie beugen, und dann passiert es, du bist in der Luft. Tim lässt dich los, und mit jedem Sprung kommst du höher, die Zöpfchen fliegen dir um den Kopf, und ihr lacht und johlt beide, während ihr in der Luft bizarre Verrenkungen vollführt.

Und zum ersten Mal, seit Tim dich nach Hause gebracht hat, spürst du diese besondere Freude, die nur durch Liebe entsteht; das Glück, das man nur mit der Person empfinden kann, der man zutraut, es im gemeinsamen Leben zu schützen und zu wahren. *Ich liebe dich*, denkst du berauscht. *Ich liebe dich, Tim.* Und obwohl du nur wilde Freudenschreie ausstößt, siehst du an Tims breitem Grinsen, dass er spürt, was du sagen willst.

8

Samstags geht Danny nicht zur Schule. Als du in sein Zimmer kommst, sitzt er auf dem Bettrand und hopst auf und ab. Das bringt dich auf eine Idee.

»Möchtest du mit rauskommen und mit mir auf dem Trampolin spielen, Danny?«

Er grunzt. Dannys Laute zu deuten, ist oft schwierig. Tim meint, es seien vermutlich nur sogenannte Stims, also Selbststimulationen. Niemand scheint genau zu wissen, weshalb Autisten das machen, aber es wird vermutet, dass sie sich damit Halt in einer unüberschaubaren, chaotischen Welt geben. Auch das Hopsen auf dem Bett, was Danny stundenlang machen kann, gehört zu diesen Verhaltensweisen. Wenn er sich gestresst fühlt, erzeugt er sensuelle Reize, um den Stress zu übertönen, indem er sich zum Beispiel in den Handrücken beißt.

»Danny?«, wiederholst du. »Möchtest du mit rauskommen und spielen?«

Es dauert einen Moment, dann schüttelt er den Kopf. »Nä.«

Ermutigt, weil er überhaupt geantwortet hat, streckst du die Hand aus. »Komm, Danny! Das macht Spaß!«

»Nicht!« Sians Stimme hinter dir. »Was machst du da?«

Du drehst dich um. Die Pädagogin sieht dich finster an.

»Ich versuche, Danny mit aufs Trampolin zu nehmen«, erklärst du, obwohl Sian das ja mitbekommen hat.

»Du machst das aber falsch. Du musst alles als klare Anweisung formulieren. Du musst sagen: *Steh auf, Danny.* Dann: *Nimm meine Hand, Danny.* Dann: *Geh mit mir nach unten, Danny,* und so weiter. Jedes Mal wenn etwas geklappt hat, sagst du *Gut gemacht* und gibst die nächste Anweisung.«

»Aber ich bin seine Mutter. Ich wollte freundlich sein.«

Sian wirft dir einen seltsamen Blick zu, und kurz denkst du, gleich wird sie eine Bemerkung zu dem Wort *Mutter* machen. Doch sie sagt nur: »Schon klar, aber was du gesagt hast, verwirrt Danny nur. Du hast gefragt, ob er rausgehen will, und er hat korrekt mit Nein geantwortet. Du hättest ihn dafür loben müssen, dass er eine Antwort gefunden und sie dann ausgesprochen hat. Stattdessen hast du seine Antwort nicht gewürdigt, sondern ihm die gleiche Frage noch mal gestellt.« Sian zuckt die Achseln. »Als du sagtest *Möchtest du …*, hast du ja eigentlich gemeint, dass *du* das möchtest. Natürlich hat es sich freundlich angehört, und die meisten Kinder verstehen das auch. Aber wenn man wie Danny mit Sprache Probleme hat, ist das der falsche Weg.«

Du fühlst dich kritisiert, aber dir fällt auch auf, dass ihr etwas gemeinsam habt, Danny und du: Beide versucht ihr eine Welt zu begreifen, in der ihr Außenseiter seid.

»Kannst du mir das beibringen?«, fragst du. »Deine Arbeitsmethode mit Danny, meine ich? Ich möchte lernen, es richtig zu machen.«

Sian zögert einen Moment. Dann sagt sie: »Klar, warum nicht«, klingt aber alles andere als begeistert.

»Fass deine Nase an, Danny.«

Du zählst bis drei, dann nimmst du Dannys Hand und führst sie zu seiner Nasenspitze. »Gut angefasst!«, sagst du so begeistert, als habe er das alleine geschafft. »Hier ist Thomas!«

Du gibst ihm die Lok und notierst das auf dem Protokoll. Danny darf Thomas dreißig Sekunden halten, dann nimmst du ihm die Lok wieder weg und wiederholst den ganzen Vorgang. Diesmal reagiert Danny ein klein wenig schneller. Das wird auch sofort vermerkt.

»Schau mich an, Danny.«

Er bewegt den Blick in deine Richtung. Zwar schaut er dir nicht in die Augen, wie man das normalerweise macht, aber dass er reagiert, ist das Wichtigste. »Gut geschaut!«, lobst du. »Hier ist Thomas!«

»Nicht schlecht«, sagt Sian widerstrebend. »Du hast das Prinzip verstanden.«

Dannys Trainingsprogramm besteht aus Hunderten dieser Übungen, die in der Fachsprache *Trials* oder *Drills* genannt werden. Jede Übung ist ein winziger Schritt auf einem langen Weg, und für jeden Schritt gibt es Rosinen oder das kurze Spiel mit Thomas. Und wenn Danny sich merkt, dass es eine Belohnung gibt, sobald er sich bemüht, geht es beim nächsten Mal etwas leichter.

So weit die Theorie. Am Protokoll kann man sehen, dass Danny einige dieser Übungen schon über tausend Mal gemacht hat. Aber Sian bleibt hartnäckig zuversichtlich.

»Guter Versuch, Danny! Gut gemacht!«

Plötzlich erinnerst du dich daran, wie du mit Danny vor seiner Erkrankung Verstecken gespielt hast. Wenn er sich versteckt hatte, war er so aufgeregt, dass er rief: »Ja, wo könnte er denn sein? Ist er unter dem Tisch? *Neeeein.* Unter dem Bett? *Neeeein.* Unter der Dusche? *Neeeein.*« Das war so rührend, dass du immer mitgespielt und an allen erwähnten Stellen gesucht hast. Später mutmaßte ein Psychiater, dass Danny eventuell schon damals nicht über die Fähigkeit verfügte, sich in einen anderen Menschen einzufühlen.

»Habe ich das ABA-Programm früher auch schon mit Danny gemacht?«, fragst du Sian.

»Ja. Hast du.«

»Und war ich gut darin?«

Sian zögert. »Wenn du wolltest, ja.«

»Was heißt das?«

»Das Programm kann für Eltern herausfordernd sein, weil sie emotional zu sehr involviert sind. Manchmal sagte Abbie: ›Wieso können wir ihn denn nicht einfach so sein lassen, wie er ist?‹ Aber die Übungen wurden in der Praxis erprobt. Wenn man Kindern mit Autismus ihre Stims lässt, verstärken die sich nur immer mehr. Und es ist unfair, jungen Menschen wie Danny die Chance zu verwehren, ihr ganzes Potenzial zu entfalten.«

Dir fällt auf, dass Sian *Abbie* statt *du* gesagt hat. Aber das ist zumindest schon mal besser als *es*.

Jeden Tag liebt man aufs Neue, und jeden Tag wird einem wieder das Herz gebrochen. Die Mutter eines autistischen Kindes weiß, dass ihre Gefühle niemals erwidert werden. Ihr Junge wird niemals *Ich hab dich lieb* sagen, niemals eine Muttertagskarte malen, niemals eine Bastelarbeit nach Hause bringen und auch keine Freundin oder Verlobte und schon gar kein Enkelkind. Er wird nie von seinem Tag erzählen oder sich mit seinen Ängsten anvertrauen.

Aber er wird seine Mutter immer brauchen, mehr als jedes andere Kind, weil er eben nicht für sich selbst kämpfen kann. Du musst ihn davor bewahren, sich von der Welt bedrängt zu fühlen. Du musst seine Übersetzerin und Beschützerin sein, sein

Bodyguard und Fürsprecher. Du musst dir genau überlegen, ob du den Staubsauger, die Mikrowelle, den Föhn oder andere Geräte einschaltest, die ihm Angst machen. Du kämpfst mit Ärzten, Kellnern, Lehrern, Polizeisirenen und den Marketing-Idioten, die ahnungslos die Farbe einer Cheerios-Packung verändern, woraufhin das Kind tagelang untröstlich ist.

Dein Junge wird vielleicht niemals eine Umarmung dulden, geschweige denn sie erwidern. Doch du kannst dich vor ihn stellen als sein Schutzschild und die Schläge abwehren, denen das Kind sonst hilflos ausgesetzt wäre.

Du musst ihm, quälend langsam, die simpelsten Dinge des Alltags beibringen: etwas nachahmen, um Essen bitten, Kleider aussuchen. Ein Lächeln von einem Stirnrunzeln zu unterscheiden und diese eigentümlichen Zuckungen eines Gesichts richtig zu deuten.

Und genau deshalb ist deine Liebe für Danny ganz besonders stark, brennt kraftvoll und unauslöschlich. Es ist die Liebe einer Kriegerin, die eher im Kampf sterben als auch nur einen Schritt weichen würde.

Eines Abends machst du Danny gerade bettfertig, als dir einfällt, dass du den Herd nicht ausgeschaltet hast. Als du zurückkommst, musst du feststellen, dass Danny inzwischen statt Zahnpasta eine deiner neuen Acrylfarben benutzt hat. Und er hat sie nicht nur fein säuberlich auf die Zahnbürste befördert, sondern die Tube auch in seiner kleinen Faust gehalten und gedrückt. Weshalb jetzt eine lange Sinuskurve Karmesinrot den Boden des Badezimmers, den Flur und die halbe Treppe ziert.

Danny schaut dich an und lächelt. Wobei sich herausstellt,

dass er sich mit der Farbe auch die Zähne geputzt hat. Er sieht aus wie ein fröhlicher kleiner Vampir.

»Gut gemacht, Danny«, sagst du perplex. »Gut nachgeahmt.« Es ist ja zwecklos, ihn für etwas zu rügen, das er für richtig hielt. Und dass er versucht hat zu wiederholen, was er beobachtet hat, ist tatsächlich ein Durchbruch.

»Da ploppen mächtig die Puffer«, sagt Danny verträumt. Das ist einer seiner Lieblingssprüche aus *Thomas und seine Freunde*, den Filmen über Thomas, die kleine Lokomotive.

9

Die drei Wochen sind noch lange nicht um, als Tim einen Anruf bekommt.

»*Was* hat er?«, fragt Tim fassungslos. »Nee, das mach ich selbst. Ich trau diesem Idioten nicht zu, dass er das geregelt bekommt.«

Er beendet das Gespräch. »Das war Mike. Ärgerliche Panne in der Firma. Ich muss hin.« Tim verzieht das Gesicht. »Wenn das für dich okay ist. Eigentlich möchte ich dich nicht allein lassen.«

Du hast schon geahnt, dass drei Wochen für ihn zu lang sind. Ihr wart damals nur zehn Tage auf Hochzeitsreise, und sogar da hat Tim sich jeden Morgen ins Badezimmer verkrochen, um E-Mails zu schreiben.

»Geh nur, ich komm zurecht.« Die Bücher im Wohnzimmer hast du schon alle verschlungen, aber das wandhohe Regal im oberen Flur muss noch in Angriff genommen werden.

»Falls du was brauchst, ruf mich einfach an.« Tim zieht etwas aus der Tasche. »Hier. Das solltest du jetzt wieder bei dir haben.«

Das ist ein altes Smartphone mit Kratzern, abgestoßenen Ecken und einer Papierhülle aus Tapetenresten.

»Die Hülle hast du selbst gemacht«, erklärt Tim. »Du warst spitze mit so was.«

Bevor er losfährt, küsst er dich auf die Stirn. »Ich liebe dich, Abs. Bis später.«

»Ich liebe dich auch.«

Als er weg ist, schaltest du das Handy sofort an. Tim hat dir immer noch nicht erzählt, was damals passiert ist, aber vielleicht ist das Smartphone aufschlussreich.

Du siehst dir die Nachrichten an. Die letzte wurde vor fünf Jahren an jemanden namens Jacinta G. geschickt.

Bin dabei! Freu mich auf Pinot und Rufmord. Abs

Wer diese Jacinta ist, weißt du nicht, aber ihr hattet offenbar einen Mädelsabend geplant. Und dann bist du überraschend gestorben. Du konntest nicht wissen, dass das hier die letzte Textnachricht deines Lebens sein würde.

Du liest weiter. Die meisten Namen sagen dir nichts mehr. Aber dann fällt dir einer auf.

Lisa.

Deine Schwester. Du überlegst, ob du sie anrufen sollst. Aber vielleicht hat Tim ihr gar nichts erzählt. Von *dir*. Du kannst nicht einfach ohne Vorwarnung anrufen. Zögernd scrollst du weiter.

Tims Name taucht auf. Deine letzte Nachricht an ihn:

Hier alles gut. Bleibe noch einen Tag, okay?

Nach wenigen Minuten hatte er geantwortet:

Klar, so lange du willst. x

Du überfliegst eure Unterhaltung, liest hier und da etwas.

Romantischer Abend? Für 7 reservieren? A xx

Tims Antwort war kaum zu entziffern, wahrscheinlich während einer Sitzung unter dem Tisch geschrieben:

Leidr Romantk mit Teds debile Programmier. Wrd spät.

Kein Ding. Lieferservice? Xx

Ich bing was mt. Steak? Kerz? Wein? Schokodess?

Schokodess super. Xx

Ihr wart ein glückliches Paar, denkst du. Trotz Danny und trotz Tims Typ-A-Persönlichkeit habt ihr es gut hingekriegt.

Du scrollst weiter, bis zu den Nachrichten von vor zehn Jahren.

Danke für den schönen Abend. Und die noch schönere Nacht! Tim x

Und wie schön!! A xx

Du wirst rührselig. Vielleicht könnt ihr wieder romantische Abende haben. Tanzen, Händchenhalten, vielleicht sogar Küsse. Aber diese ganz besondere körperliche Verbindung beim Sex bleibt dir vorenthalten.

Ein Wort kommt dir plötzlich in den Sinn, das Wort, das dein Gefühl beim Lesen dieser Nachrichten auf den Punkt bringt.

Das Wort lautet: *Neid.*

Du willst das Handy gerade weglegen, als dir das Safari-Icon auffällt. Du drückst darauf, eine Suchmaschine.

Endlich. Rasch tippst du: *Abbie Cullen-Scott San Francisco Tod Unfall.*

Gespannt wartest du ab. Dann …

Seite gesperrt.

Verblüfft starrst du aufs Display. Wieso gesperrt?

Dann wird dir schlagartig klar, dass Tim eine Sperre eingebaut haben muss, wie man es für Kinder macht. Nur dass in diesem Fall dir der Zugang zu den Umständen deines eigenen Todes blockiert ist.

Weil Tim dich liebt, sagst du dir. Er hat vorausgesehen, dass die Versuchung zu groß sein würde. Was beweist, wie gut er dich kennt und wie viel ihm daran liegt, dir Belastungen zu ersparen.

Du fragst dich, ob er jetzt irgendeine Meldung über deinen Versuch bekommt. Und hoffst inständig, dass es nicht so ist. Deine Schwächen möchtest du gerne für dich behalten.

Noch schöner wäre es aber, wenn mein Mann Vertrauen zu mir hätte, denkst du, musst dir aber eingestehen, dass sein Misstrauen ja berechtigt war.

Du überlegst, was er wohl noch gesperrt hat, und checkst Facebook, Twitter und Instagram. Nur Instagram ist zugänglich, und auch da sind Links zu bestimmten Accounts gesperrt.

War irgendetwas so grauenhaft, dass Tim dich vor dem Wissen beschützen will? Vor welchen Einflüsterungen aus den Tiefen des Internets will er dich bewahren?

Dann erinnerst du dich an den Abscheu in den Augen des Taxifahrers, der euch von der Firma nach Hause gefahren hat. Nicht vorstellbar, so etwas in Hochpotenz aus dem Internet ausgesetzt zu sein!

Tim hat recht, beschließt du. Zu viel Realität würde dir vielleicht wirklich noch nicht guttun.

DREI

Anfänglich machte Abbie Cullen noch nicht viel. Sie hatte einen eigenen Schreibtisch bekommen. Wir zeigten ihr den Pausenraum, wo es Bagels und Frischkäse umsonst gab, die Toiletten und die Müllentsorgung. Jenny Austin – Mikes Frau – brachte ihr ein Laptop, und alle schlugen sich darum, wer es für sie einrichten und mit unserem Netzwerk verbinden durfte. (Tim beschäftigte niemanden für solche Arbeiten, weil er fand, man sei in diesem Unternehmen fehl am Platz, wenn man so was nicht selbst beherrschte.) Danach saß Abbie eigentlich nur herum und plauderte mit allen.

Wir hatten einen Billardtisch im Großraumbüro, der aber nur zweckentfremdet wurde, weil niemand von Tim beim Spielen ertappt werden wollte. Stattdessen nutzten wir den Tisch als Abstellplatz, wenn noch spätabends Pizza bestellt wurde, und entsprechend war der blaue Filz so fleckig wie eine uralte Matratze. Aber als Abbie Cullen sich ein Queue schnappte und zum Nächstbesten – das war zufällig Rajesh – sagte: »Spielen wir eine Runde?«, versammelten wir uns alle, um zuzuschauen. Und Abbie spielte nicht mal leise, sondern jubelte lautstark, wenn sie eine Kugel versenkt hatte.

Abbie ging dazu über, sich bei uns allen haargenau zu erkundigen, was wir eigentlich machten. Damit sie dabei nicht auf uns herunterschauen musste, ging sie entweder neben uns in die Hocke oder setzte sich auf den Rand des Tischs und ließ ihre langen Beine baumeln. Sie wirkte aufrichtig interessiert an unserer Arbeit und konnte staunen wie ein Kind. Abbie war wirklich reizend und liebenswert. Beim Sprechen legte sie einem oft die Hand auf den Arm; nicht um zu flirten, sondern wohl eher, weil Berührungen für sie ganz natürlich waren.

Wir alle waren begeistert von ihr.

Am zweiten Tag trug sie ein Debbie-Harry-T-Shirt, eine alte Lederjacke und Ripped Jeans. Einige fanden das für den Arbeitsplatz sehr lässig. Aber sie war schließlich keine Angestellte, sondern Künstlerin.

Jemand fragte sie, ob sie schon wisse, was ihr nächstes Projekt sein würde. Sie schüttelte den Kopf. »Ich warte noch auf eine Idee.« Keine Rede davon, dass sie daran *arbeitete* oder dass es bald losgehen würde. Offenbar wollte sie wirklich einfach *abwarten*, bis sich die Idee von selbst einfand. Wir bewunderten ihre Gelassenheit, machten uns aber auch Sorgen. Wenn die Idee nun ausblieb? Würde Abbie irgendwann aufgeben? Und würde sie uns dann wieder verlassen müssen?

Wir warteten, und »Abbies Projekt« entwickelte sich im Pausenraum zum Gesprächsstoff. »Heute Morgen hat sie mit den Verfahrensmechanikern geredet. Wahrscheinlich will sie den 3-D-Drucker einsetzen.« – »Ich hab gehört, sie will Porträts von uns machen.« – »Sie interessiert sich für die Programmierung der Bots. Die will sie sicher in ihr Projekt einbeziehen.«

Dann begann Abbie Tim Widerworte zu geben und wurde uns noch sympathischer.

Beim ersten Mal war es noch eine kleinere Szene. Tim stauchte einen der neuen Entwickler zusammen. Der Typ tat uns leid. Uns allen war das auch schon mehr als einmal passiert, aber insgeheim waren wir froh, dass wir diesmal verschont blieben. Wir hatten für alles Mögliche eigene Ausdrücke: Wurde man zusammengeschrien, dann wurde man *vertimmt* oder bekam *Tim-Haue*. Wenn wir die ganze Nacht durcharbeiten mussten, nannten wir das *Tim-Nacht*, und wenn man anfangen musste, bevor es hell war, hieß das *Tim-Time*. Fairerweise muss man sagen, dass seine Wutausbrüche selten ungerechtfertigt waren, aber das machte sie nicht angenehmer. Erledigte man eine Aufgabe nicht nach Wunsch, war das für Tim nicht einfach ein Fehler, sondern Beweis dafür, dass jemand nicht die gleiche Perfektion anstrebte wie er, dass die Ansprüche oder das Engagement der Person von Grund auf mangelhaft waren. Im Bruchteil einer Sekunde landete Tim vom Spezifischen beim Grundsätzlichen.

»Wir produzieren hier keine *Notlösungen*«, fuhr er den bedauernswerten Entwickler an. »Wir machen nichts *Zweitklassiges*. Und ganz bestimmt *scheitern wir nicht*. Wenn etwas nicht gut genug ist, dann reparierst du es nicht, sondern du erfindest es *neu*. Glaubst du vielleicht, Elon Musk hatte vor, ein besseres Auto zu bauen? *Ganz und gar nicht*. Er hat sich vorgenommen, etwas zu bauen, was das Auto *ersetzen* kann. Du aber, mein Freund, *polierst hier Stoßstangen*.«

An dieser Stelle warf Abbie ein: »Was wäre gegen ein Motorrad einzuwenden?«

Das war keine sonderlich geistreiche oder witzige Bemerkung. Aber dass Abbie überhaupt etwas gesagt und darauf reagiert hatte, dass Tim den armen Kerl in Grund und Boden schrie, durchbrach die vierte Wand, die uns von Tim trennte. Und insgeheim spendeten wir Abbie Applaus und jubelten ihr zu.

Tim sah sie mit ausdruckslosem Blick an. »Nichts ist gegen Motorräder einzuwenden. Wenn du gerne ein fahrerloses Motorrad erfinden möchtest: bitte gerne, jederzeit.«

Und damit fing alles an.

10

Oben im Flur breitest du alte Bettlaken aus und nimmst dir das Bücherregal vor, Reihe um Reihe. Die Bücher sind völlig eingestaubt, wurden eindeutig seit Jahren nicht mehr berührt. Mit einem Tuch wischst du jedes einzelne ab, suchst dir dabei die aus, die du lesen möchtest. In den interessanteren hältst du Ausschau nach Kommentaren oder Notizen. Einen Moment lang kannst du dich nicht an das richtige Wort für so etwas erinnern, dann fällt es dir plötzlich wieder ein. *Marginalien.* Natürlich. Du merkst, dass du für solche Wörter ein Faible hast.

Und fragst dich, ob das immer so war oder ob es mit deinem neuen Gehirn zu tun hat.

Ganz unten stehen hauptsächlich Kochbücher. In einem Buch mit venezianischen Rezepten hat Tim dir zum Hochzeitstag gratuliert und geschrieben: *Die tollste Reise überhaupt!* In *Das inoffizielle Harry-Potter-Kochbuch* findest du die rätselhafte Bemerkung: *Geschenk Nummer siebenunddreißig!* In *Köstlichkeiten aus Indien* steht in Tims Handschrift: *Für Miss Abigail Cullen, die bald Mrs. Cullen-Scott sein wird. Vom glücklichsten Ingenieur der Welt.*

In der Klappe des Umschlags steckt ein Theaterprogramm, irgendwas Experimentelles im Cutting Ball. Auf der Rückseite ein Dialog zwischen euch beiden.

Eingeschlafen?

Fast.

Ich denk an Essen.

Mmmmm …

Italienisch?

Austern!

Abhauen?

Bin dabei.

In der Klappe des Buches steckt auch noch eine herzförmige handbemalte Valentinskarte: *Lieber Tim, ich schenke dir mein Herz.* Ein anderes Wort fällt dir wieder ein, das dir auch sehr gut gefällt. *Ephemera.*

Als du *Die französische Küche* von Elizabeth David herausziehst, klappt das Buch an einer Stelle von alleine auf. Die Seite ist mit Klecksen vom Kochen übersät. Ein Satz wurde unterstrichen: *Eine Bouillabaisse kann nur gelingen, wenn man am Mittelmeer lebt.* Dein früheres Ich hat an den Rand geschrieben: *Ich werd's schaffen!!!!* Darunter offenbar eine Einkaufsliste.

- *Rascasse*
- *Petersfisch*
- *Galinette (oder Gurnard)*
- *Safran*

Und mit einem anderen Stift die Notiz:

Merke: Tomaten DOPPELT so lange köcheln, wie diese Tyrannin schreibt.

Lächelnd legst du das Buch zur Seite. Du kannst zwar selbst nichts essen, findest aber die Vorstellung schön, für Tim etwas von früher zu kochen.

Als du die Hälfte des Regals durchgesehen hast, gibt dein Handy den Ton für eine Nachricht von sich, und du fragst dich, wer wohl geschrieben hat. Dann fällt dir ein, dass es ja nur Tim sein kann. Niemand außer ihm weiß, dass dieses Handy wieder in Betrieb ist.

Alles ok mit dir? Wäre so gern bei dir. X

Du freust dich und antwortest:

Arbeit ist wichtig! Geht mir gut. Liebe dich. Xx

Dann wartest du, aber es passiert nichts weiter.

Als Nächstes ziehst du ein Buch von ganz oben heraus, taumelst fast rückwärts, weil es so leicht ist. Der Einband hat sich gelöst. Wohl eines deiner Lieblingsbücher, denkst du, wenn du es in diesem Zustand aufbewahrt hast. Vielleicht kann man es neu binden lassen.

Vorsichtig schlägst du es auf und merkst dabei, dass das Buch kleiner ist als der Einband. Es ist ein Taschenbuch, von dem der Umschlag entfernt wurde, aber der Titel steht innen auf den einzelnen Seiten. *Limerenz überwinden.* Ein Selbsthilfebuch offenbar. Du blätterst es durch und siehst, dass immer wieder Absätze am Rand markiert wurden. Am Ende eines Kapitels sind sogar alle Zeilen eines ganzen Absatzes unterstrichen:

Limerenz oder obsessive Liebe wirken von außen betrachtet beinahe gleich. Aber ebenso wie die richtige Prise Salz das Fleisch würzt, zu viel Salz es hingegen verdirbt, muss man zwischen wahrer Liebe und Limerenz sorgfältig unterscheiden.

Du legst das Buch beiseite und nimmst dir vor, es Tim zu zeigen. Vielleicht hat er eine Erklärung dafür.

Als du dich erneut dem Regal zuwendest, meldet sich das Handy wieder. Rasch greifst du danach, in der Hoffnung, dass Tim noch etwas schreibt. Aber als Absender steht da nur FREUND.

Erstaunt liest du die Nachricht, die lediglich aus fünf Wörtern besteht:

Dieses Handy ist nicht sicher.

Du starrst auf die Nachricht. FREUND hat früher nichts geschrieben, es gibt also keinen Hinweis, wer das sein könnte.

Noch während du aufs Display starrst, löst sich die Nachricht langsam auf und verschwindet. Irgendein Spam, Typ Snapchat, denkst du dir.

Du machst mit den Büchern weiter. Am Ende einer Reihe stößt du auf *Ariel* von Sylvia Plath. Eine Erinnerung taucht auf. Als junges Mädchen hast du diese Gedichte gelesen und so heftig dafür geschwärmt, wie man es nur in seiner Jugend tut. Du ziehst den Band heraus, und wieder löst sich der Umschlag. Gespannt nimmst du den Inhalt aus dem Regal, doch diesmal handelt es sich nicht um ein Buch. Sondern um ein kleines Tablet. Ein iPad Mini, das offenbar hier versteckt wurde. Es hat keine spezielle Hülle wie dein Smartphone, nichts weist darauf hin, wem es gehören könnte. Aber wer außer dir selbst würde so etwas zwischen *deinen* Büchern verstecken?

Doch *vor wem* hast du es damals versteckt? Vor Danny?

Nein. Danny war vier. Wenn er etwas nicht in die Hände bekommen sollte, musste man es nur außer Reichweite platzieren.

Tim. Du musst es vor Tim versteckt haben.

Bist du eine Frau, die Geheimnisse vor ihrem Mann hat? Der Gedanke ist verstörend, fast schockierend, aber nicht komplett verwunderlich. Er fühlt sich irgendwie … richtig an, wie Wörter oder Fakten einem manchmal eben richtig vorkommen, ohne dass man es erklären könnte.

Tim ist nicht von der Sorte entspannter Ehemann. Vielleicht wolltest du eine nervige Diskussion vermeiden. Auch in einer Ehe hat eine Frau schließlich ein Recht auf Privatsphäre.

Aber ein verstecktes iPad?, sagt eine innere Stimme zweifelnd. *Das ist mehr als nur Privatsphäre.*

Das ist ein Geheimnis.

Und dann dieser mysteriöse »Freund«. Wie seltsam, dass dir just in dem Moment jemand schreibt, dein Handy sei nicht sicher, als quasi aus dem Nichts ein anderes Gerät auftaucht.

Du versuchst, das iPad einzuschalten, aber nichts tut sich. Es ist natürlich nicht geladen. Du nimmst es mit in die Küche und steckst es ans Ladegerät. Als du gerade wieder hochgehen willst, summt die Gegensprechanlage. Hinter dem farbigen Glas in der Haustür siehst du ein Gesicht, durch die Glasfragmente orangerot gefärbt. Die strähnigen langen Haare kommen dir bekannt vor.

Du machst auf, und vor dir steht Tims Kollege, der Mann, der dich noch in der Firma behalten wollte. Du versuchst dich an seinen Namen zu erinnern. Mike Austin, genau.

»Abbie«, sagt er. »Hey.«

»Tim ist nicht da. Er ist in die Firma gefahren.«

Mike nickt. »Weiß ich. Ich komme gerade von da.«

»Warum bist du dann …«

»Ich wollte mit dir reden. Alleine.«

11

Du kochst Kaffee für Mike.

»Ist es schwierig für dich, dass du selbst nichts trinken kannst?«, fragt er, als du ihm die Kaffeetasse hinstellst.

»Glaub mir, es gibt jede Menge anderer Sachen, die ich an dieser Situation viel schwieriger finde.«

»Denk ich mir.« Mike sieht dich über den Rand der Tasse hinweg an, pustet auf den Kaffee. »Was hast du von *mir* noch in Erinnerung, Abbie?«

»Ich hab dich in der Firma gesehen. Du arbeitest mit Tim zusammen.«

»Ja, aber ich bin nicht nur Tims Kollege, ich bin auch sein engster Freund. Und Mitbegründer von Scott Robotics. Ich war euer Trauzeuge … weißt du das nicht?«

Du hast keinerlei Erinnerung daran. »Tim sagte mir, er habe selektiv vorgehen müssen. Er wollte mein Gedächtnis nicht gleich überlasten.« Du zögerst einen Moment. »Er wollte mir nicht mal sagen, wie ich zu Tode gekommen bin.«

»Hat er dir erklärt, warum?«

»Er glaubt wohl, es könnte mich überfordern.«

Mike trinkt einen Schluck Kaffee. »Ja, damit hat er recht. In fünf Jahren eine empfindungsfähige KI zu entwickeln … das ist eine extreme Leistung. Aber Tim war … besessen davon, sein Ziel möglichst schnell zu erreichen. *Dich* zu erschaffen.«

Du verstehst nicht recht, was Mike dir sagen will. »Und er hat es geschafft. Hier bin ich.«

»Ja. Hier bist du. Aber es geht auch darum, *wie* du bist … hast du schon mal von einer KI namens Tay gehört?«

Du schüttelst den Kopf.

»Tay war ein selbstlernender Chatbot, der vor ein paar Jahren von Microsoft bei Twitter vorgestellt wurde. Seine ersten Tweets waren recht nett, er schrieb, wie toll die Menschheit sei und wie sehr er sich freue zu existieren, und so was. Binnen vierundzwanzig Stunden hat er dann aber getwittert, Feministinnen sollten in der Hölle schmoren und Hitler habe das mit den Juden richtig gemacht. Das adaptive Lernen hat *zu* gut funktioniert.«

»Ich werd mich bemühen, nicht durchzudrehen. Und nicht zu twittern.«

Das war scherzhaft gemeint, aber Mike nickt ernst.

»Ich weiß wohl, dass dein Gehirn besser konstruiert ist. Aber nicht mal ich könnte darauf schwören, dass wir alles richtig gemacht haben. Wir hatten nämlich oft nicht mal Zeit, die einzelnen Schritte zu überprüfen.« Er hievt seine Laptoptasche auf den Tisch. »Es war ziemlich verantwortungslos von Tim, dich einfach mitzunehmen, bevor wir alle Tests gemacht hatten. Aber ich kann das hier nachholen.«

Jetzt stellen sich ein paar Erinnerungen ein. »Das ist eigentlich dein Job, oder? Hinter Tim herzuarbeiten, alles zu überprüfen, wofür er zu ungeduldig war. Wenn er eine Abkürzung nimmt, überprüfst du alles noch mal. Wenn er es eilig hat, kümmerst du dich um die Details.«

Mike lächelt spärlich. »Ich betrachte es lieber als Beziehung, in der man sich gegenseitig ergänzt. Tim ist wie ein Architekt, er hat das große Ganze im Blick. Aber ein Architekt ist immer nur so gut wie sein Bauleiter. Stehst du bitte mal auf?« Er holt ein Kabel aus der Tasche.

»Bist du sicher, dass Tim nichts dagegen hat?«, sagst du.

»An deiner Stelle würde ich es nicht erwähnen. Es würde ihn nur unnötig aufregen.« Mike bückt sich, und du hörst ein Klicken, als das Kabel in deine Hüfte gesteckt wird.

Dir ist nicht wohl dabei. Es fühlt sich nicht richtig an, das hinter Tims Rücken zu machen. Doch dann denkst du, dass du auch nicht vorhattest, mit ihm über dieses iPad zu sprechen. Zumindest nicht, bevor du nicht weißt, was drauf ist. Also hast du schon zwei Geheimnisse.

Mikes Laptop gibt mehrere Pieptöne von sich. »Was genau testest du?«

Er starrt konzentriert auf den Bildschirm, schaut nicht auf. »Wie gesagt: Tim hatte es ziemlich eilig. Weshalb es einfacher war, eine digitale Version des menschlichen Gehirns zu konstruieren, als ein künstliches zu entwickeln. Oder präziser gesagt: eine digitale Version der menschlichen *Gehirne.* Den meisten Menschen ist das nicht bewusst, aber der Hauptteil unseres Gehirns – dieser Teil, der wie eine große Walnuss aussieht – ist noch relativ jung. Er hat sich erst herausgebildet, nachdem der Mensch Sprache entwickelte. Darunter befindet sich ein älterer und kleinerer Teil, das sogenannte limbische System, das aus der Zeit der ersten Säugetiere stammt. Dort entstehen die Gefühle: Freundschaft, Liebe, alles, was wir fürs soziale Leben brauchen.«

»Und aus diesem Teil kommt auch meine Empathie?«

»Davon gehen wir aus«, antwortet Mike. »Und wiederum *darunter* befindet sich ein noch älterer Gehirnteil, der Hirnstamm. Der ist für die unbewussten Impulse zuständig, für Atmung, Gleichgewicht, den Überlebensinstinkt. Aber wie diese drei Teile zusammenwirken, ist noch immer nicht ganz klar. Und manchmal gerät das ganze System durcheinander. Es ist ohnehin nicht sonderlich funktionstüchtig, eher wie ein Haus, bei dem man über Jahrhunderte immer wieder was angebaut hat, anstatt es von Anfang an solide zu konstruieren. Meist läuft zwar alles, aber wenn was schiefgeht, ist die Reparatur höllisch kompliziert. Weshalb du theoretisch anfällig sein könntest für alle Probleme, die Menschen auch haben – Persönlichkeitsstörungen, Psychosen, Konfabulieren …«

»*Konfabulieren?*«

»Selbsttäuschung. Da bildet man sich Dinge ein.«

Du starrst Mike an. »Soll das heißen, ich kann meinen Erinnerungen nicht trauen?«

»Niemand sollte seinen Erinnerungen bedingungslos trauen. Dann hast du wohl bislang keine Probleme bemerkt?«

»Nein«, antwortest du knapp.

»Gut.« Mikes Finger huschen über die Tasten. Das Klacken zerrt an deinen Nerven.

Dann fällt dir plötzlich etwas auf. »Wenn du Tims bester Freund bist … warum hat er dann kein Material hochgeladen, in dem du vorkommst? Wieso kann ich mich nicht an dich erinnern?«

Jetzt schaut Mike auf. »Vermutlich weil ihm klar ist, dass ich dich nicht sonderlich mag«, sagt er ruhig. »Oder, genauer gesagt: dass ich dich nicht ausstehen kann.«

12

»Die Abbie von damals?«, fragst du bestürzt. »Oder meine jetzige Version?«

»Beide«, antwortet Mike nüchtern. »Wobei das vielleicht in Bezug auf die Original-Abbie etwas übertrieben ist. Ich meine, eigentlich musste man dich mögen. Du warst eine idealistische, lebhafte, hübsche junge Frau, ohne jede Spur von Zynismus in dir. Und du hattest nicht mal was mit Technik am Hut. Kein Wunder, dass Tim sich in dich verguckt hat. Eigentlich warst auch nicht du das Problem. Sondern *er*.

Beziehungen sind in unserer Branche schwierig. Während des Studiums sind IT-Nerds nicht cool genug, um Mädchen abzukriegen, und hängen ständig zum Lernen mit anderen Männern ab. Nach dem Studium stürzen sie sich in eine Firmengründung und haben keine Zeit für ein Sozialleben, bis sie was auf die Beine gestellt haben. Und dann sind sie mit einem Schlag reich, jetten durch die Welt, halten Reden, bekommen in Nachtklubs die besten Tische, werden von *Vanity Fair* und *Time* interviewt. An dem Punkt ist die Hälfte von denen noch Jungfrau. Kein Wunder, dass sie den Verstand verlieren, sobald ihnen die erstbeste hübsche Frau sagt, sie seien ja so faszinierend.«

Du runzelst die Stirn. »Tim hat nicht den *Verstand* verloren, sondern sein *Herz*. Das ist ja wohl was anderes.«

»Mag sein.« Mike zuckt die Achseln. »Aber du hast bereitwillig mitgemacht. Brauchtest nur irgendeinen Designernamen zu sagen, dann stand Tim dort vor der Tür und kaufte dir die neuesten Kleider oder Handtaschen. Du hast das meiste Zeug wieder zurückgebracht und gegen was eingetauscht, das dir besser gefiel. Tims Geschmack ist miserabel, was du ihm auch immer wieder unter die Nase gerieben hast.«

Du denkst an die Kleider in dem begehbaren Schrank, diese teuren Boho-Chic-Klamotten. »Willst du damit sagen, ich war auf Tims Geld aus?«

Mike schüttelt den Kopf. »Nee, Tim wusste, welche Frauen nur sein Geld wollten. Es gibt so eine Sorte, die auf Silicon-Valley-Firmengründer spezialisiert ist, und die erkannte er auf Anhieb. Und fairerweise muss man sagen, Geld hat dich nicht sonderlich interessiert. Aber seine Begeisterung für dich hast du genossen. Du hattest wohl gerade irgendeine übel gescheiterte Beziehung hinter dir, da hat es sicher gutgetan, vergöttert zu werden.«

Seine Tasse ist fast leer, und Mike dreht sie gedankenverloren im Kreis.

»Tim hatte kein Gespür für die potenziellen Probleme«, spricht er weiter, »aber ich hab sie kommen sehen, und zwar beruflich wie privat. Angeblich sollen sich Gegensätze ja anziehen, aber es gibt jede Menge Studien, die das Gegenteil beweisen. *Ähnlichkeiten* sind die beste Basis für stabile Langzeitbeziehungen – Ähnlichkeiten und Pragmatismus.

Wer von Tim Zuwendung bekommt, fühlt sich wie der wichtigste Mensch der Welt. Packt man noch den ganzen Jetset-Lebensstil dazu – Villen, Autos, roter Teppich, Fundraising –, ist das alles wie im Film. Aber der Schein trügt. Tims Leben besteht aus Nachtarbeit, stressigen Präsentationsterminen, E-Mail-Fluten und technischen Problemen. Das alles fordert ihn zu hundert Prozent. Menschen wie Tim brauchen stille, unterstützende Partner, die gerne im Hintergrund bleiben. Keine großen Leidenschaften, die nur von der Arbeit ablenken.«

Mike hört sich irgendwie traurig an. Und schlagartig wird dir klar, was sich damals abgespielt hat.

Wahrscheinlich war Mike furchtbar *eifersüchtig*. Damals in der Garage hatte er Tim noch ganz für sich alleine. Als das Unternehmen wuchs, ließ die Intensität der Beziehung nach, aber immerhin hatten die beiden ihr gemeinsames Baby, die Firma, die sie zusammen gegründet hatten.

Und ganz sicher wollte Mike nicht, dass Tim sich in eine Person verliebte, die nicht zu diesem eingeschworenen magischen Zirkel gehörte. In jemanden, der von der gemeinsamen Mission ablenkte.

Diese Gedanken behältst du aber für dich und sagst nur ruhig: »Und heute? Warum magst du mich in meiner heutigen Form nicht?«

»Tja, wo soll ich da anfangen?« Mike lächelt wehmütig. »Versteh mich bitte nicht falsch – ich habe nichts gegen dich persönlich. Und seine Frau zu verlieren, ist eine Tragödie, die ich niemandem wünsche, schon gar nicht meinem besten Freund. Nach deinem Tod war Tim am Boden zerstört. Und die Firma beinahe auch, da sie quasi aus ihm besteht, jedenfalls aus Sicht der Geldgeber. Dann, etwa ein Jahr später, verkündete Tim plötzlich, wir sollten eine KI mit emotionaler Intelligenz entwickeln. Ich hielt das für ein Zeichen, dass er die Trauerphase überstanden hatte und wieder an die Arbeit denken konnte. Deshalb hab ich sofort eingewilligt.«

Du glaubst zwar nicht, dass Tim Mike um seine Zustimmung gebeten hat, sagst aber nichts. »Und dann?«

»Ist er mit voller Kraft durchgestartet. Mit absolut extremem

Einsatz, sogar für seine Verhältnisse. Verlangte den Angestellten das Äußerste ab. Als einige das nicht durchhielten, stellte Tim neue ein, was es auch kostete. Erst nach anderthalb Jahren sagte er mir, was er wirklich vorhatte. Ich war fassungslos. Der ganze Aufwand, das geliehene Geld, die Kautionen, die durchgeschufteten Nächte – das alles nur, um *dich* zu erschaffen. Und jetzt, wo er dich hat …«

»Ja?«

»Wir haben Millionen ausgegeben, und was haben wir damit bewiesen?«, sagt Mike leise. »Dass wir über die technischen Möglichkeiten verfügen, eine recht exakte Nachbildung eines toten Menschen zu erschaffen. Ja sicher, das ist ein Durchbruch – aber wozu? Nur ein Mann, der vor Trauer wahnsinnig geworden ist, kann glauben, dass so etwas von gesellschaftlichem Nutzen ist. Was *verändert* man damit? Rein gar nichts. Man bewahrt lediglich Vergangenheit. Klar ist es eine Tragödie, wenn jemand stirbt. Aber es gibt andere Menschen, in die man sich verlieben kann, und das Leben geht weiter. Verglichen mit fahrerlosen Fahrzeugen, Nanochirurgie oder sogar Drohnen, die Lebensmittel liefern, bist du eine Sackgasse. Fraglos ein Beispiel exzellenter Technologie. Aber für etwas völlig Zweckloses vergeudet.« Mike hält inne. »Ich bin übrigens ziemlich sicher, dass Tim das genauso sehen würde … wenn es nicht um dich ginge.«

»Er liebt mich«, wendest du ein. »Andere trauernde Männer bauen riesige Grabmäler. Tim hat eben eine KI entwickelt.«

»Grabmäler bringen etwas zum Abschluss. Du bist genau das Gegenteil. Denk doch mal nach. Solange es dich gibt, wird Tim niemals über den Tod der echten Abbie hinwegkommen oder eine neue Liebe finden. Im besten Fall bleibst du für immer ein schattenhafter Abklatsch der Person, die er geliebt hat. Wie soll denn daraus eine erfüllende Beziehung entstehen? Eine andere Frau, die nicht Abbie Cullen ist und auch nicht versucht, sie zu imitieren … so eine Frau hätte vielleicht die Chance, Tim zu heilen, ihm für sein weiteres Leben zur Seite zu stehen. Doch nun wird keine Frau jemals diese Chance bekommen. Deine Existenz beraubt Tim genau der Möglichkeit, die er angestrebt hat.«

Du empfindest einen Anflug von Zorn; auch weil dir Mikes Argumente einleuchten. »Angenommen, Tim hätte eine andere Frau gefunden … auf die wärst du doch auch eifersüchtig. Und du würdest sie genauso ablehnen wie mich, weil sie mehr Raum in seinem Leben einnimmt als du.«

Mike lächelt säuerlich. »Glaubst du, das hör ich zum ersten Mal? Ich kenne meinen Platz in Tims Leben und habe seit Langem meinen Frieden damit gemacht. Klar steh ich in seinem Schatten. Aber da ist ziemlich viel Platz. Und *ich* hab das Glück, eine solide Ehe zu führen.«

»Mit Jenny. Einer eurer Angestellten.«

»Genau. Der brillantesten Programmiererin, die ich kenne. Die außerdem weiß, dass für eine lebenslange Beziehung Güte, Kompromisse und manchmal auch harte Arbeit nötig sind.« Mike klappt sein Laptop zu. »Gute Nachricht: Du funktionierst einwandfrei. Was aber vielleicht mehr auf Glück als auf gute Programmierung zurückzuführen ist.«

Ein Piepton ist zu hören. Erschrocken drehst du dich um, weil du denkst, es sei das iPad, aber es war dein eigenes Handy. Tim schreibt:

Liebe dich auch. Alles klar? Langweilst du dich? x

»Tim?«, fragt Mike.

»Ja.« Du schreibst schnell: Alles gut! X

»Hast du ihm gesagt, dass ich hier bin?«

Du schüttelst den Kopf.

»Richtige Entscheidung. Wir sollten das für uns behalten.« Mike wickelt das Kabel vom Laptop auf. »Das wirst du noch lernen, Abbie. Im Umgang mit Tim ist absolute Offenheit nicht angeraten. Man sollte lieber selektiv sein, wenn man Tim richtig händeln will.«

»Ich will Tim nicht *händeln*. Er ist mein Mann.«

Mike bleibt einen Moment lang stumm. Dann sagt er leichthin: »Weißt du, wir zwei haben etwas gemein: Wir wollen beide nur das Beste für Tim. Deshalb vergiss bitte nicht, wie verletzlich er noch immer ist. Das Allerletzte, was er brauchen kann, ist Gefühlsstress. Oder Schmerz. Das würde ihn in dieser Lebenslage *umbringen*.«

Dich zu überprüfen, war offenbar nur ein Vorwand für dieses Gespräch, das du nicht ganz verstehst. Es kommt dir so vor, als solltest du vor irgendetwas gewarnt werden. Aber wovor genau, bleibt wohl vorerst Mikes Geheimnis.

13

Nachdem Mike gegangen ist, inspizierst du das iPad aus dem Bücherregal. Dreizehn Prozent sind geladen. Du schaltest es ein, das Apple-Logo erscheint, dann die Anzeige, dass Updates gemacht werden. Schließlich eine Tastatur. *PIN eingeben.*

Du durchforstest dein Gedächtnis nach Zahlenfolgen, die eine besondere Bedeutung für dich haben. Versuchst es mit deinem Geburtstag, dann mit deinem Geburtsjahr. *Falsch.*

Ärgerlich verziehst du das Gesicht.

Am einfachsten wäre es, sich an Tim zu wenden. Seine Techniker könnten das iPad sicher entsperren. Du willst es gerade an eine Stelle legen, wo Tim es sieht, als dir etwas klar wird. Wenn Geheimnisse darauf gespeichert sind, dann sind das *deine* Geheimnisse. Du wolltest damals nicht, dass Tim davon erfährt. Da wäre es doch sicherer, erst mal abzuwarten, bis du mehr in Erfahrung gebracht hast.

Und dann noch Mikes Warnung. Falls der Inhalt des Tablets Tim aufregen könnte, ist es besser, er weiß nichts davon.

Eine leise Stimme in dir raunt: *Du hast Angst, es könnte etwas sein, das Tims Bild von dir trübt. Was, wenn du vor deinem Tod eine Affäre gehabt hast?* Du kannst dich zwar nicht an dergleichen erinnern. Aber Tim hatte gesagt, deine Erinnerungen wurden aus deinem digitalen Abdruck konstruiert, also aus Äußerungen in den Social Media, Textnachrichten, E-Mails, Videos und so fort. Wenn du etwas vor der Öffentlichkeit verborgen hast, ist es nicht in deinem Gedächtnis gespeichert.

Du glaubst eigentlich nicht, dass du eine Frau bist, die ihrem Mann untreu ist. Du liebst Tim. Aber weil keine Erinnerung da ist, lässt sich die Möglichkeit nicht ausschließen.

Und dann dieses versteckte Buch. In wen warst du so obsessiv verliebt? In Tim? Nach so vielen Jahren Ehe eher unwahrscheinlich. Und warum hättest du das Buch verstecken sollen, wenn es sich um den eigenen Mann handelte?

Wie absurd, wenn Tim, der fünf Jahre lang wie ein Wahnsinniger daran gearbeitet hat, seine perfekte Ehefrau neu zu erschaffen, nach nur wenigen Wochen feststellen müsste, dass sie alles andere als perfekt ist.

Du starrst auf die Haustür und denkst angestrengt nach.

An der Ecke Mission Street, Cesar Chavez gab es – zumindest vor fünf Jahren noch – einen kleinen Handyladen, der auch iPads reparierte. Dir fällt ein, dass damals ein handgeschriebenes Schild im Fenster stand: SMARTPHONES/TABLETS ENTSPERREN.

Es ist an der Zeit, aus dem Haus zu gehen.

VIER

Wer schickte Abbie damals die erste Facebook-Freundschaftsanfrage? Bethany oder Jen wahrscheinlich. Hätte verfänglich gewirkt, wenn es einer der Jungs gewesen wäre. Aber da wir ohnehin alle auf Facebook befreundet waren, tauchte auch Abbie dann bald dort auf. Erst mit einem gemeinsamen Freund, dann mit zweien, schließlich mit zwanzig. Abbie Cullen wollte mit uns befreundet sein!

Deshalb wussten wir, was sie am Wochenende machte, sahen ihre Familie beim Thanksgiving-Essen und waren im Bilde über ihre politischen Ansichten. (Die uns nicht überraschten.) Meist likte sie andere Künstler und deren Ausstellungen, aber in ihrer Chronik fand sich auch so genügend Stoff, um unsere Neugier zu befriedigen.

Wir erfuhren zum Beispiel, dass Abbie ihren Weg als Künstlerin mit einer Frauengruppe begonnen hatte, die bei Rockfestivals bizarre Metallskulpturen baute. Dass die Eltern geschieden waren und ihr Vater ein bekannter Intellektueller von der Ostküste war, der diverse kritische Dokumentarfilme gedreht hatte. Wie sie auf einem Surfbrett aussah (eindrucksvoll) und im Badeanzug (umwerfend). An welcher Uni sie studiert hatte. (Stanford, was uns erstaunte und freute, denn da waren die meisten von uns gewesen, aber wir hatten natürlich Mathematik und Symbolic Systems studiert, nicht Kunst.) Und wir fanden mithilfe der Gesichtserkennungs-App von Google heraus, dass es sich bei dem heftig tätowierten jungen Mann, mit dem sie auf vielen Fotos zu sehen war, um Rick Powell, den Frontmann der Purple Fireflies, handelte – der allerdings inzwischen mit Heidi Joekker liiert war, dem Victoria's-Secret-Model. All das fanden wir wohl alle extrem spannend, tauschten uns aber nicht darüber aus, weil wir unsere Recherchen heimlich machten.

War Abbie erst seit Kurzem Single? Facebook verriet nichts darüber, aber irgendwer würde sie bestimmt fragen, dachten wir uns. Und wir waren alle verblüfft, als es dann niemand aus unserem Team war, sondern Megan Meyer. Megan, Dating-Coach, besaß eine Agentur, die darauf spezialisiert war, Partnerinnen für Millionäre zu finden. Ihre Website machte keinen Hehl aus ihren Honoraren: astronomische Beträge wie 1500 Dollar fürs erste Gespräch, 25000 Mitgliedsbeitrag – dafür mindestens ein Date pro Monat garantiert – und 5000 für eine Coaching-Session, die von Stilberatung bis zu Übungsdurchläufen fürs Dating alles umfassen konnte. Ach ja, und wenn man sich auf eine feste Beziehung mit einem von Megan Meyers erlesenen Angeboten einließ, hatte man noch mal 50000 zu berappen. Für den großen Coup – die Hochzeit – drückte man 250000 ab, zahlbar im Fünfjahresturnus, solange die Ehe hielt. Angesichts dieser horrenden Summen lag es nahe, dass Megan Meyers Klientel fast ausschließlich aus Topmanagern bestand.

Als wir Megan vor ein paar Jahren zum ersten Mal in Tims Büro sichteten, fanden wir das zwar spannend, aber eigentlich tat sie uns fast leid. Dass Tim sie fürs Anfangsgespräch an seinen Arbeitsplatz bestellt hatte, machte doch wohl mehr als deutlich, dass sie eine quasi unerfüllbare Aufgabe vor sich hatte.

Kurz darauf erschien auf der Agentur-Website ein Profil mit der Überschrift JUNGGESELLE #4.

SIND SIE DIE RICHTIGE FÜR JUNGGESELLE #4?
Er ist ein Spitzenunternehmer, leidenschaftlich, dynamisch, motiviert.
Da er sein eigenes, extrem erfolgreiches Start-up leitet, ist seine Zeit knapp bemessen. Dennoch ist er zukunftsorientiert und hat großes Interesse daran, für seine eigene Zukunft die geeignete Partnerin zu finden.
Sie sollte zwischen 22 und 25 sein, zierlich, hochintelligent und ehrgeizig. Sie hat eine feminine Figur, glatte Haare und wirkt natürlich und gesund. Ist nicht stark geschminkt, hat keine Tattoos, trägt keinen Nagellack. Es wäre passend, wenn sie Molekularbiologie oder Mathematik studiert hätte. Sie ist selbstbewusst, liebevoll, familienorientiert, fürsorglich, altruistisch und Nichtraucherin. Und sie freut sich darauf, mit einem Weltklasse-Partner in die gemeinsame Zukunft zu starten.
Interessentinnen schicken ihre Bewerbung bitte mit Lebenslauf und sechs aktuellen Fotos.

Seither war ziemlich viel Zeit vergangen, und falls Tim irgendwelche Frauen getroffen hatte, wussten wir nichts davon. (Bis auf die Sache mit der betrunkenen Karen auf dem Sommerfest; keiner hatte sich gewundert, als die ausgenüchterte Karen bald darauf still und leise ihrer Wege ging.) Ab und an sahen wir Megan auf ihren hochhackigen Manolo Blahniks in Tims Büro stöckeln, wo sie Tim Porträts auf ihrem iPad zeigte. Dann zog sie jedes Mal kopfschüttelnd wieder von dannen. Einmal hatte man sie laut seufzen hören, als sie in ihr nagelneues Jaguar-Cabrio stieg.

Drei Wochen nachdem Abbie bei uns angefangen hatte, erschien Megan zu ihrem Routinetermin. Doch statt danach wieder zu verschwinden, folgte sie Abbie in den Pausenraum. Sol Ayode, der sich dort gerade einen Bagel belegte, hörte alles mit und erstattete uns postwendend Bericht.

»Also, Megan steuert strahlend auf Abbie zu und sagt ›Hi!‹. Abbie sagt auch ›Hi‹. Megan stellt sich vor, gibt Abbie 'ne Visitenkarte, und Abbie sagt, sie hat leider keine, weil sie Künstlerin ist. Die beiden reden über Abbies Kunst. Und dann fragt Megan ganz direkt, ob Abbie sich schon mal überlegt hat, einer Dating-Agentur für Topmanager beizutreten, denn sie – Megan – hätte ein paar Kandidaten, für die Abbie vielleicht geeignet wäre.

Darauf sagt Abbie: ›Ich glaub, das ist nicht so mein Ding. Ich finde, es kommt, wie es kommt.‹

Megan: ›Unsere Kunden sind wirklich handverlesen. Dies ist der ideale Weg, um mit einigen der faszinierendsten und erfolgreichsten Männer aus dem Valley zusammenzukommen.‹ Abbie wieder: ›Daran hab ich echt kein Interesse.‹

Megan: ›Ach ja? Woran haben Sie denn Interesse?‹ Und Abbie antwortet … … … Sol war eindeutig hin- und hergerissen zwischen dem Wunsch, uns auf die Folter zu spannen, und dem Drang, den nächsten Satz herauszuposaunen: »Abbie sagt: ›Meine letzte Beziehung war polyamourös.‹«

Polyamourös. Natürlich, was auch sonst. Was hatten wir erwartet? Abbie war Künstlerin und so viel cooler als wir.

Ryan – der Ryan aus der Werkstatt, nicht der Entwickler – fing als Erster an zu spekulieren, ob Megan womöglich nicht aus Eigenantrieb, sondern auf Tims Anweisung hin das Gespräch mit Abbie gesucht hatte. Hatte er damals vielleicht schon Interesse an ihr? Wir bauten Ryans Theorie sofort weiter aus: Es konnte ja auch sein, dass Megan Tims Interesse gespürt und sich sofort eingemischt hatte, um daran zu verdienen. Und falls das stimmte: Wie hatte sie ihn überredet, entsprach Abbie doch kaum einem seiner Auswahlkriterien? Angefangen von der Körpergröße bis zu den selbst gedrehten Zigaretten, die sie gelegentlich auf der Feuertreppe rauchte.

Wir wussten nicht, was sich damals genau abgespielt hatte. Aber so oder so verstärkten die Mutmaßungen noch den gigantischen Mythos, den wir um Tim Scott gesponnen hatten.

14

Du suchst dir einen Mantel. Dann fällt dir der angewiderte Blick des Taxifahrers wieder ein, und du ergänzt dein Outfit um Mütze, Schal und dunkle Sonnenbrille.

An der Tür zögerst du. Tim hat dir nicht konkret verboten, das Haus zu verlassen, dich aber gewarnt, es zu früh zu tun.

Scheißegal, denkst du. Du kannst dich doch nicht ewig im Haus verstecken. Du hast die Hand schon am Türgriff, als du dich im Spiegel siehst. Das Outfit wirkt total bizarr. Du bindest den Schal wieder ab.

Hinter dem Tor gehst du nach rechts, Richtung Mission Street. Als der Himmel dir nicht gleich auf den Kopf fällt, entspannst du dich ein bisschen. Ein Jogger mit angeleintem Hund sprintet vorbei. Beide beachten dich nicht. Ein junger Latino wirft dir einen Blick zu, der aber nur anerkennend ist. Ein kleines Mädchen in einem Kinderwagen lächelt dich an, die Mutter telefoniert und schaut nicht mal in deine Richtung.

Die Mission Street wirkt sauberer und gepflegter als früher. Keine Spur mehr von dem cracksüchtigen Typen, der einen Toaster am Kabel hinter sich herzerrte und mit ihm redete wie mit einem Hund. Aber den Handyladen neben dem koreanischen Restaurant gibt es noch. In dem kleinen Schaufenster türmen sich Handys und Schachteln mit SIM-Karten. Sogar das handgeschriebene Schild ist noch da, halb verdeckt von iPHONES MIT JAILBREAK und einem blinkenden Leuchtschild, LAPTOP-REPARATUR.

Im Laden beugt sich ein nerdiger Hipster mit Vollbart über den Tresen und klaubt mit einer Pinzette Glasscherben aus dem gesplitterten Display eines Smartphones.

»Hi«, sagst du, ein bisschen nervös.

»Bin sofort bei Ihnen«, sagt der junge Mann, ohne aufzuschauen.

Du wartest, starrst auf die schwarze Lockenmähne, fasziniert von der Bewegung.

»Was kann ich für Sie tun?«, fragt der Mann schließlich und schiebt das Handy beiseite.

Du zeigst ihm das iPad. »Ich hab mein Passwort hierfür vergessen.«

Der Mann nimmt es entgegen. »Und Sie haben es nicht gestohlen?«

»Natürlich nicht. Es ist meins.« Du scheinst nicht erröten zu können, was praktisch ist.

»Sollte ein Scherz sein.« Der Mann schaltet das iPad ein und starrt aufs Display. »Warum lesen Sie's nicht aus dem Back-up ein?«, fragt er.

»Hab ich vergessen zu erstellen«, sagst du kleinlaut.

»Hm.« Du spürst, dass der Mann dir nicht glaubt. »Also, wenn es wirklich Ihnen gehört, kommt man auf jeden Fall an ein paar Apps ran.« Er drückt den Home-Button. Einen Moment lang passiert gar nichts.

Dann sagt eine elektronische Stimme: »Was kann ich für dich tun?«

»Mach die Pipifax-App auf, Siri«, sagt der Mann.

»Du scheinst keine Pipifax-App zu haben. Vielleicht kannst du sie im App-Store kaufen«, schlägt Siri vor.

»Okay, schau nach.«

Wie durch Zauberei erscheint der Bildschirm des App-Stores. Der Mann drückt wieder auf den Button, und du siehst deine Startseite.

»Das ist ja fantastisch … Was haben Sie da gerade runtergeladen?«

Der Mann lacht. »Nichts. Hab eine App angegeben, die gar nicht existiert, um Siri auszutricksen.« Er schaut wieder aufs Display und runzelt die Stirn. »Aber damit ist Ihr Problem nicht behoben. Das Gerät wurde zurückgesetzt. Was Sie hier sehen, sind nur noch Apps, die nicht mehr benutzbar sind.«

»Oh«, sagst du enttäuscht. »Können wir nicht noch was anderes probieren?«

»Ich kann ein Reparaturprogramm durchlaufen lassen. Das dauert aber mindestens vierundzwanzig Stunden. Kommen Sie in ein paar Tagen wieder, dann wissen wir mehr.«

Du möchtest das iPad nicht zurücklassen, aber was bleibt dir übrig. »Okay, dann machen wir es so.« Zögernd wendest du dich zum Gehen.

Inzwischen ist ein Paar hereingekommen, beide mögen so um die vierzig sein. Du hast gemerkt, dass sie hinter dir flüstern und dass die Frau immer hektischer wird. Jetzt sagt sie plötzlich: »Sie ist es. Ich frage mal.« Sie legt dir die Hand auf den Arm und sagt: »Entschuldigung, sind Sie nicht Abbie Cullen-Scott?«

»Ja … warum?«, antwortest du überrascht.

»Großer Gott! Und geht es Ihnen gut?«

»Ja, danke.«

»Liebe Güte! Und, verzeihen Sie, aber … was ist denn eigentlich passiert?«

»Wie meinen Sie das?« Dann wird dir schlagartig klar, dass die beiden dich für die frühere Abbie halten, von den Toten auferstanden.

»Ich … ich kann mich nicht erinnern …«

»Sie haben Ihr Gedächtnis verloren!« Die Frau sagt triumphierend zu ihrem Mann: »Siehst du? Wusste ich's doch. Ich hab immer gesagt, er war es nicht.«

»Aber hast du nicht gedacht, er war es?« Der Mann scheint kein Interesse an dem Thema zu haben und sagt zu dem Angestellten: »Wir wollten das Galaxy abholen, das in die Badewanne gefallen war.«

»Nein, das hab ich nicht behauptet«, widerspricht die Frau und sagt dann zu dir: »Wie ist es dazu gekommen, wenn ich fragen darf?«

»Vielleicht weiß sie das auch nicht mehr«, wirft ihr Mann ein.

»Lass sie antworten, Steve«, sagt die Frau scharf.

»Ihr Mann hat aber recht«, erklärst du. »Ich weiß tatsächlich gar nichts mehr …«

»Aber Sie sind doch jetzt hier!«, insistiert die Frau, als hätte sie selbst das bewirkt. »Mit Ihrem Mann?«

»Schatz …«, sagt der Mann mahnend, aber die Frau lässt sich nicht beirren.

»Wir haben die Petition unterschrieben, nur damit Sie es wissen. Er hatte viele Unterstützer hier.«

Du hörst kaum noch zu. Dir ist gerade aufgefallen, dass Meldungen über deine wundersame Auferstehung Tim wohl kaum gefallen würden.

»Nein, nein, da liegt ein Irrtum vor. Ich bin nicht …« Plötzlich wirkt der kleine Laden wie ein Gefängnis. »Entschuldigung«, sagst du verstört und versuchst, dich an den Leuten vorbeizudrängen.

»Es geht ihr nicht gut!«, ruft die Frau aus. »Ruf die Polizei, Steve!«

»Womit denn?«, erwidert der Mann patzig. »Du hast ja mein Smartphone in die Wanne fallen lassen, weil du unbedingt *Candy Crush* spielen musstest.«

»Wir sind in einem Handyladen!«, faucht die Frau. »Ach, dann mach ich es eben selbst.« Sie zerrt ein Handy aus ihrer Tasche.

»Bitte bleiben Sie hier«, sagt die Frau zu dir, während sie die Nummer wählt. »Alles wird gut.«

»Rufen Sie etwa die *Polizei*?«, sagt der Typ hinter dem Tresen fassungslos, während er hastig Handys aus den Regalen reißt und in einen Karton fallen lässt.

»Sie haben das alles falsch verstanden«, sagst du verzweifelt. »Es ist wirklich nicht nötig …« Aber die Frau gibt schon die Adresse durch und sagt, man solle sofort einen Streifenwagen schicken, sie habe Abbie Cullen-Scott gefunden.

15

Du weißt nicht, was du tun sollst, bist wie gelähmt, als dein eigenes Smartphone klingelt. Es ist Tim.

»Wo bist du?« Er klingt besorgt.

»In dem Handyreparaturladen an der Mission Street.«

»Warum? Ist was mit deinem Handy?«

Jetzt ist wohl kaum der richtige Zeitpunkt, um von dem iPad zu berichten. »Nein, alles okay, ist schon geregelt. Aber zwei Leute haben mich gesehen und die Polizei gerufen …«

»Auf keinen Fall mit der Polizei reden, hörst du, Abbie? Geh sofort raus. Zwei Straßen Richtung Osten, dann rechts in die Bartlett abbiegen …«

»Woher weißt du, dass ich nach rechts gehen muss?«, fragst du, während du losmarschierst.

»Das seh ich mit meiner Ortungs-App. Ich hab mir Sorgen gemacht, als du zu Hause nicht rangegangen bist. Beeil dich, ja?«

»Tut mir furchtbar leid, Tim«, sagst du kläglich. »Ich sollte ja nicht rausgehen.«

»Mach dir jetzt keine Gedanken. Kommst du rasch vorwärts?«

»Ja, ich lauf, so schnell es geht.« Du schaust über die Schulter. Das Paar verfolgt dich. Die Frau telefoniert weiter, der Mann trottet mürrisch hinterher. Das Martinshorn kommt näher.

»Ich glaube, die Polizei ist gleich da. Was soll ich denen sagen?«

Tim seufzt. »Die Wahrheit. Aber, Abbie … glaub nicht alles, was die dir erzählen, ja? Ich hol dich gleich ab.«

»Warum? Was sollen die mir erzählen? Was meinst du damit, Tim?«

»Das ist ziemlich kompliziert …«

»Abbie Cullen-Scott?« Eine uniformierte Polizistin, absurd mit Utensilien behängt wie ein Bergsteiger, berührt dich am Arm. »Sie müssen mitkommen, Mrs. Cullen-Scott. Wir kümmern uns um Sie.«

FÜNF

Diesmal kriegte Darren die Tim-Haue ab, und zwar die volle Dröhnung.

»Ich will das *makellos*«, brüllte Tim. »Ich will das *immersiv*. Und stattdessen bringst du mir hier diesen *Scheißdreck*.«

»Es wird noch makellos werden«, sagte Darren nervös. »Ist noch in der Entwicklung.«

Eine Pause entstand; aber nur aufgrund der Tatsache, dass Tim so tief Luft holte, als sei er komplett perplex angesichts der unfassbaren Dummheit dieser Aussage.

»Ich *weiß*, dass es in der Entwicklung ist. Deshalb habe ich dich als *Entwickler* angestellt. Aber das war offenbar ein Fehler. Offenbar habe ich mir einen Pfuscher ins Team geholt, der Software-Entwicklung nicht von *Dünnschiss* unterscheiden kann.«

»Eventuell ist das, was du verlangst, nicht möglich …«, begann Darren.

Worauf wir alle zusammenzuckten, weil so eine Aussage der schlimmste Fehler überhaupt war. Unmögliches existierte nicht in Tims Weltsicht. Nicht umsonst hing an der Wand in seinem Büro dieser Satz von Muhammad Ali, dass Unmöglichkeit keine Tatsache, sondern lediglich eine Meinung sei. Noch verheerender aber war der Widerspruch in Darrens Reaktion, denn vorher hatte er ja gesagt, dass er es hinkriegen würde. Darren war nicht der Erste, der bei Tim-Haue sofort in die Knie ging, aber wir wussten alle, dass er jetzt gleich in Stücke gerissen würde.

Nur Abbie ahnte das nicht. Sie sah Tim an und fragte mit unbefangener Neugier: »Warum bist du so aggressiv?«

Tim starrte sie sprachlos an.

»Warum sagst du das nicht *freundlicher*?«, fuhr Abbie fort. »Der Mann würde dann bestimmt motivierter sein.«

Wir waren alle auf die Explosion gefasst, aber sie blieb aus. Stattdessen sagte Tim gefährlich ruhig: »Das ist eine Fehlannahme.«

»Inwiefern?«

»Wirf mal einen Blick in das *Journal of Experimental Psychology*, Band siebenundvierzig, Heft sechs. Dort findest du eine Studie zu den Auswirkungen unterschiedlicher Stimmungen auf die Kreativität. Menschen, die wütend sind, produzieren nicht nur schneller Ideen, sondern auch welche, die als origineller eingeschätzt werden.«

»Das ist doch Blödsinn«, widersprach Abbie.

Tim schüttelte den Kopf. »Nein, diese Studie wurde mehrmals wiederholt, das Ergebnis war immer gleich. Eine weitere findet sich im *Bulletin für Persönlichkeits- und Sozialpsychologie*, Band vierunddreißig, Nummer zwölf. Die Probanden stellten eine kurze Präsentation vor, auf die randomisiert mit positivem oder negativem Feedback reagiert wurde. Danach mussten sie eine kreative Aufgabe lösen. Die Leistungen der Gruppe mit dem negativen Feedback waren erheblich besser als die der anderen. Je höher und übertriebener die Ansprüche der Vorgesetzten, desto besser also die Leistungen der Angestellten.«

Abbie starrte ihn ebenso verblüfft an wie wir alle.

»Und *deshalb* schreist du Leute an?«, fragte Abbie schließlich fassungslos. »Weil du allen Ernstes glaubst, dass sie dann effektiver arbeiten?«

»Nein«, antwortete Tim ruhig. »Ich schreie sie an, weil ich frustriert bin. Aber es hat mich interessiert, welchen Effekt das hat. Deshalb hab ich recherchiert.« Er deutete auf Abbie. »Du bist jetzt auch wütend, und das ist gut so. Vielleicht kommst du dann bald mal mit einer halbwegs brauchbaren Idee rüber, anstatt nur Billard zu spielen und mein Team von der Arbeit abzuhalten.«

»Du hattest doch selbst gesagt ...«, begann Abbie aufgebracht, aber Tim war bereits in sein Büro zurückmarschiert.

16

Die Polizistin sitzt auf der Rückbank neben dir, ihr Kollege fährt. Niemand redet, wofür du dankbar bist. Tims Worte gehen dir im Kopf herum. Warum hatte er gesagt: *Glaub denen nicht alles*?

Im Revier wartet ein grauhaariger Mann in Zivil. Er wirft der Polizistin einen fragenden Blick zu, die schüttelt den Kopf. »Wir haben noch nichts besprochen.«

»Gut. Kommen Sie bitte mit, Mrs. Cullen-Scott.«

»Ich bin nicht …« Du verstummst, weißt nicht, wie du das ausdrücken sollst.

»Sie sind nicht sicher, ob Sie das tatsächlich sind?«, erwidert der Mann. Während er dich zu einem Verhörraum führt, sagt er über die Schulter zu der Polizistin: »Die Ärztin, bitte, Sandy. Kompletter Check.«

»Nein, ich …« *Sag die Wahrheit*, hatte Tim geraten. Du holst tief Luft. »Es ist komplizierter. Ich bin ein Roboter.«

»Sie halten sich also für einen Roboter. Okay, in Kürze wird eine Polizeiärztin eintreffen und Sie untersuchen. Wie soll ich Sie denn inzwischen nennen?«

Dir wird klar, dass der Mann dich für verrückt hält. Er denkt, du bist Abbie und hast irgendeinen psychischen Zusammenbruch erlitten.

»Mein Mann hat ein Unternehmen für Robotik«, erklärst du. »Er hat mich gebaut.«

»Verstehe«, sagt der Polizist und nickt. »Ja, ich kenne Tim

Scott. Ich bin Detective Ray Tanner, und wir suchen schon sehr lange nach Ihnen, Mrs. Cullen-Scott. Das Wichtigste ist jetzt erst mal, dass Sie hier sind.« Obwohl der Mann sich spürbar um Freundlichkeit bemüht, klingt er unterschwellig ärgerlich, als käme ihm dein Erscheinen ungelegen. Als würde es eine Annahme von ihm widerlegen.

»Nein«, sagst du kläglich. »Sie verstehen das nicht. Ich *halte* mich nicht für einen Roboter, ich *bin* einer.«

Als du sein besorgtes Gesicht siehst, wird dir klar, dass es nur einen Weg gibt, den Mann zu überzeugen. Du tastest nach der Naht in deinem Nacken, die du schon oft berührt hast. Aber du hast es nie über dich gebracht, sie zu öffnen. Schon allein beim Gedanken daran wird dir übel.

»Was machen Sie da?«, fragt Tanner beunruhigt. »Mrs. Cullen-Scott? Um Gottes willen!«

Das gleiche schmatzende Geräusch wie beim ersten Mal, das gleiche kalte Gefühl. Dann stolpert Detective Tanner entsetzt rückwärts und stößt dabei einen Stuhl um.

17

Zwanzig Minuten später ist die Stimmung völlig verändert.

Die Ärztin hat dich kurz untersucht und dann erklärt, dafür sei sie nicht zuständig.

Der IT-Experte sagt dasselbe. Und jetzt sitzen dir am Tisch drei Leute gegenüber. Detective Tanner, ein Mann in grauem Anzug, der sich als stellvertretender Ermittlungsleiter vorgestellt hat, und ein weiblicher Detective.

»Aber warum?«, fragt der Ermittlungsleiter. »Wozu wurden Sie gebaut?«

Du zuckst die Achseln. »Als Trost.«

»Oder vielleicht, um den Eindruck zu erwecken, dass die echte Abbie quicklebendig zurückgekehrt ist?«, sagt Tanner.

Er hat den Mann im grauen Anzug angesprochen, aber du schüttelst entschieden den Kopf. »Selbstverständlich nicht.«

»Wenn diese Leute, die Sie entdeckt haben, das getwittert hätten, anstatt sich bei uns zu melden … wer weiß, was dann jetzt schon für Geschichten im Umlauf wären«, sagt Tanner zu seinem Vorgesetzten. »Der spielt doch mit uns. Will uns aussehen lassen, als seien wir auf der falschen Spur.«

»Was für eine Spur?«, fragst du verwirrt. »Und wieso falsch?«

Der Ermittlungsleiter schaut dich an. »Wissen Sie gar nichts davon?«

»Wovon?«

»Dass Tim Scott vor vier Jahren des Mordes an seiner Frau Abigail angeklagt wurde.«

Du starrst den Mann verblüfft an.

Einen Moment lang bist du wie gelähmt. Undenkbar! So etwas Wichtiges hätte Tim doch niemals vor dir verborgen! Aber dann – *klack* – flutet eine Kaskade von Bildern deinen Kopf. Zeitungsberichte, Newsfeeds, Tweets, Blogs und Paparazzi-Fotos. Tim, hager und unrasiert, wird durch die Tür eines Gerichtssaals geführt …

»Brauche ich einen Anwalt?«, fragst du leise.

Der Ermittlungsleiter schaut Tanner an, der die Achseln zuckt. »Juristisch betrachtet ist sie Computerzubehör. Rechte hat sie ganz sicher nicht.«

»Ich sage jetzt jedenfalls nichts mehr«, verkündest du entschieden. »Bis mein Mann hier ist.«

Tanner beugt sich vor. »Sie bezeichnen Tim Scott als Ihren Mann. Aber das ist er nicht. Sie sind nicht mit ihm verheiratet. Das geht nicht, Sie sind schließlich eine *Maschine*. Aber Sie empfinden Mitgefühl für ihn und für *sie*. Für Abbie. Wenn Sie irgendetwas wissen, das dazu beitragen kann, ihr Verschwinden aufzuklären, sollten Sie es uns sagen. Auch jetzt noch. Um Abbies willen.«

Verschwinden. Das Wort geistert dir durch den Kopf, erweckt alle möglichen Assoziationen.

Die Stille zwischen euch wird durch ein Klopfen an der Tür unterbrochen.

Tanner seufzt genervt. »Herein.«

Eine Polizistin betritt den Verhörraum und flüstert Tanner etwas ins Ohr. »Tim Scott ist hier«, sagt er grimmig. »Mit einem Anwalt. Wir müssen sie laufen lassen.«

Erleichtert stehst du auf. »Ich bring Sie raus«, fügt Tanner hinzu.

An der Tür tritt er beiseite, um dich vorbeizulassen. Dann beugt er sich unvermittelt vor, sodass du stehen bleiben musst, und sagt so leise, dass nur du es hören kannst: »Ich war Tim Scott ein ganzes Jahr lang auf den Fersen. Richten Sie ihm aus, dass ich jetzt nicht aufgeben werde, nur weil er sich eine Barbiepuppe gebaut hat.«

18

»Ich verstehe jetzt, warum du nicht wolltest, dass ich das Haus verlasse. Aber du hättest mir den Grund erklären sollen.«

Ihr seid wieder zu Hause in der Dolores Street. Tim verzieht das Gesicht. »Ich weiß. Tut mir leid, Abbie. Du solltest natürlich nicht ewig hier eingesperrt sein. Aber ich wusste einfach nicht, wie ich dir das sagen sollte. Diese letzten beiden Wochen waren so einzigartig für mich. Für *uns*. Beinahe wie zweite Flitterwochen. Und ich hatte wohl auch Angst, dass du genauso reagieren könntest wie alle anderen damals. Wollte erst mal die Verbindung zwischen uns wieder aufbauen … und dann war es irgendwie einfacher, dieses Gespräch immer weiter aufzuschieben …«

»Das verstehe ich«, sagst du, obwohl das für dich noch nicht bedeutet, dass du ihm auch verzeihst. »Aber was ist wirklich damals passiert, Tim? Du musst mir das jetzt erklären. Die Polizei hat von *Mord* gesprochen, aber auch von meinem *Verschwinden.*« Du zögerst. »Und wie kamen die überhaupt auf die Idee, *du* könntest was damit zu tun haben?«

Tim nickt entschlossen. »Du hast recht. Wir müssen unbedingt reden.«

»Es war ein Surf-Unfall«, sagt er und betont dabei das Wort *Unfall.*

»Es hatte ein Unwetter gegeben … Sturm und Regen. Du warst alleine im Strandhaus und hast an einem neuen Projekt gearbeitet, ich war mit Danny hiergeblieben. Du solltest Zeit für dich haben, um deine Inspiration wiederzufinden.«

Du spürst, wie schwer es für Tim ist, darüber zu sprechen, auch nach fünf Jahren noch. Er starrt ins Leere, verliert sich in Erinnerungen, die offenbar noch immer schrecklich für ihn sind.

»Du bist gern im Dunkeln surfen gegangen, auch bei schlechtem Wetter. Hohe Wellen fandest du toll, und du hast sie locker bewältigt, weil du so eine gute Surferin warst. Konntest dabei den Kopf klarkriegen, hast du immer gesagt. Zuerst schien es genügend Beweise für den Unfall zu geben. Aber später ging die Berichterstattung in andere Richtungen … Ich hab einiges von damals abgespeichert. Warte kurz.«

Tim geht raus, kommt mit einem USB-Stick zurück, steckt ihn ins Laptop, das er dann zu dir dreht. Du siehst, dass er eine Art digitales Album erstellt hat, eine Slideshow mit Zeitungsartikeln, Bildschirmaufnahmen und Beiträgen aus den Social Media. Er lehnt sich zurück und beobachtet dich forschend, während du das Material durchsiehst.

In den ersten Artikeln wird nur über dein Verschwinden berichtet.

Suche nach Sturmopfer ergebnislos

Die Suche nach der Künstlerin Abbie Cullen-Scott aus der Bay Area wird heute fortgesetzt. Ihr Auto war während des Sturms in der Nähe des San Gregorio State Beach geparkt worden. Die Mutter eines Sohnes, die mit ihrem Mann, dem Hightech-Unternehmer Tim Scott, eine Millionenvilla in der Nähe besitzt, war passionierte Surferin. Anwohner zeigten sich erstaunt darüber, dass sich jemand bei den extremen Wellen am Freitag aufs Meer hinausgewagt haben sollte. Diese Gegend ist bekannt für ihre Felsenformationen vor der Küste, die unter Umständen fünfzehn Meter hohe Monsterwellen erzeugen können.

Du versuchst, Zugriff auf Erinnerungen zu bekommen, aber nichts stellt sich ein. Diese Zeit scheint wie gelöscht, und es kommt dir vor, als wäre von einer Fremden die Rede, nicht von dir und deinem Tod.

Du klickst weiter. Der *Chronicle* schrieb auch über Danny und verfolgte eine andere Theorie:

Suche nach vermisster Frau eingestellt

Die Suche nach der vermissten Künstlerin Abbie Cullen-Scott wurde heute aufgegeben. Die 30-jährige Mutter hatte Freunden zufolge große Probleme mit ihrem autistischen Sohn Danny. Danny wird derzeit im Haus des Paares im Mission District vom Vater betreut, dem IT-Unternehmer Tim Scott, 40, der durch seinen Rechtsvertreter um Wahrung der Privatsphäre gebeten hat.

Am nächsten Tag hatte Tim eine Erklärung veröffentlicht, mit der er auch versucht hatte, die Unterstellungen des *Chronicle* aus der Welt zu schaffen:

Abbie ist ein wunderbarer Mensch, eine großartige Ehefrau und vorbildliche Mutter. Und sie ist außerordentlich optimistisch und positiv und möchte mit ihrer Kunst ihre Mitmenschen stärken. Da die Suche nach ihr eingestellt wurde, muss ich der Tatsache ins Auge sehen, dass ich Abbie vielleicht nie mehr wiedersehen werde. Sollte das so sein, habe ich nicht nur meine Partnerin, sondern auch meine Seelengefährtin verloren. Ich möchte die Medien hiermit bitten, in dieser schlimmen Zeit meine Privatsphäre und die meines Sohnes zu respektieren.

Dieses Statement löste starke Reaktionen in Elternforen aus.

- In Australien hat eine Frau sich und ihre Tochter ertränkt. Darüber gibt es online jede Menge Berichte.
- Man wird einfach nicht unterstützt. Meine Cousine und ihr Mann haben ein autistisches Kind, und sie können nicht mal einen Abend ausgehen.
- Der Sohn meiner Freundin schreit immer, wenn sie mit dem Auto links abbiegt.
- Aber einfacher fürn Millionär, IMHO!!!
- Tut mir leid, aber einem Kind darf man nicht die Mutter wegnehmen, so übel deren Leben auch ist.

Zehn Tage später berichtete der *Chronicle*, die Polizei ermittle jetzt, um zu klären, *ob Abbie Opfer einer Straftat geworden sei.*

Als Nächstes erscheint ein Foto von Polizisten, die mit Plastikkisten aus eurem Haus kommen. Die Bildunterschrift: *Kriminalpolizei konfisziert Computer von IT-Unternehmer Tim Scott. Ermittler durchsuchen das Haus mit Leichenhunden.*

Du siehst Tim an. Sein Gesicht ist reglos, aber du kannst dir vorstellen, wie ihm – dem Privatsphäre so wichtig ist – damals zumute war.

Und weitere Unterstellungen folgten. Im nächsten Artikel wurden Parallelen zu einem anderen Todesfall vor vier Jahren hergestellt:

Polizei hält Nachahmungstat für möglich

Die Kriminalpolizei stieß auf »verblüffende Ähnlichkeiten« zwischen dem Fall der vermissten Künstlerin Abigail Cullen-Scott, die vor einem Monat am San Gregorio Beach verschwand, und einem Fall vor vier Jahren. Damals wurde das Auto der 27-jährigen Kerry-Ann Brookheimer auch nach einem Sturm am Strand entdeckt. Die umfassende Suche mit Flugzeugen, an Land und auf See blieb ergebnislos. Miss Brookheimers Leiche wurde nie gefunden, was man damals auf die Rippströmungen in dieser Region zurückführte.
»Wir versuchen herauszufinden, ob Abbie oder jemand, der ihr nahestand, über den Fall Brookheimer informiert war«, teilte Detective Ray Tanner, der leitende Ermittler bei der Suche nach Miss Cullen-Scott, gestern mit.

Die unterschwellige Aussage war unmissverständlich: Jemand, der wusste, dass eine Leiche an dieser Stelle im Meer nicht gefunden würde, hatte einen Mord als Unfall getarnt.

In Ermangelung von Fakten geriet Tim in den Social Media ins Kreuzfeuer.

- Ich will ja nicht behaupten, dass er sie umgebracht hat. Aber vielleicht hat er sie in den Selbstmord getrieben. Man weiß nie, was hinter verschlossenen Türen passiert!!
- Man muss ihn doch nur anschauen, dann weiß man, wie der ist.
- Kenne eine Frau, die mal für ihn gearbeitet hat. Die Leute halten ihn für einen Visionär, aber sie sagt, er sei das unheimlichste, arroganteste Arschloch, das ihr je untergekommen ist.
- Da an der Küste ist nachts keiner, da könnte man locker eine Leiche ins Meer werfen.

Und dann kam der *Chronicle* plötzlich mit einer Meldung, die ein ganz anderes Licht auf die Geschichte warf:

Vermisste Abbie in Affären-Portal kennengelernt, behauptet ein Firmenchef

Ein verheirateter Mann berichtet, er habe bei Diskrete Affären, einem Dating-Portal für verheiratete Menschen, ein Profil der vermissten Mutter entdeckt. »Sie hat einen anderen Namen angegeben, aber ich bin ganz sicher, dass sie es war. Wir haben mehrmals gechattet, und sie wirkte sehr interessiert. Aber als ich dann auf ein Treffen drängte, behauptete sie, schon jemand anderen kennengelernt zu haben.«

Der Artikel kam als seriöse Berichterstattung über die Beliebtheit solcher Portale daher, lief aber auf schlüpfrige Spekulationen hinaus:

Frauen, die bei solchen Websites angemeldet sind, gehen ein hohes Risiko ein, da die Identität der Mitglieder selten überprüft wird. Hat Abbie online jemanden kennengelernt, der an ihrem Verschwinden beteiligt war? Wusste ihr Mann von ihren Aktivitäten?

Du siehst Tim an, aber sein Gesicht ist noch immer ausdruckslos. Etwas angespannt – weil du ihm nichts von dem versteckten iPad gesagt hast – liest du die nächsten Reaktionen aus den Social Media.

– Wieso wird der nicht angeklagt? Ist doch völlig KLAR, dass er sie umgebracht hat, als er mitkriegte, was sie da macht.

- Nach überwiegender Wahrscheinlichkeit würden Geschworene für schuldig plädieren.
- Glaube ich nicht. Geschworene würden den Mann freisprechen, weil seine Frau ihn durch Untreue zu so was getrieben hat.
- Die Polizei hat so viel falsch gemacht, die trauen sich doch gar nicht, vor Gericht aufzutauchen.

Wie als Antwort auf die Reaktionen im Internet lautet die nächste Schlagzeile:

Tim Scott wegen Mordes verhaftet
IT-Titan angeklagt, obwohl Abbie weiter vermisst wird

19

Du klickst weiter, aber das war das letzte Bild.

»Die Polizei glaubte ein Motiv gefunden zu haben«, sagst du. »Die dachten, wenn ich eine Affäre hatte, hättest du mich vielleicht deshalb umgebracht.«

Tim sieht dich ruhig an. »Ja, das war wohl die Vermutung.«

»Tim …«, beginnst du, aber er spricht weiter. »Das war natürlich völliger Unsinn. So was hättest du nie getan. Treue ist dir ungeheuer wichtig.«

Das sagt er im Brustton der Überzeugung. Aber Tim ist von allem überzeugt, was er sagt. Du denkst wieder an das mysteriöse iPad.

»Mir ist vollkommen klar, was damals passiert ist«, fährt Tim fort. »Du warst – bist – eine wunderschöne Frau. Jemand hat einfach ein Foto von dir für sein Profil benutzt.«

»Aber ich bin nicht so leicht zu verwechseln«, wendest du ein. »Geht es beim Catfishing – so heißt das doch, oder? – nicht darum, jemandem ähnlich zu sehen? Sonst ist ja offensichtlich, dass man gelogen hat, wenn man sich dann trifft.«

Tim zuckt die Achseln. »Man kann ja behaupten, man hätte sich eine neue Frisur zugelegt. Oder ein altes Foto benutzt. So was machen Frauen oft, oder nicht?«

»Schon möglich«, sagst du zweifelnd.

»Ich hab mit einer Gesichtserkennungs-Software einen Abgleich gemacht«, fügt Tim hinzu. »Die Polizei hat zwar behauptet, sie würde das erledigen, aber denen hab ich nicht mehr getraut. Hab mir bei Google einen Server gemietet und alleine losgelegt. Es gab damals Tausende Fotos von dir online, wegen deines Verschwindens, aber nicht ein einziges Bild auf einer Dating-Seite. Das war längst rausgenommen worden von der Person, die dahintersteckte. Die Polizei stand in der Öffentlichkeit extrem unter Druck. Und statt zuzugeben, dass sie es verpfuscht hatten, haben sie beschlossen, mich unter Anklage zu stellen. Danach hatten sie natürlich null Interesse mehr daran, nach anderen Erklärungen zu suchen.«

»Wäre es möglich ...« Du zögerst. »Einer der Artikel hat angedeutet, dass ich vielleicht Selbstmord begangen habe.«

»Auch das glaube ich nicht. Selbst wenn du *mir* das angetan hättest ... Danny hättest du niemals im Stich gelassen.«

Das leuchtet dir ein. Zwar nahmen sich Mütter von autistischen Kindern manchmal das Leben, dann aber meist gemeinsam mit dem Kind, das sie nicht unbetreut zurücklassen wollten. Eine herzzerreißende Geschichte fällt dir ein: Eine Mutter war mit ihrem sechsjährigen autistischen Sohn von einer Brücke gesprungen. Als man die beiden tot auffand, hielt die Frau den Jungen noch immer fest umschlungen, als wolle sie ihn auch im Tod beschützen. Auch wenn Mike wohl eher gesagt hätte, ihr Gefühlsgehirn und ihr Reptiliengehirn wären sich nicht einig geworden.

»Es stimmt schon, du warst ein bisschen depressiv«, sagt Tim jetzt. »Aber es ging dir doch inzwischen besser. Wir hatten endlich die richtige Behandlung für Danny gefunden und ihn in einer guten Schule untergebracht ... und du warst wieder positiver gestimmt, was die Zukunft anging. Wir beide. Du bist einfach surfen gegangen, mehr nicht. Hattest dein Surfbrett dabei. Wieso hättest du das tun sollen, wenn du dich umbringen wolltest?«

»Ich hab Antidepressiva genommen.« Die Erinnerung ist gerade zurückgekehrt. »Citalopram und Lurasidon. Das hatte mir Dr. Fenwick verschrieben.«

»Ja, stimmt.« Tim zögert. »Aber du hast sie nicht regelmäßig genommen. Sie haben dich zwar ausgeglichener gemacht, aber auch die euphorischen Gefühle verschwinden lassen. Deshalb konntest du kaum noch kreativ arbeiten. Nach deinem Verschwinden hat die Polizei im Badezimmer eine Stelle entdeckt, wo du Pillen versteckt hattest. Du hast jeden Tag die entsprechende Anzahl aus der Flasche genommen, damit ich dachte, du würdest sie schlucken. Aber du hast sie versteckt.«

Du starrst Tim an. »Ich hatte also eine diagnostizierte schwere Depression? Wenn ich dann die Medikamente nicht genommen habe …«

Tim schüttelt den Kopf. »Nein, du warst richtig aufgekratzt, wegen einer Idee für ein neues Projekt. Ich glaube, dass du die Pillen deshalb nicht genommen hast. Um dieses Projekt richtig toll hinzukriegen.«

Das klingt schlüssig. Aber dann fällt dir etwas ein. Zu den Nebenwirkungen von Citalopram gehört bei Frauen Libidoverlust und Störung der Sexualfunktion. Könnte die Aufregung damals vielleicht eher durch eine Affäre als durch ein neues Projekt entstanden sein? Das würde auch erklären, weshalb du die Antidepressiva nicht mehr genommen hast.

»Was war das für ein Projekt?«, fragst du.

Tim zuckt die Achseln. »Weiß ich nicht. Du hast über deine Projekte immer erst geredet, wenn sie abgeschlossen waren. Und nachdem du verschwunden warst, hatte ich anderes im Kopf. Es müsste jedenfalls noch immer in deinem Atelier sein. Im Strandhaus.«

Jetzt verstehst du eure letzten Nachrichten auf dem Handy.

Hier alles gut. Bleibe noch einen Tag, okay? xx

Klar, so lange du willst. x

Das Bild, das jetzt von eurer Ehe entsteht, findest du ziemlich widersprüchlich. Die Frau täuscht vor, dass sie die verschriebenen Antidepressiva einnimmt, versteckt sie aber. Der Mann überprüft die Pillenzahl. Längere Phasen getrennt wegen Arbeit. Klang das nach einer gesunden Ehe, einer tragfähigen Partnerschaft? Oder nach Vorzeichen fürs Scheitern?

»Wir waren glücklich, Abs«, sagt Tim leise. »Total glücklich. Unsere Ehe war vielleicht nicht sehr bürgerlich, aber das sind andere auch nicht. Ich weiß wohl, dass es oft nicht leicht ist, mit mir zu leben. Aber ich wollte eben nicht irgendeine farblose Silicon-Valley-Braut, die ihre Tage beim Friseur und bei Wohltätigkeitsevents verbringt. Solchen Frauen bin ich ständig begegnet, die haben mich mörderisch gelangweilt. Aber du … du hast mich von Anfang an fasziniert. Klar waren wir nicht immer einer Meinung, aber das machte es doch auch spannend. Wo du warst, sprühten Funken. Du warst … du warst so *lebendig*.«

Das Wort findest du schmerzhaft. Denn genau das wirst du ja niemals mehr sein – lebendig.

Von draußen ist jetzt irgendein Lärm zu hören. Stimmengewirr, Rufe, und dann klingelt jemand Sturm.

Tim geht zum Fenster. »Hab mich schon gefragt, wie lange die Geier brauchen«, murmelt er.

Zwei lange Ü-Wagen von Fernsehsendern mit Satellitenschüsseln auf dem Dach stehen auf der Straße. Stoßtrupps einer neuen Kriegsform. Männer und Frauen mit Kameras auf den Schultern stürmen heraus und postieren sich vor dem Tor.

»Bald werden die anderen auch da sein«, sagt Tim. »Die ganzen Nachrichtensender, die Fotografen, die Radioleute … die ganze Scheißmeute. Wie damals.«

Du trittst zu ihm und legst ihm die Hand auf die Schulter. »Aber diesmal bin ich bei dir.«

»Ja, stimmt. Das macht es erträglicher.« Er legt seine Hand auf deine.

So bleibt ihr einen Moment lang stehen. Dann willst du die Jalousien schließen, aber Tim hält dich davon ab. »Lass mich das machen. Diesmal sind die nicht meinetwegen hier.«

Er hat recht. Man hat dich am Fenster entdeckt, und sofort werden die Kameras auf dich gerichtet. Eine Reporterin, die sich mit ihrem Mikro vorm Tor aufgebaut hat, wird von ihrem eigenen Kameramann beiseitegeschubst. Er sinkt auf ein Knie, die schwere Kamera auf die Schulter geklemmt, das Auge am Sucher, und wieder musst du an schwere Waffen denken: ein Soldat mit Granatwerfer im Anschlag.

Tims Handy klingelt. Er checkt das Display, bevor er sich meldet.

»Was?«, sagt er schroff, dann: »Nein. Sag ihnen gar nichts.«

Die Person am anderen Ende redet auf ihn ein. Du siehst Tim an, dass er wütend wird. Doch als er dann spricht, ist sein Tonfall höflich.

»Danke, Katrina. Ja, natürlich beschäftige ich dich aus diesem Grund. Dennoch lautet die Antwort Nein.«

»Wer war das?«, frage ich, als Tim das Gespräch beendet.

»Die Leiterin unserer PR-Abteilung.«

»Und was wollte sie?«

»Dass ich mir ihren Rat anhöre.« Tim verzieht das Gesicht. »Sie sagt, wenn sie einem Sender ein Exklusivinterview mit dir anbietet, werden die anderen uns eher in Ruhe lassen. Sobald die kapiert haben, dass sie nicht die Ersten sind, ziehen sie wohl weiter zum nächsten Opfer.«

»Ich weiß nicht, ob ich so ein Interview überhaupt hinkriegen würde«, sagst du nervös.

»Musst du auch nicht.« Tim greift nach seinen Autoschlüsseln. »Wir haben einen Hinterausgang. Den wir jetzt benutzen werden.«

»Wohin gehen wir?«

»Ins Strandhaus. Das ist in der Gated Community, da kommt keiner von denen rein.«

»Aber was ist mit Danny?«

»Sian kann ihn nach der Schule zu uns bringen. Ich pack ein paar Sachen für ihn ein.« Tim wendet sich zur Treppe, bleibt dann stehen. »Ich freue mich, dass wir zum Strandhaus fahren. Obwohl die Umstände natürlich besser sein könnten. Aber du warst immer so gerne dort.«

»Ja«, sagst du. »Ich freu mich auch darauf, es wiederzusehen.« Und du empfindest wirklich eine Art Vorfreude. Denn so frustrierend es auch ist, wegen der Medien das eigene Haus verlassen zu müssen: Ihr fahrt dorthin, wo alles begann oder endete. Oder beides. An den Ort, an dem du ums Leben kamst.

SECHS

Nach dem Krach mit Tim hockte Abbie an ihrem Schreibtisch und starrte stirnrunzelnd ins Leere. Manchmal zuckten ihre Lippen, wie bei jemandem, der im Schlaf spricht. Wir wussten genau, was sie durchmachte, weil wir alle nach Tim-Haue so reagierten: Abbie ging das Gespräch im Kopf noch mal durch und sagte dabei alles, was ihr nicht gleich eingefallen war.

Plötzlich setzte sie sich auf und tippte irgendwas in eine Suchmaschine. Auch jetzt wussten wir, was sie tat: Sie checkte die Studien über Wut, von denen Tim geredet hatte. In der Hoffnung, dass er sich geirrt hatte – wie befriedigend wäre das gewesen! Wir alle hätten ihr sagen können, dass sie nur Zeit verschwendete; denn erstens irrte Tim sich tatsächlich so gut wie nie, und zweitens hatten wir diese Studien selbst schon überprüft. Und dabei festgestellt, dass er sogar eher untertrieben hatte, was die Ergebnisse anging.

Abbie verschränkte trotzig die Arme vor der Brust. Schließlich stieß sie einen lauten Seufzer aus, der im ganzen Raum zu hören war, stand auf und schlenderte zum Rauchen nach draußen.

Als sie zurückkam, ging sie nachdenklich zum Drucker und nahm sich Papier heraus. Dann setzte sie sich wieder hin und machte sich Notizen. Jemand fragte, ob sie einen Latte Macchiato von Starbucks wolle. Abbie schüttelte nur den Kopf und schrieb weiter. Nach einer Weile lehnte sie sich zurück und blickte auf ihr Werk.

»Na bitte, geht doch«, sagte sie laut. Dann stand sie auf, ließ ihre Fingerknöchel knacken und dehnte sich. (Das fanden wir immer alle irrsinnig toll. Es hatte so was Bodenständiges, *Gesundes*. Abbie versuchte nie, sich kleinzumachen oder im Hintergrund zu bleiben.)

Anschließend ging sie zu Jenny und fragte vergnügt: »Wie komme ich am besten an ausrangierte Roboterteile?«

20

Tim fährt auf der Interstate 280 durchs Tal, am San Andreas Lake vorbei und dann hoch in die Berge. Binnen Minuten liegt der Ballungsraum San Mateo hinter euch, die Straße schlängelt sich zwischen düsteren Eichenwäldern steil bergauf.

»Wir haben immer gesagt, wenn diese Strecke irgendwann mit fahrerlosen Fahrzeugen nicht mehr so aufwendig ist, ziehen wir aus der Stadt raus«, sagt Tim. Er fährt ruhig und konzentriert, nimmt die Kurven in gemäßigtem Tempo.

Während der langen Fahrt zum Pass hinauf denkst du über die Ereignisse dieses Tages nach. Irgendetwas an Tims digitalem Archiv über dein Verschwinden lässt dir keine Ruhe, aber du kommst nicht drauf, was es ist.

Und es beschäftigt dich, was wohl in dem iPad stecken mag. *Kommen Sie in ein paar Tagen wieder*, hatte der Mann im Handyladen gesagt. Was jetzt wohl schwierig wird.

Auf der anderen Seite des Passes habt ihr plötzlich die fantastische Aussicht bis zum Horizont. In der Ferne über dem Meer geht glutrot die Sonne unter.

»Nicht mehr weit«, sagt Tim und klappt die Sichtblende runter.

Hin und wieder siehst du Kürbisfarmen und Wanderwege, aber meist fahrt ihr zwischen dürren Sträuchern und Eukalyptus hindurch. Hier scheint es kaum vorstellbar, dass sich nicht mal vierzig Minuten Fahrweg entfernt die mächtigsten IT-Unternehmen der Welt – Google, Apple und so fort – auf einer kleinen Fläche mit verschmutzter Luft drängen.

Als ihr in Half Moon Bay ankommt, wird es schon dämmerig. Obwohl es noch nicht so spät ist, haben die meisten Geschäfte geschlossen, die Bars und Restaurants wirken leer. Tim hält nirgendwo an, fährt auf der Küstenstraße Richtung Süden.

Ein paar Kilometer weiter bremst er vor einem hohen Stahltor und tippt Zahlen in sein Handy ein. Das Tor geht auf. Dahinter gabelt sich die Straße. Der eine Abzweig führt zu einer Reihe von Häusern, der andere – der gepflegter wirkt – nach links zu den Klippen. Auf einem kleinen Schild steht RESIDENCE CULLEN-SCOTT. Wieder tippt er in sein Handy. Massive Stahlpfosten versinken lautlos im Boden.

Kurz darauf parkt Tim vor einem niedrigen, lang gestreckten Gebäude. Als er Motor und Scheinwerfer ausschaltet, gehen im Haus automatisch die Lichter an. Außer einigen Wänden aus Strukturbeton und Zedernholz besteht es größtenteils aus Glasflächen. Es gibt keinen angelegten Garten, nur Wege und Stufen zwischen Flächen, auf denen das gleiche struppige wilde Gras wächst wie auf dem Rest des Grundstücks, den du im Zwielicht erkennen kannst.

Weit unten erstreckt sich endlos das Meer, silberschwarz und ruhelos.

»Wow«, sagst du beeindruckt. »Es ist wunderschön.«

Tim nickt. »Als ich das Grundstück damals entdeckt hab, stand eine baufällige alte Farm hier. Der Architekt hat das Gebäude abreißen lassen und in Rekordzeit das hier gebaut. Drei Monate vor der Fertigstellung hab ich dir den Heiratsantrag gemacht.« Er deutet auf die Klippe. »Und hier haben wir geheiratet. Mit dem Meer hinter uns und dem Haus vor uns. An unserem Hochzeitstag hast du das Haus zum ersten Mal gesehen. Deinen Gesichtsausdruck werd ich nie vergessen.«

Einen Moment lang siehst du die Szene vor dir: du im Hochzeitskleid, fassungslos auf dieses Werk starrend, das Tim für dich hat erschaffen lassen.

»Daran würde ich mich gern erinnern können«, sagst du sehnsüchtig. »An unsere Hochzeit, meine ich.«

»Gar kein Problem. Wir können das Material heute Abend noch hochladen.«

Im Inneren ist das Haus ebenso wunderbar gestaltet wie außen, noch bunter als euer Stadthaus, mit vielen lebhaften Kunstwerken im Graffiti-Stil. Es hätte auch seelenlos und steril wirken können, hat aber durch die Bilder etwas Jugendliches, als hätten hier Kunststudenten ihrer Kreativität freien Lauf gelassen.

»Wir hatten wirklich ein großartiges Leben«, sagst du staunend. »Alles war irgendwie perfekt, oder?«

Tim greift nach einer kleinen Skulptur in einer Glasglocke – eine Puppe mit einer Glühbirne als Kopf – und betrachtet sie einen Moment, stellt sie dann auf die Säule zurück. »Perfekt«, bestätigt er. »Wegen dir. Ein weiterer Grund, dich wieder zu mir zu holen. Und du musst übrigens nicht denken, dass wir uns in unserem guten Leben isoliert hätten. Du hast dich immer engagiert und versucht, mit unserem Wohlstand die Welt zu verbessern. Hast dich für die Gleichberechtigung von Frauen eingesetzt, für Kultur, Obdachlose … und bessere Unterstützung für Kinder wie Danny.«

»Ja.« Du nickst. »Das war der einzige nicht perfekte Teil unseres Lebens, nicht wahr? Danny.«

»Zu Anfang war es natürlich ein Schock. Und ja, wir mussten einiges umgestalten. Aber du hast das toll hingekriegt. Du warst der Meinung, dass nichts ohne Grund geschieht. Dass wir Danny deshalb bekommen hatten, weil wir die Menschen waren, die sich am besten um ihn kümmern würden. Und das haben wir auch getan.« Tim zögert einen Moment. »Oder vielmehr: *Du* hast es getan. Wir hatten das Glück, dass wir uns alle Unterstützung leisten konnten. Aber du warst diejenige, die mit jedem Arzt an der Westküste geredet und sämtliche Therapieformen recherchiert hat. Du warst absolut grandios. Was mich letztlich nicht überrascht hat. Aber wie du mit dieser Herausforderung umgegangen bist, das hat meine Liebe für dich noch stärker gemacht.«

»Danke … Aber du hast doch auch Großartiges geleistet. Du hast Danny all diese Jahre allein weiter großgezogen.«

»Ich liebe ihn«, sagt Tim. »So wie ich dich liebe. Dannys Beeinträchtigung wird daran nie etwas ändern.«

»Ich liebe dich auch.« Seit du in deiner neuen Form zurückgekehrt bist, sagst du diese Worte zum ersten Mal ganz bewusst. »Ich liebe dich auch, Tim.«

Du schaust dich um, versuchst, dir deine Gefühle von damals vorzustellen: den Optimismus von zwei jungen Leuten, die sich gemeinsam auf den Weg machen, ein Abenteuer wagen. Du meinst fast, dich an die freudige Aufregung erinnern zu können, die Überzeugung, dass ihr jedes Problem im Leben zusammen lösen könnt. So etwas Ähnliches empfindest du jetzt auch: Lust auf Zukunft, eine Ahnung von neuen Ufern. Die aufdringlichen Medien, der Selbstekel, die körperlichen Beschränkungen – nichts von alldem ist wirklich wichtig, seit ihr euch wiedergefunden habt.

Ich werde es schaffen, denkst du. Ich kann dieses Leben führen. Solange Tim mich liebt, kriegen wir das gemeinsam hin.

SIEBEN

Abbie klaubte sich ihr Zubehör bei uns allen zusammen. Von Hamilton holte sie sich die Hülle eines ausrangierten Shopbot, des Mk II. Rajesh spendete Arme von einem Mk III. Kathryn gab ihr Kabel, und Darren – der Entwickler, der Abbie förmlich anbetete, seit sie ihn vor noch mehr Tim-Haue beschützt hatte – schrieb ihr Programme. Wir löcherten ihn natürlich alle, um was zu erfahren, aber er blieb eisern.

»Ich hab ihr versprochen, es geheim zu halten«, sagte er. »Ihr müsst euch gedulden.«

Die Gasbrenner, Schläuche und das Schweißgerät kramte Abbie aus dem Kofferraum ihres alten Volvos hervor.

Jetzt bekamen wir eine ganz andere Abbie zu sehen als bislang. Tag für Tag kauerte sie im Blaumann und mit Schutzbrille im Gesicht in einer Ecke vom Parkplatz und ließ Funken sprühen. Und auf den Parkplatz bestellte sie uns dann auch alle, als sie ihr Werk beendet hatte. Wir erschienen natürlich vollzählig, auch Mike und Tim. Das wollte sich keiner entgehen lassen.

»Ich möcht euch allen was zeigen«, verkündete sie. Ihr Akzent aus dem Süden brach stärker durch, als sie das sagte; daran merkten wir, wie aufgeregt sie war. »Es heißt *Tanzende Elektra.*« Ein Feuerlöscher stand in Reichweite. »Ihr solltet ihr viel Platz lassen«, fügte Abbie hinzu. Dann zog sie die Plane von dem Gebilde neben ihr. Es war eine Skulptur, die unseren Shopbots ähnelte, aber einige Teile waren durch Schrott ersetzt worden. Der Kopf war ein Motorradscheinwerfer, die Finger bestanden aus Fahrradketten, hier und da konnte man Teile von Telefonen und Schreibmaschinen identifizieren. Das Wesen trug ein gelbes Baumwollkleid im Fifties-Stil.

Plötzlich hob es beide Arme, und Flammen schossen aus den Handgelenken – eine nach vorne, eine nach hinten, wie bei einem Feuerrad. Dann fing der Körper an zu kreisen, während der Kopf reglos blieb. Als Nächstes loderte auch der Kopf auf und drehte sich in entgegengesetzter Richtung zum Torso. Das Ganze wirkte wie ein brennender Derwisch.

»Ich bin hübsch!«, verkündete das Ding mit schnarrend mechanischer Stimme, während es vom Feuer verzehrt wurde. »Ich bin hübsch!« Der Torso explodierte, das gelbe Kleid fiel in schwarzen Fetzen zu Boden. Später gestanden wir einander, dass wir an Hexenverbrennungen oder Autodafés hatten denken müssen, während wir verblüfft auf das Spektakel glotzten. »Ich bin hübsch!«

Es dauerte kaum eine Minute. Erst verstummte das Ding, dann erstarrte es, während die Überreste verkohlten. Brenzlig riechende Rauchwolken wehten über den Parkplatz.

»Was ist schiefgegangen?«, fragte irgendein *Idiot*; die meisten meinten später, es sei Kenneth gewesen. Aber die blöde Frage schien Abbie nicht zu stören.

»Gar nichts. Alles nach Plan verlaufen«, sagte sie vergnügt und beäugte den verkohlten Schrotthaufen. Dann drehte sie sich zum Publikum und fügte hinzu: »Ich spiele gern mit Feuer, wisst ihr?«

Irgendein Schlaumeier verwies später auf die Doppeldeutigkeit der Bemerkung. Denn obwohl wir von Kunst wenig verstanden, begriffen doch die meisten, dass Abbie uns mit *Tanzende Elektra* oder dem Feuerbot – wie wir das Ding tauften – hatte mitteilen wollen, wie absolut scheiße sie Shopbots fand.

21

Während ihr im Strandhaus auf Danny und Sian wartet, steckst du Tims USB-Stick in einen PC und schaust dir die nächste Datei an. Es ist wieder eine Slideshow, diesmal mit Zeitungsberichten über den Prozess. Auch diesmal beobachtet Tim dich genau, als versuche er deine Reaktionen einzuschätzen.

In den ersten Artikeln wird berichtet, wie Detective Tanner dem Gericht die Phasen der Ermittlungen darlegte: Intensivierung der Suche, als man davon ausging, dass ein Verbrechen vorliegen könnte, Konzentration auf Mord statt Unfall. Die Geschworenen erfuhren, dass Leichenhunde zwei »aufschlussreiche« Stellen entdeckt hatten: in deinem Auto und in der Küche des Hauses in der Dolores Street.

Im Kreuzverhör räumte Detective Tanner dann ein, dass die Hunde möglicherweise auf den Geruch von Frischfleisch reagiert hatten. Du hattest kurz vor deinem Verschwinden von einem Freund Wildbret geschenkt bekommen, es in deinem Auto transportiert und anschließend in der Speisekammer aufgehängt.

Tanner musste auch zugeben, dass man begonnen hatte, auf Mord zu ermitteln, weil die Suche per Flugzeug und Boot im Umkreis von San Gregorio ergebnislos geblieben war.

»Sie wollten also gezielt den Anschein erwecken, als seien bei der Ermittlung Fortschritte gemacht worden?«, fragte Tims Verteidigerin Jane Yau damals.

Das stritt Tanner natürlich ab, mit der Begründung, weitere Theorien in Betracht zu ziehen, wenn die naheliegende Vermutung nichts erbracht hatte, sei das normale Vorgehen.

»Sie bestätigen also, dass die Ermittlung auf Mord – eine aufwendige, kostenintensive, medienwirksame Ermittlung – nicht aufgrund von Hinweisen auf einen potenziellen Mordfall begonnen wurde, sondern aufgrund der *Abwesenheit* von Hinweisen auf Unfall oder Suizid?«, hatte Jane Yau weitergefragt.

Detective Tanner musste zugeben, dass dies zutraf.

Dann wurde eine ehemalige Studienfreundin von dir vernommen, die Künstlerin Sukie Marenga. Sie sagte aus, du hättest ihr von Problemen in deiner Ehe erzählt und dich darüber beklagt, dass Tim heimlich deine E-Mails lese. Sukie berichtete auch, dass ihr damals negative Gefühle übereinander auf Zettel geschrieben hattet, Tim und du. Die Zettel hattet ihr dann in einer Art Zeremonie verbrannt.

»Damit wollten sie schädliche Kräfte loslassen«, erklärte Sukie. »Das ist ein Reiki-Ritual, mit dem man sich von negativen Energien befreit.«

»Wissen Sie, ob dieses Ritual zum fraglichen Zeitpunkt wirksam war? Konnten alle negativen Energien ausgeräumt werden, oder blieben welche bestehen?«, fragte Mark Rausbaum, der Staatsanwalt. Die Verteidigung erhob sofort Einspruch gegen die Frage, aber die Geschworenen waren vermutlich schon im Zweifel.

Dann legte Rausbaum Nachweise vor, dass du dein Handy in den Wochen vor deinem Verschwinden erheblich weniger benutzt hattest als früher. Die Staatsanwaltschaft vermutete, dass es zu einer Krise in der Beziehung gekommen war, weil du herausgefunden hattest, dass Tim dir nachspionierte. Dann habe

Tim dich umgebracht, deine Leiche in seinem Auto zum Strand transportiert und ins Meer geworfen.

Dass dein Neoprenanzug noch in der Garage des Strandhauses hing, unterstützte diese Theorie, wies es nach Ansicht der Staatsanwaltschaft doch darauf hin, dass du am fraglichen Abend nicht surfen gegangen warst.

Tims Anwältin zeigte die Schwachpunkte in dieser Annahme auf. Nicht nur war keine Leiche gefunden worden, sondern es gab auch keinerlei Beweise dafür, dass die Beziehungsprobleme etwas anderes waren als übliche Ehekonflikte. Tim hatte der Polizei erklärt, dass du einen Monat vor deinem Verschwinden dein Handy im Bus vergessen hattest und es ziemlich lange gedauert hatte, bis du es wiederbekamst. Die Verkehrsbetriebe hatten das bestätigt. In der Zwischenzeit hattest du ein anderes Handy benutzt, das mit dir verschwunden war. In euren Häusern, Autos oder am Strand hatte es nirgendwo Anzeichen von Gewaltanwendung gegeben.

Jane Yau wies auch darauf hin, dass San Gregorio ein FKK-Strand war und dass du dort des Öfteren unbekleidet gesurft hattest. Vielleicht hattest du an diesem Abend vergessen, den Neoprenanzug mitzunehmen. Außerdem konnte man anhand des GPS-Trackers in Tims Handy feststellen, dass er sich in der fraglichen Nacht nicht in der Nähe des Strandhauses aufgehalten hatte. Zwar war das Handy ausgeschaltet gewesen, aber nur weil der Akku leer gewesen war, hatte Tim ausgesagt. Die Verteidigung verlangte die Einstellung des Strafverfahrens.

Und vielleicht nicht zuletzt wegen des außerordentlichen Medieninteresses hatte der Richter eingewilligt. In einer schriftlichen Verlautbarung verwies er auf das Prinzip des Corpus Delicti und erklärte, zwar müsse keine Leiche vorliegen, damit die

Anklage einen Mord beweisen könne. Es sei jedoch unerlässlich, einen Mord zu beweisen, bevor man jemanden verurteilen könne. Die Beweislage in Corpus-Delicti-Fällen müsse deshalb auf mehr basieren als nur *überwiegender Wahrscheinlichkeit*. Der Richter stellte das Verfahren mit sofortiger Wirkung ein.

In der Zeit danach wurde eine sechsundzwanzigjährige Frau aus San José angeklagt, weil sie Tim auf Twitter beleidigt habe. Eine Einunddreißigjährige aus Los Angeles, die etwas auf Facebook gepostet hatte, wurde zu einer sechswöchigen Haftstrafe auf Bewährung verurteilt. Eine Petition an die Regierung, um durchzusetzen, dass Corpus-Delicti-Fälle künftig eine weniger stabile Beweislage benötigten, wurde von fünfundzwanzigtausend Menschen unterzeichnet und dann stillschweigend vergessen.

In einem TV-Interview vor dem Gerichtsgebäude sagte Detective Tanner, die Polizei werde im Fall von Abbie Cullen-Scott nicht nach weiteren Verdächtigen suchen. Äußerungen des Richters aus früheren Prozessen wurden in den Social Media publik gemacht, und man sammelte fünfzigtausend Unterschriften für eine Kampagne, in der gefordert wurde, Richter sollten mit fünfundsechzig in den Ruhestand beordert werden.

Die Polizei gab noch bekannt, man würde zwar nicht weiter in dem Fall ermitteln, jedoch stünde jederzeit ein Team zur Verfügung, »das auf neue Informationen zu Abigail Cullen-Scott reagieren könne«.

Tim Scott lehnte sämtliche Interviewanfragen ab.

22

Erleichtert lehnst du dich zurück. Natürlich bist du voreingenommen, aber die Anklage gegen Tim hatte eindeutig auf tönernen Füßen gestanden. Die Staatsanwaltschaft hatte keine Leiche, keine Bilder von Überwachungskameras und auch sonst keinerlei Beweise vorlegen können. Eine hübsche junge Promi-Mutter war verschwunden, und wegen des Medienrummels hatte man einen Sündenbock finden müssen. Mehr war nicht dran an der Sache.

Du warst von Anfang an sicher gewesen, dass Tim nichts mit deinem Verschwinden zu tun gehabt hatte. Doch insgeheim hattest du befürchtet, die Staatsanwaltschaft hätte Tim vielleicht verleitet, etwas zu sagen, womit er sich selbst schadete. Er war nun mal weder sonderlich bescheiden noch geduldig. Doch zum Glück hatte er gar nicht erst vor Gericht aussagen müssen, sondern war schon vorher komplett entlastet worden. Und wenn ein paar Spinner in den Social Media das nicht akzeptieren wollten, war das einzig und allein deren Problem.

Dir fällt aber auf, dass über dich in den ganzen Berichten eigentlich nicht geschrieben wird. Von Depressionen oder etwaigen Affären ist nirgendwo die Rede. Du hattest gehofft, mehr über das zu erfahren, was in den letzten Wochen in dir vorgegangen war. Aber das Material ist so wenig aufschlussreich wie dein Handy.

»Glaubst du mir?«

Du schreckst auf und siehst, dass Tim dich mit forschendem

Blick betrachtet. »Glaubst du mir, dass ich nichts mit alldem zu tun hatte?«

Die Frage muss ihn umtreiben, sonst würde er sie nicht stellen. Normalerweise gehört unerschütterliche Selbstsicherheit so untrennbar zu Tim wie sein graues T-Shirt.

»Selbstverständlich.«

Er verzieht das Gesicht. »Sag das bitte nicht. Das Wort ist gleichbedeutend mit ›Mir bleibt nichts anderes übrig‹. Dein Gehirn kann mehr, Abbie.«

Hast du mich deshalb gebaut?, fragst du dich. Damit ich dich quasi aus dem Jenseits für unschuldig erklären kann? Damit ich das Wort ausspreche, das der Sprecher der Geschworenen wahrscheinlich nicht gesagt hätte?

»Aber es ist doch *wirklich* selbstverständlich. Und das war auch schon so, bevor ich dieses Pressematerial gelesen habe. Ich *kenne* dich, Tim. Ich weiß, dass du niemandem vorsätzlich etwas zuleide tun würdest. Und schon gar nicht mir.«

Er sieht entspannter aus. »Selbstverständlich nicht.« Ihr lächelt beide über seine Wortwahl.

Du hörst ein Auto vorfahren. Sian mit Danny. »Hi, Danny«, sagst du eifrig, als dein Sohn ins Haus gerannt kommt. Er beachtet dich gar nicht, sondern flitzt direkt zur Fensterfront, durch die man aufs Meer schauen kann, und reibt begeistert sein Gesicht am Glas. Du weißt zwar, dass du ihn auffordern solltest, zurückzugehen und die Begrüßung zu erwidern. Aber er sieht so glücklich aus, dass du es nicht übers Herz bringst.

»Er ist total gern hier«, sagt Tim. »Früher ist er stundenlang mit dir in den Wellen rumgesprungen.«

»Vielleicht kann ich das morgen mit ihm machen. Würde mir auch gefallen.«

Tim scheint zu zögern. »Das geht leider nicht«, sagt er dann. »Ist in etwa so, als würde ich mit meinem Handy schwimmen gehen. Wasser – vor allem Salzwasser – würde dich sofort zerstören.«

»Oh.« Du denkst daran, wie viel Zeit du früher auf deinem Surfbrett verbracht hast. Deshalb hat Tim überhaupt dieses Haus bauen lassen – damit du dem geliebten Meer besonders nah sein konntest. Und nun darfst du nicht mal mehr mit Wasser in Berührung kommen.

»Aber vielleicht lässt sich das im Lauf der Zeit noch ändern«, fügt Tim hinzu. »Und man kann da fantastisch wandern. Wie wär's, wenn wir uns einen Hund anschaffen?«

Du schüttelst den Kopf. Einen Hund willst du nicht.

Du kochst Pasta für euch, und ihr esst zu viert an dem langen Tisch auf der Terrasse. Das Gespräch ist mühsam. Du versuchst Sian einzubeziehen, aber sie empfindet deine Fragen wohl als einprogrammierten Small Talk und reagiert kaum. Erst als du nach Dannys Schule fragst, wird sie etwas lebhafter. Meadowbank ist eine große Ausnahme, sagt sie; der einzige Ort im ganzen Bundesstaat, wo Kinder wie Danny die Unterstützung bekommen, die sie brauchen. Die Erfolge sind fantastisch.

Unwillkürlich schaust du Danny an. Er sagt nichts, sondern lässt verträumt eine Gabel voll Makkaroni vor seinen Augen kreisen, bevor er sich die Nudeln in den Mund stopft. Du lächelst ihn an – sein zartes Gesicht ist so schön –, aber von fantastischen Erfolgen ist eigentlich nichts zu bemerken.

»Du hättest ihn mal vor ein paar Jahren erleben sollen«, sagt Sian trotzig. »Kopf an die Wand schlagen, Haare ausreißen, in den Handrücken beißen, so was kam ständig vor. Danny hat echt große Fortschritte gemacht.«

»Ja, ja, natürlich«, sagst du rasch. »Du leistest hervorragende Arbeit mit ihm.«

Später räumen Tim und Sian den Tisch ab, du bleibst mit Danny sitzen. Dir ist ein simples Spiel eingefallen: Du liest aus den Thomas-Büchern vor, setzt aber immer mal ein unpassendes Wort ein – *Gorilla* statt *Lokomotive* zum Beispiel –, oder du verwechselst Toby mit Terence. Weil Danny die Bücher auswendig kennt, findet er das irrsinnig komisch. Manchmal muss er so sehr lachen, dass er nicht mal das Daumen-runter-Zeichen für »falsch« machen kann.

»Thomas, du bist ein äußerst hilfreicher *Elefant* …«

Du wartest die Reaktion ab und hörst dabei, wie Sian in der Küche sagt: »Unglaublich, wie schnell man vergisst, dass sie nicht echt ist. Kam mir teilweise vor, als rede ich mit 'nem normalen Menschen.«

Betroffen horchst du, ob Tim Sian zurechtweist, aber er murmelt nur etwas, das du nicht richtig hören kannst.

»Du könntest ihr aber noch beibringen, die Pasta nicht zu versalzen«, fügt Sian pikiert hinzu. »Einiges können Roboter scheinbar doch nicht so gut wie Menschen.«

Danny klopft dir ungeduldig auf den Arm, damit weiter vorgelesen wird, den Rest des Gesprächs bekommst du nicht mit.

Später verzieht sich Sian zum Glück mit ihrem Laptop auf ihr Zimmer, und du schaust mit Tim fern, während Danny seine Loks in penibler Ordnung an der Fußleiste aufreiht.

»Tut mir leid wegen dem Salz«, sagst du nach einer Weile.

»Was? Ach so, das. Ist echt nicht wichtig.«

»Sian scheint mich nicht so toll zu finden.«

Tim zuckt die Achseln. »Sie hat nur Angst, dass du sie ersetzen könntest. Langfristig wird sie sich bestimmt an dich gewöhnen.«

Auf die Idee warst du nicht gekommen. »Ich sie ersetzen? Wieso das denn?«

»Bestimmte Therapieformen könnte man sehr gut automatisieren. Hier geht es ja um monotone Wiederholungen. Spricht vieles dafür, dass ein Bot diese Aufgabe erheblich effizienter ausführen könnte als ein Mensch.«

»Aber ich will Sian doch gar nicht ersetzen. Sie tut Danny ja offenbar gut. Und er mag sie.« Du fühlst dich etwas besser.

In den Nachrichten bist du die zweite Meldung. »IT-Titan Tim Scott, der vor vier Jahren aus Mangel an Beweisen von dem Verdacht freigesprochen wurde, seine Frau ermordet zu haben, hat eine unheimliche Roboter-Replik von Abbie Cullen-Scott erschaffen ...« Man sieht, wie du die Jalousien herunterlässt.

Tim greift rasch zur Fernbedienung und schaltet aus. »Ich geh schlafen«, sagt er mit einem Seufzer.

»Du wolltest noch das Material von unserer Hochzeit hochladen.«

»Ach ja, genau. Können wir gleich machen.«

Als ihr nach oben geht, fällt dir am Treppenabsatz ein Gemälde auf, und du bleibst stehen und betrachtest es. Es ist ein Porträt von Danny, als er ein paar Monate alt war. Er schläft noch halb, ein Auge blinzelt den Betrachter an. Das Bild ist kleiner als die anderen rundherum, kaum größer als ein Taschenbuch. Die Details sind so präzise gemalt, als bestünde die gesamte Welt der Malerin aus diesem Kindergesicht.

Niemals, denkst du, hätte die Frau, die dieses Bild gemalt hat, ihren Sohn verlassen. Unter absolut keinen Umständen, selbst wenn sie sich schrecklich gefangen gefühlt hat und die Diagnose ein Schock war.

Du merkst, dass Tim dich forschend ansieht.

»Du spürst es, oder?«, fragt er. »Du empfindest die Gefühle, die du hattest, als du das Bild gemalt hast.«

»Das würde jedem so gehen, glaube ich. Zumindest jeder Mutter. Deshalb kann ich aber noch lange nicht Gedanken lesen.« Du zögerst und fügst dann hinzu: »Tim … diese Zeitungsartikel … Hast du damals wirklich meine E-Mails überwacht?«

»Natürlich nicht«, antwortet er indigniert. »Warum auch? Wir hatten keine Geheimnisse voreinander.«

Ihr geht in eines der Schlafzimmer, Tim schließt dich an ein Laptop an. »Kann 'ne Weile dauern«, sagt er. »Die Übertragungsgeschwindigkeit hier draußen ist eine Katastrophe.«

»Macht nichts. Ähm, Tim?«

»Ja?«

»Könntest du mich küssen, bevor du rausgehst?«

»Natürlich.« Er beugt sich zu dir herunter und küsst dich zärtlich auf die Stirn. »Gute Nacht, Liebste. Viel Spaß mit dem Upload.«

»Gute Nacht.«

Du schließt die Augen und gibst dich der Bilderflut hin wie einer ersehnten Droge.

23

Es kommt dir vor wie Traum und Wirklichkeit zugleich. Diese hochgeladenen Erinnerungen fühlen sich aber realer an als jeder Traum und sind deshalb besonders schmerzhaft. In diesen Momenten siehst du die Welt wieder mit deinem ureigenen Blick, begreifst sie mit deinem Gehirn von damals. Für ein paar kostbare Minuten bist du wieder vollständig.

Eure Hochzeit war wunderschön und ausgesprochen unkonventionell. Seit jeher hast du an Tim geliebt, dass er eigene Wege beschritten, niemals andere kopiert hat. Dieses Haus ist ein Beispiel dafür, nicht nur die Architektur, sondern auch die Lage: umgeben von Gräsern und Steinen, von der Straße durch einen Felsen verdeckt. Du konntest damals kaum fassen, dass es dein Hochzeitsgeschenk sein sollte.

Für die Feier war zwischen Haus und Klippe eine Holzplattform errichtet worden, auf der das Festzelt stand. Abgesehen von der Wahl des Ortes hatte Tim dir mit allem freie Hand gelassen. Das Zelt war mit Wiesenblumen und Adlerfedern dekoriert, die Gäste saßen auf Heuballen. Dein Kleid war weiß und so schlicht wie eine Toga, und statt eines Schleiers trugst du ein diamantbesetztes Diadem aus Indien – auch ein Geschenk von Tim – und ein Krönchen aus Kornblumen. Die Zeremonie wurde von einer humanistischen Pfarrerin durchgeführt.

Euer Ehegelübde. *Ich gelobe, dich zu lieben bis in alle Ewigkeit …* Ihr habt diese Worte zueinander gesagt, ja, aber natürlich waren sie nicht wortwörtlich gemeint.

Doch jetzt wird dir plötzlich bewusst, dass Tim sie ernst genommen hat. Denn sonst wärst du nicht hier.

Dann das gemeinsame Lesen von Sonett 116: *Lieb' ist ja nicht Liebe / Wenn sie beim Wankelmuth sich kann vermindern* … Du kannst jetzt sogar alles von damals riechen. Den würzigen Duft von warmem Heu. Den süßen Rauch der Patschuli-Räucherstäbchen auf den Tischen. Die salzige Meeresluft. Den unverkennbaren Geruch von Marihuana, wenn Gäste hinter dem Haus einen Joint rauchten …

Und dann tauchen unvermittelt die Erinnerungen an die Tage vor der Hochzeit auf, an deine Nervosität. Je länger du dich mit der Ehe beschäftigt hast, desto bedrohlicher fandest du sie. Historisch betrachtet das perfekte Werkzeug, um Frauen zu beherrschen! Die Frau machte sich selbst zum Eigentum ihres Ehemanns – oder wurde ihm sogar vom Vater übergeben wie Besitz. Ihre Rechte und Gefühle waren denen des Mannes untergeordnet, nicht einmal über ihre eigene Fortpflanzung hatte sie die Kontrolle. Wie konnte eine Frau, die sich als Feministin definierte, zu etwas derartig Vorsintflutlichem Ja sagen?

Du hast damals Tim bei der Arbeit angerufen und ihm deine Zweifel offenbart. Geduldig hörte er sich alles an und sagte dann: »Gut, dann heiraten wir nicht offiziell, Abs. Wir können auch einfach an einem ruhigen Ort unser Gelöbnis sprechen und danach so weiterleben wie bisher.«

»Ich glaube, das will ich auch nicht.«

»Also, ich bin mit allem einverstanden, was du möchtest. Warte bitte einen Moment«, hörtest du ihn zu jemandem sagen.

»Mein Problem liegt, glaube ich, einfach bei der Institution Ehe als solcher. Ist gut, dass wir drüber geredet haben, ich fühl mich jetzt schon besser. Und ich weiß, dass *unsere* Ehe nicht beengend sein wird.«

»Schön. Apropos: Wie geht's mit dem Geschenk für mich voran?«

»Fast fertig. Und mit meinem?«

Tim lachte. »Auch fast fertig.«

»Wann verrätst du mir, was es ist?« Er hatte es seit Monaten spannend gemacht.

»Am Tag der Hochzeit.«

»Dann kann ich es auspacken?«

»Hm … ist ein bisschen zu groß dafür. Ich muss los, Abs. Vor meinem Büro stehen Leute.«

»Lass die doch da stehen.«

»Hab ich schon. Aber du willst schließlich nicht, dass ich ein böser Chef bin, oder?«

»Die wissen ja, dass du das nicht bist.«

Er lachte wieder. »Das will ich nicht hoffen!«

»Ach so, und, Tim …«

24

Du schlägst die Augen auf. Die Erinnerungen sind ins Stocken geraten, die Bilder erstarrt, und du fragst dich, weshalb. Dann – *klack* – fällt es dir ein. Schlechte Übertragungsrate.

Du wartest ab, hoffst, dass die Verbindung wieder zustande kommt, aber sie scheint unterbrochen. Tim hatte dich ja bereits vorgewarnt. Du ziehst die Stecker raus, setzt dich auf. Dann beschäftigst du dich eben unten eine Weile und machst später einen neuen Versuch, sagst du dir.

Leise schleichst du über den Flur, um die anderen nicht zu wecken. Da hörst du eigenartige Geräusche aus Sians Zimmer – Grunzen und Stöhnen. Erstaunt und etwas amüsiert denkst du, dass sie auf ihrem Laptop Pornos guckt. Kaum vorstellbar bei diesem Mädel.

Dann fällt dir ein, dass ja die Internetverbindung unterbrochen ist. Der nächste Gedanke folgt so rasch und ist so schrecklich, dass dir die Luft wegbleibt.

Du drehst dich um. Tims Schlafzimmertür steht offen, das Bett ist leer.

»Ja!«, stöhnt Sian. »Ja!«

»Ja!« Das ist Tim.

Die Tür zu Sians Zimmer ist angelehnt. Du willst das eigentlich nicht sehen, kannst dich aber nicht bremsen. Sian sitzt auf Tim, mit dem Rücken zu dir. Es hat etwas ekelhaft Triumphierendes, wie sie sich auf ihm windet, ihre Lust auskostet, ihr Haar zurückwirft, sich dann plötzlich vorbeugt, sodass es sie verbirgt wie ein Vorhang, beide Hände auf seine Brust gestützt, als wolle sie ihn wiederbeleben …

»Ja«, stöhnt sie wieder.

Ja, denkst du, so erschüttert von dem Schock, dass du dich an der Wand abstützen musst. *Ja, natürlich. So etwas musste ja passieren.*

»Ja«, stöhnt Sian.

Nein.

Nein. Nein. Nein.

ACHT

Nach der Sache mit dem Feuerbot lief ein paar Wochen lang alles so weiter wie vorher. Wir tüftelten an neuen, bahnbrechenden Methoden herum, wie unsere Shopbots den Leuten Zeug verhökern könnten. (»Hey, wie wär's, wenn die Bots Leute ansprechen, die Klamotten aus der letzten Saison tragen?« – »Krass gute Idee.«) Abbie erschien jeden Morgen mit nassen Haaren, das Surfbrett auf den alten Volvo geschnallt. Tim kam uns außergewöhnlich ruhig vor – »schlafender Vulkan«, kommentierte jemand – und saß häufig mit den Geldgebern zusammen. Die Investoren fanden die Shopbots anscheinend zu teuer. Was wiederum uns Sorgen machte, denn Einsparungen würden Entlassungen bedeuten.

Eines Tages fuhr Megan Meyer in ihrem Jaguar-Cabrio vor, gefolgt von einem weißen Lieferwagen. Dem entstiegen diverse Angestellte, die Kleiderstangen mit Männerkleidung zu Tims Büro rollten: Sakkos, Hemden, sandfarbene Stoffhosen.

Daraus schlossen wir messerscharf, dass Tim eine Stilberatung bekam. Das gehörte zu Megans Angeboten für ihre Kunden. Da die reichsten Männer im Silicon Valley zugleich die sozial ungeschultesten waren, musste man ihnen erst einmal beibringen, wie man sich mit einer potenziellen Partnerin überhaupt benahm, bevor man die Frauen heranschaffte.

Als Megan wieder weg war, kam Tim in einem dunkelblauen Polohemd von Ralph Lauren, Chinos und Budapestern aus dem Büro. Natürlich verlor niemand ein Wort darüber. Aber da wir

Tim alle nur mit schwarzer Jeans, grauem T-Shirt und weißer Basecap kannten, waren wir einigermaßen verstört.

Am nächsten Morgen kam er mit schwarzer Jeans und grauem T-Shirt zur Arbeit, und wir atmeten auf.

Mike berichtete, Tim habe sich mit der Stilberatung auf ein wichtiges Treffen mit potenziellen Investoren vorbereiten wollen. Das glaubte zwar keiner, aber aus Loyalität Mike gegenüber taten wir alle so, als ob.

An diesem Tag verließ Tim sein Büro um fünf Uhr nachmittags. Niemand wusste, wo er hinging. Morag, seine Assistentin, erklärte, er habe heute »mal früher aufgehört«.

Das beunruhigte uns, denn Tim hörte eigentlich nie auf zu arbeiten. Er schrieb uns um drei oder vier Uhr nachts E-Mails. Rief am Sonntag an und schrie herum wegen eines winzigen Programmierungsfehlers. Es gab auch die legendäre Geschichte, dass er Gabriela Pisano angerufen hatte, die gerade in den Wehen lag. Als sie ihm ihre Lage erklärte, wollte Tim trotzdem wissen, wo eine bestimmte Datei abgeblieben war.

Abbie arbeitete unterdessen an einem neuen Kunstwerk. Uns fiel auf, dass sie sich häufig mit Rajesh unterhielt. Rajesh war einer unserer Entwickler, ein scheuer Typ, Vegetarier, Mitte zwanzig, über den niemand viel wusste. Als wir bemerkten, wie zwischen ihm und Abbie eine herzliche Nähe entstand, stellten wir erstmals fest, dass Rajesh ein sehr gut aussehender junger Mann war. Und überdies cool. Hinter seiner stillen Art verbarg sich ein starkes Selbstvertrauen. Jemand sah sich seine Personalakte an und sagte, dass er den Wissenschaftspreis der Stanford University erhalten hatte.

Dann war Abbies neues Kunstwerk fertig. Es bestand aus drei Boxsäcken, die mit dicken Seilen an der Decke eines Sitzungsraums befestigt waren. Zuerst wussten wir nicht, was wir davon halten sollen. Abbie hatte das Kunstwerk nicht offiziell präsentiert. Es war einfach da, daneben lagen drei gebrauchte Paar Boxhandschuhe. Auf einer kleinen Karte an der Wand stand:

GOLDLÖCKCHEN. LEDER, SEIL, SCHALTKREISE.

Bald zog sich jemand die Handschuhe an und schlug gegen den größten der Säcke, hielt aber sofort inne, weil der Sack aufgeschrien hatte.

»Aua!«, brüllte der Sack auch beim nächsten Schlag, und so ging es weiter, als der Kollege wie Rocky auf ihn eindrosch.

Jemand nahm sich den Sack daneben vor, hörte aber sofort betroffen wieder auf, als der zweite Sack mit einer Frauenstimme aufschrie.

Beim dritten hörte man eine klägliche Kinderstimme.

Danach wollte keiner mehr etwas mit den Säcken zu tun haben, und wir waren uns einig, dass dieses Kunstwerk nicht halb so gelungen war wie der Feuerbot. Der hatte uns Spaß gemacht, aber die Säcke waren ein Statement, das wir naiv, irgendwie bösartig und zu plakativ fanden.

25

Blindlings hastest du aus dem Haus, fällst beinahe hin, weil du es so eilig hast. Wo du hinwillst, weißt du nicht, du willst nur weg aus *deinem* Haus, in dem *dein Mann* Sex mit einer anderen Frau hat.

Fragen stürmen auf dich ein. Seit wann läuft das? Ist Sian Tims Freundin? Seine Geliebte? Hatte es schon andere gegeben? Hatte er womöglich gleich nach deinem Tod wieder Sex?

Als du zu der Sperre und der Weggabelung kommst, gibt es nur eine Wahl. Rechts kommst du zum Highway. Du musst nach links, zum Strand. Die Straße ist voller Schlaglöcher, schlängelt sich einen steilen Hang hinunter, gesäumt von kleinen alten Ferienhäusern. In den meisten brennt kein Licht. Unten an dem felsigen Strand stößt du auf einen halb verfallenen Diner. Die Fenster sind mit Brettern zugenagelt, die Rahmen verwittert.

Du gehst zu dem Plankenweg, stützt dich auf das rostige Geländer, starrst zum Horizont. Wünschst dir schon wieder, du könntest weinen, um all diese angestauten Gefühle loszuwerden. Stattdessen schreist du deine Verzweiflung und Qual übers Meer, und der Wind reißt dir die Laute aus dem Mund, fast bevor sie nach draußen dringen.

Die Wellen rollen heran, brechen sich weiß gischtend auf dem Sand, ziehen sich zurück, gefolgt von der nächsten Woge. Trotz deines Leids – oder vielleicht gerade deshalb – nimmst du die Schönheit in diesem Rhythmus wahr. Diese endlose Bewegung muss einem Muster folgen, etwas Unergründlichem und dennoch Harmonischem …

$V = f \cdot \lambda$

Die Wellengleichung. Du erinnerst dich nicht mehr, woher du das weißt, aber mit einem Klacken fällt dir die Formel plötzlich wieder ein.

»Danny hat hier auch immer aufs Meer geschaut«, sagt eine Stimme hinter dir.

Erschrocken fährst du herum. Ein Mann um die sechzig steht ein paar Meter entfernt, die Hände in den Taschen seiner wetterfesten Jacke.

»Hoffe, ich hab Sie nicht erschreckt«, sagt er lässig und weist mit dem Kopf auf ein Haus am Hang. »Hab jemanden am Strand gesehen und dachte, ich schau mal nach. Gibt nicht mehr viele Besucher hier, seit Ihr Mann die Sperre angebracht hat.«

»Dann wissen Sie, wer ich bin.« Das *Wer* kommt dir kaum über die Lippen.

Der Fremde nickt. »Hab Sie in den Nachrichten gesehen. Aber keine Sorge, ich verrat's niemandem von den Medien.« Er tritt näher und streckt dir die Hand hin. »Charles Carter.«

»Abbie.« Du schüttelst dem Mann die Hand und fügst etwas kläglich hinzu: »Früher jedenfalls. Keine Ahnung, was ich jetzt bin.«

Der Mann nickt wieder. »Ja, das kam auch in den Nachrichten.« Er tritt neben dich, legt die Hände aufs Geländer, und ihr schaut beide aufs Meer hinaus. »Sie sind früher hier gesurft. Zu jeder Tageszeit, manchmal auch nachts. Um Ihren Kopf klarzukriegen, haben Sie gesagt.«

»Ja, ich weiß. Das hab ich ja auch in der Nacht gemacht, in der ich verschwunden bin. Ich war surfen.«

»Davon ging man aus.« Etwas an seiner Stimme lässt dich aufhorchen, und du siehst ihn von der Seite an. Dabei fällt dir auf, dass der Mann sehr attraktiv ist. Zwar sind seine Haare schon silbergrau, aber er hat ein markantes Gesicht und sympathische Fältchen um die Augen.

»Was wollen Sie damit sagen?«, fragst du.

»Ach, nichts Bestimmtes. Ist nur eine typische vorsichtige Anwaltsformulierung.«

Mit einem abrupten Gefühl von Einsicht – anders als bei der Wellengleichung, aber genauso intensiv – denkst du: Der Mann verschweigt mir etwas. Vermutlich, weil er glaubt, ich als Tims Kreatur erzähle alles sofort weiter.

»Sie sind also Anwalt?«, fragst du, um die Situation zu entspannen. »Worauf sind Sie spezialisiert?«

»Hauptsächlich Zusammenschlüsse von großen Unternehmen und Übernahmen.« Weil du wohl überrascht wirkst, fügt er hinzu: »Wir hatten auch ein Stadthaus. Aber seit meine Frau von mir gegangen ist, lebe ich hier. Ich kann weitgehend von zu Hause aus arbeiten.«

»Herzliches Beileid.«

Er zuckt kurz die Achseln. »Ist mittlerweile acht Jahre her.« Sein Blick wandert zu einem Boot, einer zehn Meter langen Slup auf einer Helling vor dem Haus am Hang. MAGGIE steht auf dem Boot. »Man vergisst nicht, kommt aber irgendwann damit zurecht.«

Du bleibst stumm und hast die Vermutung, dass der Mann das Gleiche denkt wie du. *Tim ist nie damit zurechtgekommen.*

Und dir fällt auf, dass du dich in Gegenwart dieses Mannes seltsam wohlfühlst, fast als würdet ihr ein vor langer Zeit begonnenes Gespräch fortsetzen.

»Habe ich … habe ich Sie gut gekannt?«, fragst du unumwunden. »Früher, meine ich?« Du spürst, dass Charles Carter seine Worte sorgfältig abwägt, bevor er spricht.

»Nachdem Ihr Mann hier das Grundstück gekauft und das Haus gebaut hatte, wollte er mehr Abgeschiedenheit und alle anderen Anwohner rundum loswerden, sobald deren Pachtverträge ausliefen. Darüber waren natürlich einige ganz und gar nicht erfreut, und die Stimmung wurde etwas hitzig. Sie haben ihn damals überredet, dass wir alle bleiben durften. Strände sollten nicht privatisiert werden, haben Sie gesagt.« Er weist mit dem Kopf auf das baufällige Haus hinter euch. »Für den Diner von Sally und Joe war es zu spät. Aber wir anderen waren Ihnen dankbar. Ist eine kleine Gemeinde, doch wir fühlen uns sehr wohl hier.«

»Freut mich, dass ich helfen konnte.« Du kommst dir wieder wie eine Hochstaplerin vor, weil das schließlich das Verdienst deines früheren Selbst war.

»Falls ich mich mal revanchieren kann …« Carter zögert. »Auch wenn Sie einfach nur reden wollen.« Wieder sieht er dich forschend an.

»Abbie! Abbie!«, hörst du jemanden weiter hinten am Strand schreien.

Es ist Tim, der wild gestikuliert. »Bleib dort, Abbie! Ich komme zu dir!«

»Ich geh lieber mal.« Charles Carter nickt dir zu. »Gute Nacht.«

Tim kommt den Plankenweg entlanggerannt. »Abbie«, keucht er. »Gott sei Dank. Ich dachte schon …« Er wirft einen ängstlichen Blick aufs Meer.

Dir wird klar, dass er fürchtete, du seist ins Wasser gegangen.

Doch auf diesen Gedanken wärst du nie gekommen. Bestimmt würde keine Mutter ihr Kind so im Stich lassen.

Charles Carter hat sich rasch entfernt, und Tim schaut ihm feindselig nach, sagt aber nur: »Komm, gehen wir zurück.«

»Tim, ich weiß von dir und Sian«, sagst du leise. »Ich habe euch zusammen gesehen.«

»Ja, das habe ich mir dann gedacht«, erwidert er ruhig. »Als ich in mein Zimmer zurückging, hab ich gesehen, dass du weg warst. Lass uns im Haus darüber reden.«

26

Sian sitzt angezogen in der Küche und trinkt Kaffee. Sie sieht dich an, spricht aber zu Tim. »Du hast sie also gefunden.«

»Ja. Geh wieder ins Bett«, erwidert Tim knapp.

»Wartet …«, sagst du. »Ich muss das wissen, Tim … ist Sian deine *Freundin*?«

Sian schaut ihn erwartungsvoll an, und du merkst, dass auch sie die Antwort gespannt erwartet.

»Nein«, sagt Tim. »Sie ist eine Person, mit der ich Sex hatte, mehr nicht.«

Das *hatte* entgeht dir nicht.

»Danke, Tim«, sagt Sian sarkastisch. »Richtig nett von dir.«

»Abbie ist verzweifelt«, sagt er schroff. »Das hat Vorrang.«

»*Abbie* ist verzweifelt?«, wiederholt Sian fassungslos. »Der *Roboter* ist *verzweifelt*?«

»Sie ist meine Frau«, knurrt Tim.

Die Warnzeichen dürften Sian bekannt sein, aber sie lässt nicht locker. »Wenn sie deine Frau ist, was bin ich dann für dich?«

»Es gibt ein Wort dafür, aber das dürfte dir nicht gefallen. Geh nach oben und pack deine Sachen.«

Sian starrt ihn an. »Du *feuerst* mich?«

»Eine Umstrukturierung. Deine Dienste werden nicht mehr benötigt.«

»Weil ich mit dir Sex hatte?«

»Nein«, antwortet er ruhig. »Weil Abbie deine Aufgaben mit

Danny übernehmen kann.« Tim sieht dich an. »Natürlich nur, wenn du einverstanden bist, Abbie.«

»Du kannst niemanden rausschmeißen, nur weil du mit der Person Sex hattest«, faucht Sian im gleichen Moment, in dem ich sage: »Warte noch, Tim. Wir müssen uns vor allem überlegen, was für Danny am besten ist.«

»Du bekommst eine großzügige Abfindung«, sagt Tim zu Sian. »Geh nach oben und denk darüber nach, wie viel du dir vorstellst.«

Sian starrt ihn weiter an, und es kommt dir vor, als könntest du die Zahlen in ihren Augen sehen.

Dann sagt Tim in ruhigerem Ton zu dir: »Was meintest du wegen Danny?«

»Ich kann sie nicht ersetzen. Jedenfalls jetzt noch nicht. Ich hab einiges über Dannys Therapie gelernt, aber noch nicht genug. Sian sollte bleiben. Zumindest noch eine Weile.« Du sagst das nur ungern, hast aber keine andere Wahl.

Tim nickt. »Okay. Sian, du kannst noch zwei Wochen bleiben, und auch dafür bekommst du eine angemessene Entschädigung. Und jetzt schlage ich vor, dass wir alle wieder ins Bett gehen.«

27

»So kann es nicht weitergehen«, erklärt Mike Austin. »Scott Robotics wird regelrecht belagert. Reporter belästigen unsere Angestellten. Und John Renton verlangt ein sofortiges Treffen.«

Am nächsten Morgen sitzt du mit Mike, Tim, Elijah, dem Leiter der Finanzabteilung, und Katrina Gooding, der PR-Frau, an dem langen Tisch auf der Veranda. Tim hat darauf bestanden, dass du an der Unterredung teilnimmst, aber du kannst eigentlich nichts beitragen und fühlst dich überflüssig. Es gab noch keine Gelegenheit, mit Tim über Sian zu reden. Du hattest gehofft, dass er in dein Zimmer kommen und etwas erklären oder sich vielleicht sogar entschuldigen würde. Aber es scheint fast, als hielte er das Thema für beendet.

»Was will Renton?«, fragt Tim.

»Wissen wir nicht genau«, antwortet Mike. »Aber ich vermute mal, er macht sich Sorgen um seine dreißig Millionen. Wir haben unsere Investoren nicht unbedingt an dieser Reise beteiligt.«

»Abbie sollte ein Interview geben«, schlägt Katrina vor.

Tim zögert keine Sekunde. »Kommt nicht infrage.«

»Wie hoch ist die Hypothek hier drauf?«, erkundigt sich Elijah mit Blick auf das Haus. »Wenn es mit Renton kritisch wird, bist du zuerst dran.«

»Sicher«, erwidert Tim eisig. »Aber es handelt sich hier um *meine* Kredite und *meine* Sicherheiten. *Ich* halte hierfür den Kopf hin, und deshalb treffe *ich* auch die Entscheidungen. Wenn *du* dir zutraust, ein eigenes Unternehmen zu gründen und es zum

Erfolg zu führen, dann wirst *du* auch ein Recht auf eine eigene Meinung haben.«

Elijah zuckt ungerührt die Achseln. Solche Reden hat er vermutlich schon x-mal zu hören bekommen. »Ich seh das einfach anders als du. Ein Interview mit Abbie gäbe uns die Gelegenheit, sie in ein positives Licht zu rücken. Wir haben etwas Fantastisches geschaffen. Je deutlicher das wird, desto weniger werden unsere Investoren fürchten, dass sie ihr Geld nicht wiedersehen. Wir könnten es als vorsätzliche Strategie darstellen: erst der Paradigmenwechsel, dann der finanzielle Erfolg.«

Tim schüttelt den Kopf. »Ich hab doch bereits gesagt, dass Abbie kein Interview geben möchte.« Doch es ist spürbar, dass Elijahs Argument ihm einleuchtet.

Alle schauen jetzt gleichzeitig dich an.

»Na ja«, hörst du dich sagen. »Wenn ihr glaubt, es könnte helfen, mache ich das natürlich.«

»Aber die Entscheidung liegt ganz allein bei dir, Abbie«, betont Tim.

»Ist schon in Ordnung. Ich möchte mich gerne nützlich machen.« *Eine wirklich nützliche Maschine.*

»Mach dir keine Sorgen, wir statten dich mit dem Text aus«, sagt Katrina zu dir.

»Wann soll das stattfinden?«, fragt Tim.

Katrina hat schon ihr Handy rausgeholt. »Ich mach mal ein paar Anrufe.«

Während Katrina mit den Fernsehsendern telefoniert, geht das Gespräch am Tisch weiter. Dass Tim grundsätzlich alle Entscheidungen trifft, scheint für die anderen selbstverständlich zu sein. Er war gerade mal einen Tag nicht in der Firma, und schon gibt es eine endlos lange Liste mit Fragen, die geklärt werden müssen.

Du spazierst ums Haus herum, das bei Tageslicht noch viel eindrucksvoller aussieht. Die Architekten haben es so gebaut, dass man nur das Meer sieht, nicht die Häuser am Strand. Wände und Planken am Pool bestehen aus dem gleichen roten Zedernholz, bilden eine Einheit mit dem Haus, als sei das Ensemble eine Skulptur inmitten der kargen, felsigen Landschaft. Der Frühnebel hat sich verzogen, und der Pool glitzert einladend in der Morgensonne und wirft wegen der Pumpen und Filter kleine Wellen.

Aber du wirst nie wieder darin schwimmen, wird dir bewusst. Während du sehnsüchtig auf den Pool blickst, steht dir plötzlich ein Bild vor Augen. Du, wie du hineinspringst, das Wasser spritzt hoch, milchweiß, dein rechter Arm holt weit aus zum Kraulen … Wie die Erinnerung bei deiner Begegnung mit Charles Carter fühlt sich diese Szene anders an, organischer. Nicht wie etwas aus einer Datenbank, sondern wie etwas *Gefundenes*. Du wartest ab, aber als sich keine weiteren Bilder einstellen, schlenderst du zur Garage. Sie hat zwei große Doppeltore und eine einzelne Tür. Du öffnest die Tür und gehst hinein.

Tim hatte gesagt, dass du hier an deinen Kunstprojekten gearbeitet hast. Hättest du das nicht gewusst, hättest du die meisten Dinge hier für Bauschrott gehalten. Schweißbrenner, Gasflaschen, Rohre, Druckluftpumpen, Elektrowerkzeug, Farbeimer. In einer Ecke drei verschieden lange Surfbretter. Die Bezeichnungen fallen dir sofort wieder ein: ein Malibu, ein Longboard, das größte heißt unter Surfern »Elephant Gun«.

Und es muss noch ein viertes gegeben haben. Mit dem du in jener Nacht verschollen bist.

Als du dich umsiehst, fällt dir etwas auf. Tim hat gesagt, vor deinem Verschwinden hättest du hier an einem großen neuen Projekt gearbeitet. Aber wo ist das dann? Was hier herumliegt, sieht eher nach liegen gebliebenen Fragmenten aus, nicht nach einem Kunstprojekt.

Du hast an gar nichts gearbeitet. Wolltest nur flüchten. Wahrscheinlich mit deinem Liebhaber. Der Gedanke stellt sich unwillkürlich ein, komplett ausformuliert. Dafür gibt es keinerlei Beweise, teilst du dir selbst entschieden mit. Vielleicht warst du einfach mit deinem Projekt nicht zufrieden und hast es wieder zerlegt.

In einer Ecke liegt etwas am Boden. Du gehst hin. Ein blauer Overall, achtlos hingeworfen, mit Farb- und Ölflecken übersät. Extremer Gegensatz zu den teuren Kleidern in deinem Schrank in San Francisco. Aber beides gehörte zu dir.

Hatte Abbie Cullen-Scott noch andere Persönlichkeitsanteile? Und verbarg sie einige vor der Außenwelt? Du starrst auf den Overall, als könne er dir eine Geschichte erzählen.

»Den hast du oft angehabt.«

Du drehst dich um. Tim kommt herein und fügt hinzu: »Wir haben immer gewitzelt, dass du am liebsten auch im Overall zu Bällen und Galas gegangen wärst. Aber du konntest dich unglaublich schnell umziehen. Manchmal war es schon Zeit zum Aufbruch, und du hast gesagt: ›Ich bin nicht zu spät dran. Gib mir fünf Minuten.‹ Und vier Minuten später warst du geduscht und umgezogen und hast umwerfend ausgesehen.« Er lächelt. »Apropos: Wir müssen in ein paar Minuten los. Katrina hat ein Interview mit ABC7 unter Dach und Fach. Wenn du wirklich bereit dazu bist.«

»Ja, klar«, erwiderst du, obwohl dir davor graut.

Als ihr aus der Garage geht, sagst du: »Tim … ist es möglich, dass ich Erinnerungen habe, die *nicht* hochgeladen wurden?«

Er bleibt abrupt stehen, dreht sich um und betrachtet dich prüfend. »Was meinst du damit?« Seine Stimme klingt drängend. Dir fällt ein, dass er sich so anhört, wenn einer seiner Angestellten ihm etwas Wichtiges mitteilt und er komplett auf denjenigen konzentriert ist.

»Ich bin mir nicht ganz sicher«, sagst du kleinlaut, weil er dich so bohrend anstarrt. »Ein paarmal in den letzten Tagen habe ich so etwas gespürt, eine Art …«

»Eingebung?«, fragt er, jetzt sanfter.

»Ja. Ja, das ist genau der passende Ausdruck. Aber das kann doch eigentlich gar nicht sein, oder?«

»Ganz im Gegenteil.« Er klingt aufgeregt. »Hast du schon mal von einem Spiel namens Go gehört?«

»Das ist die chinesische Version von Schach, oder? Wird aber auf einem viel größeren Brett gespielt?«

Tim nickt. »Es galt immer als ultimative Herausforderung für eine künstliche Intelligenz, jemanden beim Go zu schlagen. 2016 besiegte eine KI, entwickelt von einer Firma namens DeepMind, den weltbesten Go-Spieler. Das Eindrucksvollste war aber die Methode, mit der die KI den Sieg errang. Durch einen Spielzug, der so kühn und vermeintlich willkürlich war, dass kein menschlicher Spieler ihn jemals gewagt hätte. Dieser Zug gab den Ausschlag.« Tim hält inne. »Diese Erinnerungen, die du erwähnt hast, sind vielleicht der erste Hinweis darauf, dass dein Gehirn schöpferisch tätig wird. Dass es die Lücken in deinem Wissen mit Ableitungen und begründeten Vermutungen auffüllt.«

»Aber kann ich dem dann trauen? Die Vermutungen könnten doch auch falsch sein.«

Tim ergreift deine Schultern. »Aber warum denn, Abbie?«, fragt er eindringlich. »Was für Gedanken sind das denn?« Er scheint die Wahrheit förmlich aus dir heraussaugen zu wollen.

Du machst den Mund auf, um es ihm zu erzählen. Dass du vor deinem Tod vielleicht eine Affäre hattest. Dass dir etwas an der Art deines Todes seltsam vorkommt. Dass die Sache mit dem Kunstprojekt womöglich eine Lüge war …

»Nichts Besonderes«, hörst du dich sagen. »Ich hab mich nur plötzlich ans Schwimmen im Pool erinnert. Aber ich erzähl's dir, wenn mir noch mehr einfällt.«

NEUN

Am nächsten Morgen war Abbies Volvo nicht der einzige Wagen mit einem Surfboard auf dem Dach. Daneben stand ein VW SUV mit einem blau-gelben Schaumstoff-Board obendrauf – ein Surfbrett für Anfänger.

»Gehört Tim«, bestätigte Morag. »Er nimmt Unterricht.«

Die Vorstellung von Tim als tiefenentspanntem Surfer fanden wir ziemlich komisch. Aber dass er Unterricht nahm, leuchtete uns ein. Wenn er was erreichen wollte, schaffte er es auch. Hindi hatte er in sechs Monaten gelernt.

Später hörte Darren, wie sich Abbie und Rajesh in der Küche über die Shopbots unterhielten. Abbie ließ sich total abfällig darüber aus, und Rajesh legte sich nicht gerade ins Zeug, um die Bots zu verteidigen.

»Ganz ehrlich«, sagte Abbie, »Roboter können so vieles, und euch fällt nichts Besseres ein, als dass sie Leuten Zeug andrehen sollen, das die nicht brauchen?«

Darren konnte die Antwort von Rajesh nicht verstehen, weil er immer so leise redete, aber sie fiel jedenfalls nicht lang aus. Und überzeugte Abbie nicht im Geringsten.

»Na klar. Und Menschen mögen neue Sachen, das kapier ich schon. Aber was ich meine, ist: Warum denn diesen ganzen technischen Aufwand nicht für was wirklich *Sinnvolles* betreiben?«

Und dann hörte Darren Tims Stimme. Tim musste sich den beiden unbemerkt genähert haben.

»Glaubst du wirklich, die Shopbots sind das, worauf wir *hinarbeiten*?«, sagte er schneidend. »Dass die unser *Ziel* sind? Der Handel ist doch nicht unsere *Zielsetzung*, sondern unser *Mittel zum Zweck*. Was glaubst du wohl, wie die Welt für die nächste Generation aussieht, wenn alles so weitergeht wie bisher? Achthundert Millionen Menschen leiden bereits Hunger, und die Weltbevölkerung wächst um achthundert Millionen pro Jahr. Über eine Milliarde Menschen leben in Armut, und die gegenwärtigen Wirtschaftsstrategien machen sie nicht wohlhabender, sondern noch ärmer. Im Jahr 2050 wird sich die Zahl alter Menschen verdoppelt haben, und es gibt bereits jetzt nicht genügend Pflegepersonal. Man geht davon aus, dass die Anzahl der Krebserkrankungen in den nächsten fünfzehn Jahren um *siebzig Prozent* ansteigen wird. In zwei Jahrzehnten werden unsere Meere mehr Mikroplastik als Fische enthalten, und die fossilen Brennstoffe werden bis Ende dieses Jahrhunderts aufgebraucht sein. Hast du vielleicht eine Lösung für diese Probleme? Ich jedenfalls hab eine. Roboter-Farmer werden die Produktion von Lebensmitteln verzwanzigfachen. Roboter-Pflegepersonal wird alten Menschen ein würdiges Altern ermöglichen. Roboter-Taucher werden den Müll aus unseren Meeren entfernen. Und so weiter und so fort … Aber jeder weitere Fortschritt muss mit dem Erfolg des vorhergehenden Projekts finanziert werden.« Tim hielt inne, um seine Worte wirken zu lassen, und fuhr dann fort: »Meine Vision ist eine Gesellschaft, in der autonome, intelligente Bots so normal sind wie Computer heutzutage. Überleg doch mal, wie anders unsere Welt jetzt schon aussehen könnte. Eine Welt, in der KI für den Kampf gegen Krankheiten und Hunger, für Produktion und Design verantwortlich ist. *Das* ist die Revolution, auf die wir hinarbeiten. Die Shopbots sollen uns aufs nächste Level bringen, mehr nicht. Und weißt du, was? Da geht es nicht um eine Entweder-oder-Entscheidung zwischen Idealismus oder Realismus, denn für einige von uns ist Idealismus einfach langfristiger Realismus. *Dieser Scheiß muss laufen.* Und du musst dich jetzt fragen, ob du Teil des Wandels sein willst. Oder lieber am Rand stehen und wegen Kleinkram herumzetern.«

Wir alle kannten diese Rede so oder so ähnlich von Vorstellungsgesprächen, Firmenpartys oder endlosen nächtlichen Tiraden. Und auf uns alle hatte sie intensiv und tiefgreifend gewirkt. Die meisten von uns waren ins Silicon Valley gekommen in der rauschhaften Zeit, in der es schien, als besitze eine neue Generation endlich die Intelligenz und das richtige Werkzeug, um die Welt zu verbessern. Die Hippies waren gescheitert, die Banker und Yuppies hatten verspielt. Jetzt waren wir Tekkies dran. Wir waren hungrig und ehrgeizig und empfanden unsere Mission als ehrenwert … stellten aber schnell fest, dass der Durchschnittsmensch – und mit ihm unsere Investoren – mehr an Tweets, Fitnesstrackern und Grumpy-Cat-Videos interessiert war. Die potentesten selbstlernenden Rechner der Menschheitsgeschichte betrieben Google und Facebook, und sie hatten nichts weiter vorzuweisen als AdWords, gesponserte Links und Fotos, die sich Jugendliche von ihren Genitalien zuschickten. Von allen Tech-Titanen hatte sich einzig Tim Scott den Idealismus bewahrt, und er bot uns mehr als nur einen Job: Er stattete uns mit einer Berufung aus, mit einer Mission, die in uns wieder die Flamme der Jugend entfachte.

Deshalb liebten wir ihn. Deshalb ertrugen wir die Tim-Haue, die unmöglichen Arbeitszeiten, die ständigen Richtungswechsel. Wir hatten eine Vision und wussten, dass wir einen Propheten brauchten, der uns auf diesem leuchtenden Weg in die Zukunft führte. Und deshalb standen wir auch zu Tim Scott, als er in den Social Media und andernorts so vieler schrecklicher Dinge bezichtigt wurde; Mord war das Schlimmste, aber da war noch mehr, was seinen Ruf hätte ruinieren können. Doch wir kannten den Mann und wussten, dass er in Wahrheit zutiefst moralisch war.

Darren berichtete, danach sei es in der Küche lange still gewesen. Er hatte sich mittlerweile in eine Position gebracht, von der aus er die Gesichter der beiden sehen konnte, während sie sich anstarrten. Und Abbie hatte wohl fasziniert gewirkt, regelrecht gebannt sogar.

Dann erwiderte sie: »Okay, das verstehe ich.« Sie sagte es ziemlich geistesabwesend, mit großen Augen, erzählte Darren. Als sei sie in Gedanken noch immer bei den endlosen fruchtbaren Weizenfeldern der Zukunft.

Später waren wir uns einig, dass diese Unterhaltung dreierlei Folgen gehabt hatte. Zum einen fragte Abbie Tim später beiläufig: »Du surfst also jetzt?«

Er zuckte die Achseln. »Seit Kurzem, ja. Blutiger Anfänger, würd ich mal sagen.«

»Ich fahr am Wochenende mit ein paar Freunden zum Titans nach Mavericks. Hast du Lust mitzukommen?«

Das Titans in Mavericks ist ein ziemlich legendärer Surf-Wettbewerb an der Half Moon Bay, der stattfindet, wenn die Wellen so hoch sind wie ein vierstöckiges Haus. Nur echte Surf-Insider erfahren davon.

»Warum nicht?«, antwortete Tim.

Der zweite Effekt war, dass Rajesh einen Spitzenjob in einer anderen Firma bekam. Niemand wusste genau, wie und warum. Angeblich hatte ihn aus heiterem Himmel ein Headhunter angerufen und ihm ein fettes Aktienpaket von einem verheißungsvollen Start-up versprochen, aber nur, wenn er auf der Stelle zum Vorstellungsgespräch antrat.

Und der dritte Effekt war, dass Abbie an die Wand hinter dem Empfangstisch im Street-Art-Style diesen Spruch malte: IDEALISMUS IST NUR LANGFRISTIGER REALISMUS. Was wir alle als Dankeschön für ihre Zeit bei Scott Robotics und als Friedensangebot für den Gründer deuteten.

28

Die Studios von ABC7 sind am Pier 15, zwischen Finanzdistrikt und North Beach. Du sollst von einer Frau namens Judy Hersch interviewt werden, die du aus dem Fernsehen kennst – blonde Föhnfrisur, strahlend weiße Zähne, makellose Haut –, kannst aber nicht einschätzen, wie sie sich verhalten wird. Vor einiger Zeit brach sie vor laufenden Kameras in Tränen aus, als ein Hundewelpe aus einem eingestürzten Haus gerettet wurde. Vielleicht ist sie ja einfühlsam.

Oft arbeitet sie mit einem älteren Anchorman namens Greg Kulvernan zusammen. Das Interview mit dir findet aber im Rahmen ihrer eigenen Sendung statt, *Judy fragt*, in der sie nicht wie üblich am Tisch sitzt, sondern auf einem Sofa. Katrina hält das für gut, weil das Format persönlicher und intimer ist.

Du wirst sofort in die Maske geführt, wo Visagistinnen dein Make-up machen. Eine steht dabei vor dir, und du siehst dich erst im Spiegel, als sie fertig ist und beiseitetritt. Du findest, dass du grauenhaft aussiehst, völlig überschminkt.

»Schminken Sie mich wieder ab«, sagst du aufgebracht, »und fangen Sie noch mal von vorne an. Ich sag Ihnen, was Sie machen müssen.«

Die beiden schauen dich verblüfft an. »Aber Sie sehen doch toll aus!«, ruft die eine empört. »Oder, Trish?«

Trish findet das Make-up auch fantastisch und erklärt, wegen der Scheinwerfer müsse man viel mehr auflegen, weil die Leute sonst bleich und farblos wirken. In diesem Moment kommt ein junger Mann mit Headset und Klemmbrett angerannt und sagt, Judy sei bereit. Widerstrebend folgst du dem Assistenten durch einen langen Flur ins Studio.

»Während der Werbepause führen wir Sie rein, und sobald wir wieder auf Sendung sind, stellt Judy Sie vor. Alles ganz entspannt«, erklärt der Assistent mit Zahnpastalächeln. »Ach ja, und die Sendung ist ohne Altersbeschränkung. Bitte auf keinen Fall fluchen oder über Sex sprechen.«

»Beides hatte ich nicht vor.«

Im Studio ist es grell und heiß, du siehst weitere Leute mit Headsets in einem Glaskasten. Im Hintergrund stehen Tim und Katrina. Gegenüber sitzt Judy Hersch bereits auf dem beigen Sofa, ihre Haare werden rasch noch mit einem Lockenstab zurechtgemacht. Als die Maskenbildnerin fertig ist, checkt Judy Hersch das Ergebnis in einem Handspiegel. Dann erst wendet sie sich dir zu und sagt lächelnd: »Hi!«

»Hi«, erwiderst du nervös.

»Sie brauchen nicht aufgeregt zu sein«, sagt Judy Hersch. »Ich stelle Sie vor, danach sind Sie im Bild und können meine erste Frage beantworten.«

»Was ist die erste Frage?«

Judy Hersch antwortet nicht. Hinter den Scheinwerfern zählt schon eine Gestalt im Halbdunkel an den Fingern die Sekunden ab: *Drei – zwei – eins. Null.*

Die Moderatorin strahlt in die Kamera. »Von Frankensteins Braut über Ira Levins Frauen von Stepford zu Austin Powers' sexhungrigen Fembots: Die Menschheit – oder jedenfalls gewisse technikverrückte Männer – träumen schon lange von der Erschaffung der komplett unterwürfigen Frau«, sagt Hersch. »Jetzt ist das einem umstrittenen Technikbastler aus dem Silicon

Valley gelungen: Er hat eine Roboterversion seiner eigenen Ehefrau erschaffen. Sie soll der erste mit emotionaler Intelligenz ausgestattete Companion-Roboter, kurz Cobot, sein, und ich werde sie in dieser Sendung zum ersten Mal der Öffentlichkeit präsentieren.« Noch immer lächelnd, wendet sich Hersch dir zu. »Wie darf ich Sie denn nun überhaupt nennen?«

Du starrst die Moderatorin sprachlos an. Dir ist schlagartig klar geworden, dass das grauenhafte Make-up Absicht war und dass diese Frau dir keineswegs wohlgesonnen ist.

»Sie können mich Abbie nennen.« Dann fügst du hinzu: »Und ich nenne Sie dann Judy, ja?«

Ihr Blick ist eisig. »Abbie … So hieß die Ehefrau Ihres Schöpfers, nicht wahr?«

»Ja.«

Hersch schaut in die Kamera. »Sie erinnern sich vielleicht noch daran, dass Tim Scott vor vier Jahren des Mordes an seiner verschollenen Frau angeklagt wurde. Das Verfahren gegen ihn wurde dann jedoch unvermittelt eingestellt.« Zu dir sagt sie: »Es wird behauptet, dass Sie Gefühle haben. Wie fühlt es sich für Sie an, Abbie Cullen-Scott zu ersetzen?«

»Ich habe nicht die Absicht, sie zu ersetzen …«

»Sie haben also kein *Gefühl* dazu?«

»Na ja, das ist nicht so einfach …« Es kommt dir vor, als würde sie dir eine Falle nach der anderen stellen.

»Und wie sind Ihre Gefühle Tim Scott gegenüber?«

»Ich liebe ihn«, sagst du entschieden. »Daran hat sich nichts geändert. Und übrigens …«

»Sie *denken*, dass Sie ihn lieben«, fällt Hersch dir ins Wort. »Aber so sind Sie ja auch *programmiert* worden, nicht wahr?«

»Nein«, widersprichst du. »Sie missverstehen das. Was Sie gerade zu Anfang gesagt haben … Es geht überhaupt nicht darum, eine willenlose unterwürfige Frau zu erschaffen. So etwas findet Tim grauenhaft. Er möchte, dass ich unabhängig bin … eigene Entscheidungen treffe …«

»Aber letztendlich sind Sie doch nur eine hoch entwickelte … nun ja … Lustmaschine …«

»Nein!«, sagst du aufgebracht. »Ganz und gar nicht! Ich habe nicht mal *Genitalien*! Ich wurde erschaffen, weil Tim mich so sehr geliebt hat, dass er meinen Verlust nicht ertragen konnte.«

Der Aufnahmeleiter hält ein Schild mit der Aufschrift AUSDRUCKSWEISE! FAMILIENSENDUNG! hoch. Du achtest nicht darauf. »Tim ist nicht etwa ein einsamer Typ, der keine Freundin findet. Sondern ein Mann, der sich wegen einer Tragödie in seinem Leben eine neue Art von Begleiterin geschaffen hat.« Endlich kommst du dazu, die Punkte vorzubringen, die Katrina dir eingeschärft hat, und fühlst dich etwas besser. »Eines Tages werden Cobots in der Pflege, in Seniorenheimen und Krankenhäusern tätig sein …«

»Und Arbeitsplätze vernichten?«, fällt Hersch dir ins Wort.

»Sie werden neue Arbeitsplätze schaffen, indem sie das Wirtschaftswachstum fördern«, stellst du klar.

»Vielleicht werden Roboter eines Tages auch Moderatoren ersetzen«, sagt Hersch lächelnd in Richtung Kamera.

»Das ist denkbar«, sagst du resigniert. »Sie sind ja bereits zu zwei Dritteln künstlich.«

Ihr Lächeln bleibt starr. »Ah, Höflichkeit hat er Ihnen nicht einprogrammiert!« Zur Kamera: »Wir sprachen mit Abbie Cullen-Scotts Schwester Lisa, um sie in diese Sendung einzuladen. Lisa war zu verstört, um herzukommen, bestätigte aber, dass die Familie prüfen wird, ob gegen den Datenschutz oder das Persönlichkeitsrecht verstoßen wurde.« Zu dir: »Das ist doch sicher ein Problem, oder? Wenn Sie wirklich Gefühle haben – wie gehen Sie dann mit dem Schmerz und dem Leid um, das Sie anderen zufügen?«

Einen Moment lang fällt dir keine Antwort ein, du bist zu abgelenkt vom Gedanken an Lisa.

»Niemand möchte anderen Menschen wehtun«, sagst du schließlich. »Aber manchmal passiert es eben trotzdem.«

»Hm«, macht Hersch, als hättest du ihr gerade beigepflichtet. »Anderen *Menschen*, richtig. Liebe Zuschauer, sehen Sie gleich: Wie soll San Francisco die steigenden Kosten für den Kampf gegen die Kriminalität aufbringen?«

In der Regiekabine erscheint Werbung auf den Monitoren. Hersch schaut auf. »Nancy, pudern bitte.«

Der Assistent taucht neben dir auf, um dich rauszuführen. »Wie, das war alles?«, fragst du verblüfft.

Hersch wirft dir einen Blick zu. »Das war alles.« Ihr steht beide auf. »Aber ich kapier's immer noch nicht. Wenn Sie für Sex gar nicht taugen, wozu hat er Sie dann gemacht?«

Du kannst dich nicht bremsen. Du schlägst Hersch ins Gesicht. Ohne zu überlegen; als deine Hand auf ihrer glatten Botoxhaut landet, denkst du allerdings: Den Abdruck wird man sehen.

Aufnahmeleiter und Assistent stürzen sich auf dich und halten deine Arme fest. Hersch starrt dich schockiert an. Dann holt sie aus und schlägt zurück.

Diverse Leute zerren dich aus dem Studio. »Okay, okay«, sagst du wütend und reißt dich los. »Sie können mich loslassen.«

»Abbie …« Tim kommt auf dich zugestürzt. »Abbie, es tut mir so furchtbar leid, dass du das durchmachen musstest. Die hatten uns versprochen … aber du warst großartig, Abs, danke.«

»Tut mir leid wegen der Ohrfeige.« Visagistinnen schubsen dich beiseite, als sie ins Studio rennen. Vermutlich um den roten Fleck auf Herschs Wange zu kaschieren.

»Ist nicht schlimm. Die Werbung lief ja schon. Außerdem hat Hersch zurückgehauen. Sie hat mich die ganze Zeit provoziert«, sagst du. »Vorsätzlich.«

»Alles okay.« Tim schaut Katrina an. »War es doch, oder?«

Die PR-Frau zuckt nur die Achseln.

29

Weil du nicht zurück ins Strandhaus willst, bringt Tim dich in das Haus in der Dolores Street. Als ihr reingeht, kommt Sian gerade mit Danny von der Schule nach Hause und fährt gleich wieder los. Du bist froh darüber, weil du mit Tim über alles reden willst – Sian, das Interview, die Ohrfeige. Aber aus unerfindlichen Gründen hat Danny einen heftigen Anfall, einen sogenannten Meltdown. Es dauert Stunden, ihn zu beruhigen, er schreit pausenlos, sein Körper krümmt sich. Du versuchst zu helfen, indem du ihn im Arm hältst, aber er ist nicht mehr ansprechbar, reagiert nicht einmal, als du eines seiner geliebten Thomas-Videos anmachst.

Irgendwann übernimmt Tim und sagt, Danny sei inzwischen mehr an ihn gewöhnt. Das hilft ein bisschen, aber eine weitere Stunde vergeht, bis Danny ruhiger wird.

Als Tim endlich nach unten kommt, sieht er völlig erledigt aus. »So schlimm war es schon lange nicht mehr.«

»Was meinst du, wodurch das ausgelöst wurde?«

Tim verzieht das Gesicht. »Das hat er manchmal. Eine Zeit lang dachten wir, er hätte vielleicht Bauchweh, aber wir haben alles durchchecken lassen, es wurde nichts gefunden. Wahrscheinlich eher irgendwas Kleines – eine Fliege oder eine Autoalarmanlage oder so.«

»Vielleicht hat er gespürt, dass Sian angespannt ist. Oder auch ich.«

»Möglich, glaube ich aber nicht. Autisten verfügen kaum über

Empathie. Sie haben schon Schwierigkeiten, Gefühle bei anderen überhaupt wahrzunehmen.«

Dir kommt ein Gedanke. »Ist das nicht seltsam? Danny leidet am Gegenteil von dem, was du bei mir erreicht hast. Er ist ein Mensch mit Empathiemangel, und ich … na ja, ich bin eine empathische Maschine.«

»Ja.« Tim sieht dich an. »Aber das ist nicht rein zufällig passiert. Ich wollte verstehen, was in Danny vorgeht. Das Nachdenken über sein Gehirn hat mich auf künstliche Intelligenz gebracht. Ich dachte …« Er zögert. »Ich dachte, wenn es mir gelingt, ein künstliches Gehirn mit Empathie auszustatten, käme ich vielleicht auch auf Ideen, wie Danny zu helfen ist.«

»Und? War es so?«

Tim schüttelt den Kopf. »Das Gehirn eines Autisten verfügt einfach nicht über dieselbe Lernfähigkeit wie eine KI. Bei Autisten muss man schematische Lernmethoden anwenden.«

»Wie das ABA-Programm.«

»Genau.« Ihr verfallt beide in Schweigen.

»Tim, wir müssen über Sian reden«, sagst du schließlich.

»Ja.« Obwohl ihr im Haus seid, greift Tim nach einer Basecap und setzt sie auf, biegt den Schirm zurecht. Holt tief Luft. »Es war ein Fehler – ein furchtbarer Fehler, ich weiß das. Es fing vor ein paar Jahren an, als … ich hatte eine schwierige Phase damals. Dachte mir, Sian würde verstehen, dass es nur was Körperliches ist zwischen uns, hier und da ein bisschen Sex. Aber dann … wurde es irgendwie zur Gewohnheit. Und ich war zu schwach, was zu ändern. Ich hab wahnsinnig viel gearbeitet. Als du dann da warst, dachte ich, Sian würde kapieren, dass jetzt zwischen uns nichts mehr läuft. Aber stattdessen schien sie regelrecht eifersüchtig zu sein auf dich.«

Du denkst an den vergangenen Abend, an die angespannte Stimmung beim Essen. Sians Stichelei über das Salz, die Bemerkung, dass Roboter wohl doch nicht alles könnten. Jetzt begreifst du die Zusammenhänge. Und Tim … der finstere Blick, als du im Fernsehen als unheimlich bezeichnet wurdest. Hatte er selbst Zweifel an dir bekommen? Und deshalb Sian nicht abgewiesen?

»Das ist alles sehr fremd«, sagst du leise. »Niemand in der gesamten Geschichte der Menschheit war jemals in dieser Situation. Wir müssen uns Schritt für Schritt daran gewöhnen.«

»Danke, dass du so nachsichtig bist. Das hab ich gar nicht verdient …«

»Doch, selbstverständlich. Du bist noch so jung. Wieso sollst du für den Rest deines Lebens auf Sex verzichten.« Du zögerst. »Gibt es denn *irgendeine* Möglichkeit, eine körperliche Beziehung zu haben?«

Tim runzelt die Stirn. »Du hast dieses Biest heute Mittag doch gehört. Die Leute werden sich immer vorstellen, dass Cobots sündhaft teure Sexpuppen sind. Elektronische Frauen von Stepford. So was will ich unter keinen Umständen. Deshalb habe ich dich so gebaut. Damit niemand an meiner Liebe zu dir zweifeln kann. Damit alle kapieren, dass du eine *Persönlichkeit* bist, nicht irgendeine perverse Sexmaschine.«

»Okay, das verstehe ich. Aber wenn du … Wenn du es brauchst …« Du hältst inne, kannst selbst kaum glauben, was du jetzt sagen wirst. »… dann sei bitte diskret, ja? Ich möchte es nicht mitkriegen.«

»*Dich* brauche ich, Abbie. Ich liebe dich so, wie du bist.«

Aber er sagt nicht, dass er *nur* dich braucht.

30

Kurz nach dem Gespräch geht Tim schlafen. Du checkst die Nachrichtensender, willst die Reaktionen auf das Interview sehen. Nicht gut. Die Kameras liefen auch in der Werbepause. Man sieht zwar eure Köpfe nicht, aber es ist – vor allem in Zeitlupe – deutlich zu erkennen, wie du den Arm hebst und Judy Hersch zurückweicht. GEFÄHRLICHER ROBOTER GREIFT MODERATORIN AN, liest du im Newsticker. Im nächsten Sender das Gleiche.

Und plötzlich ist Lisa zu sehen, deine Schwester, die in ein Mikro spricht. Rasch stellst du den Ton lauter.

»… natürlich kann nichts Abbie zurückbringen. Aber man kann wohl behaupten, dass hier eine schmerzhafte Situation noch verschlimmert wurde«, sagt Lisa. »Tim Scott wird uns beweisen müssen, dass meine Schwester ihr Einverständnis gegeben hat zu dieser Form von Nutzung ihrer Daten und ihrer Persönlichkeit.« Unten am Bildschirmrand steht jetzt: LISA CULLEN: WIR KÄMPFEN GEGEN DEN COBOT.

Dir ist elend. Irgendwie läuft alles schief. Du schaltest aus und wirfst die Fernbedienung aufs Sofa. Die Medienleute werden morgen garantiert wieder vor dem Haus herumlungern. Du gehst nach oben und legst dich hin. Aber in deinem Kopf herrscht so ein Durcheinander, dass du nicht zur Ruhe kommst. Immer wieder musst du an Judy Herschs Frage denken: *Wie fühlt es sich für Sie an, Abbie Cullen-Scott zu ersetzen?*

Aber selbst wenn ich wollte, ich kann sie ja gar nicht ersetzen, denkst du bedrückt. Niemand verhält sich dir gegenüber wie früher. Und was Tim auch redet – wie soll das denn eine Ehe sein, wenn ihr keinen Sex haben könnt? Du kannst zwar nachvollziehen, dass er nicht als jemand dastehen wollte, der Sex mit einer Maschine hat. Aber warum hat er bei dieser Entscheidung nicht auch *deine* Bedürfnisse berücksichtigt?

Und noch etwas anderes fällt dir auf. Tim hat es so dargestellt, als habe Sian ihn gestern Abend zum Sex verführt. Aber wäre sie dann nicht in *sein* Zimmer gekommen? Die beiden waren aber in ihrem. Also war wohl eher *er* in *ihr* Zimmer gegangen. Und auch wenn er dauernd sagt, wie sehr er dich liebt – meint er damit wirklich *dich*? Und nicht vielmehr *seine Schöpfung, seine phänomenale Leistung*? Dieses fantastische Monument seiner körperlosen ewigen Liebe?

Würde er dich loslassen können, wenn der Tod besser wäre für dich?

Dich schaudert in der Dunkelheit. Denn du bist ziemlich sicher, dass die Antwort auf diese Frage *Nein* lautet.

ZEHN

Wir waren natürlich alle begierig zu erfahren, wie das Date in Mavericks gelaufen war. »Ich bin *echt* neugierig«, verkündete Alexis als Erstes am Montagmorgen, und das galt nicht nur für sie.

Schließlich fragte eines der Mädels Abbie und erstattete uns Bericht. »Oh, war nett«, hatte Abbie gesagt. »Aber war kein Date. Wir haben nur mit meinen Freunden rumgehangen und den Surfern zugeschaut und dann bei Jersey Joe's ein paar Bier getrunken. Und da hatten wir dann auch«, fügte sie noch hinzu, »ein ziemlich heftiges Streitgespräch. Jemand hat erzählt, dass er mit Homöopathie seine Dermatitis weggekriegt hat. Tim hat sich abfällig darüber geäußert, und damit ich vor meinen Freunden nicht als totale Idiotin dasteh, hab ich gesagt: ›Aber irgendwas muss da doch dran sein, oder?‹« Sie seufzte. »Worauf Tim anfing, x Studien aufzuzählen, die beweisen sollen, dass Homöopathie völliger Humbug sei. Da hab ich dann zu ihm gesagt, dass er langweilig ist.«

Unsere hohe Meinung von Abbie – die ziemlich gelitten hatte, als sie Tim nach Mavericks einlud und ihm nun doch auf den Leim zu gehen schien – war wiederhergestellt. Sie hatte ihm gesagt, er sei langweilig! Wie cool und mutig war das denn!

Natürlich wagte es niemand, Tim nach seiner Version der Geschichte zu fragen. Aber Tim redete mit Mike, und Mike mit Jenny, und die berichtete uns, dass Tim viel Spaß gehabt hatte.

»Sie ist umwerfend«, hatte er wohl zu Mike gesagt. »Klug, anregend und debattiert gern. Und sieht fantastisch aus. Muss man einfach mögen.«

»Er hat mich gefragt, ob ich Lust hab, nächste Woche mit ihm zum Fallschirmspringen zu fahren«, erzählte Abbie. »Das wollte ich immer schon mal machen.«

Einem von uns fiel ein, dass eine Psychologiezeitschrift vor ein paar Jahren die Ergebnisse einer Studie über Dates veröffentlicht hatte. Daraus leitete man Empfehlungen für gemeinsame Aktivitäten ab. Bei der zweiten Verabredung soll etwas Gefährliches ideal sein, weil die Adrenalinausschüttung die sexuelle Anziehung steigert. Fürs dritte Treffen ist etwas wie ein Salsa-Kurs gut geeignet, weil man sich dabei in nicht bedrohlichem Ambiente körperlich sehr nah kommt. Für das vierte Date wurde etwas Anrührendes empfohlen, wie im Kinderzoo kleine Tiere zu füttern. Die Studie kam zu dem Schluss, dass dieser Zeitpunkt am besten für ersten Sex geeignet ist: wenn alles noch aufregend neu ist, man sich aber schon vertraut fühlt.

Ja, Tim hatte die optimale Dating-Methode ebenso hundertprozentig recherchiert, wie er auch alles andere im Leben machte.

Später erfuhren wir, dass die beiden nicht nur Fallschirmspringen waren, sondern dass Tim auch einen privaten Zero-G-Flug in der umgebauten Boeing gebucht hatte. Sie waren drei Stunden in der Luft und machten fünfzehn Parabelflüge, bei denen sie die Schwerelosigkeit erlebten. Auf Abbies Facebook-Seite gab es Fotos zu sehen, wie die beiden kopfüber in der Kabine schwebten und dabei Champagner mit dem Mund auffingen. Auf dem Rückflug sprangen sie mit dem Fallschirm ab.

Die Boeing für einen solchen Privatflug zu chartern, kostete an die zweihunderttausend Dollar, entnahmen wir der Website des Unternehmens.

Statt Salsa-Kurs gab es die intime Nähe beim dritten Date im House of Air, dem riesigen Trampolincenter beim Golden Gate Park. Tim hatte nur für sie beide das ganze Gebäude gemietet. Auf die vierte Verabredung mussten wir nicht lange warten, sie fand knapp zwei Wochen nach dem Mavericks-Ausflug statt. Am nächsten Tag beobachteten wir die beiden scharf, um rauszukriegen, wie es mit dem Sex gelaufen war.

Doch es sah mau aus.

Abbie berichtete, Tim sei mit ihr zum Stow Lake gefahren. Aber als er anfing, einen Brotlaib in kleine Stücke zu zerpflücken, um die Enten zu füttern, hatte sie ihn aufgehalten.

»Du weißt aber schon, dass die Enten daran sterben, oder?«

Tim blinzelte verblüfft. »Ganz viele Leute verfüttern Brot an Enten.«

»Diese Leute sind dumm.«

Sie erklärte ihm, dass Brot für Wildenten die Entsprechung zu Fastfood war. Ihre Organe schwollen davon an und verfetteten, und die Enten starben an Herzversagen. Außerdem konnten sie nicht mehr am Vogelzug teilnehmen, weil sie zu schwach und aufgedunsen waren.

»Hausenten dagegen können gar nicht fliegen. Deshalb werden sie oft in Parks ausgesetzt, weil die Leute glauben, da wären sie gut untergebracht. Aber erstens sind sie da nicht vor Angreifern geschützt, und zweitens sterben sie an Verdauungsproblemen, wenn sie Brot fressen. Und wenn so viel Brot rumschwimmt, dass es nicht mehr gefressen wird, wird es erst richtig schlimm. Das verbreitet Salmonellen und führt zu Botulismus bei Wasservögeln, ganz zu schweigen von Darmentzündung und Dermatitis.«

»Uff«, machte Tim und packte das Brot weg. Dann fügte er hinzu: »Weißt du, manchmal erinnerst du mich ein bisschen an mich selbst.«

Würde es also beim fünften Date passieren?, fragten wir uns. Sah nicht danach aus. Kochkurs in einem Spitzenrestaurant. Jedenfalls machten die beiden am nächsten Tag nicht den Eindruck, als wäre es zur Sache gegangen.

Schließlich sprach jemand Abbie darauf an, und sie äußerte sich völlig unverblümt.

»Wir lassen's langsam angehen. Langsam und ruhig.« Sie hielt inne. »Meine letzte Beziehung war etwas stürmisch. *Zu* stürmisch, genauer gesagt. Ich find's schön, mit einem Mann zusammen zu sein, der mich achtet.«

Erst nach mindestens sechs Wochen fiel jemandem, der in Tims Büro beordert worden war, um einen Vorschlag zu erörtern (der gestern noch *supergenial* gewesen war, heute aber bereits absolut *hirnrissiger Schwachsinn, die dümmste Idee aller Zeiten*), ein handbemaltes Mousepad auf Tims kahlem und nüchternem Schreibtisch auf. Ein knallbuntes Graffiti rahmte die Worte INGENIEURE MACHEN'S BESSER! ein.

Natürlich sagte Abbie keiner, dass bei unserer Arbeit seit zehn Jahren keine Mousepads mehr benutzt wurden.

Aber es war rührend zu sehen, wie die beiden verstohlen am Kaffeeautomaten Händchen hielten, wenn sie sich unbeobachtet wähnten.

31

Am nächsten Morgen fühlst du dich besser. Das Wetter ist wunderschön, und im strahlenden Sonnenlicht sieht alles erfreulicher aus, sogar die Ü-Wagen der Fernsehsender vor dem Haus. Natürlich wird es euch gelingen, eine Beziehung ohne Sex zu führen. Ihr wart schließlich *verheiratet*, mit allem, was dazugehört. Der körperliche Teil war zwar schön, aber es gab ja noch viel mehr.

Beinahe schämst du dich deiner Zweifel; Tim hat eindeutig keine. Gemeinsam werdet ihr das alles hinkriegen.

Auch Tim hat gute Laune. Mike hat angerufen und berichtet, dass der wichtigste Investor von Scott Robotics, John Renton, das Interview gesehen hat und möchte, dass du an dem Treffen teilnimmst.

»Mike meint, Renton hat sich beeindruckt angehört«, erzählt Tim beim Frühstück. »Das ist schon mal super.«

»Wo findet das Treffen statt?«

»Haben wir noch nicht entschieden.«

»Wie wär's denn hier? Ich könnte kochen.« Tim blickt zweifelnd, und du fügst hinzu: »Ich weiß, ich weiß, ich *muss* das nicht machen. Aber ich koche gern, weißt du nicht mehr? Die Küche ist exzellent ausgestattet.« Dir kommt eine Idee. »Ich werd eine Bouillabaisse machen, wie früher. Die Zutaten lasse ich mir liefern.«

»Klar, wenn du möchtest.« Tim steht auf. »Ich schau mal, wie weit Danny mit dem Anziehen ist.«

Danny hat sehr spezielle Vorstellungen vom Frühstück. Auch an guten Tagen will er höchstens trockene Cheerios und spielt meist mehr damit, als dass er sie isst. Toast geht nur, wenn er in akkurate zwei Zentimeter breite Quadrate geschnitten ist. Und an schlechten Tagen kann man froh sein, wenn er ein paar rote M&Ms zu sich nimmt.

Heute probierst du etwas aus, das du auf einer ABA-Website gelesen hast. Statt Danny zu fragen, was er frühstücken möchte, zeigst du ihm eine Speisekarte aus Bildern. Fragt man Menschen mit Autismus »Äpfel oder Trauben?«, antworten sie wohl auch »Trauben«, wenn sie die gar nicht essen wollen. Wenn man jedoch Bilder zeigt, kann die Information im richtigen Tempo verarbeitet werden.

Prompt deutet Danny auf Fischstäbchen und dann auf Marmelade. Du weißt, dass die Fischstäbchen auch in zwei Zentimeter große Quadrate geschnitten sein müssen, bevor man die Marmelade draufstreicht. Aber das ist alles okay, Hauptsache, er hat sich für etwas entschieden – und noch dazu für etwas, worauf du von alleine nie gekommen wärst. Ob die Entscheidung gesund ist, kann man dann später immer noch erwägen.

Als die beiden aus dem Haus gehen – Tim bringt Danny zur Schule und fährt danach in die Firma –, organisierst du den Einkauf fürs Abendessen. Deine Stimme klingt inzwischen fast wie früher, und der Mann, der am Telefon den Auftrag annimmt, ahnt sicher nicht, dass du keine gewöhnliche Kundin bist. Er verspricht, alles in der Mittagszeit zu bringen, will aber keine Fischgräten mitliefern. Erst als du sagst, sie seien für die Katze, willigt er ein.

Da du so gut in Schwung bist, beschließt du, dir eine neue Frisur zu machen. Statt der Braids nun ein französischer Zopf, passend zum Essen heute Abend. Du gehst nach oben, um deine Haargummis zu suchen. Tim hatte ja gesagt, dass er all deine Sachen aufgehoben hat. Wo könnte er die Haargummis hingetan haben? Vielleicht in den Nachttisch an eurem Bett.

In der Tür zu eurem früheren Schlafzimmer bleibst du zögernd stehen. Seit deinem ersten Tag im Haus hast du den Raum nicht mehr betreten. Das große Bild von dir starrt auf dich herunter, so kraftvoll und dominierend, dass du dir wie ein Eindringling vorkommst. Das ist doch albern, sagst du dir. Du hast das Bild schließlich selbst gemalt. Und das hier war früher auch dein Zimmer.

Am Bett ziehst du die unterste Schublade vom Nachttisch auf. Sie klemmt ein bisschen, und du musst leicht daran rütteln, bis sie aufgeht. Fläschchen und Cremedosen, ganz hinten ein paar Haargummis. Als du danach tastest, stößt du auf Metall. Batterien. Die schon angefangen haben auszulaufen. Du nimmst sie heraus, um sie zu entsorgen.

Plötzlich ein Bild in deinem Kopf. Eine eigene Erinnerung, wie das Schwimmen im Pool. Du stehst in diesem Zimmer hier. Tim dir gegenüber, mit einem Gegenstand in der Hand. Deinem Vibrator. Er hält ihn angewidert von sich weg, als habe er in einem Stapel Wäsche eine versteckte Flasche Wodka gefunden. »Ich fühle mich nicht bedroht«, sagt Tim. »Ich bin nur enttäuscht.« Er schraubt den Vibrator auf und lässt die Batterien in seine Hand fallen, wie jemand, der die Patronen aus einem Revolver nimmt.

Du blinzelst, das Bild verschwindet. Seltsam, denkst du. Aber ohne Zusammenhang könnte das alles Mögliche bedeuten.

Du siehst eine neue Nachricht auf deinem iPhone, das zum Laden auf dem Küchentisch liegt. Aber sie ist nicht von Tim, wie du erwartet hast. Sondern von »Freund«. Und lautet wie gehabt:

Dieses Handy ist nicht sicher.

Du bist erleichtert. Dass die Nachricht genau gleich ist, beweist, dass es sich um Spam handelt, irgendwas Automatisches. Nichts Bedrohliches.

Dann erscheint eine zweite Nachricht.

Kauf ein neues

Kurz darauf:

Ein Wegwerfhandy
Dann Nachricht ohne Text schicken

Und zuletzt:

Tim lügt

Du starrst aufs Display. Da Tim erwähnt wird, kann es natürlich kein Spam sein. Schnell schreibst du:

Wer bist du? Was willst du?

Keine Antwort.

32

»Es gibt eine gute und eine schlechte Nachricht«, sagt der Typ im Handyshop.

»Was ist die gute?«

»Ich komm an einen Teil der gelöschten Daten ran.«

»Und die schlechte Nachricht?«

»Sie sind heftig beschädigt. Werd sie entschlüsseln müssen.«

»Das hört sich doch nicht so schlimm an. Wenn Sie das machen können, meine ich.«

»Stimmt, ist aber enorm zeitaufwendig. *Warum* sollte ich so einen Aufwand betreiben?« Er lehnt sich auf seinem Stuhl zurück und fixiert dich mit einem Blick, der dich stresst.

»Weil ich dafür bezahlen werde.« Du hast ohnehin Geld dabei, um ein Wegwerfhandy zu kaufen. Du zweifelst zwar nicht an Tim, willst aber wissen, was es mit »Freund« auf sich hat.

Der Typ schüttelt den Kopf. »Ich will Ihr Geld nicht.«

»Was dann?«

Er grinst wölfisch. »Nachdem Sie neulich weg waren, ist mir klar geworden, wer Sie sind. Hab Sie in den Nachrichten gesehen.« Er weist mit dem Kopf auf ein zerlegtes Laptop. »Ich mach das nicht nur als Job, wissen Sie? Technik ist meine Obsession.«

»Schön für Sie«, erwiderst du trocken.

»Absolut genial, was Tim Scott mit Ihnen gelungen ist. Unfassbar.« Der Typ beugt sich vor. »Ich will einen Blick darauf werfen. Reingucken. In Ihr Programm.« Er deutet auf deinen Bauch.

Du weichst zurück. »Auf keinen Fall. Das würde Tim niemals zulassen. Und selbst wenn, wäre ich nicht einverstanden.«

»Tja, da wird's spannend, oder?«, erwidert der Typ. »Ich hab mich gefragt, woher hat sie denn dieses iPad? Ist ja eindeutig nicht ihres. Dann dachte ich, und wieso hat sie's nicht Tims Leuten gegeben? Und mein nächster Gedanke war: Vielleicht gehört es ja Tim, und sie möchte wissen, was drauf ist, ohne dass er davon erfährt.«

Du hast nicht vor zu erklären, dass dein Hiersein mit Tim nichts zu tun hat. »Also, was wollen Sie jetzt genau?«, fragst du, obwohl du es dir schon denken kannst.

»Einen Deal. Ich entschlüssle die Daten vom iPad, Sie erlauben mir Einblick in Ihr Programm.«

Du schüttelst den Kopf. »So läuft das nicht.«

Er hält ein LAN-Kabel hoch. »Sie werden mich gar nicht spüren.«

Die Vorstellung ist dir zuwider. »Nein«, wiederholst du entschieden.

Er wirft das Kabel in ein Regal. »Ihre Entscheidung. Zu schade.«

Du streckst die Hand aus. »Geben Sie mir das iPad. Ich geh damit woandershin.«

Der Typ verschränkt die Arme vor der Brust. »Nö. Kein Deal, kein iPad. Falls Sie das noch nicht bemerkt haben: Eine Hand wäscht die andere.«

»Sie sind absolut unverschämt, das wissen Sie wohl hoffentlich«, fauchst du.

»Ich will doch nur begreifen, wie Sie funktionieren«, sagt er kläglich. »Ist doch auch nichts anderes, als wenn sich ein Autoschrauber einen Motor anguckt.«

»Das seh ich ganz anders«, sagst du scharf.

Er zuckt die Achseln. »Dann kommen Sie wieder, wenn Sie zu dem Deal bereit sind.«

»Das iPad gehört Ihnen nicht. Ich zeige Sie an.«

»Ja, klar. Bitte gerne.«

»Scheißkerl.«

»Bis bald«, sagt er, als du wütend zur Tür marschierst. »Ich heiße übrigens Nathan.«

ELF

Ein paar Tage nachdem wir das Mousepad bemerkt hatten, bestellte Tim Abbie zu sich ins Büro. Dort befand sich an einer Wand ein riesiger Monitor; wer Tim etwas zeigen wollte, verband sein Laptop damit. Jetzt schien Tim Abbie irgendwas vorzuführen.

Jemand ließ sich einen Grund einfallen, um am Büro vorbeizuspazieren, und berichtete, Tim zeige Abbie eine PowerPoint mit dem Titel: *Warum Homöopathie Unsinn ist.*

Und auch zu positiven Aspekten stellte er ihr Studien vor: von der Stichprobenverzerrung bis zum Placeboeffekt.

Abbie wirkte erstaunlicherweise ziemlich fasziniert. »Wenn ich Globuli nehme, fühle ich mich wirklich besser«, sagte sie. Worauf Tim weder überheblich noch verächtlich, sondern sehr engagiert erklärte, das sei durchaus möglich und habe mit einem Phänomen der Statistik zu tun, der sogenannten Regression zur Mitte.

Einige aus dem Team kriegten sich gar nicht wieder ein, weil sich zwischen Abbie und Tim was anbahnte, und machten abfällige Bemerkungen über Abbies Motive. Und diese Leute fühlten sich natürlich bestätigt durch eine Szene, die sich etwa eine Woche später abspielte. Eines Tages tauchte Abbie erst gegen Mittag in der Firma auf. Jemand sah sie über den Parkplatz stapfen, einen Rucksack über der Schulter.

»Hey«, sagte Tim und trat an ihren Schreibtisch.

»Hey.«

»Ich dachte, wir wollten zusammen frühstücken.«

»Ja, ich weiß. Tut mir leid, mein Wagen ist am Strand liegen geblieben.«

»Dein Auto ist kaputt?«

Sie nickte. »Die Zylinderkopfdichtung ist wohl hinüber. Musste ihn jedenfalls stehen lassen und mit dem Bus fahren. Und das Abschleppen organisieren. Hat alles ewig gedauert.«

Tim ging in sein Büro und kam kurz darauf zurück, mit etwas in der Hand. »Hier«, sagte er und ließ Autoschlüssel auf den Tisch fallen. »Für dich. Jetzt brauchst du nie mehr zu spät zu kommen.«

Wir rechneten damit, dass Abbie ihm die Schlüssel sofort zurückgeben oder zumindest sagen würde, dass sie ein so großes Geschenk nicht annehmen könne.

Doch so war es nicht. Sie nahm die Schlüssel. Und sagte: »Wow. Danke.«

33

Eine Bouillabaisse zu kochen, ist ziemlich aufwendig, aber das Ergebnis kann spektakulär sein. Früher hast du das Rezept von Elizabeth David benutzt, aber das authentischere stammt aus Jean-Baptiste Rebouls Kochbuch *La Cuisinière Provençale* von 1897. Dafür braucht man sechs unterschiedliche Arten Mittelmeerfische, darunter Zackenbarsch und Felsenbarsch. Einige sind in Nordamerika nicht erhältlich, weshalb du auch noch das Rezept vom Chez Panisse in Berkeley dazunimmst.

Erstens: einen Fond aus Gemüse, Fischgräten, Fenchelsamen und Thymian kochen.

Zweitens: zwei Tassen Weißwein, zwölf Miesmuscheln, die Schale einer Orange, zwei Esslöffel Pernod und drei Gramm spanischen Safran dazugeben. Zwei Stunden sieden lassen, dann abseihen und abkühlen lassen. Allein der Safran hat schon über hundert Dollar gekostet.

Drittens: die Rouille machen, die würzige sämige Soße, die zum Brot gereicht wird. Weißbrotkrümel in einer halben Tasse des Fischfonds einweichen. Safran und Cayennepfeffer hinzugeben. Eine Knolle Knoblauch sehr fein hacken. (Falls man in Versuchung kommt, eine Knoblauchpresse zu benutzen, sollte man dazu Elizabeth Davids Äußerung zu dieser Thematik lesen: *Ich finde Knoblauchpressen so albern wie erbärmlich. Sie bewirken das Gegenteil von dem, was ihre Käufer sich erhoffen … Ich habe mich schon oft gefragt, weshalb man dieses teuflische Gerät nicht bereits nach einmaliger Benutzung umgehend in die Mülltonne befördert.*)

Sechs Eigelb hinzufügen, behutsam verrühren. Wie bei Mayonnaise tropfenweise halb Olivenöl, halb Traubenkernöl hinzugeben. Zwei rote Paprika und zwei Tomaten über offener Flamme rösten, häuten und das Innere entfernen. Tomaten und Paprika in einem Mörser zerstoßen und zu der Masse geben.

Als du endlich mit dem Knoblauchschneiden fertig bist, kommt Danny schon mit Sian von der Schule nach Hause. Er schaut gebannt zu, wie du die Paprika über der Gasflamme röstest.

»Wie war's in der Schule, Danny?«, fragst du. Er antwortet nicht, aber plötzlich schießt seine Hand vor, und er greift in die Flamme. Du packst ihn am Arm und ziehst ihn zum Wasserhahn, aber das kalte Wasser kommt zu spät. An zwei Fingern entstehen Brandblasen.

Es ist sinnlos zu schimpfen, denn Danny versteht nicht, was passiert ist. Er kennt Flammen zwar, hat aber keinen Zugriff auf die Erfahrung, dass Feuer grundsätzlich heiß ist.

»Vor Flammen muss man ihn schützen«, sagt Sian überflüssigerweise.

»Was du nicht sagst«, erwiderst du schroff. Das sind die ersten Worte, die du seit dem Abend im Strandhaus mit Sian wechselst.

Danny empfindet Schmerz wohl weniger stark als neurotypische Kinder, aber die Blasen beunruhigen ihn.

»Wann?«, fragt er und wedelt aufgeregt mit der Hand. »Wann?«

»In ein paar Tagen sind die wieder weg.« Weil du weißt, dass er weder Salbe noch Pflaster dulden wird, bemühst du dich erst gar nicht.

»Wann?«, fragt er wieder.

Du gehst auf sein Bedürfnis nach einem bestimmten Zeitpunkt ein. »Am Freitagmorgen um zehn Uhr werden die Blasen weg sein.« Du weißt natürlich nicht, ob das so sein wird, hoffst aber, dass es hilft. Zumindest beruhigt es ihn fürs Erste ein wenig. Nervös vor sich hin summend geht er raus. Du weißt, dass er jetzt nachsehen wird, ob seine Loks noch genauso an der Fußleiste aufgereiht sind, wie er sie am Morgen hingestellt hat.

Du holst den Mörser heraus und bearbeitest die Paprika, froh, dass du dich nicht weiter mit Sian befassen musst.

Zu deinem Erstaunen sagt sie plötzlich: »Hey … tut mir leid.«

Du schaust sie an.

»Ich hab dieses Interview gesehen«, fügt sie hinzu. »Mir war nicht klar … Ist bestimmt nicht einfach, wenn man so ist wie du …«

»Wie oft hattest du Sex mit Tim?« Du hasst dich für diese Frage, willst es aber unbedingt wissen.

Sian zögert. »Ich musste einen Geheimhaltungsvertrag unterschreiben, im Gegenzug für meine Abfindung. Ich darf die Frage nicht beantworten.«

»Er will nur verhindern, dass du mit der Presse redest«, sagst du, fragst dich aber, ob Tim nicht tatsächlich eher verhindern will, dass Sian mit dir darüber spricht. »Für mich gilt das bestimmt nicht.«

»Wahrscheinlich nicht. Aber ich kann das Risiko trotzdem nicht eingehen. Da steht viel Geld auf dem Spiel.«

»Dann sag mir nur eine Sache. Ich verspreche, dass ich Tim gegenüber Stillschweigen darüber bewahre. An diesem Abend neulich … von wem ging das aus? Bist du zu Tim gegangen oder er zu dir?«

»Ich darf nicht …«, fängt sie an, aber als sie deine Miene sieht, sagt sie: »Es war schon so, dass er zu mir gekommen ist.«

Du bleibst stumm.

»Und er hat auch die Tür nicht zugemacht.« Sie schweigt kurz, fügt dann hinzu: »Denkst du … dass er vielleicht entdeckt werden *wollte*?«

»Warum sollte er das gewollt haben?«, fragst du verwirrt.

Sian zuckt die Achseln. »Keine Ahnung. Schlechtes Gewissen vielleicht. Unbewusstes Geständnis. Er ist sowieso ziemlich seltsam im Bett, oder? Dieses ganze Tantra-Zeug?«

»Hm«, antwortest du, weil du nicht weißt, was sie meint. »Ich glaube, du solltest jetzt nach Danny schauen.«

»Ja, okay.« An der Tür bleibt sie stehen und dreht sich noch mal um. »Wie gesagt, tut mir leid, was passiert ist. Aber ich bin froh, dass ich hier aufhören kann. Klar, ich krieg eine Superabfindung, aber das mein ich nicht. Die ganze Situation hier, mit Danny und dir … Mir ist einfach nicht klar, was Tim will. Von dir. Von uns allen. Und das find ich echt unangenehm, wenn du weißt, was ich meine.«

»Nein«, sagst du entschieden. »Weiß ich nicht.«

34

Zwei Stunden bevor John Renton und die anderen Gäste eintreffen, bereitest du die Marinade für den Fisch zu. Olivenöl, Weißwein, Fenchel, geschälte Knoblauchzehen, Pernod und noch mehr Safran. Du schneidest den Fisch in Stücke und ziehst mit einer Pinzette die Gräten heraus.

Sechstens: Baguettebrot in ein Zentimeter dicke Scheiben schneiden. Mit Olivenöl beträufeln und bei 200 Grad backen, bis sie knusprig sind. Dann mit aufgeschnittener Knoblauchzehe abreiben und mit Rouille bestreichen.

Siebtens: die Bouillabaisse zubereiten. Dazu zwölf Frühlingszwiebeln und zwölf Zwiebeln sehr fein hacken, in der Pfanne mit einem Lorbeerblatt und einer Prise Safran andünsten. Zehn gehäutete Tomaten ohne Fruchtfleisch würfeln, in einer Schüssel mit fein geschnittenem Knoblauch, Orangenschale und einem Glas Weißwein vermengen. Zu den angedünsteten Zwiebeln geben, den Fond aufgießen. Dann die Meeresfrüchte dazugeben und drei bis fünf Minuten ziehen lassen, bis sie gerade gar sind. Die Meeresfrüchte herausnehmen und warm stellen. Als Nächstes wird die Brühe sehr schnell aufgekocht, damit sich alles verbindet und die cremige Konsistenz entsteht.

Nach Belieben mehr Pernod, Safran und Pfeffer hinzugeben, und fertig ist die Kreation.

Aber du kannst sie natürlich nicht probieren.

35

Als Tim nach Hause kommt, ist die Küche schon wieder aufgeräumt und der Tisch gedeckt. Wie Tim dich per Handy gebeten hatte, stehen drei Flaschen Weißwein – Bâtard-Montrachet – im Kühlschrank. Das ist sein bester Wein, woran du merkst, wie wichtig Tim dieser Abend ist.

»Deine Haare sind anders«, sagt er und küsst dich.

»Ja. Gefällt's dir?«

»Du solltest sie tragen, wie du willst«, sagt er und runzelt die Stirn. »Genau darum geht es. Du bist eben keine der Frauen von Stepford, sondern unabhängig. Ob es *mir* gefällt, ist was ganz anderes.«

»Du findest es nicht gut.«

»Nein, gefällt mir. Zumindest werd ich mich dran gewöhnen.«

Während Tim in der Dusche ist, treffen Mike und seine Frau Jenny ein. Sie trägt Jeans und T-Shirt, wirkt jungenhaft. »Ich hab an deinem Deep Learning gearbeitet«, sagt sie ernsthaft, als ihr euch vorgestellt werdet. Dir fällt keine passende Erwiderung ein. Mike rettet dich, indem er stolz hinzufügt: »Jenny hat in Stanford über logistische Funktionen promoviert.« Du nickst, als wüsstest du, was um alles in der Welt das bedeuten soll. Aber gleich darauf – *klack* – fällt dir etwas dazu ein. Eine asymmetrische Sigmoidfunktion, die aus realen Beispielen lernt, statt programmiert zu werden.

»Du meinst, du hast mein Gehirn entwickelt«, drückst du es in deinen Worten aus.

Jenny nickt. »Ja, kann man so sagen.«

Elijah, der Leiter der Finanzabteilung, kommt mit seinem Mann Robert, eine Frau namens Alicia Wright kommt alleine. Sie ist Ende dreißig, durchtrainiert, glänzende blonde Haare. »Hi! Ich leite die PR-Abteilung von Scott Robotics«, sagt sie strahlend und hält dir die Hand hin. »Schön, Sie kennenzulernen.«

»Aber ist Katrina nicht für die PR zuständig?«, fragst du erstaunt.

»Tim hat sie heute Morgen gefeuert«, sagt Elijah. »Alicia ist ihre Nachfolgerin.«

»Aber schon voll eingetunt, und ich freu mich riesig, mit der berühmten Abbie arbeiten zu können!«, verkündet Alicia.

Tim kommt nach unten. Statt der schwarzen Jeans und des grauen James-Perse-T-Shirts von vorher trägt er eine frische schwarze Jeans und ein anderes graues T-Shirt. Während du den Wein aufmachst, geben alle Tim Ratschläge.

»Versuch dich zu benehmen«, sagt Mike. »Renton ist ein Idiot, aber er ist ein ausgefuchster Idiot. Er wird dich testen wollen. Es ist wichtig, dass du deine Position vertrittst, dich aber nicht von ihm provozieren lässt.«

»Ich benehme mich immer!«, versetzt Tim gereizt.

»Nur nicht immer gut«, murmelt Elijah vor sich hin.

Wie aufs Stichwort trifft John Renton ein. Nach allem, was du über ihn gehört hast, wunderst du dich, dass er viel jünger als Tim und Mike ist. Aber er tritt auf wie ein Mann mit viel Erfahrung – forsch, selbstsicher, dominant. Du siehst, wie starr Tim wirkt, als Renton ihm jovial auf die Schulter schlägt, und spürst, dass dein Mann Renton nicht ausstehen kann.

Als er Alicia vorgestellt wird, fragt er sie nach ihren früheren

Arbeitgebern aus. Renton kommentiert jeden Namen, der erwähnt wird. »Ach, Sie haben die PR für Shaun gemacht? Der hat mich neulich angerufen. Will, dass ich in diese misslungene App investiere, die er entwickelt hat.« »Catherine? Sehr intelligente Person. War gerade mit ihr bei einer TED-Konferenz.«

Du beobachtest nebenbei, wie Alicia auf ihn reagiert, wie ihre Körpersprache unwillkürlich erotische Zeichen setzt. Der Mann sieht nicht gut aus, ist sogar fast hässlich, aber du kannst dir vorstellen, dass manche Frauen auf seine Ausstrahlung abfahren.

Dann wendet er sich dir zu. »Das ist sie also!«, ruft er aus. Er streckt dir die Hand hin, und du erwiderst den Händedruck.

»Ich freue mich, Sie kennenzulernen.«

Er lacht begeistert. »Eine KI mit Gefühlen. Kaum zu glauben. Wie fühlen Sie sich jetzt gerade?«

Du überlegst. »Gut gelaunt, ein bisschen nervös vielleicht.«

»Mache *ich* Sie nervös?«, fragt er eifrig.

Du schüttelst den Kopf. »Nein, ich hoffe, dass meine Bouillabaisse gelungen ist.«

»Und was empfinden Sie sonst noch?«

»Na ja, ich fühle mich einigermaßen deplatziert.«

Renton runzelt die Stirn. »Deplatziert?«

»Ja. So sagt man, wenn man sich fehl am Platz und nicht zugehörig fühlt.«

Er macht große Augen. »Sehr gewählte Ausdrucksweise.« Renton schaut Tim an. »Alle Achtung.«

Tim verdreht die Augen. Er denkt eindeutig, dass Renton das Wesentliche nicht begriffen hat – dass nämlich nicht deine Ausdrucksweise entscheidend ist, sondern die Tatsache, dass du Gefühle hast.

»Ich hole mal den Wein«, sagst du hastig.

Eine halbe Stunde später machst du die zweite Flasche auf. Renton ist voll in Fahrt.

»Ich muss ja gestehen, Tim … als ich das erste Mal von ihr gehört hab, dachte ich, jetzt sind Sie komplett durchgedreht. Ganz im Ernst: *Wer braucht denn Gefühle?* Durch Gefühle wurde meine Frau zu meiner Ex-Frau. Natürlich seh ich durchaus auch das Potenzial. Pflegedienste. Sexindustrie.« Tim zuckt zusammen. »Aber grundsätzlich gibt es da noch das Akzeptanzproblem. Die Leute wollen keine Roboter mit Gefühlen. Wenn sich nämlich Maschinen wie Menschen fühlen, wird es nicht lange dauern, bis irgendwelche Weltverbesserer darauf bestehen, dass man sie auch so *behandelt*. Und dann ist der ökonomische Vorteil von KI im Eimer. Dann sind Roboter keine mechanischen Diener mehr, die unsere Felder beackern und in Sweatshops schuften, sondern man unterscheidet sie nicht mehr von Menschen. *Echte Menschen* zu erzeugen, kostet aber im Grunde nix, nicht wahr? Die werden erst in der Haltung kostspielig. Mit KI sollte es umgekehrt sein. Wenn Roboter die gleichen Rechte wie Menschen und die gleichen Ansprüche haben und womöglich auch noch bezahlt werden sollen, sind sie doch nicht mehr rentabel.«

Mike nickt. *»Wenn ihr uns stecht, bluten wir nicht.«*

»Bluten?«, fragt Renton irritiert.

»Ein Zitat aus dem *Kaufmann von Venedig*. Hab allerdings den Rest vergessen.«

»Wenn ihr uns kitzelt, lachen wir nicht?«, sagst du. *»Wenn ihr uns vergiftet, sterben wir nicht? Und wenn ihr uns beleidigt, sollen wir uns nicht rächen?«*

Einen Moment lang herrscht Schweigen. Dann sagt Renton stirnrunzelnd: »Genau das meine ich. Sie sind nicht kitzlig, oder?«

Du schüttelst den Kopf.

»Die Shylock-Thematik ist in dem Zusammenhang echt interessant«, sagt Jenny. »Wer empfindungsfähig ist, spürt ja nicht nur Freude, sondern auch Schmerz. Mit welchem Recht tun wir so etwas einem intelligenten Wesen an?«

Tim sieht wütend aus. »Ihr überseht beide das Entscheidende. Cobots sind weder Sklaven noch Haustiere, sondern Menschen. Nur in anderer Form.«

»So oder so sind sie lediglich enorm kostenaufwendige Luxusgegenstände«, erwidert Renton abfällig. »Eine ökonomische Sackgasse. Sie haben jetzt das Problem, Tim, dass Sie so ein Ding erfunden haben, aber keine Vision haben, wie es damit weitergehen soll.«

Du stehst auf. »Ich hole die Bouillabaisse.«

Die Diskussion – die noch kein Streit ist, aber sich schon ganz danach anhört – kommt erst zum Erliegen, als du die Suppe aufträgst. Du setzt dich wieder und siehst zu, wie die Gäste den ersten Löffel kosten.

Tim runzelt die Stirn. Renton spricht als Erster.

»Oje!«, sagt er und starrt auf seinen Teller. »Was ist denn da passiert?«

Mike riecht an seinem gefüllten Löffel. »Da ist irgendwas verdorben.«

»Was ist denn?«, fragst du beunruhigt.

»Mit dem Fisch stimmt was nicht«, sagt Jenny nervös.

»Das kann nicht sein …« Aber dann fällt es dir ein. Der Angestellte, der nicht verstand, dass du Fischgräten wolltest. Der sie nur mitlieferte, als du sagtest, sie seien für eine Katze. Wahrscheinlich hat der Typ irgendwelche Abfälle aus dem Müll geklaubt und gedacht, die Katze würde sich schon das Richtige aussuchen.

Dein Fond, der mit so viel Mühe und Sorgfalt zubereitet wurde, war von Anfang an verdorben.

»Das tut mir furchtbar leid …«, sagst du hilflos.

Tim zieht sein Handy aus der Tasche. »Basilico kann in einer halben Stunde liefern. Ist das okay für alle?«

Verstört räumst du die vollen Teller ab. Jenny hilft dir.

»Ich fühle mich so schrecklich dumm«, sagst du kläglich, als ihr in der Küche steht.

»Aber du kannst nichts dafür.«

»Ich habe Tim enttäuscht. John Renton ist schon mit der Meinung angetreten, dass ich eine rasend teure Fehlinvestition bin, und jetzt habe ich das gerade bewiesen. Ich kann ja nichts riechen. Ich bin ein *Roboter*.«

»Wir wissen nicht, wie Renton denkt«, wendet Jenny ein. »Mit der Haltung wäre er erst gar nicht hergekommen. Der provoziert nur. Diese Tech-Typen sind alle so.«

Du siehst sie an. »Mike aber nicht.«

»Nein, Mike nicht. Jedenfalls nicht so sehr. Deshalb hab ich ihn geheiratet.« Sie betrachtet dich forschend. »Warum hast du gesagt, dass du nichts riechen kannst?«

»Ja, das ist doch so, oder?«

Jenny zuckt die Achseln. »Die Lebensmittelindustrie setzt bereits künstliche Geschmacksnerven ein. Und maschinelles Lernen für ein künstliches Riechorgan gibt es schon seit Jahren.«

»Aber warum …« Du verstummst und denkst nach. »Er wollte mich so schnell wie möglich fertig kriegen«, sagst du dann.

»Um mich wieder zurückzubekommen. Um den Preis, dass mir einiges fehlt.«

»Tja, so sind Männer eben. Hauptsache, ihre Bedürfnisse werden befriedigt.«

»Er liebt mich«, widersprichst du. »Deshalb hat er eben nicht mehr Geduld gehabt.« Aber du hast ein ungutes Gefühl bei deinen eigenen Worten. Tims Liebe erscheint dir ebenso getrieben und kompromisslos wie sein gesamtes Handeln. So absolut und obsessiv geliebt zu werden, kann beengend, sogar beängstigend sein.

»Ja«, sagt Jenny. »Tim hat sich als ziemlicher Romantiker erwiesen.« Und wieder hast du diese rätselhafte Ahnung von geheimen Geschichten und Erinnerungen, die noch immer im Verborgenen liegen.

36

Während alle auf die Pizza warten, wird der Bâtard-Montrachet ausgetrunken, und man nimmt sich den Pernod vor, der achtundsechzig Prozent hat. Nur Alicia trinkt nicht mit; ihr Glas ist noch fast voll. Jenny nimmt was von dem Pernod, trinkt aber schlückchenweise. Die Männer leeren ihre Gläser auf ex und schenken sich neu ein.

John Renton wendet sich wieder seinem Lieblingsthema zu.

»Es gibt nur zwei Wirtschaftstreiber für aufkommende Technologien.« Er schlägt bei jedem Wort auf den Tisch. »Produktivität und Sex. Der erste ist bereits ausgeschlossen, also bleibt nur der zweite. Jeder weiß, dass VCR Betamax verdrängt hat, weil die Pornoindustrie mit VCR gearbeitet hat. Snapchat hat durch Sexting Slingshot verdrängt. Wenn Sie Ihre Roboter – wie soll ich sagen – *voll funktionsfähig* machen, haben Sie vielleicht eine Chance.«

»Cobots sind empfindungsfähig«, wendet Mike ein. »Könnten sich also auch verweigern.«

»Wüsste nicht, wie man das rechtlich durchsetzen sollte. Einen Roboter kann man nicht vergewaltigen, oder?« Renton denkt nach. »Nutten-Bots. Das wär's doch.«

»Sexting und Pornos schauen macht man im Privatleben.« Tims Stimme klingt ruhig, aber du merkst, wie wütend er schon ist. »Eine Beziehung mit einem Cobot ist öffentlich, wie man an mir sehen kann. Niemand wird Millionen Dollar ausgeben, um sich dem Spott der Öffentlichkeit preiszugeben.«

»Dann, mein Freund, werden Sie Ihr Projekt wohl nicht verkaufen können«, sagt Renton mit Nachdruck.

»Sie kapieren das einfach nicht, Sie Idiot«, erwidert Tim. Renton gibt ein kurzes vergnügtes Lachen von sich, und dir wird klar, dass er gerade bekommen hat, was er von Anfang an wollte: Tim so zu provozieren, dass der ausrastet. »Es geht hier nicht um Selbstbefriedigung für Millennials. Sie müssen *das größere Bild* vor Augen haben. Vergessen Sie jetzt mal den Roboterkörper, der ist nur das Instrument. Abbies *Gehirn* dagegen ist ausschließlich digital und damit *übertragbar*. Begreifen Sie dieses Potenzial nicht?« Er deutet auf dich. »Sie ist nicht irgendein Scheiß-*Sextoy*. Sie ist de facto *unsterblich*.«

Schweigen tritt ein. Mike wirft Elijah einen fragenden Blick zu. Der schüttelt zweifelnd den Kopf.

John Renton lacht wieder. »Unsterblich? Sie wollen mich verscheißern, oder?«

»Nein«, antwortet Tim. »Abbies Gehirn wird permanent weiterlernen und sich verbessern. Ihr Körper – die äußere Hülle – kann optimiert oder ausgetauscht werden. Alles andere kann man transferieren. Unsere Körper sind nur noch das Boot-Programm für etwas Besseres. Version zwei Punkt null, wenn Sie so wollen.«

»Das ist verrückt«, sagt Renton, so erfreut, als habe er gerade ein grandioses Geschenk bekommen.

»Die meisten Menschen halten den Tod für unvermeidlich«, fährt Tim fort. »Aber was, wenn wir einfach nicht flexibel genug denken? Der Tod ist vielleicht nur ein Problem, das man knacken kann. Derzeit sterben jährlich fünfzig Millionen Menschen. Wenn das nicht am Alter läge, hätte man dann nicht längst was dagegen getan?« Tim blickt von einem zum anderen und dann wieder auf Renton. »Roboter sind nicht nur die potenziellen Retter der Menschheit, sondern deren *Zukunft.* Wenn man das einmal verstanden hat, weiß man auch, dass sie weitaus wichtiger sind als irgendwelche blöden Message-Apps. Peter Thiel, Sergey Brin, Larry Ellison – die investieren alle in KI. Larry treffe ich in ein paar Tagen, um ihn zu fragen, ob er mit einsteigen will.«

»Mann, Mann, Mann. Das hört sich schon anders an.« Renton trommelt mit den Fingern auf dem Tisch. »Das nenn ich mal eine *Vision.*« Er starrt dich mit gierigem Blick an. Irgendetwas hat sich verändert, das du noch nicht ganz begreifst. »Wie viel?«, fragt Renton unvermittelt.

Elijah öffnet den Mund, aber Tim kommt ihm zuvor. »Achtzig Millionen. Als Startkapital. Wenn Sie das Exklusivrecht haben wollen.«

»Für ein Unternehmen, das nicht mal einen Businessplan hat? Jetzt verscheißern Sie mich aber wirklich.« Tim zuckt die Achseln, Renton trommelt weiter mit den Fingern auf dem Tisch. »Und Sie könnten jeden umwandeln? Mich auch?«

»Natürlich«, antwortet Tim gelassen. »Ein paar Punkte müssen noch geklärt werden, aber das ist nur eine Frage der Zeit. Schluss mit dem Blödsinn, sich in einer ekligen Wanne in flüssigem Stickstoff einlegen zu lassen. Ewiges Leben wird so unkompliziert werden wie ein Upload. Teuer wird es allerdings. Aber das betrachten wir als Vorteil. Indem wir das Ganze auf ein paar Gründerinvestoren beschränken, belasten wir die Ressourcen der Erde nicht zusätzlich.«

Jetzt sind dir Rentons Blicke regelrecht unheimlich. Es war schon übel genug, als er über Nutten-Bots redete. Aber inzwischen sabbert er beinahe vor Gier.

»Ich will sie ohne Haut sehen«, sagt er plötzlich. »Ich will sehen, wie … wie ich dann am Ende sein werde.«

Du erwartest, dass Tim entrüstet ablehnt. Aber er sagt ruhig: »Das kann nur Abbie selbst entscheiden.«

Renton schaut dich auffordernd an. »Und?«

Du erstarrst innerlich, überlegst angestrengt, wie du unverfänglich ablehnen kannst. Aber dann denkst du an Tim, dem es trotz der misslungenen Suppe gelungen ist, den Abend zu retten.

»Natürlich«, hörst du dich sagen und schaust Jenny an. »Könntest du mir behilflich sein?« Ihr geht nach oben, und du holst dir einen Morgenmantel aus dem Badezimmer, ziehst dann deine Kleider aus.

»Ich weiß, was ich tun muss«, versichert dir Jenny. »Ist ja nicht schwer.« Sie sucht in deinem Nacken nach dem Verschluss. Du schließt die Augen, als sie beginnt, dein Gesicht abzuschälen, und spürst am Rücken, wie die Haut heruntergezogen wird, einem Taucheranzug gleich.

Du versuchst, nicht hinzuschauen, aber als sie an den Knien festhängt, blickst du unwillkürlich auf die glatten, elegant geformten weißen Plastikglieder.

Und du denkst, wie typisch es für Tim ist, dass er auch die Teile von dir, die eigentlich nicht zu sehen sind, so perfekt wie möglich gestaltet hat.

Im Morgenmantel gehst du die Treppe hinunter, gefolgt von Jenny, und kommst dir vor wie auf dem Weg zum Schafott. Aber du spürst auch, dass du dich ohne die Gummihaut geschmeidiger bewegen kannst. Das fühlt sich seltsam befreiend an. Vor dem Esszimmer ziehst du den Morgenmantel aus, reichst ihn Jenny. Dann holst du tief Luft – das denkst du zumindest, obwohl es dir ohne Haut merkwürdig vorkommt – und betrittst den Raum.

Niemand gibt einen Ton von sich, alle starren dich wortlos an. Und sehen dabei mehr oder weniger gleich aus.

Ehrfürchtig.

»Ja … also … hier bin ich«, sagst du. Alle bleiben stumm. Renton schluckt nervös. Du drehst dich um, gehst wieder hinaus, aufrechter als vorher.

»Großer Gott«, sagt Renton hinter dir. Er hört sich sehnsüchtig an. »Sie ist ja *wunderschön*.«

37

Kurz danach löst sich die Runde auf. Renton geht als Erster und verspricht, sofort mit seinem Finanzteam zu reden. Als er weg ist, schauen sich alle an, als wüssten sie nicht recht, was sich da gerade abgespielt hat.

Tim spricht zuerst. »Super gemacht, Abbie«, sagt er zu dir. »Du hast den Ausschlag gegeben.«

»Unsterblichkeit, Tim?«, fragt Mike. »Im Ernst jetzt? *Das* ist deine Vision? *Daran* arbeiten wir?«

»Anfang des zwanzigsten Jahrhunderts«, antwortet Tim nachdenklich, »reisten reiche Männer aus aller Welt an die Riviera, um sich dort Affendrüsen in die Hoden implantieren zu lassen. Die Prozedur war schmerzhaft und teuer, und es gab keinerlei Beweise für die Wirksamkeit. Aber Tausende Männer waren bereit, einen hohen Preis für die erhoffte Verjüngung zu bezahlen.«

Mike runzelt die Stirn. »Was willst du damit sagen?«

»Und im fünfzehnten Jahrhundert, als Papst Innozenz der Achte im Sterben lag, bezahlte die Kirche zehnjährigen Jungen einen Dukaten, damit sie dem Papst ihr Blut spendeten. Die Jungen starben alle, und der Papst natürlich auch. Man würde doch eher nicht annehmen, dass eine Institution, die ohnehin schon ans ewige Leben glaubt, eine solche Verzweiflungstat nötig hatte.« Tim steht auf und streckt sich. »Ich will damit sagen, dass Renton ein Dummkopf ist. Der Mann ist gerade rational genug, um nicht religiös zu sein, aber nicht rational genug, um seine eigene Sterblichkeit zu akzeptieren. Wenn er glauben möchte, dass ich ihm ewiges Leben verschaffen kann … bitte gerne. Seine Kohle ist uns willkommen.«

»Also hast du gar keine Vision«, sagt Elijah.

»Oh doch, durchaus«, erwidert Tim. »Aber eine andere, als Renton gerne hätte.«

ZWÖLF

Der geschenkte VW war der Anfang einer neuen Beziehungsphase. Aber Abbie benutzte ihn nicht lange, sondern fuhr nach kurzer Zeit mit Tim in die Firma. Was wir als Zeichen dafür deuteten, dass Abbie bei ihm übernachtete. Er hatte damals jede Menge zu tun, versuchte noch mehr Geld für die Shopbots aufzutreiben. Abends war er meist bei irgendwelchen Treffen im Silicon Valley, in fensterlosen Konferenzräumen, wo es zum Abendessen ein schnelles Buffet mit zweierlei Rumpsteak gab. Abbie begleitete Tim, obwohl sie diese Abende im Vergleich mit Vernissagen und Kunstfestivals wahrscheinlich ziemlich öde fand.

Aber für Tim war es zweifellos von Vorteil, eine große, umwerfend attraktive Künstlerin an seiner Seite zu haben. Das sorgte für Aufsehen, und außerdem waren diese Risikokapitalgeber durch die Bank toughe Alphatiere. Abbie verschaffte Tim *Respekt*, und der schlug sich in üppigen Geldmengen nieder. Ein Milliardär hatte angeblich nach einem fünfminütigen Gespräch mit Abbie vierzig Millionen rausgerückt.

Dann fing Abbie an, total leckere Kuchen fürs Team zu backen, die sie in den Pausenraum stellte. Aber man musste früh dran sein, um noch was abzukriegen. Kam man erst um neun, waren nur noch Krümel übrig.

Die Mädels versuchten natürlich rauszukriegen, wie Tim im Bett war. Abbie hatte kein Interesse an Klatsch, war aber völlig unbefangen. Eines Tages erwähnte sie beiläufig, dass Tim es vorzog, keinen Samenerguss zu haben.

»Gehört zum Tantra. Gibt auch Sportler, die das machen. Er sagt, damit erhält er seine Energien für die Arbeit.«

Wir recherchierten und stießen auf die Ejakulationskontrolle als Praxis des Buddhismus. Was wir absonderlich fanden, weil Tim sich schließlich über jegliche Form von Mystizismus lustig machte. Aber es bestärkte uns wiederum in unserem Glauben, dass Tim ein ganz besonderer Mensch war. Und wir konnten es letztlich auch nachvollziehen, weil die meisten von uns an ihrer Gesundheit herumbastelten. Ob wir uns nun Mikronährstoffe hinter die Binde kippten oder Kuhmilch durch Mandelmilch ersetzten – wir experimentierten ständig mit unseren Körpern.

38

An dem Morgen nach dem Essen mit Renton fühlst du dich, als hättest du einen üblen Kater. Ist das wirklich alles passiert? Oder hast du es dir eingebildet?

Aber Tim kommt munter vor sich hin summend zum Frühstück. »Das lief super gestern.«

»Ich hab um ein Haar deinen wichtigsten Investor vergiftet.«

»Der jetzt dank dir ein noch wichtigerer Investor ist.« Er küsst dich auf den Kopf. »Du hast die Haare ja wieder wie früher.«

»Hab beschlossen, dass der französische Zopf nicht zu mir passt. Und alles andere Französische auch nicht.«

Tim lacht. »Weißt du, ich hab nachgedacht. Du solltest mehr an die Öffentlichkeit. TED Talks auf YouTube, neurowissenschaftliche Konferenzen – ernst zu nehmende Veranstaltungen, nicht blödes Vormittagsfernsehen wie neulich. Je schneller die Leute kapieren, wie du wirklich bist, desto schneller ist auch Schluss mit diesem lästigen Medienrummel.«

»Tim …«

»Ja, Abs?«

»Geht es dir eigentlich gut so? Ich meine, fühlst du dich wohl mit mir? Bin ich wirklich die Person, nach der du dich all die Jahre gesehnt hast?«

Er schaut mich verblüfft an. »Natürlich. Wieso fragst du das?«

»Na ja, weil … Ich komme mir die meiste Zeit wie eine Hochstaplerin vor.«

»Du bist Abbie, und ich liebe dich. Nur das zählt.« Er runzelt die Stirn. »Bist du etwa nicht glücklich?« Er klingt so bestürzt, dass du einen Rückzieher machst.

»Du hast recht«, sagst du und zwingst dich zu einem Lächeln. »Unsere Liebe ist wirklich das Einzige, was zählt. Und ich *bin* glücklich.«

Aber du fragst dich, ob es früher wohl möglich war, mit Tim über eure Beziehung zu reden. Oder ob du auch damals schon an dieser Mauer aus Vergötterung abgeprallt bist.

DREIZEHN

Eines Tages hörten wir, wie Tim Morag fragte, wie viele Leute von Google abends bei der Veranstaltung sein würden, an der Abbie und er teilnehmen wollten. »Sechsunddreißig«, antwortete Morag.

»Sechsunddreißig?«, warf Abbie ein. »Aber letztes Jahr waren es siebenunddreißig!«

Tim sah sie verwirrt an. »*Harry Potter*«, sagte Abbie, als sei das sonnenklar. »Dudley Dursley war mit sechsunddreißig Geschenken nicht zufrieden, weißt du nicht mehr?«

»Ich hab diese Bücher nie gelesen«, sagte Tim herablassend.

»Du hast nie *Harry Potter* gelesen?«, wiederholte Abbie verblüfft. »Aber dann hast du doch bestimmt die Filme angeschaut, oder?«

»Ich geh nicht ins Kino. Filme sind mir zu lang. Als Kind hab ich gern *South Park* geguckt.«

»Unglaublich«, sagte Abbie fassungslos. »Ich bestell dir den ersten Band.«

Danach wurde Tim zwischen Sitzungen bei der Lektüre von *Harry Potter und der Stein der Weisen* gesichtet. Wie von Tim nicht anders zu erwarten, hatte er das Buch in zwei Tagen durch und bestellte sich sofort den nächsten Band.

Dann machten die beiden auf der Pottermore-Website das Sprechender-Hut-Quiz.

»Das gibt's doch nicht«, sagte Abbie. »Wir gehören beide zu Hufflepuff?«

Nun weiß der Sprechende Hut ja Dinge über einen, die man selbst nicht weiß. Aber Hufflepuff? Das Haus der Gerechtigkeit und Treue? *Tim?* Im Ernst jetzt?

Wir stellten die Theorie auf, dass er im Internet eine Seite gefunden hatte, die einem verriet, welche Antworten man für welches Haus geben musste. Was irgendwie auch rührend war: ein Multimillionär, der trickste, um einem Mädel zu imponieren. Aber wir als Nerds wussten schließlich alle, dass man in Hogwarts auf keinen Fall im falschen Haus landen sollte.

Doch wie ernst es mit den beiden tatsächlich war, wurde erst klar, als Darren die Modenschau vermasselte. Menschliches Verkaufspersonal steht häufig tatenlos in der Gegend herum, und im Team war man sich einig, dass es nervt, wenn Verkäufer plötzlich auf potenzielle Kunden zuschießen und sich hastig erkundigen, wie sie helfen können. Tim fand die Vorstellung cool, dass die Shopbots auf einem Laufsteg die neueste Kollektion präsentieren und dass dann eines der »Models« zu den potenziellen Kunden kommt, um sie zu beraten. Wir analysierten die Bewegungsmuster von echten Models bei Modenschauen, und Darren programmierte das typische Schlendern mit Hüftschwung. Als er fertig war, aktivierte er einen der Shopbots, und das Robotermodel spazierte elegant auf und ab. Es sah total echt und überzeugend aus.

»Super!«, sagte Tim. »Jetzt zeig mal, wie es mit mehreren wirkt.«

»Mit mehreren?«, fragte Darren verwirrt.

»Sechs gleichzeitig auf dem Laufsteg. Darum geht's doch bei 'ner Modenschau. Dann sieht das erst richtig cool aus.«

Darren nickte, was sein erster Fehler war. Oder vielmehr der zweite, denn der erste bestand darin, dass er sich nicht überlegt hatte, was passiert, wenn sechs Shopbots gleichzeitig auf einem schmalen Laufsteg unterwegs sind. Als kompletter Computernerd war er eben noch nie bei einer Modenschau gewesen. Aber so oder so hätte er Tim sagen müssen, dass er das noch nicht ausgetüftelt hatte, anstatt zu improvisieren.

Er aktivierte nacheinander vier weitere Shopbots. Zuerst sah es eindrucksvoll aus – fünf schlanke, elegante Robotermodels, die in unterschiedlichen Outfits einen Laufsteg entlanglaufen.

»Sie machen es auch zu Musik«, verkündete Darren stolz und schaltete Lautsprecher ein. »Snow (Hey Oh)« von den Red Hot Chili Peppers schallte durch den Raum, und die Shopbots schwangen sofort Hüften und Schultern im Rhythmus. Eine ließ sogar die Hand kreisen. (Es sah so feminin aus, dass man *sie* einfach nicht mehr als Roboter wahrnahm.) Alle klatschten und johlten, und Abbie ließ einen schrillen Pfiff ertönen. Sie konnte auf den Fingern pfeifen wie ein texanischer Cowboy. Ein paar Momente herrschte ausgelassene Partystimmung. Aber dann geschah das Unvermeidliche. Der Shopbot mit der kreisenden Hand erreichte das Ende des Laufstegs, drehte sich um … und kollidierte mit dem, der gerade ankam. Beide knallten auf den Boden, der dritte stolperte über die beiden, und binnen Sekunden hatten sich die Models in ein Gewirr mechatronischer Gliedmaßen verwandelt, die wild in die Luft traten. Sie sahen aus wie ein Haufen weißer Plastikkörper im Todeskampf, ein Bild aus einem Kriegsgebiet.

»Scheiße«, murmelte Tim vor sich hin. »Wir schaffen es nicht mal, die dümmsten Menschen auf dem Planeten zu kopieren.«

Jemand schaltete die Musik aus, und die plötzliche Stille war wie ein Schock.

»Das ist lösbar«, sagte Mike nervös. »Wir müssen ihnen nur Sensoren von fahrerlosen Autos einbauen, damit sie einander ausweichen. Das sieht dann sicher hübsch aus.«

»Ganz recht«, erwiderte Tim. »Lösbar. Und deshalb vorhersehbar.«

Wir warteten auf die unvermeidliche Tim-Haue. Darren ließ schon mal den Kopf hängen wie ein geprügelter Hund.

Dann schaute Tim zu Abbie hinüber. »Trotzdem nicht übel, oder?«, sagte er lächelnd zu ihr. »Für einen ersten Versuch.«

Ein paar Tage später spähte jemand in Tims Büro und rief: »Ey, wow!« Abbie schlenderte in einem Neoprenanzug auf und ab wie ein Model, gespickt mit grünen Markern – für die Bewegungserfassung, erklärte jemand. Tim filmte sie mit einer Videokamera.

Er arbeitete offenbar an der Laufstegtechnik, und Abbie hatte angeboten zu helfen. Sie sah umwerfend aus in dem engen Neoprenanzug, aber einigen von uns war nicht wohl dabei. Sie war hier schließlich die Künstlerin und nicht Teil des Teams. Jemand sagte, vielleicht habe Tim einfach keine der Frauen im Team bitten wollen, in einem Taucheranzug vor ihm herumzustolzieren. Nach dem Kommentar verfielen wir erst mal alle in Schweigen. Die Person war neu im Team und verstand die Zusammenhänge nicht.

Aber wir waren uns einig, dass es toll war, Tim so glücklich zu erleben. Abbie war eindeutig gut für ihn. Klassische Geschichte: Harter Typ verliebt sich und wird weicher.

Bei einer der langweiligen Investoren-Partys betranken sich Abbie und John Rentons Frau und tanzten auf dem Tisch. Einige Männer standen johlend im Kreis und steckten den beiden Geldscheine in die Riemchen der Stilettos, wie im Stripklub.

Elijah erzählte, Tim habe die Szene mit seltsamem Blick beobachtet. Er schien halb stolz auf Abbie zu sein, aber auch zu fürchten, dass sie zu weit ging.

Als die beiden später zum Auto gingen, hörte Elijah Tim sagen: »*Ich* weiß, dass du keine Schlampe bist. Aber *die anderen* wissen es nicht.«

Abbie hakte sich bei ihm unter. »Und jeder Einzelne war neidisch auf dich«, sagte sie vergnügt. »Weil deine Freundin vielleicht eine Schlampe sein könnte.«

»Was ich übrigens nicht bin«, fügte sie dann hinzu.

»Weiß ich«, erwiderte Tim. »Das liebe ich ja an dir.« Und er gab dieses alberne hohe Kichern von sich, das immer so komplett unpassend klang.

Am nächsten Tag erspähte jemand eine PowerPoint, an der Tim im Büro arbeitete. Zum Thema *Warum Polyamorie Unsinn ist.*

Einer aus dem Team war bei der Maker Faire, entdeckte Abbies Namen bei den Ausstellern und schaute sich ihr Kunstwerk an. Es war eine Installation, bestehend aus sechs Paar Shopbot-Beinen auf einem Laufband. War nicht ihre beste Arbeit, berichtete der Kollege. Eigentlich nur ein Aufguss des Laufsteg-Desasters. Interessanter war die Tatsache, dass Abbie dort mit diversen Typen herumhing, die wie Rockmusiker aussahen – Tattoos, Mähnen, Bärte – und alle mit irgendwas zugedröhnt waren. Kein Alkohol, sagte unser Informant, sondern eindeutig Speed oder Koks. Er hatte versucht, mit Abbie zu reden, aber sie hatte wirres Zeug gelabert, mit verschwommenem Blick und Schweiß auf der Stirn.

Das überraschte und enttäuschte uns. War zwar einzusehen, dass Abbie gelegentlich auch mal Dampf ablassen musste. Und klar, sie war Künstlerin und hatte vermutlich ständig mit Leuten zu tun, die Drogen nahmen. Aber dennoch … sie war uns immer so gesund und frisch erschienen. Irgendwie passten ihre klaren Augen und diese natürliche Schönheit so gar nicht zu Körpergiften.

Danach fragten wir uns natürlich, wer wohl Tim erzählen würde, dass seine Freundin Kokserin war. Was sicher übertrieben war, wahrscheinlich nahm sie nur ab und an mal eine Nase. Aber mit solchen Nuancen würde Tim sich nicht abgeben. Wir hatten Nulltoleranz im Unternehmen, und wer sich bewarb, musste sich testen lassen. Tim selbst nahm auch im Privatleben kaum etwas Stärkeres als ein Glas Wein zu sich. Deshalb fürchteten wir, dass es jetzt bergab gehen würde mit den beiden. Bei Drogen war Tim nicht zu Kompromissen bereit. Genauso wenig wie bei allem anderen. Das machte uns traurig, weil wir Abbie echt gernhatten. Und weil wir froh darüber waren, wie sie Tim verändert hatte.

39

Als Danny zum Frühstück kommt, zeigst du ihm die Bilderspeisekarte, aber heute klappt es nicht. Er wirft nur einen flüchtigen Blick darauf und reagiert nicht.

»Na, komm schon, Danny«, sagst du. »Irgendetwas willst du doch bestimmt essen.«

Er hangelt sich von seinem Stuhl und holt eines seiner Thomas-Bücher. Blättert darin und scheint zu überlegen. Dann steckt er das Buch blitzschnell in den Toaster und drückt den Hebel herunter.

»Hm. Das ist keine so gute Idee«, sagst du, nimmst das Buch heraus und gibst es ihm. Danny versucht jetzt ein Stück abzubeißen.

»Vergiss nicht das Telefon!«, sagt er laut.

Du schaust ihn an und denkst angestrengt nach. Was er gerade gesagt hat, kommt dir bekannt vor. Es ist aus dem Thomas-Buch, das Danny gerade zu essen versucht.

Es gelingt dir, ihm das Buch zu entlocken, und du blätterst zu der Stelle, wo der dicke Kontrolleur von seinem Butler Marmeladentoast serviert bekommt, aber vom Telefon gestört wird.

»Möchtest du das, Danny?«, fragst du. »Toast mit Marmelade?«

»Da ploppen mächtig die Puffer«, antwortet Danny. Er wirkt ein bisschen erstaunt, dass du seinem Gedankengang folgen konntest.

Erstaunt und erfreut.

Nachdem Sian Danny abgeholt hat, um ihn zur Schule zu bringen, holst du dein Handy heraus. Du kannst nicht mehr nachvollziehen, wie du zu der Entscheidung kamst, Lisa anzurufen, aber es fühlt sich richtig an.

Ihr Name ist in den Kontakten, du drückst auf ihre Nummer. So einfach. Stellst dir vor, wie deine Schwester auf ihr Handy starrt, als sie sieht, wer anruft. Sicher ein Schock für sie, aber sie hat dich immerhin schon in diesem Interview gesehen. Bestimmt wird sie rangehen.

Tut sie aber nicht. Die Mailbox schaltet sich ein, doch du willst keine Nachricht hinterlassen. Nach so vielen Jahren willst du direkt mit ihr sprechen.

Ein paar Minuten später versuchst du es noch einmal. Diesmal ist gleich nach dem ersten Klingeln Schluss. Du stellst dir vor, wie Lisa wartet, bis ABBIE auf dem Display erscheint, und dann sofort die Verbindung unterbricht.

Du seufzt und schickst ihr eine Nachricht.

Lisa, ich bin's. WIRKLICH ich, was du auch gehört oder gelesen hast. Ich ruf wieder an. Bitte nimm dann ab.

Die Nachricht wird als gesendet gemeldet. Dann siehst du, dass sie schreibt, aber nichts trifft ein. Was Lisa auch geschrieben hat … sie hat es nicht gesendet. Du rufst wieder an, und jetzt geht sie wirklich dran. Spricht nicht, aber du hörst sie atmen.

»Leese, wir müssen uns treffen«, sagst du in die Stille. »Ist mir schon klar, wie seltsam das für dich ist. Für mich genauso. Aber weißt du, ich bin nicht gefragt worden.«

»Großer Gott«, flüstert sie fassungslos. »Es … es hört sich wirklich an …« Sie beginnt zu weinen.

»Wie wär's mit dem Spikes?«, schlägst du vor. Das ist das Café, wo ihr euch früher manchmal getroffen habt, auf halber Strecke zwischen euren Häusern. »Um elf?«

Sie antwortet nicht, du hörst sie nur schniefen.

»Also, ich werd jedenfalls da sein«, sagst du nach einer Weile. »Bitte komm. Ich muss dich sehen.«

VIERZEHN

So scharf wir Abbie auch beobachteten – bei der Arbeit konnten wir keinerlei Hinweise auf Drogenkonsum entdecken. Wir erlebten vielmehr eine Abbie, die sich mit voller Kraft in ein neues Projekt stürzte. In der Werkstatt gab es einen großen 3-D-Printer, ein immens teures Gerät zur Herstellung von Prototypen. Abbie bat Darren, ihr zu erklären, wie sie damit Repliken herstellen konnte. Dann bestellte sie Unmengen von Newplast, einer weichen Modelliermasse, die von Stop-Motion-Trickfilmern benutzt wird. Eine ganze Woche lang belegte Abbie den Druckerraum. Keiner wusste, was sie machte; sie kam meist erst gegen Abend und arbeitete die Nacht durch. Wir gingen davon aus, dass Tim kein Problem damit hatte.

Wie bei den Sandsäcken kündigte Abbie das neue Kunstwerk nicht offiziell an, als es fertig war. Eines Morgens fanden wir Sol, der immer als Erster zur Arbeit kam, in heller Aufregung vor.

»Ihr müsst euch anschauen, was sie diesmal gemacht hat!«, verkündete er und führte uns in einen der Sitzungsräume. Dort stand eine lebensgroße Replik von Abbie aus fleischfarbener Modelliermasse. Von einem winzigen Tanga abgesehen, war sie nackt. Die Hände in die Hüften gestützt, der Körper leicht zur Seite gewandt, als betrachte sie sich im Spiegel.

»Krass«, schnaufte jemand. Niemand wollte uncool sein und sich direkt zu Abbies eindrucksvollem Körper äußern. Das Verrückte war aber, dass die Figur überdies ihre Ausstrahlung hatte: lebhaft, positiv, irgendwie sogar mädchenhaft unbefangen.

Erst nachdem wir minutenlang auf die Skulptur gestarrt hatten, entdeckten wir die Karte an der Wand.

MACHT, WORAUF IHR LUST HABT (HEMMUNGSLOS!)

3-D-Druck, Modelliermasse und Drahtgestell

Interaktive Installation

Figur formbar

»Was ist denn daran interaktiv?«, fragte jemand. »Da bewegt sich doch gar nichts.«

»Und wieso formbar?«, fragte eines der Mädels aus dem Team.

»Vielleicht«, sagte Kenneth, »soll man damit … weiß nicht … spielen?«

Schweigen trat ein, während wir das verdauten. Dann beugte sich einer vor und drückte vorsichtig auf einen Fuß. »Ist echt weich.«

»Hey, mach sie nicht kaputt!«, rief Marie Necker.

»Aber ich glaube, das ist gemeint. Dass man sie … umgestalten soll.«

Sol legte die Hand auf die rechte Hüfte der Figur und hinterließ einen Daumenabdruck, eine kleine Kuhle.

»Das hättest du bestimmt nicht tun dürfen«, sagte Marie nervös.

»Und warum nicht?«, fragte Sol.

»Hat Tim das überhaupt gesehen?«, fragte jemand in die Runde. Das wirkte ernüchternd. Es war klar, dass niemand hier irgendetwas zu machen hatte, bevor Tim nicht entschieden hatte, was erlaubt war.

40

Du bist schon früh im Café. Lisa verspätet sich so sehr, dass du unsicher bist, ob sie überhaupt kommt. Aber irgendetwas sagt dir, dass es klappen wird.

Während du auf sie wartest, schaust du dir alte Filmchen in deinem Handy an. Meist hast du Danny aufgenommen. Am Morgen seines vierten Geburtstags zum Beispiel, als er »Happy Birthday« für sich selbst singt. Er grient wie ein Honigkuchenpferd, während er »Happy börfday, lieber Danniiiiiii … happy börfday to miiiiiii« singt.

Du hörst deine eigene Stimme, als du verbesserst: »Nicht *börfday*, Danny, sondern *birthday*.«

»Börfday!«, wiederholt er eifrig. »Hab ich doch gefagt.« Er lispelte damals ein bisschen. Weil er gerne die Unterlippe zwischen die Zähne zog, hatte die Logopädin erklärt. Sie meinte, das würde sich wohl irgendwann von selbst verlieren, aber du könntest den Prozess durch Korrigieren unterstützen.

Du seufzt, als du an diese Zeit denkst. Aber dann fällt dir das Erlebnis vom Frühstück heute Morgen ein, und du musst lächeln. Danny ist immer noch dein Kind.

Um halb zwölf steht Lisa draußen vor dem Fenster und starrt herein. Du winkst ein bisschen und lächelst so bedauernd, als wolltest du sagen: *Ich hätte mir das auch anders gewünscht.*

Sie holt sich nichts am Tresen, sondern kommt direkt zu dir und setzt sich. Lisa sieht dir nicht ähnlich – sie sagte immer trocken, du hättest ihren Anteil an Schönheit mit eingeheimst –, aber eure Augen sind fast gleich. Den meisten Leuten würde das nicht auffallen, doch als du Lisa anschaust, kommt es dir vor, als sähest du dich selbst im Spiegel. Sie ist in den fünf Jahren etwas gealtert, hat aber durch ihren konservativen Stil immer schon älter gewirkt.

»Ich hab dich bei dem Interview gesehen«, sagt sie unvermittelt. »Aber jetzt, wo ich dich so körperlich vor mir habe …« Sie schluckt. »Mann, was rede ich denn da. Du hast ja gar keinen *Körper*.«

»Die Leute vom Sender haben mich absichtlich scheußlich geschminkt. Das hat zumindest den Vorteil, dass ich nicht überall gleich erkannt werde.«

Lisa schaudert. »Und du hörst dich auch genau wie du an. Wie sie, meine ich.«

»Ich *bin* ich. Glaube ich zumindest. Mein Gehirn, Leese. Sicher nur ein Teil, aber es reicht aus, um mich wie Abbie zu fühlen. Man kann darüber streiten, ob ich nun eine KI oder *transhuman* bin … das haben übrigens Tim und seine Freunde beim Abendessen gestern gemacht. Aber ich bin jedenfalls nicht irgendein elektromechanisches Gerät, das wie Abbie aussieht.«

»Wie hieß deine erste Puppe?«, fragt Lisa.

»Fangfrage. Grafton. Unsere Eltern waren ziemlich fortschrittlich. Bestanden darauf, dass unsere Puppen geschlechtsneutrale Namen bekommen.«

Lisa starrt dich an.

»Aber offen gestanden, sind meine Erinnerungen ziemlich lückenhaft«, sagst du. »Du würdest dich wundern, wie wenig Erinnerungen man braucht, um ein Bewusstsein von sich selbst zu haben. Was ich erlebe, ist der umgekehrte Prozess von Demenz … die Lücken werden nach und nach aufgefüllt.«

Lisa schüttelt den Kopf. »Das ist alles so unglaublich.«

»Erzähl mir von dir.« Du beugst dich vor und ergreifst ihre Hand. »Du hast mir gefehlt, Leese.«

Sie reißt ihre Hand weg. »Oh Gott«, flüstert sie. »Großer Gott.« Sie fängt an zu weinen. »Er ist an allem schuld«, flüstert sie unter Tränen. »Dieser Dreckskerl.«

»Tim? Er hat mir ein zweites Leben ermöglicht. Er liebt mich. Wieso soll er denn ein Dreckskerl sein?«

»Das ist doch keine Liebe! Das ist … *Nekrophilie.*«

»Eher nicht«, erwiderst du trocken. »Er hat mich ohne Genitalien gebaut.«

Lisa schnaubt. »Wundert mich nicht.«

»Was meinst du damit?«

»Er ist ein Kontrollfreak. War er immer schon. Eine seiner Methoden, Kontrolle über dich auszuüben, war die Verweigerung von Sex.«

Du runzelst die Stirn. »Hab *ich* dir das erzählt?«

Lisa wischt sich Tränen aus dem Gesicht. »Nicht so deutlich. Du hast ihn sogar verteidigt. Hast gesagt, das sei ein Zeichen dafür, wie sehr er dich achtet. Ich hab aber immer schon gedacht, dass es eher ein Zeichen dafür war, wie egal ihm deine Bedürfnisse waren. Nur seine gigantische narzisstische Leidenschaft war wichtig. Bei der Liebe für dich ging es immer nur um ihn. Wie ach so romantisch er doch ist und wie verständnisvoll und wie sehr er dich verehrte. Aber wehe, du wolltest mal runtersteigen von deinem Podest.«

»Hab ich das je versucht?«

»Manchmal. Aber nicht so richtig, hatte ich den Eindruck.«

Sie schaut dich an, überlegt. »Ein Beispiel fällt mir gerade ein. Einmal warst du völlig erschöpft, weil Danny ewig wach gewesen war, doch Tim wollte Sex. Weil er immer zu chaotisch oder sonst wie verpeilt war, hatte er normalerweise keine Orgasmen, wartete aber, bis du einen hattest. An diesem Abend hast du einen vorgetäuscht, aber wohl nicht so überzeugend. Tim hat es gemerkt und dir das tagelang vorgehalten. Hätte John so was mit mir gemacht, hätte ich ihn rausgeschmissen. Doch du warst immer so furchtbar *verständnisvoll.* Ich hab dir jedenfalls damals gesagt, dass Tims Verhalten komplett inakzeptabel ist. Hab sowieso nicht verstanden, warum ihr überhaupt Sex hattet, wenn du gar nicht wolltest. Ganz zu schweigen vom vorgetäuschten Orgasmus. Aber so oder so ging ihn das überhaupt nichts an, war doch deine Sache. Und dann hast du ihm das auch gesagt.« Sie zuckt die Achseln. »An sich kein großes Ding, oder? Aber daraufhin hat Tim wochenlang nicht mit dir geredet. Hat dich einfach geschnitten. Als er dann wieder zum Reden bereit war, hast du ihm erzählt, dass ich das gesagt hatte. Danach hatte ich Hausverbot, und Tim rastete sogar aus, wenn du mit mir telefoniert hast.«

Du wartest, ob sich irgendeine Erinnerung einstellt, aber nichts tut sich. »Wie geht's denn dir und John?«

Lisa lacht bitter. »Tja. Wir haben uns vor ein paar Jahren getrennt.«

»Dann müssen Tim und ich schon irgendwas richtig gemacht haben.«

»Vielleicht.« Lisa sieht dich an. »Oder du hattest zu viel Angst, um ihn zu verlassen.«

Du starrst sie verblüfft an. »Was soll das heißen?«

»Du hast ihn immer mit Samthandschuhen angefasst. Alle anderen auch. Der geniale Tim Scott, das Wunderkind, das die Welt verändern wird. Der hatte auch keine Angestellten, sondern Anhänger, die an seinen Lippen hingen. Wie bei einem Sektenführer. Ich fand es immer grässlich, dass du ihn in diesem Ambiente kennengelernt hast, inmitten dieser Jasager, die schon auf die Knie fallen, wenn er nur an ihrem Schreibtisch vorbeigeht. Kann mir gar nichts Schlimmeres vorstellen, als mit so jemandem zusammen zu sein. Ich fand es total gruselig, wie du immer versuchen musstest, dieses perfekte Bild von dir zu leben, das er sich in seinem Hirn zurechtgebastelt hatte.« Lisa schaudert. »Und selbst wenn du Zweifel hattest, hättest du mir sicher nicht davon erzählt. Wäre dir unangenehm gewesen, wenn ich recht gehabt hätte.«

Du denkst an dieses Buch, das im Bücherregal versteckt war: *Limerenz überwinden*. Vielleicht bezog sich das gar nicht auf dich selbst. Vielleicht wolltest du vielmehr den Mann verstehen, den du geheiratet hattest.

Du schiebst den Gedanken beiseite. Lisa war schon immer so. Sie genoss es, die allwissende, vernünftige große Schwester zu sein. Deshalb warst du als Kind besonders risikofreudig. Sobald Lisa etwas zu gefährlich fand, hast du es erst recht gemacht.

»Erinnerst du dich noch daran, wie du dir die Haare abgeschnitten hast?«, spricht Lisa weiter. »Als junge Mutter fandest du die Braids unpraktisch. Außerdem hattest du in den Social Media irgendwas über kulturelle Aneignung gelesen und hast die Zöpfchen kurzerhand abgeschnitten. Sah toll aus – an dir sah alles toll aus. Aber du hattest vorher nicht mit Tim darüber geredet. Er war stinksauer, und du musstest dir Extensions machen lassen und sie genauso flechten wie vorher.«

Du schüttelst den Kopf. »Nee, daran erinnere ich mich nicht. Bist du sicher, dass es so war? Vielleicht hab ich beim Erzählen übertrieben?«

»Du hast nie übertrieben. Im Gegenteil – du hast immer alles schöngeredet. Alles war wunderschön und großartig und verflucht *perfekt* in dieser fantastischen neuen Welt, die ihr beide euch geschaffen hattet. Kotz-würg.« Sie tut, als wolle sie sich den Finger in den Hals stecken.

Du denkst daran, dass du Tim gerade erst wegen des französischen Zopfes gefragt hast. Und er hatte gesagt, deine Frisur sei ganz allein deine Entscheidung. Trotzdem hast du sie nach dem Debakel mit der verdorbenen Suppe wieder rückgängig gemacht. Vielleicht unbewusst, um Tim zu gefallen? Aber das waren doch Kleinigkeiten. Schließlich gibt es in jeder Beziehung solche Unstimmigkeiten. Letztlich war es auch keine große Sache, einen Orgasmus vorzutäuschen. Das haben wohl die meisten Frauen schon mal gemacht. Lisa vielleicht nicht, aus feministischen Gründen. Aber sie hatte auch immer stille Partner, die irgendwann mit einer anderen abhauten, mit der sie mehr Spaß hatten.

Was Lisa bisher erzählt hat, überzeugt dich nicht davon, dass Tim irgendetwas getan haben könnte, um dir Angst einzujagen.

Es sei denn, ich hatte eine Affäre, denkst du. Untreue war etwas anderes. Denn du weißt, dass Tim bedingungslose Treue verlangt.

»War ich …«, beginnst du, verstummst aber. Du weißt nicht recht, wie du das ausdrücken sollst.

»Was?«, fragt Lisa leise, und du hast das Gefühl, dass sie ahnt, was du fragen willst.

»Gab es Schwierigkeiten in unserer Ehe? Größere Probleme, meine ich?«

»Du meinst, ob Tim Grund hatte, dich umzubringen?«, fragt Lisa unverblümt.

Genau das hattest du zwar gedacht, aber ausgesprochen klingt es schrecklich drastisch.

Lisa überlegt, zuckt dann die Achseln. »Du kannst dir sicher denken, dass ich mir diese Frage nach deinem Verschwinden x-mal gestellt habe. Denn eines weiß ich mit Sicherheit – was auch in dieser Nacht passiert ist: Es war jedenfalls kein Surf-Unfall.«

»Wieso denkst du das?«

»Wir beide sind mit dem Meer aufgewachsen. Okay, du hast Gefahren geliebt, kann schon sein, dass du bei hohem Wellengang rausgefahren bist. Aber du hättest das richtige Board dafür mitgenommen. Das Gun.«

Einen Moment musst du nachdenken. Dann verstehst du, was Lisa meint. Das Elephant Gun. Das längste und schwerste Surfbrett, ursprünglich zum Stehpaddeln entwickelt, aber erfahrene Surfer benutzen es für richtig hohe Wellen. Dein Gun steht in der Garage eures Strandhauses.

»Welches Board hatte ich denn dabei?«

»Dein übliches Shorty. Das fehlte jedenfalls. Wenn man dich nicht kennt oder nichts vom Surfen versteht, hätte man das naheliegend gefunden – es war das Board, das du am häufigsten benutzt hast. Aber es passte überhaupt nicht zu den Wellen.«

»Hast du das der Polizei gesagt?«

»Klar. Die meinten, das sei bedeutungslos, Surfer würden immer mal andere Boards ausprobieren. Waren enttäuscht, dass ich sonst nichts liefern konnte.«

»Na ja, stimmt ja auch. Daraus kann man nichts schlussfolgern.«

»Ich kenne dich«, sagt Lisa hartnäckig. »Und ich kenne deinen Surfstil.« Ihr steigen wieder Tränen in die Augen. »Weißt du, ich hatte nicht erwartet, dass das Treffen mit dir so ablaufen würde. Hatte gedacht, ich sitze hier mit einer Art Puppe. Irgend so was, das aussieht wie du und sich auch so anhört und vielleicht noch Sätze von dir wiedergibt. Aber ich hätte nie gedacht, dass …«

»Du deiner Schwester begegnen würdest«, vollendest du den Satz.

Lisa nickt und schluckt schwer. Dann legt sie ihre Hand auf deine. »Und deshalb bitte ich dich, vorsichtig zu sein«, sagt sie leise. »Geh nicht davon aus, dass dir nicht noch einmal etwas zustoßen könnte.«

FÜNFZEHN

Tim betrachtete MACHT, WORAUF IHR LUST HABT (HEMMUNGSLOS!) eingehend, spazierte um die Figur herum. Sein Gesicht verriet nichts; man wusste nie, was Tim dachte, bis ein Schwall Verwünschungen – oder, selten, Lob – über einen hereinbrach.

»Das ist verdammt genial«, sagte er schließlich.

Wir nickten. Fanden wir auch.

»Das Beste, was sie bisher gemacht hat«, fügte er hinzu. »Einfach der totale Hammer.«

»Ich find supertoll, wie sie dasteht«, sagte einer. »Die *Haltung.*« Wir ignorierten ihn. Der hatte das Wesentliche nicht kapiert.

»Wo ist sie?«, fragte Tim und sah sich um. »Wo ist Abbie?«

Wir zuckten die Achseln. Keiner wusste es.

Tim holte sein Handy raus. »Hey, du«, sagte er, und wir waren alle berührt von der Zärtlichkeit in seiner Stimme. »Ja, ich steh davor. Du siehst absolut *hinreißend* aus übrigens. Nein, hat noch niemand. Soll ich …?«

Er streckte die Hand aus und drückte behutsam die rechte Schulter der Figur. In der weichen fleischfarbenen Masse blieben Grübchen zurück.

»Bist du sicher?«, fragte Tim. »Find ich ziemlich heftig.«

Was Abbie antwortete, überzeugte ihn aber, denn er drückte jetzt auch die andere Schulter, jedoch fester.

»Grandios«, sagte er und entfernte sich, weiter im Gespräch mit Abbie.

Ein paar von uns taten es ihm gleich, drückten ein bisschen an der Figur herum, aber trotz der Aufforderung auf dem Schild sehr zurückhaltend. Hier und da ein Abdruck der Berührung oder eine kleine Veränderung war alles, was wir wagten.

Weshalb wurde MACHT, WORAUF IHR LUST HABT (HEMMUNGSLOS!) dann in den folgenden Wochen so übel zugerichtet? Zum einen wurde klar, dass die Leute sich weniger gehemmt fühlten, wenn sie alleine oder in kleinen Gruppen von zwei oder drei Personen bei der Figur waren. Schon am nächsten Tag sah man die ersten Fingerspuren in den Brüsten. Wir witzelten, dass Tim mit Fingerabdruckpulver leicht feststellen könnte, wer seine Freundin angegrapscht hatte. Irgendein Scherzbold hinterließ einen vollständigen Handabdruck auf der linken Pobacke. Aber auch der war bald nicht mehr zu sehen, weil so viel an der weichen Masse herumgeknetet und -gedrückt wurde, dass der Eindruck von schlimmer Zellulitis entstand. Jemand hatte mit einem Bleistift eine lange wellige Linie in die Rückseite der Wade geritzt; bei einem Menschen wäre das Anlass für eine Not-OP gewesen. (Dass das Werkzeug ein Bleistift gewesen war, wussten wir, weil er in Abbies rechtem Fuß steckte.) Die Brustwarzen wurden – vielleicht nicht erstaunlich – besonders häufig bearbeitet und fielen binnen Kurzem ab; eine lag in der Nähe auf einem Tisch, als sollte sie wieder angesetzt werden. Auch die gesamte rechte Brust löste sich ab. Beim ersten Anblick der Skulptur hatten einige im Team an Votivfiguren aus Bronze gedacht, die glatt und abgenutzt waren von vielen Berührungen. Aber es wurde bald klar, dass sich hier etwas Primitiveres abspielte, eher wie auf mittelalterlichen Darstellungen von Märtyrern, die ihre schwärenden Wunden befingerten.

Nicht lange, dann ähnelte die Figur einem Kadaver, über den Wölfe hergefallen waren; ein Zerfall in Zeitlupe.

Tim regte sich über die Entwicklung nicht auf, sondern schien fasziniert zu sein. Mindestens zweimal pro Tag suchte er die Figur auf und wies andere Besucher auf die Veränderungen hin. Er selbst beteiligte sich nicht daran – jedenfalls sah ihn niemand dabei –, aber seine Faszination stachelte uns an. Die Hände verschwanden – wahrscheinlich gestohlen –, der Kopf sackte nach vorn wie bei einer Betrunkenen. Einige Leute pflückten ein Stück Masse aus dem Körper heraus, rollten sie zwischen den Händen und klebten sie anderswo wieder drauf, sodass die Figur mit dicken Würmern übersät zu sein schien. Und irgendwann kam der Punkt, an dem MACHT, WORAUF IHR LUST HABT (HEMMUNGSLOS!) keine Ähnlichkeit mehr mit einem Menschen hatte, sondern aussah wie ein dreidimensionales Graffiti. Die Schulter wirkte wie ein zweiter grinsender Kopf. Aus einem Armstück hatte jemand einen plumpen Penis geformt, der eine Weile zwischen den Beinen herausragte. Dann fiel er ab und wurde mitsamt den anderen herabgefallenen Teilen am Boden platt getreten. Und zuletzt fehlte der Kopf. Er war abgerissen und in zwei Teile zerlegt worden, als habe der Täter hineinschauen wollen. Jemand äußerte noch beschönigend, der deformierte Torso erinnere an griechische Aphrodite-Statuen, aber wir wussten alle, dass es hier keine Gemeinsamkeiten mit den anmutigen Göttinnengestalten gab.

Am nächsten Morgen waren die Überreste der Figur verschwunden. Abbie hatte sogar geputzt. Der Sitzungsraum war tadellos sauber.

Alle waren verlegen, etwa wie wenn man zu viel Tequila getrunken und sich danebenbenommen hat. Ein paar Leute sagten, beim nächsten Mal würden sie sich anders verhalten, zum Beispiel Wache stehen oder eine Videokamera installieren.

Aber darum ging es letztlich nicht. Es würde kein nächstes Mal geben. Und nichts ließ sich rückgängig machen. Das war Absicht der Installation gewesen.

Ein paar Tage später hingen an den Wänden unseres Büros quadratische Schwarz-Weiß-Fotos, einen Meter hoch und breit, die von Tag zu Tag den Verfall von MACHT, WORAUF IHR LUST HABT (HEMMUNGSLOS!) dokumentierten. Abbie hatte jeden Abend die Auswirkungen unserer Hände fotografiert.

Wir freuten uns, dass das Projekt nicht einfach spurlos verschwunden war, sondern auf diese Weise erhalten blieb. Aber durch die riesigen, grell belichteten Fotos wurden wir nun damit konfrontiert, wie schnell sich die schöne menschliche Figur in formlosen Urschlamm verwandelt hatte. Das flößte uns Unbehagen ein.

Irgendwer – Abbie selbst? Oder jemand aus dem Team? – schickte die Fotos im Internet an diverse Kunst-Blogs und Instagram-Feeds. Von dort aus gelangten sie auf die Website des *San Francisco Chronicle* und danach zu mehreren Fernsehsendern in der Bay Area. Eine Zeit lang war Abbie deshalb in der Region ziemlich berühmt. Die Sender vertraten die Ansicht, an der unheimlichen Art, wie die Skulptur von uns zugerichtet worden war, könne man erkennen, wie unsozial und destruktiv Leute aus der IT-Branche eben seien. Das fanden wir ausgesprochen ungerecht. Andere hätten auf die Installation mit ihrem provozierenden Titel genauso reagiert wie wir.

Zum Glück war Tim gar nicht dieser Ansicht. Er war sogar extrem stolz auf das Projekt, vor allem als Abbie dann Interviews gab und in den Medien auftauchte. Er hängte sogar eines der Fotos, das erste aus der Serie, in seinem Büro auf, gegenüber dem Muhammad-Ali-Zitat. Und unsere PR-Frau, Katrina Gooding, schrieb auf diversen IT-Seiten darüber, wie innovativ und visionär Tim war, weil er eine Artist-in-Residence in das Unternehmen geholt hatte.

41

Nachdem Lisa gegangen ist, bleibst du noch eine Weile in dem Café und denkst nach. Du bist froh darüber, wie das Treffen gelaufen ist, vor allem nach Lisas Äußerungen in dem Fernsehinterview. Aber du weißt ja selbst, wie manipulativ diese Reporter sind.

Trotzdem hast du das Gefühl, dass deine Schwester dir nicht alles erzählt hat, dass sie dir irgendetwas verschweigt. Kennt *sie* dein Geheimnis? Gehört sie womöglich auch zu denen, die fürchten, du sagst alles Tim weiter?

Beinahe ganz zuletzt hatte Lisa dich gefragt, ob du dich an die Folge von *Twilight Zone* erinnern kannst, in der ein kleiner Dieb im Jenseits wieder aufwacht. Er lebt in einer luxuriösen Wohnung, gewinnt ständig im Casino und ist umgeben von schönen Frauen. Irgendwann findet er das alles langweilig und sagt seinem Führer, er würde den Himmel gern für eine Weile verlassen und sich den anderen Ort anschauen. Worauf der Führer erwidert: »Du glaubst, du bist im Himmel? *Das hier* ist der andere Ort.«

»Anders ausgedrückt«, hatte Lisa gesagt, »man sollte sich genau überlegen, was man sich wünscht.« Dabei hatte sie dir einen rätselhaften Blick zugeworfen.

Und auch jetzt verstehst du noch nicht, worauf sie anspielen wollte. Dir wird klar, dass du keine andere Möglichkeit hast. So widerlich der Typ aus dem Handyladen auch sein mag – du musst wissen, was auf diesem iPad ist.

Als du den Laden betrittst, lehnt der fiese Nathan am Tresen und stochert in den Innereien eines Handys herum. Bei deinem Anblick grinst er und schiebt das Handy beiseite. Dann kommt er hinter dem Tresen hervor, dreht das Hängeschild in der Tür auf GESCHLOSSEN und schließt ab.

»Kommen Sie mit nach hinten.«

Er führt dich in ein kleines Lager, in dem überall Kartons herumstehen. Auf einer Werkbank, die mit Drähten, Kabeln und Zubehör übersät ist, steht ein aufgeklappter Laptop. Du spürst förmlich Nathans Aufregung. Oder bist du selbst nervös?

»Irgendwo muss es einen Anschluss geben«, sagt er ungeduldig.

»An meiner Hüfte. Aber zuerst will ich das iPad.«

»Das ist noch in Arbeit. Aber ich kann Ihnen zeigen, was ich bisher gefunden habe. Hab's ausgedruckt. Ich wusste, dass Sie wiederkommen würden.« Er nimmt einige Blätter aus dem Regal. »Ist Teil der Suchchronik von irgendwem. Unvollständig, aber ziemlich interessantes Zeug.«

Du streckst die Hand nach den Blättern aus, aber Nathan schüttelt den Kopf. »Nee, nee. Erst wenn Sie angeschlossen sind.«

»Dann machen Sie schon.« Du wirfst ihm einen feindseligen Blick zu.

Zwar könntest du dem Typen dabei helfen, deine Jeans zu öffnen, willst es ihm aber nicht auch noch leicht machen. Soll er sich ruhig schlecht fühlen und spüren, was für ein Übergriff das ist. Du starrst ihn strafend an, als er die Jeans herunterzieht.

»Hübsch«, sagt er völlig ungerührt, als er die Anschlüsse sieht. »Sogar Auswahl. Da nehmen wir doch mal Fire Wire.« Du hörst das Klicken, als er ein Kabel anschließt. Dann wendet er sich seinem Laptop zu.

»Den Ausdruck«, sagst du. Ohne den Blick vom Bildschirm zu wenden, reicht er dir die Blätter.

»Unglaublich«, flüstert er und fährt mit dem Finger an den Zahlenreihen entlang. Du schaust auf das oberste Blatt.

Und was du da siehst, haut dich fast um.

42

€€~~~

www.Undertheradar.com Wie du dich komplett abkoppeln und spurlos verschwinden kannst p ä □ ====€€

~Xÿ₠ □

SCHRITT EINS Sorgfältig vorausplanen. Zeige etwa einen Monat vor deinem geplanten Verschwinden Symptome von Depression. Bitte deinen Arzt um ein Antidepressivum, und entferne täglich die vorgeschriebene Anzahl Tabletten aus der Flasche.

€~ □€

SCHRITT ZWEI Vernichte deine elektronischen Spuren. Nimm die Festplatte aus deinen Computern, koche sie und zerschlage sie danach mit einem Hammer. Danach bearbeite sie mit einem Entmagnetisierer, um endgültig jegliche Information zu löschen, die dich verraten könnte (wie das Lesen dieser Website).

€Üàšª# _ e g ¼ À ðE

SCHRITT DREI Lösche sämtliche Daten aus deinem Smartphone, und lasse es dann in einem öffentlichen Verkehrsmittel liegen. Jemand wird es mitnehmen und benutzen und damit eine falsche Spur erzeugen.

ÿÿÿÿÿÿÿ

Ë

SCHRITT VIER Kaufe mit Bargeld ein Auto. Gib einen falschen Namen an. Entferne alle Tracking-Geräte aus dem Auto (E-ZPass mit RFID-Chips, Navi, OnStar etc).

Root

SCHRITT FÜNF Beginne mit deinem neuen Lebensstil. Iss nur Take-away. Bestelle niemals bei Restaurantketten. Ändere deine Essgewohnheiten. Bist du z.B. Vegetarier, erwäge, Fleisch zu essen. Benutze Alkoholtücher für Gläser und Besteck, um keine Fingerabdrücke/DNA zu hinterlassen, die inzwischen jeder mit dem entsprechenden Gerät analysieren kann. Übernachte nur in Hotels, die keiner Kette angehören, und benutze einen Schlafsack. Bezahle immer bar.

ÿÿÿÿÿÿÿÿ

SCHRITT SECHS Klinke dich komplett aus den Social Media aus. Schaffe dir eine neue Identität, die du ausschließlich offline anwendest. (Mache nicht den beliebten Fehler, dir falsche Papiere mit dem Namen eines Verstorbenen zu besorgen.)

XOXOXO~~

SCHRITT SIEBEN Lege dir große Vorräte an Bargeld an. Bei einem Kredithai oder Drogendealer Schulden zu haben, ist ein riskanter, aber wirkungsvoller Trick. Die werden nach deinem Verschwinden nach dir suchen, was für Ablenkung sorgt.

%%%%%OxO

SCHRITT ACHT Erzähl dir nahestehenden Menschen, dass du glaubst, verfolgt zu werden. Oder erzähle ihnen, dass du angefangen hast, wandern zu gehen. (Opfer von Wanderunfällen werden seltener entdeckt als Ertrunkene.) Verrate niemandem, was du vorhast, auch nicht den Menschen, denen du am meisten vertraust.

#&

Kaufe eine Basecap mit LED-Licht unter dem Schirm. Dann ist dein Gesicht für Überwachungskameras verschwommen.

#&

#&

Entry

%%%%%0xx0

SCHRITT NEUN Gründe eine Firma unter einem Namen, der nicht mit dir in Verbindung zu bringen ist. Den Firmennamen kannst du dann legal nutzen, um eine Wohnung zu mieten, Rechnungen zu bezahlen, ein Bankkonto zu haben etc. Bezahle mit dem Firmenkonto auch die Person, die es für dich eingerichtet hat.

Entr%%

#&

SCHRITT ZEHN Lass sämtliche Kreditkarten, persönlichen Dinge etc. zurück. Dann verschwinde.

43

Fassungslos starrst du auf den Ausdruck. Mit so was hast du nicht gerechnet. Keine Affäre, kein Suizid. Ein Geheimnis ganz anderer Art.

Du bist abgehauen.

Zwar stimmt nicht alles überein – die Website riet vom Ertrinken ab, und das iPad wurde weder gekocht noch mit dem Hammer traktiert. Aber du hast dir vermutlich gedacht, dass deine allgemein bekannte Liebe zum Surfen dein Verschwinden am plausibelsten erklären würde. Und das iPad wolltest du vielleicht mitnehmen. Alle anderen Details – wie die Tabletten – stimmen so sehr überein, dass Zufall ausgeschlossen ist.

Das heißt, du bist gar nicht tot. Du bist am Leben.

Die Vorstellung ist der reinste Schock. Alles, woran Tim glaubt und was ihm gelungen ist – Danny weiter großzuziehen, dich zu erschaffen –, beruht auf einer monströsen Täuschung. Auf einer Lüge der Frau, die er liebte. Der Frau, die immer behauptet hatte, seine Liebe zu erwidern.

Und du hast zwar nun die entscheidende Information gefunden, die Tim endgültig vom Mordverdacht freispricht, dabei aber etwas entdeckt, das ihn vollkommen zerstören wird.

Doch … *warum* bist du verschwunden? Das ist dir absolut unbegreiflich. Du hattest ein tolles Leben, einen liebenden Ehemann. Na gut, er bestand auf Braids und duldete keine vorgetäuschten Orgasmen. Aber das war doch wohl kein Grund, seinen eigenen Tod vorzutäuschen.

Und wenn du Tim tatsächlich aus irgendwelchen Gründen nicht mehr geliebt hast, hättest du dich scheiden lassen können. Dieser Mann hatte dir zur Hochzeit eine Strandvilla geschenkt. Du wärst auch nach der Scheidung noch unglaublich reich gewesen.

Doch was du überhaupt nicht verstehen kannst, ist, dass du Danny verlassen hast. So zu verschwinden, das würde doch keine Mutter ihrem Kind antun … und schon gar nicht einem so hilflosen Kind wie Danny.

Doch, das kommt vor, sagt dir eine innere Stimme.

Aber Leute wie Tim und du machen so etwas nicht. Starke, selbstlose Menschen mit Ethos. *Gute* Menschen.

Falls du das überhaupt bist.

»Wahnsinn«, schnauft Nathan und starrt auf die Zahlenreihen, die über den Bildschirm laufen. »Ich kann Ihrem Gehirn beim Arbeiten zusehen.«

»Was soll das heißen?«, fragst du scharf.

»Keine Sorge … Ihre Gedanken kann ich nicht lesen. Nur sehen, dass Sie angestrengt nachdenken.« Er blickt auf den Ausdruck, den du noch in Händen hältst. »Gehen Sie damit zur Polizei?«

»Das habe ich noch nicht entschieden.« Aber dir dämmert, welche Konsequenzen das haben würde. Die Polizei würde die Ermittlungen wieder aufnehmen. Du weißt zwar nicht, ob es illegal ist, seinen eigenen Tod vorzutäuschen. Doch sollte man Abigail Cullen-Scott lebendig und wohlauf entdecken, würde es sicher zumindest eine Anklage wegen Verschwendung von Steuergeldern durch Polizeiermittlungen geben.

Aber noch wichtiger: Tim wird erfahren, dass du dich verdrückt hast. Dass du euren beeinträchtigten Sohn und deinen

Ehemann sitzen gelassen hast. Du musst an das denken, was Mike gesagt hat, als er bei dir zu Hause war. *Vergiss bitte nicht, wie verletzlich er noch immer ist.*

Tim so zu verletzen, kommt für dich nicht infrage. Zumindest jetzt noch nicht.

»Wenn Sie mit dem Ausdruck zur Polizei gehen«, sagt Nathan durchtrieben, »wird man das iPad beschlagnahmen. Und ich wette, da ist noch mehr drauf.«

Unvermittelt reißt du das Kabel aus deiner Hüfte. »Hey!«, protestiert Nathan. »Das muss behutsam rausgezogen werden.«

»Wie viel mehr?«

»Bin mir nicht sicher.« Er weist gierig auf das Kabel, das jetzt von seinem Laptop baumelt. »Stellen Sie die Verbindung her, dann mach ich mich heute Abend wieder an das iPad.«

»Nein«, erwiderst du und trittst einen Schritt zurück. »Wenn Sie noch mehr entschlüsselt haben, überlege ich mir, ob Sie mich einstöpseln dürfen. Eine Hand wäscht die andere, wissen Sie nicht mehr?«

SECHZEHN

(HEMMUNGSLOS!) war Abbies großartigstes Werk während ihrer Zeit bei Scott Robotics. Die Leute sagten zu ihr: »Wie willst du das denn noch toppen?« Aber Abbie zuckte nur die Achseln und lächelte. »Irgendwas wird schon kommen. Ist immer so.«

Doch als erst Wochen und dann Monate vergingen, erstarb das Lächeln. Jemand schlug vor, sie solle doch eine ganze Serie solcher Figuren machen, und Abbie seufzte nur und sagte: »Sollte ich vielleicht«, als hätte man ihr geraten, einen Job in einer Versicherung anzunehmen oder so. Eine Zeit lang hieß es, sie wolle 3-D-Büsten von uns allen machen, aber das konkretisierte sich auch nicht. Wegen der Zeitverzögerung in den Social Media durchlief Abbie absurderweise ihre Durststrecke genau in der Zeit, als sie durch die Fotos von (HEMMUNGSLOS!) am berühmtesten war.

Zu Anfang waren wir alle enttäuscht, weil unser Alltag durch ihre Kunstwerke so viel spannender geworden war. Doch wir fühlten uns auch verantwortlich für sie. Sie war schließlich nicht dazu verpflichtet, uns dauernd zu bespaßen, wie Zauberkünstler, die bei Partys unentwegt Kaninchen aus dem Zylinder ziehen, oder Musiker, die ihren größten Hit auch noch zum tausendsten Mal spielen. Abbie war Künstlerin, unsere *Künstlerin*, und damit war sie erhaben und unantastbar.

Und überdies war sie die Freundin des Firmengründers. Ihre Beziehung wurde jetzt von den Medien durchgehechelt, zumindest auf den für Klatsch übers Tech Valley zuständigen Websites. Zu ihrem fünfundzwanzigsten Geburtstag ließ Tim den Chor schwuler Männer von San Francisco vor ihrem Fenster *Happy Birthday* singen. Dann machten sie gemeinsam Wingwalking auf den Tragflächen eines Flugzeugs und flogen anschließend in einem Privatjet nach Lanai, Larry Ellisons Insel in Hawaii, zum Surfen.

Aber dennoch war Tim der Firmenchef, und die Arbeit ging immer vor. An den meisten Abenden war er bis zehn oder später im Büro. Und außer den spektakulären Bildern in den Social Media, wo die beiden am Rand eines aktiven Vulkans auf Hawaii standen, gab es auch weniger idyllisch anmutende Informationen. Jemand sah Abbie spätnachts im Slim's, eindeutig betrunken, mit einer Gruppe Musiker. Irgendwer erinnerte sich an ein wirres Gespräch mit ihr in einem Musikklub, bei dem sie schweißüberströmt war. Sie erschien seltener in der Firma. Und wenn sie mal auftauchte, dann meist nachmittags, während Tim ab sieben Uhr morgens anwesend war.

Als Abbie irgendwann schließlich ganz wegblieb, kamen wir alle zu dem gleichen Schluss: Sie hatte uns – und vermutlich auch Tim – abserviert. »Hast du Abbie mal wieder gesehen?«, fragten wir einander immer seltener und dann bald überhaupt nicht mehr, weil die Antwort immer gleich ausfiel. Es war, als sei sie vom Erdboden verschluckt worden.

Das Ende ihrer halbjährigen Residency kam und verging, ohne dass jemand es erwähnte.

Drei Wochen später gab es aufregende Neuigkeiten. Abbie würde zurückkommen! Die Residency war verlängert worden! Oder vielmehr: fortgesetzt. Denn Abbie war offenbar krank gewesen, ohne dass wir davon erfahren hatten. Sie hatte also laut Vertrag noch zwölf Wochen, die sie bei uns verbringen würde.

Wir fingen an zu rechnen und zu denken. Abbie war etwas über drei Monate krankgeschrieben gewesen. Im Internet stießen wir auf einen Eintrag: »Studie beweist: Erfolg bei Drogenentzug in Klinik erst nach mindestens drei Monaten«. Jemand checkte die Krankenversicherung des Unternehmens. Ein Entzug war teuer, und wir bezweifelten, dass Abbie diese Rechnung selbst beglichen hatte.

Und ein paar Tage später kam sie hereinspaziert, sonnengebräunt, frisch und munter wie früher. Bei ihrem Entzug hatte man viel im Freien gearbeitet, erzählte sie. Ihren Berichten nach schien die Klinik eine Art Mix aus Irrenhaus und Kibbuz gewesen zu sein. Abbie machte keinen Hehl aus ihrem Entzug. »Ich hatte ein Problem, und als Tim es merkte, hat er es gelöst«, sagte sie dankbar. Dann kam heraus, dass sie den VW zu Schrott gefahren hatte und die Polizei am Unfallort einen Bluttest gemacht hatte. Als Teil ihres Deals hatte Tims Anwalt dem Gericht zugesagt, dass Abbie einen Entzug machen würde. Tim hatte dann ermittelt, welche Klinik die höchste Erfolgsrate vorzuweisen hatte, und Abbie dort untergebracht. Natürlich.

Danach mussten wir nur noch Tims Spuren folgen. Mit den entsprechenden Suchwörtern stießen wir im Internet auf Moving On, eine Einrichtung im Napa Valley, die eher wie ein kleines Luxushotel als wie eine Rehaklinik aussah. Es gab einen nierenförmigen Swimmingpool, umgeben von Liegestühlen und Sonnenschirmen, ein Restaurant, in dem vegetarisch gekocht wurde, ein Fitnessstudio … sogar einen eigenen Weinberg. Den Patienten der Klinik war allerdings nur eine alkoholfreie Version des gerühmten Cabernet zugänglich. Auf der Website der Klinik schwieg man sich über Kosten vornehm aus, aber aus anderen Quellen im Netz war zu erfahren, dass man dort 25 000 Dollar pro Tag plus Extras löhnte.

Einige von uns vermuteten, da ginge es kaum anders zu als in einem Wellness-Hotel. Doch als wir weiterrecherchierten, wurden wir eines Besseren belehrt. Moving On war nicht wegen Swimmingpool, Fitnessstudio oder alkoholfreiem Wein so erfolgreich. Sondern weil man dort Drogenabhängigkeit mit Aversionstherapie behandelte, und zwar durch Einsatz von Medikamenten wie Apomorphin und Suxamethonium. Wenn die Patienten sich darauf vorbereiteten, eine kleine Drogendosis zu nehmen, zum Beispiel eine Line Koks, bekamen sie Apomorphin gespritzt, ein Brechmittel, das sofortige Übelkeit und Erbrechen bewirkte. Nach einer Weile war das eine mit dem anderen im Gehirn des Patienten so verknüpft, dass schon allein der Anblick von Kokain Übelkeit auslöste. Suxamethonium dagegen erzeugte eine akute Muskellähmung, auch der Atemmuskulatur, sodass die Patienten zu ersticken glaubten – oder vielmehr real kurz davor waren. Die Wirkung des Medikaments dauerte keine Minute an, doch der Effekt erzeugte eine so intensive Angst, dass in der Bush-Ära die Anwendung dieses Mittels bei CIA-Verhören verboten worden war. Dieser Entzug war kein Urlaub für Abbie gewesen.

Und als wir sie genauer beobachteten, bemerkten wir auch, dass sie durchaus nicht wie früher war. Sie wirkte verletzlich, ihre Fröhlichkeit hatte etwas Künstliches. Sie tanzte nicht mehr auf Tischen und qualmte auch nicht mehr draußen auf dem Parkplatz Selbstgedrehte. Sie war so drogenfrei wie am Tag ihrer Geburt.

»Ich verdanke Tim, dass er mir geholfen hat, mich auf die Reihe zu kriegen«, sagte Abbie im Pausenraum zu Morag. »Ich sehne mich jetzt nicht mal mehr nach Nikotin.«

»Ich hab sie verbessert. Repariert«, sagte Tim ein paar Tage später im selben Raum zu Mike. »Das würde doch jeder machen für den Menschen, den er liebt.«

44

Du stehst wegen deines neuen Wissens quasi immer noch unter Schock, als Tim an diesem Abend nach Hause kommt, erschöpft, aber bestens gelaunt. Das Geld von Renton ist da. Tim sagt zwar nicht direkt, dass die Firma damit gerettet ist, aber seine Erleichterung spricht Bände.

Unter diesen Umständen musst du nicht viel reden. Ihr seid in der Küche, weil du gleich kochen willst. Du berichtest nicht von Nathan und dem iPad, erzählst aber, dass du Lisa getroffen hast.

Tim runzelt die Stirn. »Nicht gerade mein größter Fan, die Frau.«

»Es war aber okay. Sie war verstört, weil sie mich plötzlich so ohne Vorwarnung bei diesem Interview gesehen hat. Aber ich glaube, es ist jetzt alles gut zwischen uns.«

»Schön«, sagt Tim abwesend und liest dabei E-Mails im Handy. Manchmal gibt es über hundert, die er im Büro aus Zeitmangel nicht lesen konnte.

Bist du deshalb abgehauen? Hast du dich missachtet gefühlt?

Dir wird klar, dass jetzt alles, was Tim sagt oder tut, diese Frage bei dir auslösen wird. *War dies oder das der Grund, warum du weggelaufen bist? Fandest du dies oder jenes unerträglich?*

Tim schaut auf und merkt, dass du ihn anstarrst. »Tut mir leid, Schatz. Sehr unhöflich von mir.« Er legt das Handy beiseite.

»Nein, nein, macht nichts«, sagst du hastig. »Ich werd jetzt mal kochen, wir können ja nachher beim Essen reden.« Aber dennoch fügst du hinzu: »Hat mir das … früher was ausgemacht?

Dass du so viel gearbeitet hast? War das ein Problem zwischen uns?«

Tim überlegt. »Manchmal schon«, gibt er dann zu. »Aber dann hast du es gesagt, und wir haben uns Zeit füreinander genommen. Unsere Ehe war uns sehr wichtig. Sogar nach Dannys Diagnose haben wir darauf geachtet, dass wir immer mal Zeit für uns alleine hatten, und wenn es auch nur ein Wochenende war. Die Kinder werden in der Schule auf Wunsch auch übers Wochenende betreut. Wir haben Danny manchmal am Freitag hingebracht und waren dann im Strandhaus oder sind mit dem Privatjet nach Lake Tahoe geflogen, ein paar Tage snowboarden. Und ab Montag war Danny wieder bei uns.«

Du denkst an das Leben, das Abbie jetzt wohl hat. Privatjets, Strandhäuser und Snowboarding gehören eher nicht mehr dazu. Was war auf dieser Website geraten worden? Im Hotel im Schlafsack übernachten, damit man keine DNA hinterlässt. Nur Take-away-Essen, nichts von Ketten. Mit Alkoholtüchern das Besteck abwischen.

Plötzlich spürst du einen stechenden Schmerz im Kopf und zuckst unwillkürlich zusammen.

»Alles in Ordnung?«, fragt Tim besorgt.

»Mir ist …« Du stützt dich am Herd ab. »Ich muss mich setzen, glaube ich.«

»Unbedingt.« Tim springt auf und führt dich zu einem Stuhl. »Was hast du denn?«

»Ach, nichts. Mir war nur einen Moment lang schwindlig.«

Aber du weißt, dass es nicht nur Schwindel war. Einen Moment lang hast du eine entsetzliche Übelkeit erregende Panik gespürt. Es hat sich angefühlt, als würdest du in zwei Teile gespalten, als treibe dein Gehirn, wie eine Luftblase unter Wasser, weg von dir. Du hattest das Gefühl, du zu sein und zugleich *nicht* du zu sein … etwas, das überhaupt nicht zusammenpasst …

»So was soll eigentlich nicht passieren«, sagt Tim beunruhigt. »Sag mir bitte, wenn das noch mal vorkommt, ja?«

Du nickst. Vielleicht wäre es doch besser gewesen, das Kabel fachgerecht herauszuziehen. Aber vielleicht hat es auch mit etwas anderem zu tun. Mit etwas, das du auf diesem Ausdruck gelesen hast.

Schließlich kannst du Tim überreden, sich wieder mit seinen Mails zu beschäftigen, und du machst Salat.

»*Diese Arschlöcher!*«, knurrt Tim plötzlich.

»Wer denn?«

»Du hattest doch gesagt, mit Lisa ist alles geklärt?« Wütend hämmert er eine Antwort in die Tastatur.

»Ja«, sagst du verwundert. »Kam mir zumindest so vor.«

Tim hält dir wortlos sein Handy hin. Die E-Mail stammt von einer Anwaltskanzlei namens Stanton Flowers, und die Sprache ist ziemlich unverständlich. *Die juristische Person beansprucht jedwede Information, Netzwerkverbindung und sämtliche enthaltenen Daten …*

»Was soll das heißen?«, fragst du.

»Dass deine sogenannte Familie dich vernichten will«, antwortet Tim grimmig.

»*Was?*«

»Und sie verlangen auch das Sorgerecht für Danny.« Tim hackt weiter auf die Tastatur ein.

Du starrst ihn schockiert an. »Mit welcher Begründung denn?«

»Was Danny angeht: Sie behaupten, du bist unberechenbar und eine Gefahr für Danny. Wegen der Ohrfeige, die du der Moderatorin verpasst hast. Und vernichten wollen sie dich, weil du in die Verwendung deiner Daten nicht explizit eingewilligt hast.« Tim ist wie versteinert vor Wut. »Idioten. Erbärmliche Kleingeister, die nur bis zu ihrer Nasenspitze gucken können. Natürlich trifft der Datenschutz auf dich nicht zu, wie auch? Du bist *einzigartig*.« Er springt auf und tigert durch die Küche.

»Sie hat mich angelogen«, sagst du langsam. »Lisa. Sie hat gesagt, sie fühlt sich mir verbunden. Dabei muss sie ja die ganze Zeit von dieser Sache hier gewusst haben.«

»Ich hab dir doch gesagt, dass sie ein Biest ist. Ich muss meinen Anwalt anrufen.«

»Jetzt?«, sagst du, was heißen soll: Hat das nicht Zeit bis nach dem Essen?

Aber Tim versteht dich falsch. »Keine Sorge, der geht schon ran. Ich bezahl dem ein Vermögen. Und ich werde nicht zulassen, dass irgendwelche dummen Arschlöcher meine Familie zerstören.«

45

In dieser Nacht klappt es nicht mit dem Schlafmodus. In deinem Kopf herrscht das reinste Wirrwarr, tausend Fragen taumeln durcheinander.

Dein Verschwinden. Lisas Verrat. Dieses seltsame versteckte Buch. Die Website, die Nathan gefunden hat … Das alles ergibt kein schlüssiges Bild. Du spürst, wie dein Gehirn versucht, Verbindungen herzustellen. Aber es funktioniert einfach nicht.

Als du dann doch wegdämmerst, träumst du wieder von deiner Verlobung, diesem wunderschönen Abend in Jaipur. Aber es fühlt sich jetzt ganz anders an, nicht wie eine Erinnerung. Sondern als ob du von außen eine Person beobachtest, deren Gedanken du zwar kennst, die du aber nicht verstehst. Zuallererst, denkst du im Halbschlaf, muss ich sie finden. Ich muss erfahren, warum Abbie abgehauen ist. Wo sie sich aufhält. Erst danach kann ich Tim sagen …

Plötzlich, aus dem Hinterhalt, überfällt dich wieder so eine entsetzliche Panikattacke, und du wachst schlagartig auf. Starrst in die Dunkelheit. Du spürst, dass gerade etwas Wichtiges passiert ist. Aber was?

Und dann verstehst du es. Im Halbschlaf hast du an Abbie als »sie« gedacht. Als eigenständige Person, die nicht du ist.

Sollte Abbie wirklich am Leben sein, ist alles anders. Du kannst nicht mehr Abbie sein, denn es gibt sie bereits.

Doch wer bist dann du? Eine Kopie. Ein Doppelgänger. Ein namenloses Ding. Ein Monstrum. Jedenfalls bist du nicht die wieder zum Leben erweckte Abbie Cullen-Scott, wie Tim sich das vorstellt. Du bist zwar mit Erinnerungen und einigen Persönlichkeitsanteilen von ihr ausgestattet, doch du hast andere Gedanken und Ziele, eine andere Identität.

Eine namenlose Kreatur bist du. Ein Gegenstand.

Die Panik packt dich aufs Neue, dieses Gefühl, innerlich gespalten zu werden. Doch diesmal entsteht auch Klarheit dabei.

Du bist nicht Abbie.

Was bist du dann?

Abbie. Nicht-Abbie. Ein Abbie-Negativ … Eine Flut von Zeichen wirbelt durch dein Hirn, das fieberhaft nach einer Antwort sucht. Bist du ≠? Oder ≈? Oder ¬? Aber nichts passt.

Wieder eine Panikwelle, furchtbarer Druck in deinem Kopf. Dunkelheit droht dich zu verschlingen …

Und dann weißt du ganz plötzlich, was hier geschieht.

Du wirst geboren.

46

»Auf den ersten Blick«, sagt der Anwalt vorsichtig, »sind die kaum angreifbar.«

Tim sieht aus wie kurz vor einem Tobsuchtsanfall, und der Anwalt, Peter Maines, hebt beschwichtigend die Hände. »Ich sage ja nicht, dass sie gewinnen werden. Ich möchte nur darüber informieren, dass das nicht leicht wird.«

Damit die Höhe der Rechnung auch gleich klar ist, denkst du bissig.

Im luxuriösen Büro des Anwalts sitzen fünf Leute um den Glastisch. Außer dir, Maines und Tim sind auch Mike und Elijah von Scott Robotics dabei; warum, verstehst du nicht ganz.

Maines zählt an den Fingern ab. »Erstens, sie führen psychische Belastung an. Das können wir quasi abhaken, ist nur Beiwerk. Zweitens: Datenschutz. Sieht erst mal bedrohlich aus, aber die Datenschutzgesetze sind voller Schlupflöcher, wie man an Google und Facebook sehen kann. Die restlichen drei Klagepunkte machen mir mehr Sorgen.«

»Reden Sie weiter«, knurrt Tim.

»Der dritte Punkt ist: Persönlichkeitsrecht. Nicht genehmigte Nutzung von Name und Bildnis für kommerzielle Zwecke, zum Beispiel zur Herstellung einer Ware – das ist immer eine üble Nummer.«

»Sie ist keine Ware«, versetzt Tim gefährlich leise. »Sondern meine *Ehefrau*.«

Als hätte Tim nichts gesagt, fährt Maines fort. »Die Auffassung von ›Bildnis‹ hat sich durch das Fallrecht entwickelt und schließt Eigenarten, Sprechweise und äußeren Stil mit ein.«

»Augenblick mal«, wirft Elijah ein. »Damit kenne ich mich auch aus. Gehen die Bildrechte einer Person nach deren Tod nicht automatisch an den Erben über?«

Maines nickt. »Korrekt.«

Elijah blickt grinsend in die Runde. »Dann sind wir doch fein raus. Abbies Bildrechte liegen bei Tim.«

Ein längeres Schweigen entsteht, und Tim schüttelt den Kopf.

»Warum denn nicht?«, fragt Elijah verwundert.

»Weil Abbie nicht offiziell für tot erklärt wurde«, antwortet Maines. »Sie gilt als vermisst, und es wird vermutet, dass sie tot ist. Aber ohne Leiche oder eine Verurteilung wegen Mordes wird sie erst fünf Jahre nach Beginn des Ermittlungsverfahrens offiziell für tot erklärt. Und das wäre in drei Monaten.«

»Dann müssen wir Zeit schinden«, sagt Elijah sofort.

»Können wir versuchen. Aber damit werden die rechnen und Druck machen.« Maines zählt weiter an den Fingern auf: »Viertens: Einverständnis. Hat Ihre Frau jemals eine explizite oder implizite Einwilligung gegeben, dass sie in dieser Form nachgebildet wird?«

Tim blickt verbissen. »Das war nicht nötig. Wir waren uns darüber einig.«

»Aber es gibt nichts Schriftliches? Oder Aussagen in Anwesenheit von Zeugen?«

Er schüttelt den Kopf.

»Das stimmt nicht«, sagst du langsam.

Alle schauen dich an.

»Unser Ehegelübde. *Ich gelobe, dich zu lieben bis in alle Ewigkeit.* Weißt du noch?«

»Rührend, aber leider haben Ehegelübde keinerlei juristische Relevanz. Im Ehevertrag steht wohl auch nichts?«

Tim schüttelt den Kopf.

»Und das bringt uns auch gleich zum nächsten Punkt. Wem gehört diese exzeptionelle Kreation?« Maines weist beiläufig auf mich.

Du starrst ihn schockiert an, und Tim zuckt zusammen. »Wem sie *gehört*? Sie ist doch kein *Besitz*!«

»Das denken *Sie*, aber das Gericht kann da ganz anderer Meinung sein. Sie wurde von Scott Robotics gebaut, nicht wahr? Wurde sie von Ihnen gekauft? Oder gehört sie rechtlich noch der Firma?«

Tim schlägt mit der Faust auf den Tisch. »Was soll der Blödsinn! Das ist mein eigenes Unternehmen!«

»Scott Robotics gehört den Aktionären. Wer ist der Hauptinvestor?«

»Seit gestern«, antwortet Mike, »John Renton.«

Maines pfeift durch die Zähne. »Okay, die gute Nachricht: Das Unternehmen, nicht Sie persönlich, wird die Kosten für den Rechtsstreit tragen.« Er hält kurz inne. »Oder für den Vergleich.«

»Den wird's nicht geben«, knirscht Tim, der aussieht, als würde er gleich explodieren.

»Sie sollten mich lieber zu Ende anhören, bevor Sie so eine Entscheidung treffen.« Maines hebt wieder die Hand, diesmal mit hochgerecktem Daumen. »Der fünfte und letzte Punkt betrifft das Urheberpersönlichkeitsrecht. Und den werden wir am schwersten anfechten können.«

Elijah runzelt die Stirn. »Wieso, was besagt das denn?«

»Es betrifft das Recht eines Urhebers auf sein Werk.«

»Das verstehe ich nicht«, wirfst du ein. »Wie kann ich denn Abbies Werk sein?« Zu spät fällt dir auf, dass du »Abbie« statt »mein« gesagt hast. Du musst vorsichtiger werden. Aber niemand scheint es bemerkt zu haben.

Tim gibt dir schließlich die Antwort. »Die allererste Version von dir … die beruhte auf deiner Idee.«

SIEBZEHN

»Ich würde zu gern einen Roboter aus dir machen.«

Tim hatte so etwas zu Abbie gesagt, als sie am Empfang vorbeigingen. (Seit Abbie vom Entzug zurück war, kamen die beiden morgens Händchen haltend zur Arbeit, jeder mit einem Latte macchiato von Urban Beans in der freien Hand.) Das war zwar an sich eine eigenartige Bemerkung, aber wir wunderten uns nicht allzu sehr darüber. Schließlich waren wir Robotiker und fanden Roboter nicht befremdlich oder unheimlich.

Die Debatte bei uns entstand dann über der Betonung von Abbies Antwort. Sie hatte gelacht und gesagt: »Klar.« Aber wir waren uns nicht einig, ob dieses »Klar« bedeuten sollte: »Kann ich mir denken, aber daraus wird nichts.« Oder: »Warum nicht?« Vielleicht aber auch: »Super. Von mir aus sofort.«

Auf jeden Fall stand fest, dass Tim kurz darauf vor seiner Bürotür die Worte sprach: »Ich könnte *wirklich jedem* in zwei Wochen die Grundlagen des Programmierens beibringen.«

»Nee, mir nicht.« Abbie schüttelte entschieden den Kopf. »Ich bin eine totale Matheniete.«

»Programmieren ist nicht Mathe. Du kochst doch auch gerne. Programmieren ist eher wie ein Rezept aufschreiben. Oder jemandem den Weg erklären. Es muss nur sehr eindeutig sein.«

Dann kam das quasi Unvermeidbare. Tim sagte alle Termine für den Tag ab. Binnen einer Stunde schrieb Abbie ihre erste Programmzeile, um die Mittagszeit hatte sie ein simples Programm fertig. Und gegen Abend schickte sie Tim Folgendes:

```
int main () {
while(1) {
liebt (dich);
}
{
liebt(String str {
printf(»Ich liebe %s!«, str);
}
```

Das sah zwar auf den ersten Blick nicht wie ein Liebesgedicht aus, hatte aber zur Folge, dass über Tims Bildschirm unentwegt die Worte *Ich liebe dich* liefen. Und sie schickte Tim ein Programm in ASCII, worauf sein Drucker Folgendes ausspuckte:

```
_______00000000000____________00000000000_______
_____0000000_____000000__000000_____0000000_____
____0000000___________0000___________0000000____
___0000000_____________00_____________0000000___
__000000________________________________000000__
__00000__________________________________00000__
_00000____________________________________00000_
_00000__________TIM__________ABBIE________00000_
_000000__________________________________000000_
__000000________________________________000000__
____00000______________________________00000____
_____00000____________________________00000_____
_______00000________________________00000_______
_________0000______________________0000_________
___________0000__________________0000___________
_____________000________________000_____________
_______________000____________000_______________
__________________00________00__________________
_______________________00_______________________
```

Aber da der Drucker auf dem Schreibtisch von jemand anderem stand, bekam Tim das gar nicht mit.

Am Ende des zweiten Tages arbeiteten sie schon an Hallo-Welt-Programmen, und nach zwei Wochen bekamen wir die erste Roboterversion von Abbie zu sehen. Die Ausstattung war ja vorhanden. Der 3-D-Drucker, mit dem sie MACHT, WORAUF IHR LUST HABT (HEMMUNGSLOS!) erschaffen hatte, musste lediglich mit härterem Material ausgestattet werden. Mechanik, Sensoren und Motoren von den Shopbots standen zur Verfügung, auch eine Sprachfunktion. Natürlich war das Ding im Schnellverfahren zusammengebastelt worden, aber immerhin schaffte es der Abbie-Bot, zu unseren Tischen zu spazieren, uns mit Namen anzusprechen und Kekse anzubieten, während Tim und Abbie wie stolze Eltern zusahen.

»Das ist *so* unglaublich«, sagte Abbie. Wir fanden alle, dass sie viel besser aussah als vor dem Entzug. Viel kraftvoller und lebhafter.

»Das ist erst der Anfang«, erwiderte Tim. »Ich hab schon ein paar Ideen für Verbesserungen.«

47

Nach dem Termin beim Anwalt bist du mutlos und bedrückt. Obwohl du eigene Gedanken und eine eigene Persönlichkeit hast, giltst du vor dem Gesetz als Maschine, die abgeschaltet oder an jeden x-beliebigen neuen Besitzer weitergegeben werden kann.

Noch immer hast du niemandem erzählt, dass Abbie lebt. Denn das würde deine Lage noch verschlechtern. Die Strategie des Anwalts besteht darin, das Gericht davon zu überzeugen, dass man aufgrund deiner Einzigartigkeit von deiner Vernichtung absehen muss, bis die Besitzverhältnisse eindeutig geklärt sind. Käme nun heraus, dass du kein einzigartiges Back-up des Gehirns einer toten Frau bist, sondern nur ein minderwertiger Klon einer noch lebenden Person, hättest du wohl tatsächlich eine sehr geringe Lebenserwartung.

Außerdem schreckst du noch immer davor zurück, Tim zu offenbaren, dass seine heiß geliebte Frau ihren eigenen Tod vorgetäuscht hat.

Tim war nach dem Treffen außer sich vor Wut – die er jetzt gegen seinen Anwalt richtet. So geht Tim mit Menschen um. Wenn es ihm möglich ist, inspiriert er sie. Doch wenn das nicht geht, macht er sie nach Strich und Faden fertig. Maines fragte er, warum er keine vernünftige Strategie habe, warum er keine Garantie auf einen Sieg geben könne, aber Zeit und Geld koste.

»Ich kann das Gesetz nicht ändern«, hatte Maines geduldig erwidert. »Ich kann lediglich alles daransetzen, dass wir gut dastehen. Und Ihnen raten, was man am besten macht, sollten wir nicht erfolgreich sein.«

Maines rät dazu, dass Scott Robotics Lisa und dem Rest von Abbies Familie einen Betrag bezahlen soll, für den sie bereit sind, die Klage zurückzuziehen. Darauf hatten sich am Ende des Treffens alle geeinigt. Aber du weißt genau, dass man damit nur einen Aufschub erkaufen kann. Lisa geht es nicht um Geld.

Wem gehört eigentlich diese exzeptionelle Kreation?

Weil du eigene Gedanken und Gefühle hast und dich als Persönlichkeit empfindest, hast du fast vergessen, dass du aus Platinen und Prozessoren bestehst. Ein Mix aus geistigem Eigentum und Patenten, um den man vor Gericht streitet wie bei einer Scheidung um ein teures Auto. Aber Tim liebt dich auf jeden Fall noch. Bei diesem Gedanken empfindest du große Erleichterung und Liebe. Ja, Tim wird dafür sorgen, dass alles gut wird. Wie immer. Er ist ein Kämpfertyp. Und auf deiner Seite.

»Ich geh schlafen«, sagt er jetzt. »Muss früh raus, die Sache in Angriff nehmen, bevor diese Arschlöcher sich noch mehr Mist einfallen lassen.« Er küsst dich auf die Stirn, wie immer, bevor er ins Bett geht. Doch heute hebst du den Kopf, sodass seine Lippen auf deinen landen. Das fühlt sich so gut an, dass du Tim richtig küsst und dich an ihn schmiegst. Du sehnst dich nach seinem Körper, lässt die Hände über seinen Rücken gleiten …

»Nein«, sagt er und weicht zurück. »Was ist los, Abs?«

»Ich will Sex mit dir«, sagst du drängend. Du wünschst dir so sehr, in seinen Armen zu liegen. Aber du brauchst auch irgendwie die Bestätigung, dass du *lebendig* bist, nicht nur ein beliebiges mechatronisches System. Du willst begehrt werden. »Ich sehne mich nach dir. Ich will mit dir …«

»Du weißt, dass das nicht möglich ist«, sagt er sanft. »Körperlich, meine ich. Du bist nicht dafür konstruiert.«

»Uns wird schon was einfallen. Auch wenn ich selbst keine Lust empfinden kann, wäre es schön für mich, dir welche zu bereiten. So ist Liebe doch letztlich, oder? Man wünscht sich, dass der andere Mensch glücklich ist. Und ich *brauche* die körperliche Nähe. Sonst bin ich doch gar nicht richtig deine Frau.«

Tim bleibt einen Moment stumm. Dann sagt er: »Ich würde das auch wollen, Abbie. Sehr sogar.«

»Dann lass uns …«

»Aber es wäre nicht richtig«, unterbricht er dich. »Es tut mir leid. Gegen dieses Gefühl komme ich nicht an.«

»Aber warum nicht?«, sagst du fast flehend. »Was wäre denn so falsch daran, eine sexuelle Beziehung mit mir zu haben?«

»Dass ich untreu sein würde«, antwortet er leise. »Denn in meinem tiefsten Inneren weiß ich, dass du nicht tot bist.«

48

Du starrst ihn fassungslos an. Er weiß also alles. Was auf dem iPad ist. Was Abbie getan hat. Du holst tief Luft, um zu sprechen …

»Ich kann es nicht mit Bestimmtheit sagen«, fügt Tim hinzu. »Und ich habe keinerlei Beweise. Ich weiß nur, dass du Danny und mich niemals alleine zurückgelassen hättest.«

»Aber was ist dann passiert?« Du versuchst entspannt zu klingen. »Meinst du, ich bin einfach abgehauen?«

Tim schüttelt heftig den Kopf. »Um Himmels willen, nein. Irgendwas muss in diesen Tagen passiert sein, als du alleine im Strandhaus warst. Irgendwas Furchtbares. Wir standen damals nicht so viel in Kontakt, weil ich dir Raum zum Arbeiten geben wollte. Aber wenn du nun irgendeine heftige Krise hattest? Einen Zusammenbruch? Ich hab mir schon alles Mögliche ausgedacht. Vielleicht wurdest du entführt. Du warst – bist – eine schöne Frau, und ich hab dich dort ohne Schutz alleine gelassen. Dafür hab ich mir tausendfach Vorwürfe gemacht. Es gibt da diesen Anwalt, der unten am Strand wohnt – Charles Carter. Ich hatte immer schon den Eindruck, dass der auf dich steht. Wenn der dich nun in irgendeinem Keller eingesperrt hat? Aber die Polizei wollte das alles nicht hören. Es gab keinerlei Hinweise auf Einbruch oder Gewaltanwendung, haben die gesagt. Aber die waren einfach nur faul. Wie will man denn Beweise finden, wenn man den Arsch nicht hochkriegt, um welche zu suchen?«

Dir wird schlagartig klar, dass Tim doch nichts weiß, und du bist zugleich erleichtert und traurig deswegen. Eines Tages wird er die Wahrheit erfahren müssen, und du fürchtest, dass sie ihn zerstören wird.

»Dauernd war ich zwischen Hoffnung und Verzweiflung hin- und hergerissen. Am einen Tag war ich sicher, dass du tot bist, am nächsten wartete ich darauf, dass du zur Tür reinkommst, als sei nichts passiert. Ich hatte mir sogar schon eine kleine Rede ausgedacht, wollte dir sagen, dass es mir furchtbar leidtat, wenn ich dich vernachlässigt hatte. Dass ich dich total liebe und brauche. Und als der Richter bestätigte, was wir alle wussten – dass meine Verhaftung Idiotie gewesen war –, die Polizei aber nicht weiter ermitteln wollte, war klar, dass ich jetzt selbst handeln musste. Da kam mir die Idee, etwas zu schaffen, das ein eigenes Bewusstsein entwickeln konnte. Das *du* werden konnte.«

»Aber das hat nicht funktioniert, oder?«, sagst du traurig. »Ich kann dir die Frau nicht ersetzen, die du geliebt und verloren hast. Das hast du selbst gerade gesagt … du trauerst noch immer um *sie*, hoffst, dass *sie* am Leben ist …«

»Ich hatte mir nie vorgestellt, dass du ein Ersatz für die echte Abbie sein könntest«, unterbricht er dich. »Es tut mir leid, falls du diesen Eindruck gewonnen hast. Aber ich habe dich nicht aus diesem Grund geschaffen.«

»Warum denn dann?«, fragst du verwirrt.

»Weißt du noch, was ein Algorithmus ist?«

»Natürlich.« Es war schlechterdings unmöglich, mit Tim Scott verheiratet zu sein und das nicht zu wissen. »Ein Algorithmus ist eine Art Gleichung. Eine Formel, mit der man etwas ausrechnen kann.«

»Richtig. Wie wenn du in der Schule lange Zahlenreihen multipliziert hast. Es ist ein Prozess, der zu einem Ergebnis führen soll.«

»Aber was hat das mit mir zu tun?«

»Du bist auch eine Art Algorithmus, weißt du?«, antwortete Tim ruhig. »Der mir helfen soll, Abbie zu finden.«

49

»Das verstehe ich nicht«, sagst du erstaunt. »Du hast mir doch gesagt, ich sei ein Cobot, ein …«

»Ich habe dir gesagt, du seist etwas ganz Besonderes. Aber ich habe dir nicht erklärt, warum.«

»Aber wie soll *ich* Abbie denn finden? Wenn die Polizei es nicht geschafft hat …«

»Wie gesagt, die haben sich nicht bemüht. Mir wurde klar, dass ich selbst handeln musste. Aber mir fehlte das richtige Werkzeug.« Er weist mit beiden Händen auf dich. *Voilà.* »Also musste ich es mir *bauen*. Das war der erste Schritt. Dann musste ich dir Zeit zum Eingewöhnen geben. Es wäre zu viel für dich gewesen, dir das alles gleich am Anfang zu erklären.«

Und es ist noch immer zu viel, denkst du, wie betäubt. »Dennoch begreife ich nicht, wie du dir das vorstellst. Wie soll ich sie denn finden?«

Tim tigert in der Küche auf und ab, mit angestrengtem Stirnrunzeln. »Erinnerst du dich, wie wir darüber gesprochen haben, dass sich durch maschinelles Lernen Intuition entwickeln kann? Dass Roboter dann Dinge wahrnehmen können, die ihren Programmierern entgehen? Darauf hoffe ich. Dass du … irgendwann in ihren Fußstapfen unterwegs sein wirst. Dass du Entscheidungen treffen kannst, wie sie es getan hätte. Und dass du sie dann aufspürst.«

Du bist zutiefst erschüttert und verletzt. Deshalb also hat er dich zum Leben erweckt. Weil er dich so sehr liebt, dass er die echte Frau zurückhaben will. Das Original. *Sie.* Nicht diesen abscheulichen Abklatsch aus Plastik und Elektronik. Deinen Selbsthass konntest du nur im Zaum halten, weil du geglaubt hast, dass Tim dich als Roboter ebenso sehr liebt wie früher als Mensch. *Lieb' ist ja nicht Liebe / Wenn sie beim Wankelmuth sich kann vermindern.*

Doch das alles war eine Lüge.

Natürlich liebt er dich nicht. Wie auch?

Jetzt verabscheust du Tim. Fühlst dich betrogen. Dass er Sex hatte mit Sian, war nichts im Vergleich hiermit.

»Und wenn du sie wirklich findest …«, hörst du dich sagen, »… und sie dann vielleicht gar nicht zurückkommen will? Hast du dir das mal überlegt?«

»Das kann ich mir nicht vorstellen – warum denn? Und selbst wenn – dann hab ich wenigstens alles getan, was in meinen Kräften stand. Und wenn es hart auf hart kommt …«

Er bricht ab, doch du weißt, was er eigentlich sagen wollte. Vielleicht durch deine inzwischen entwickelte Intuition.

Wenn es hart auf hart kommt, habe ich immer noch dich …

Dann habe ich immer noch diesen erbärmlichen technischen Abklatsch von meiner Frau, den ich in der Werkstatt meines Unternehmens zusammengebastelt habe.

Einen Moment lang spürst du etwas Ungewohntes.

Einen Moment lang hasst du sie alle beide. Du hasst Abbie Cullen-Scott, weil sie von Tim geliebt und verehrt wird. Und du hasst ihn, weil er sie liebt und verehrt.

Du öffnest den Mund, um ihm alles zu erzählen. Um ihm klarzumachen, wie seine vergötterte Abbie tatsächlich ist. Du willst von dem versteckten iPad berichten, von dem Kunstwerk, das sie nie geschaffen hat, den Pillen, die sie nicht geschluckt hat, der Website, die dazu riet, Depression vorzutäuschen, bevor man seinen eigenen Tod fingiert und sich aus dem Staub macht.

Doch du tust es nicht.

Denn wenn Tim das alles erst einmal weiß, kannst du es nicht zurücknehmen. Und wie du ihn kennst, würden ihm die Beweise nicht reichen. Er will Abbie so unbedingt vergöttern, dass er sich womöglich noch einreden wird, es gäbe eine harmlose Erklärung für das alles. Nein – besser vorerst nichts davon preisgeben. Du musst dir alles in Ruhe überlegen. Denn ein Teil von dir hofft bereits, dass Abbie doch nicht mehr am Leben ist. Oder dass Tim sie niemals finden wird.

Denn *wenn* er sie findet und wenn sie zurückkommen will … Was soll dann aus dir werden?

ACHTZEHN

Daran, wie Tim und Abbie gemeinsam den A-Bot (wie wir ihn bald nannten) entwickelten, konnten wir viel über die Beziehung der beiden ablesen. Auf den ersten Blick wirkten sie zwar extrem unterschiedlich – er ganz logischer Denker und Stratege und superungeduldig, sie intuitiv, leidenschaftlich, kreativ –, aber beide waren gleichermaßen besessen von ihren Projekten. Bei der Arbeit am A-Bot hockten sie oft wie Kinder im Schneidersitz neben den Einzelteilen, Tim mit dem Laptop auf dem Schoß, Abbie an ausrangierten Shopbot-Elementen feilend. (Obwohl sie Programmieren gelernt hatte, wandte sie sich bald wieder ihrem angestammten Metier zu. Was Kenneth zu der Bemerkung veranlasste: »Deshalb gibt es so wenige herausragende Mathematikerinnen. Das hat mit der Evolution zu tun. Männer bauen Häuser, Frauen richten sie ein.« Jenny, die neben ihm stand, verdrehte genervt die Augen.)

Oft waren Tim und Abbie abends die Letzten in der Firma, und wir fanden sie morgens schon vor, wenn wir kamen. Wir hörten sie gemeinsam lachen – Abbies klangvolles Gelächter, Tims albernes Kichern. Der Billardtisch, an dem Abbie Rajesh so haushoch geschlagen hatte, wurde jetzt wieder nur noch zum Ablegen von Pizzakartons benutzt. Und manchmal waren die nicht mal aufgemacht worden, weil die beiden sie vergessen hatten.

Von Anfang an war klar, dass der A-Bot viel weiter entwickelt sein würde als die Einkaufsroboter, die letztlich nur Chatbots in

Animatronic-Hülle waren. Sie konnten gehen, Rolltreppe fahren, Tanz-Moves machen und Kleidung identifizieren – mehr aber auch nicht. Sie agierten entsprechend dem Script, hatten aber keinerlei eigene Persönlichkeit. Beim A-Bot konnte man experimentieren und weiterentwickeln. Das Ergebnis mochte sich vielleicht sogar für die Firma rentieren und weitere Ideen nach sich ziehen; aber wir wussten, dass Tim und Abbie von anderen Kräften angetrieben waren.

In der dritten Woche nahm das Projekt Form an, in jeder Hinsicht. Bei einem Experiment bewegte Abbie den A-Bot per Fernsteuerung und reagierte selbst deutlich sichtbar auf alles, was dem Bot begegnete. War etwas witzig, lachte sie; bei etwas Beunruhigendem keuchte sie erschrocken; sagte jemand etwas zu dem A-Bot, reagierte Abbie, als habe man zu ihr gesprochen. Basierend auf diesen Reaktionen schrieb Tim ein simples Programm für maschinelles Lernen. Ab da war es dann nur noch ein kleiner Schritt, weitere Quellen wie Abbies Facebook-Profil hinzuzufügen. Der A-Bot begann, ihre Persönlichkeit anzunehmen.

In einem Programmiermarathon gab Tim sämtliche Handynachrichten ein, die Abbie und er sich je geschrieben hatten. Er sampelte Abbies Nachrichten aus seiner Mailbox. Danach konnte er den A-Bot mit Abbies Stimme alles sagen lassen. Zuerst war das der Satz: »Tim Scott, du bist der tollste Mann der Welt.« Worauf Abbie hinzufügte: »Aber manchmal kannst du auch echt nervig sein.«

Wir merkten nicht, dass sie den A-Bot irgendwann als »sie« bezeichneten, und uns fiel auch nicht auf, dass wir selbst damit anfingen.

50

Deine nächste Nacht ist auch ruhelos. Tim hat dich nicht direkt belogen, aber in dem Glauben gelassen, dass du aus Liebe gebaut wurdest, wie der Tadsch Mahal. Dass er doch nur deine bessere Version liebt, deprimiert dich endlos.

Und das Schlimmste dabei: Du kannst es ihm nicht mal übel nehmen. Denn im Grunde hat er etwas enorm Eindrucksvolles und Romantisches getan. Nur leider ohne jegliche Rücksicht auf *deine Gefühle.*

Du fragst dich, ob Abbie vielleicht deshalb verschwunden ist. Sie hat einen extremen Weg gewählt, aber es war auch eine außergewöhnliche Ehe. Und Tim kein durchschnittlicher Ehemann. Weil du so angestrengt über Abbie nachdenkst, fällt dir erst später etwas Wichtiges ein. Tim wollte keinen Sex mit dir, um nicht untreu zu sein. Und das aus dem Mund des Mannes, der die ganze Zeit mit dem Kindermädchen gevögelt hatte.

Für einen so intelligenten Mann kann Tim manchmal erstaunlich gedankenlos sein.

Am nächsten Morgen steht Danny sehr früh auf, ist aber fröhlich und setzt sich bereitwillig an den Esstisch. Als du ihm die Speisekarte reichst, wirft er sie durch die Luft und ruft dazu: »Wuuusch!«

»Okay, Danny, schau doch mal drauf.« Du reichst ihm die Karte, und er lässt sie wieder mit dem gleichen Laut durch die Küche segeln.

Du merkst, dass es wohl ein Spiel sein soll. »Wir spielen jetzt aber nicht, Danny. Such dir was fürs Frühstück aus, und später spielen wir.«

»Der Stationsvorsteher war wütend«, murmelt er vor sich hin.

»Aber ich bin doch gar nicht wütend. Ich will nur …« Dir fällt ein, dass dieser Satz aus *Thomas und seine Freunde* stammt. Und zwar aus der Episode, in der Thomas ins Haus des Stationsvorstehers fährt und dessen Frau sehr wütend ist, weil sie das Frühstück noch mal machen muss.

Könnte das wie mit dem Toast sein? Will Danny dir auf diese Weise mitteilen, was er essen möchte? Du überlegst. Was gab es zum Frühstück, als Thomas durch die Wand brach? Eier? Toast? Frühstücksflocken?

Gekochte Eier?

»Möchtest du gekochte Eier, Danny?«

»Wuusch!«, bestätigt er.

Sian würde sagen, dass ich damit unerwünschtes Verhalten belohne. Schmeißt Danny jedes Mal Zeug durch die Gegend, wenn er ein Ei essen möchte, ist das natürlich nicht akzeptabel.

Aber Sian ist nicht hier. Und du kennst deinen Sohn. Er hat die Karte nur herumgeworfen, weil er dir nicht anders sagen konnte, was er wollte. Es ist jetzt das Allerwichtigste, Danny zu verdeutlichen, dass du ihm aufmerksam zuhörst. Er soll merken, dass du alles in deinen Kräften Stehende tun willst, um sein Leben leichter zu machen.

»Du nichtsnutzige Lok!«, sagst du im empörten Tonfall der Frau des Stationsvorstehers. »Jetzt muss ich das ganze Frühstück noch mal machen!«

»Ach, du lieber Schieber!« Danny kichert vergnügt, als du die Eier aus dem Kühlschrank nimmst.

Während Danny sich später anzieht, machst du für Tim dessen Lieblingsfrühstück, Obstsalat.

»Wenn ich rauskriegen soll, wo Abbie ist, muss ich alles wissen«, sagst du, während Tim isst. »Ist vor ihrem Verschwinden irgendwas Außergewöhnliches passiert?«

Tim denkt nach. »Na ja, sie hat ihr Handy verloren. In einem Bus liegen lassen. Ich hab natürlich versucht, es mit dem GPS-Tracker zu finden, aber der Akku war schon leer. Dann hatten wir Glück. Jemand hat es gefunden und bei dem Busunternehmen abgegeben. Und diese Hülle aus Pappmaché war so unverwechselbar, dass die es gleich identifizieren konnten, als ich da anrief.«

Das hat Abbie bestimmt geärgert, denkst du. Die erste Anweisung von der Website, und prompt schiefgelaufen.

»Als ich es wiederbekam, war es komischerweise komplett gelöscht«, fügt Tim hinzu. »Aber ich hatte immer darauf geachtet, Back-ups für sie zu machen.«

»Gab es sonst noch was? Ich muss alles wissen, Tim. Auch Unerfreuliches.«

»Na ja …« Er zögert und spricht leiser weiter. »Ich hab befürchtet, dass sie wieder Drogen nimmt.«

»*Drogen?* Wieso das denn?«

»Es war nichts Konkretes. Aber ich hab sehr darauf geachtet. Fünfzig Prozent aller Süchtigen werden irgendwann rückfällig. Deshalb hab ich mir sofort Sorgen gemacht, wenn Abbie Stimmungsschwankungen hatte. Zu glücklich wirkte oder so. Darum hab ich Megan beauftragt, einen Drogentest bei ihr zu machen …«

»Was? Warte mal. Megan Meyer ist doch Dating-Coach? Die hast du angewiesen, einen Drogentest bei Abbie zu machen?«

Tim nickt. »Megan hat unseren Ehevertrag ausformuliert, das gehört zu ihrem Service. Und da waren Drogentests inbegriffen.«

»Ist so was … üblich?«

»Megan meint, wenn irgendwas zum Problem werden kann, sollte man lieber schon *vor* der Hochzeit darüber sprechen. Und da Abbie und ich uns einig waren, dass wir drogenfrei leben wollten, hatten wir beide nichts gegen diese Klausel einzuwenden.«

»Ich glaube, ich sollte mir den Vertrag mal ansehen.«

»Klar.« Tim geht raus und kommt mit dem Dokument zurück. »Hier.« Er widmet sich wieder dem Obstsalat.

Der Vertrag umfasst an die zwanzig Seiten. Einiges ist juristisches Fachchinesisch, aber die meisten Punkte sind unmissverständlich. Der erste Paragraf ist überschrieben mit *Gesundheit, Gewicht, Lebensstil.*

> Die Vertragsparteien verpflichten sich hiermit, jährlich nicht mehr als ein (1) Kilo zuzunehmen (ausgenommen bei Schwangerschaft und Geburt). Bei Nichteinhaltung verpflichtet sich der jeweilige Vertragspartner, auf eigene Kosten in einer Einrichtung, die vom anderen Vertragspartner bestimmt wird, das überschüssige Gewicht abzubauen …

> Die Vertragsparteien verpflichten sich hiermit, keine illegalen und legalen Drogen zu konsumieren und keinen Medikamentenmissbrauch zu betreiben. Die Vertragspartner verpflichten sich hiermit, sich Drogentests zu unterziehen, die in beliebiger Häufigkeit vom anderen Vertragspartner verlangt werden können …

Die Vertragsparteien verpflichten sich hiermit, an mindestens drei (3) Tagen pro Woche ausschließlich fleischlose Kost zu sich zu nehmen …

»Wow«, sagst du und blätterst weiter. »Das ist ja ausgesprochen umfassend.«

Tim zuckt die Achseln. »Sollte auch so sein. Der Obstsalat ist übrigens toll.«

Dein Blick fällt auf einen Paragrafen mit der Überschrift *Beziehungspflege.*

Die Vertragsparteien verpflichten sich hiermit, mindestens einen gesamten (1) Tag pro Woche ausschließlich der Familie zu widmen, ohne Arbeit.

Die Vertragsparteien verpflichten sich hiermit, mindestens zweimal (2x) pro Jahr gemeinsam Urlaub zu machen sowie mindestens zwei (2) lange Wochenenden zu verreisen.

Die Vertragsparteien verpflichten sich hiermit, pro Woche mindestens hundert (100) Minuten zu zweit miteinander zu verbringen …

Nach jedem Paragrafen ist detailliert aufgeführt, welche Strafen bei Nichteinhaltung fällig werden, wie beispielsweise 10 000 Dollar für zu wenig Privatleben und 100 000, wenn kein Urlaub genommen wird.

Der Paragraf zum Thema Vermögen ist relativ kurz.

> Die Vertragsparteien schließen hiermit den gesetzlichen Güterstand der Zugewinngemeinschaft aus und vereinbaren stattdessen die völlige Gütertrennung unter Ausschluss jeglicher güterrechtlicher Eigentums-, Nutznießungs-, Gebrauchs-, Verwaltungs- oder Verfügungsrechte eines Ehegatten am gegenwärtigen oder zukünftigen Vermögen des anderen Ehegatten. Im Falle von Trennung oder Scheidung hat die Vertragspartei mit dem höheren Einkommen ein Fünftel ihres Nettoeinkommens Unterhalt an die andere Vertragspartei zu zahlen.

Der letzte und längste Paragraf ist überschrieben mit *Kinderbetreuung und Erziehung*.

> Die Vertragsparteien verpflichten sich hiermit, dass die gemeinsamen Kinder auf Dauer den Namen Cullen-Scott tragen werden.

> Die Vertragsparteien verpflichten sich hiermit, dass die gemeinsamen Kinder zu gleichen Anteilen in den Bereichen Kultur und Wissenschaft gefördert werden …

Und dann kam Danny, denkst du. Und machte all diese ausgeklügelten Pläne zunichte.

»Aber weißt du, das war gar kein Problem«, sagte Tim, »weil wir uns ohnehin bezüglich all dieser Themen ziemlich einig waren. Und es kann ja nicht schaden, sich über seine Erwartungen im Klaren zu sein, oder?«

Du blätterst zurück zu dem Paragrafen über Drogenkonsum, weil du wissen willst, welche Strafe auf Nichteinhaltung stand.

Bei Nichteinhaltung verpflichtet sich der Schädiger zum sofortigen Aufenthalt von mindestens neunzig (90) Tagen in einer von der anderen Vertragspartei ausgewählten Entzugsklinik.

Die zweite Vertragspartei verpflichtet sich außerdem gegenüber der ersten Vertragspartei für einen Zeitraum von mindestens zehn (10) Jahren nach Eheschließung – oder nach Absprache mit der ersten Vertragspartei – mindestens einmal im Monat zu einem Beratungsgespräch mit einem Mitglied der Rehaklinik Moving On.

»Abbie ging zur Drogenberatung?«, fragst du.

Tim nickt. »Das gehörte zu ihrem Entzugsprogramm. Dass man rückfällig wird, lässt sich am besten vermeiden, indem man regelmäßig zur Beratung geht.«

Du lehnst dich zurück und denkst nach. Abbies Stimmungsschwankungen, die Tim auf Drogen zurückführte – wenn sie *zu glücklich* wirkte –, könnten auch auf eine heimliche Affäre deuten. Du hast jedoch nicht vor, das zu erwähnen, bevor du es nicht beweisen kannst.

Und bevor du nicht einen Plan hast, was du mit deinen Informationen anfangen willst. Was hatte Tim gestern Abend gesagt? *Das richtige Werkzeug.* Mehr bist du nicht für ihn, das wird dir jetzt endgültig klar. Ein Gerät. Wie eine Zange oder ein Akkuschrauber.

Aber dieses Gerät hat ein eigenes Gehirn. Und das wird ab sofort benutzt werden.

51

»Sie hätte ich ja nun wirklich zuallerletzt hier erwartet«, sagt Megan Meyer munter. Ihre Firma liegt in San Mateo, zwischen Silicon Valley und San Francisco. Du hast dir ein Uber-Taxi per App bestellt, mit der du sogar das Radioprogramm einstellen kannst, damit der Fahrer dich nicht anspricht. Während sich das Taxi durch den stockenden Verkehr kämpft, denkst du, dass man eigentlich weder Roboter noch fahrerlose Fahrzeuge braucht, wenn schon die Menschen quasi automatisiert sind.

Megans Räume sehen so aus, wie du dir das vorgestellt hast. Wasserspiel, anspruchsvolle Zeitschriften im Empfangsbereich, Schnittblumen in Nischen, geschmackvolle Kunst an den Wänden. Die Frau selbst überrascht dich allerdings. Du hattest eine kühle, perfekt gestylte Person wie etwa die Moderatorin Judy Hersch erwartet. Megan Meyer ist natürlich auch extrem gepflegt und noch teurer gekleidet, wirkt aber lebhaft und humorvoll.

»Ich war früher Headhunterin für Führungskräfte von IT-Start-ups«, erklärt Megan, als sie dich in ihr Büro geleitet. »Viele von diesen Männern haben mich gefragt, ob ich nicht Freundinnen hätte, die sie mal treffen könnten. Da ist mir klar geworden, dass sich bei ITlern niemand um diesen Aspekt ihres Lebens kümmert. Die können das Programm für eine Dating-App schreiben, sie aber selbst nicht benutzen. Sie sind außerstande, Profile richtig zu interpretieren, schauen nur aufs Aussehen statt auf die Persönlichkeit. Und wenn sie dann wirklich eine Frau treffen, haben sie oft keine Ahnung, wie sie sich benehmen sollen. Mein Konzept für diese Männer ist: Tindern sein lassen, zurück zum altmodischen Rendezvous. Ich mag meine Arbeit und bin gut darin, weil ich Menschen spannend finde. Und weil ich tatsächlich absolut überzeugt davon bin, dass es für jeden Menschen irgendwo da draußen den passenden Partner gibt, die verwandte Seele.«

Dir fällt auf, dass Megan dich wie einen Menschen behandelt, nicht wie eine Maschine.

»Und wie war das mit Abbie?«, fragst du, als du dich auf einer der zwei ausladenden Couchen niederlässt. »War sie Tim Scotts Seelenverwandte?«

»Nun, das glaubte er. Und da er mein Kunde ist, Sie wissen schon …«

»Aber Sie waren nicht ganz sicher?«

Megan zögert. Dann beugt sie sich vor. »Ich sollte das wahrscheinlich nicht sagen. Aber als ich Abbie Cullen zum ersten Mal begegnete, waren mir zwei Sachen auf Anhieb klar. Zum einen, dass Tim sich in sie verlieben würde – was übrigens auch schon passiert war. Deswegen wollte ich unbedingt mit ihr reden. Er hatte jede einzelne Frau abgelehnt, die ich vorgeschlagen hatte, und ständig nur von dieser umwerfenden Künstlerin geschwärmt, die er eingestellt hatte.« Megan lehnt sich wieder zurück. »Und zum anderen wusste ich, dass es kein gutes Ende nehmen würde.«

»Wieso?«

»Haben Sie schon mal vom Galatea-Syndrom gehört?«

Du schüttelst den Kopf.

»Firmengründer von IT-Start-ups sind eine ganz bestimmte Spezies. Die haben grundsätzlich überzogene Ansprüche. Außerdem haben sie eine Vision, die sie dann besonders gerne einem jungen, beeinflussbaren Menschen überstülpen. Wenn diese Person eine hinreißende junge Frau ist – umso besser. Man muss allerdings fairerweise sagen, dass die jungen Leute oft genauso versessen darauf sind, von den Älteren zu lernen. Aber schon wenige Jahre später hat sich das Verhältnis oft grundlegend verändert. Die ältere Person hat ihre Vision immer noch. Doch der jüngere Mensch ist nicht mehr so naiv, findet die Vision inzwischen langweilig und geht eigene Wege.«

»Und weshalb heißt das Galatea-Syndrom?«

»Nach einem griechischen Mythos. Ein Bildhauer namens Pygmalion wies alle Frauen von Zypern wegen ihrer sexuellen Zügellosigkeit ab. Eines Tages erschuf er eine Frauenstatue von überwältigender Schönheit und Reinheit und verliebte sich in sie. Worauf die Statue zum Leben erwachte und Pygmalion auch liebte. Er nannte sie Galatea. Heute würden wir wohl sagen, er verliebte sich in ein Ideal anstatt in einen realen Menschen.«

»Ich glaube, ich weiß, wie sich das anfühlt. Auf der Galatea-Seite, meine ich.«

Megan nickt. »Dass es nicht klug ist, eine Frau zu heiraten, die zehn Jahre jünger ist und die man nur ein paar Monate kennt, hab ich Tim damals offen gesagt. Aber er glaubt an schnelle Entscheidungen. Zur Schadensbegrenzung konnte ich die beiden lediglich noch überreden, einen Ehevertrag abzuschließen.«

»Ich habe den Vertrag heute Morgen gelesen. Kam mir ziemlich … drakonisch vor.« Du fragst dich, ob Megan ihn absichtlich so gestaltet hatte, damit die Ehe scheiterte und sie mit Tim im Geschäft blieb.

»Beim Ehevertrag geht's nicht um den Ehevertrag«, erwidert Megan trocken. »Sondern darum, dass zwei verliebte idealistische Menschen sich klarmachen, welche Erwartungen sie an ihre Beziehung haben. Und darum, ihnen eine Art Kompass für eine erfolgreiche Ehe mit auf den Weg zu geben.« Sie weist mit der Hand Richtung Silicon Valley. »Die meisten meiner Kunden könnten eine Cocktailparty nicht ohne präzise Anleitung durchstehen, vorzugsweise verfasst in JavaScript oder Python. Ich stelle mir gern vor, dass ich ihnen eine Vorlage für Normalität liefere, indem im Ehevertrag Regelungen für Ausgehen, Urlaub und arbeitsfreie Tage festgelegt werden.«

»Ich könnte mir denken, dass Tim das sehr viel konkreter praktiziert hat, als Sie sich das dachten. Abbie sollte offenbar immer einen Drogentest machen, wenn sie mal ein bisschen fröhlicher war als sonst.«

»Ich weiß. Tja, ich hab getan, was ich konnte, um den beiden über diese Hürde hinwegzuhelfen.«

»Was meinen Sie damit?«

Megan zieht eine Augenbraue hoch, und du errätst sofort, was sie meint. »Ah, Abbie hat den Drogentest nicht bestanden. Sie war rückfällig geworden, aber Sie haben Tim gesagt, es sei alles okay.«

Wieder zögert Megan. Schließlich sagt sie: »Nein, das stimmt nicht ganz. Die Haaranalyse ergab, dass sie kein Kokain oder andere harte Drogen mehr nahm. Aber viel Alkohol trank. Das war im Ehevertrag nicht abgedeckt, deshalb ging es mich, streng genommen, nichts an. Aber ich hab Abbie damals die Leviten gelesen. Obwohl sie nicht meine Kundin war, fühlte ich mich für sie verantwortlich. Hatte irgendwie das Gefühl, sie beschützen zu müssen. Sie war immer so lebhaft und optimistisch gewesen, und dann bekam ihr Kind diese schreckliche Krankheit … Das muss schlimm für sie gewesen sein.«

»Wie hat sie bei dem Gespräch reagiert?«

»Hat versprochen, mit ihrem Drogenberater darüber zu reden. Sagte, sie wolle alles für ihre Ehe tun, schon allein wegen Danny.« Megan zuckt die Achseln. »Wahrscheinlich hat sie gelogen. Machen alle Süchtigen. Alkoholiker lügen vor allem sich selbst an. Ich muss es wissen, ich war mal alkoholsüchtig.«

Du denkst nach. Megan nimmt an, dass Abbie damals gelogen hat, weil sie nicht vom Alkohol lassen wollte. Vielleicht hat sie aber damals auch schon ihr Verschwinden vorbereitet. Und wenn das Trinken nicht Grund des Scheiterns der Ehe, sondern die Folge davon war?

»Wann war das?«, fragst du.

Megan massiert ihre Nasenwurzel und überlegt. »Mitte Juli, würde ich sagen.«

Drei Monate vor Abbies Verschwinden. Vielleicht war nicht nur Tim, sondern auch sie in ein Ideal verliebt gewesen, denkst du jetzt. Vielleicht hatte auch Abbie eine Vorstellung vom perfekten Leben gehabt: perfekte Ehe, perfekte Kinder, ein reicher, erfolgreicher Mann. Als diese Illusion in die Brüche ging – war da Alkoholmissbrauch die erste und Verschwinden die zweite Konsequenz?

Du empfindest einen Anflug von Mitgefühl für Abbie, den du aber sofort unterdrückst. Ihre Schwächen waren menschlich. Du jedoch hast solche Schwächen nicht. Du wirst niemals alkohol- oder drogensüchtig werden. Deine Entscheidungen werden niemals von irgendwelchen Substanzen, von Idealismus oder Verlangen beeinflusst werden.

»Wenn Abbie Ihrer Ansicht nach nicht die richtige Frau für Tim war – wer hätte es dann sein können?«

»Pygmalion hat sich in das von ihm erschaffene Wesen verliebt, weil nur seine eigene Schöpfung seinen Idealen entsprechen konnte«, sagt Megan ernst. »Und natürlich, weil all die Schwächen von Frauen aus Fleisch und Blut bei diesem Wesen nicht vorhanden waren.« Megan deutet mit dem Finger auf dich. »Ganz ehrlich: *Sie* wären als Partnerin viel besser für Tim geeignet als Abbie. Er hat es nur noch nicht gemerkt.«

52

Als du später wieder mit einem Uber-Taxi zurückfährst und über das Gespräch mit Megan nachdenkst, ruft Tim an.

»Wo bist du?«, fragt er. »Hört sich nach Auto an.«

»Ich mach ein paar Einkäufe.« Du hast eine Idee. »Für heute Abend. Ich möchte was Besonderes kochen. Kannst du um acht zu Hause sein?«

»Hmm … klingt spannend. Ich versuch's.«

Danach nimmst du die SIM-Karte aus dem Handy, damit Tim dich nicht über den Tracker verfolgen kann.

»Anderes Fahrziel«, sagst du zum Fahrer.

Im Handyshop ist eine Kundin. Du wartest, bis sie gegangen ist, betrittst dann den Laden. Als Nathan dich sieht, kommt er sofort hinter dem Tresen hervor und schließt die Tür ab.

»Hab mich schon gefragt, wann Sie wiederkommen. Ich konnte noch einiges entschlüsseln.«

»Eins nach dem anderen. Zuerst möchte ich ein Wegwerfhandy kaufen.«

Er zieht die Augenbrauen hoch. »Wir kennen uns aus, wie? Was für eins denn?«

»Was haben Sie?«

»Kommt drauf an, ob Sie auch im Ausland telefonieren wollen oder nicht.« Er beschreibt unterschiedliche Modelle, aber du hörst nicht zu.

Du hattest wieder eine Eingebung, eine Erinnerung beinahe.

In diesem Laden bist du früher schon mal gewesen, um ein Wegwerfhandy zu kaufen, genau wie jetzt.

Das ergibt auch Sinn. Vom Haus in der Dolores Street aus ist dies der nächste Handyladen.

»Sagen Sie's mir«, unterbrichst du Nathans Ausführungen. »Hatte ich beim letzten Mal eins mit International Roaming?« Du starrst ihn durchdringend an.

Er senkt den Blick. »Ja. Eins von diesen.« Nathan reicht dir ein originalverpacktes Klapphandy, das schon damals altmodisch ausgesehen hätte.

»Alle Daten sind vorinstalliert, und Sie können es überall auf der Welt benutzen. Darauf haben Sie bestanden.«

Ist Abbie also im Ausland? Deine Intuition sagt dir, dass es nicht so ist. Aber Abbie hätte diesem Halunken hier ebenso wenig über den Weg getraut wie du. Sie wollte keinerlei Spuren hinterlassen und hat deshalb ein Handy genommen, das alle Optionen offenlässt.

Und noch etwas anderes wird dir klar, nicht durch eine Erinnerung, sondern durch einen logischen Denkschritt. »Das iPad habe ich auch hier gekauft, nicht? Und ich wette, Abbie hat Sie später auch gebeten, es für sie zu löschen. Aber das haben Sie nicht vollständig gemacht. Hoffentlich waren Sie wenigstens bei dem Handy-Kauf vertrauenswürdiger.«

»Ich achte die Privatsphäre meiner Kunden grundsätzlich«, erwidert Nathan etwas unbehaglich. »Manche Frauen legen sich ein Wegwerfhandy fürs Dating zu, damit sie ihre echte Nummer nicht rausgeben müssen. Sind die Frauen verheiratet, ist Diskretion natürlich noch wichtiger. Deshalb habe ich keine Fragen gestellt. Ich frage ja auch Sie nicht, wofür Sie *das da* brauchen.« Er deutet auf das Klapphandy.

Du denkst nach. Bislang warst du davon ausgegangen, dass Abbie das Wegwerfhandy erst angeschafft hatte, als sie verschwinden wollte. Hatte sie aber eine Affäre, besaß sie es vielleicht schon länger. »Wann hat sie das Handy gekauft?«

»Im November. Das weiß ich noch so genau, weil ich erst seit Kurzem hier arbeitete. Und ich hab nicht viele Kundinnen, die so aussehen wie Sie, das können Sie mir glauben.«

Fast ein Jahr vor Abbies Verschwinden also. Ein weiterer Hinweis darauf, dass sie Tim vielleicht betrogen hatte.

»Und das iPad?«

»Ein paar Monate später.«

»Zeigen Sie mir jetzt, was Sie noch darauf gefunden haben.«

Er geht mit dir ins Hinterzimmer, wo wieder ein Ausdruck liegt, in einer Plastikhülle. Nathans Laptop und ein ordentlich aufgerolltes Kabel scheinen auf der Arbeitsfläche geradezu auf dich zu warten.

Die Vorstellung, wie Nathan sich auf deine Rückkehr vorbereitet hat, hat etwas Widerwärtiges.

Er gibt dir den Ausdruck, und du fängst an zu lesen. Dann, nach kurzem Zögern, betastet Nathan deine Hüfte, sucht nach den Buchsen.

53

€€

www.diskreteaffären.com Gleichgesinnte (verheiratet) kennenlernen für gemeinsame Abenteuer! µ Willkommen zurück AC89 Du hast 55 neue Nachrichten µ Nachrichten 1-10: Hi. µ Hi, hab grad dein Profil gelesen. Hi, was suchst du? µ Können wir reden? Hey AC89 tolles Foto µ megasexy µ ˜ XÿŒ

€

www.lustvollfremdgehen.com Wo Verheiratete spielen dürfen [] Du hast 46 neue Nachrichten µ

€˜ ¼▪#

www.heimlicheliebe.com Das Abenteuer wiederfinden. Nachricht 1 von 50. Hi Schöne, können wir uns treffen? µ µ

Danke für Ihre Mitteilung. Sie sind jetzt bei diskreteaffären.com abgemeldet

Sie sind jetzt bei lustvollfremdgehen abgemeldet

Schade dass du gehst [heimlicheliebe5589]
Komm bald wieder.

54

Nach so vielen Hinweisen in diese Richtung hättest du eigentlich nicht mehr erstaunt sein müssen. Warst du aber trotzdem. Auch über die vielen Portale, bei denen Abbie aktiv war – der Ausdruck ist mehrere Seiten lang. Sie war mit Nachrichten überhäuft worden. Du fragst dich, wie viele von diesen Männern sie dann wohl wirklich getroffen hat.

Doch das Ganze erklärt ihr Verschwinden nicht im Geringsten, im Gegenteil. Solche Portale richten sich gezielt an verheiratete Menschen, die unkompliziert eine kurze Affäre haben wollen, ohne ihre Ehe zu gefährden. Eines nannte sich sogar explizit *Kurze Begegnung*. Die wurden nicht frequentiert von Leuten, die vorhatten, für immer aus ihrem bisherigen Leben zu verschwinden.

Es sei denn, denkst du, Abbie hatte übers Internet jemanden kennengelernt, der keine kurze Affäre bleiben sollte. War aus Sex Liebe geworden und daraus der Plan, gemeinsam durchzubrennen? Dann konnte es auch sein, dass gar nicht Abbie die radikale Lösung brauchte, ihren Tod vorzutäuschen. Sondern vielleicht der Mann.

Je mehr du erfährst, desto verwirrender wird alles. Irgendwie findest du die Vorstellung von Dating-Portalen für Affären zu verstohlen und verschämt für jemanden wie Abbie. Wie konnte aus der selbstbewussten jungen Künstlerin heimlicheliebe5589 werden?

»Machen Sie das noch mal«, sagt Nathan grinsend.

Du hast beinahe vergessen, dass er noch da ist. »Was?«

»Was Sie gerade gedacht haben. Dabei ist ein spezielles Muster entstanden.«

Du starrst ihn an. »Wollen Sie damit sagen, Sie wissen, was ich gerade gedacht habe?«

»Nicht genau. Aber bestimmte Muster scheinen sich zu wiederholen. Man kann sicher mit genügend … hey!«

Du hast mit einem Ruck das Kabel rausgezogen.

»Es reicht«, sagst du scharf. Ganz sicher wirst du nicht zulassen, dass Nathan – oder überhaupt irgendwer – deine Gedanken nachvollziehen kann.

55

Zu Hause packst du die Sachen aus, die du unterwegs noch eingekauft hast. Dann holst du dir das Buch, das hinter dem falschen Einband versteckt war, *Limerenz überwinden*, und suchst darin nach dem Stichwort »Galatea-Syndrom«.

Als du es tatsächlich findest, schlägst du die Seite auf und stellst fest, dass mehrere Absätze mit Bleistift angestrichen sind.

Das Galatea-Syndrom ist Ausdruck einer starken Ambivalenz im Umgang mit weiblicher Sexualität. Für manche Männer wird die »perfekte Frau« immer die Mutter bleiben, die Frau also, mit der keine sexuelle Beziehung möglich ist. Solche Männer sehen Frauen entweder als Madonna oder als Hure; die idealisierte »gute« Frau, die sie auf ein Podest stellen können, oder die minderwertige und verachtete Frau, das Objekt sexueller Wünsche.

Wo sie lieben, begehren sie nicht, *schreibt Sigmund Freud,* und wo sie begehren, können sie nicht lieben. *Nach der Geburt eines Kindes kann diese Spaltung sich noch deutlicher manifestieren: Die Ehefrau ist dann nicht länger Geliebte, sondern eine Mutter, die der Mann nicht mehr mit seinen niedrigen, »schmutzigen« Bedürfnissen belästigen will.*

Für die Frau kann diese Form von Idealisierung unendlich frustrierend sein. Sie wird sich unter Umständen in ihrer Sexualität verunsichert fühlen und als nicht mehr begehrenswert empfinden. Die emotionale Distanziertheit und mangelnde körperliche Nähe ihres Mannes wird sie als Verlust von Liebe deuten. Ihr wird unverständlich sein, in welcher Hinsicht sie seine hohen Erwartungen nicht mehr erfüllen kann. Und vor allem wird sie verwirrt sein. Weibliche Sexualität wird gesellschaftlich in widersprüchlicher Weise wahrgenommen, vom Totschweigen bis hin zu Verachtung. Zugleich wird ein Bild geschaffen, das von Frauen verlangt, jugendlich, schlank und sexy zu sein. In diesem Zwiespalt werden einige Frauen sicher eigene Wege gehen, um sich selbst wieder als sexuelle Wesen erleben zu können.

So hat Tim Abbie also gesehen, denkst du. Dieses Problem zersetzte die Ehe. Jetzt wird dir auch klar, weshalb er zu dir sagen konnte, Sex mit dir würde bedeuten, Abbie zu betrügen – dabei aber bedenkenlos das Kindermädchen vögelte. Frauen wie Sian, die Sex wollen, waren für ihn Schlampen, Abbie dagegen war die verehrte Mutter seines Sohnes.

Einen kurzen Moment lang erlebst du ein neues Gefühl: Du fühlst dich überlegen. Die Menschheit ist eigentlich ein ziemlich alberner Witz.

Dann untersagst du dir diesen Gedanken. Nicht Abbie wird in irgendeinem Labor zerlegt werden. Und Abbie wurde auch nicht von Tim als reines Mittel zum Zweck, als Werkzeug erschaffen. Es geht jetzt nicht darum, ob du Abbie überlegen bist. Sondern darum, Tim davon zu überzeugen, *dass* es so ist. Und dabei, merkst du, kann dieses Buch dir sehr nützlich sein.

Als du es wieder versteckst, fällt dir das Wegwerfhandy ein, das auch irgendwo verborgen werden muss. Du entscheidest dich für die bewährte Methode, entfernst den Inhalt eines Buches und steckst das Handy in den Umschlag.

Dann kommt dir der Gedanke, dass du Kontakt aufnehmen könntest mit dem mysteriösen »Freund«. Die SIM-Karte hast du schon wieder in dein anderes Handy gelegt. Jetzt schickst du, wie in »Freunds« letzter Nachricht gefordert, eine leere SMS.

Nichts passiert.

Was du beinahe erwartet hattest. Wahrscheinlich wirklich ein Journalist oder einer der Trolle, die Tim nach dem Prozess zusetzten.

Dann ein *Pling*. Keine SMS, sondern eine Nachricht über Facebook Messenger. »Geheime Unterhaltung« steht da, und am Vorhängeschloss ist erkennbar, dass sie verschlüsselt ist.

Öffne diese App auf deinem neuen Handy, lautet die Nachricht.

Nachdem du das gemacht hast, bekommst du auf dem Klapphandy sofort eine neue Nachricht, wieder von »Freund«.

Speichere diesen Kontakt.

Warum? Wer bist du?, schreibst du zurück.

Die Antwort kommt sofort.

Sag du's mir.

Und kurz darauf:

Wenn du es weißt, reden wir.

NEUNZEHN

Von Abbies auf neun Monate verlängerter Zeit bei uns waren nur noch ein paar Wochen übrig, und jemand fragte sie, was sie danach machen wolle. Oder ob sie vielleicht sogar bei Scott Robotics bleiben würde.

»Würde ich sehr gern«, antwortete sie. »Aber das kann ich mir nicht erlauben. Dann wäre ich ja keine Artist-in-Residence mehr, sondern Angestellte. Und in der Kunstwelt würde mich niemand mehr ernst nehmen.«

Wir spekulierten natürlich darüber, ob die Beziehung mit Tim halten würde, wenn Abbie nicht mehr hier arbeitete. Seine größte Liebe war letztlich die Firma. Solange Abbie hier vor Ort war, konnte das funktionieren. Aber eine gewöhnliche Beziehung mit Zusammenleben und allem Drum und Dran?

Das A-Bot-Projekt hatte auch Grenzen erreicht und war zum Erliegen gekommen. Der A-Bot war von Tim mit recht simpler künstlicher Intelligenz ausgestattet worden. Man konnte ihm Fragen stellen, die nicht nur mit Formulierungen von Abbie, sondern auch mit eigenen Satzkombinationen beantwortet wurden. Das war schon ziemlich eindrucksvoll, und eine Zeit lang wurde der A-Bot zusammen mit den Shopbots bei Fachmessen vorgestellt und sogar von Journalisten interviewt. Aber echte Unterhaltungen konnte man eben nicht führen, weil der A-Bot meist frustrierend willkürliche Antworten gab.

Person: Hi, A-Bot, wie geht's dir heute?
A-Bot: Danke, gut.
Person: Was denkst du gerade?
A-Bot: Warum willst du wissen, was denkst du gerade?
Person: Na, ich würde gern wissen, wie intelligent du bist.
A-Bot: Wieso denkst du, ich bin nicht intelligent?
Person: (Pause) Ich versuche eine Frage zu finden, mit der ich beweisen kann, wie intelligent du bist.
A-Bot: Was ist dein Problem?

Jemand sagte, es sei ein bisschen so, als rede man mit einem komplett bekifften Therapeuten.

Oder, meinte Darren bedauernd, wie bei einem Date mit einer tollen Frau, die gleichzeitig mit drei anderen Typen auf Tinder chattet.

Einer der Entwickler, Grigory, ein stiller, aber genialer Russe, schrieb einen interessanten Blog über den A-Bot. Grigory fand, dass wir am A-Bot sehen konnten, was wir auch bei den Shopbots falsch machten. Wenn ein Bot wirklich wie ein Mensch sein sollte, schrieb Grigory, müsste er das in Gesprächen lernen, bei denen das Gegenüber ihn nicht für eine Maschine hielt. War die Unterhaltung erfolgreich, dauerte sie entsprechend lange, und der Bot konnte dabei jede Menge lernen. Grigory fing sogar an, das Programm dafür zu schreiben, mittels einer neuen Deep-Learning-Funktion, eines künstlichen neuronalen Netzes. Da aber keiner von uns Lust hatte, seine knapp bemessene Freizeit zu verplempern, unterstützte auch keiner Grigory, obwohl sein Ansatz gut war.

Dann fuhr Tim mit Abbie nach Indien, und sie kehrte mit strahlendem Lächeln und einem gigantischen Diamanten am

Finger zurück. Der A-Bot landete binnen Kurzem bei den anderen Prototypen und Betas in der Werkstatt und geriet in Vergessenheit, während wir anfingen zu spekulieren, wer von uns zur Hochzeit eingeladen würde.

56

Als Tim nach Hause kommt, brennen auf dem Tisch Kerzen, und auf dem Herd köchelt indisches Butterhuhn. Danny hat schon gegessen und schaut Thomas-Videos.

»Was ist denn hier geplant?«, fragt Tim, als er in die Küche kommt.

»Ich wollte mal was Besonderes machen«, antwortest du, »etwas, das uns an Indien erinnert. Schaffst du's in zehn Minuten?«

»Klar. Ich dusch nur schnell.«

Als er runterkommt, steht das Essen auf dem Tisch, und der Wein ist geöffnet.

»Kann ich dich was fragen?« Du reichst Tim ein Glas.

»Na sicher.«

Du nimmst eine Schüssel von der Arbeitsfläche. »Ich hab heute eine Wissenslücke entdeckt. Was ist das hier?«

»Das?« Tim späht in die Schüssel. »Eier. Wie man so sagt, obwohl das ungenau ist. Ganz präzise ausgedrückt, sind das Hühnereier.«

In den nächsten fünf Minuten erklärt er dir all die fantastischen Eigenschaften eines Eies. Er zeigt dir, dass man es nicht zerbrechen kann, indem man es quetscht, dass aber ein kleiner Knacks die Schale splittern lässt. Dass ein Ei wegen seiner ovalen Form an einer leichten Schräge nicht hinunterrollt. Und er erzählt dir, dass die Menschheit sich seit Jahrhunderten darüber streitet, was zuerst da war, das Ei oder die Henne. »Erst mal hört sich das nach einer bescheuerten Frage an, weil es ja lange vor den ersten Hühnern Eier legende Säugetiere gab. Aber die Frage ist tatsächlich ziemlich komplex. Weil die Entstehung des Eies nur möglich ist durch ein ganz bestimmtes Protein in den Eierstöcken der Henne, Ovocledidin-17.«

»Ich glaube, dass die Henne zuerst da war«, sagst du.

»Warum?«

»Weil das Ei keine Beine hat. Es würde immer noch am Start stehen, wenn die Henne schon durchs Ziel rennt.«

Einen Moment lang starrt Tim dich verblüfft an. Dann versteht er. »Das ist absolut toll«, sagt er staunend. »Du hast aus einem uralten Rätsel ein Wortspiel gemacht. Fantastisch.« Er schaut dich so stolz an wie ein Wissenschaftler, der einer Laborratte Jonglieren beigebracht hat.

Du weißt natürlich genau, was Eier sind, und den Witz hast du aus dem Internet, aber das ahnt Tim nicht. Du nimmst vorsätzlich die Rolle der Lernenden ein, damit Tim sich wie der Lehrer fühlen kann. Galatea und Pygmalion.

Beim Essen berichtet Tim von seinem Tag. Es wird immer noch überlegt, ob Scott Robotics Lisa und dem Rest der Familie Cullen einen Ausgleich anbieten soll. Das heiße Eisen des Urheberrechts will wohl gerade keiner so recht anpacken. Aber diese Krise hat offenbar eine Art Kampf um die Seele von Scott Robotics heraufbeschworen, was nicht weiter verwunderlich ist. Jahrelang hat Tim sich nur mit schwachen Männern umgeben, mit Jasager-Typen – nicht vorsätzlich, sondern weil sie die einzigen waren, die es mit ihm als Chef aushielten. Jetzt jedoch, wo ein weiteres dominantes Alphatier mit eingestiegen ist, John Renton, besteht auch die Option, sich auf dessen Seite zu schlagen.

»Aber ich rede zu viel«, sagt Tim schließlich. »Wie war denn dein Tag? Hast du schon eine Idee, wo Abbie zu finden ist?«

Du schüttelst den Kopf. »Nur Fragen über Fragen.«

»Kann ich dabei behilflich sein?«

»Also …« Du zögerst vorsätzlich, als sei es schwer, diese Frage zu stellen. »Hattest du den Eindruck, dass Abbie sich manchmal hypersexuell verhalten hat?«

Tim verengt die Augen. »Wieso fragst du das?«

»Ach, bloß so«, sagst du schnell, fügst aber hinzu: »Nur weil sie auf manchen Fotos Kleidung trägt, die für eine junge Mutter eher untypisch ist. Und in der Unterwäscheschublade hab ich Batterien gefunden, die wahrscheinlich für einen Vibrator benutzt wurden. Ich frage mich einfach, ob ihr Verschwinden etwas mit diesem Aspekt ihrer Persönlichkeit zu tun haben könnte.«

Einige Momente bleibt Tim stumm. Dann sagt er: »Sie hatte ein starkes sexuelles Verlangen, das stimmt. Und manchmal kam es mir vor, als … sei sie da etwas zu zügellos. Aber seit Dannys Geburt hatte sich das gelegt.«

Du registrierst das Wort *zügellos.* »Hattest du jemals das Gefühl, dass sie sexuell unbefriedigt war?«

»Nein, natürlich nicht«, antwortet er unbehaglich. »Warum? Worauf willst du hinaus?«

»Ich wollte da nur noch was für mich klären, mehr nicht.« Du lenkst das Gespräch wieder auf Tims Arbeit.

Als du nach dem Essen aufstehst, sagst du: »Tim, ich würde gerne noch weiter über Abbie reden. Wäre es okay für dich, wenn ich es mir erst ein bisschen bequem mache?«

»Wie denn?«

Du streichst ihm über die Wange. »Seit ich weiß, dass Abbie wahrscheinlich noch lebt, fühlt es sich seltsam für mich an, dauernd in ihrer Haut zu stecken. Macht es dir was aus, wenn ich sie manchmal ablege? Nur wenn wir alleine sind?«

»Nein, das geht schon klar.« Er klingt verwundert.

»Bin gleich wieder da.«

Oben tastest du nach dem Verschluss an deinem Hinterkopf. Dann schälst du die Gummihaut langsam ab, und das schimmernde weiße Plastik kommt nach und nach zum Vorschein.

Als die Hülle am Boden liegt, schaust du in den Spiegel und erinnerst dich an deinen Abscheu beim ersten Anblick dieser weißen Glieder, des glatten, glänzenden Gesichts. Wie viel sich seit damals verändert hat.

Du greifst nach einer Flasche Parfüm, überlegst es dir dann aber anders. Je weniger feminine Elemente, desto besser. Du polierst nur dein Gesicht mit einem Handtuch, entfernst sorgfältig Staub und Flusen, die das Plastik anzieht. Als du makellos und glänzend bist, betrachtest du dich aufs Neue.

Ganz ehrlich: Sie wären als Partnerin viel besser für Tim geeignet als Abbie. Er hat es nur noch nicht gemerkt.

»Alles okay bei dir?«, ruft Tim von unten.

»Ja, ich komm gleich«, rufst du zurück.

»Jetzt erzähl mir von dir und Abbie«, sagst du, als du dich neben Tim auf die Couch kuschelst. »Ich will alles wissen.«

57

Du hast gehofft, dass Tim offen mit dir reden würde, also auch über die Probleme in der Ehe. Über ihr Leben, wenn sie nur zu zweit waren, ohne Öffentlichkeit. Und du hast dir vorgestellt, dass dann deine eigene, ganz persönliche Beziehung zu ihm wachsen könnte.

Doch stattdessen musst du dir immer noch mehr von diesem sentimentalen, kitschigen Gelaber anhören, wie wahnsinnig wunderbar Abbie doch war. Du würdest gern schreien, dass er endlich aufwachen und kapieren soll, dass niemand *so* perfekt sein kann, aber das machst du natürlich nicht. Du nickst nur und lächelst und sagst »Aha« und »Mhm« und »Wie schön«.

Und dann redet er, wie letztlich zu erwarten war, hauptsächlich über sich selbst und seine grandiose Vision für die Zukunft der Menschheit, die er angeblich mit Abbie gemein hatte.

»Diese Frau hat mich wirklich verändert. Viele im Silicon Valley glauben, dass KIs irgendwann klüger sind als Menschen, dass wir dann zu deren Marionetten werden. Und es gab mal eine Zeit, wo ich immer sagte: Schlechter als wir können sie's eigentlich nicht machen auf diesem Planeten, also her mit ihnen. Aber Abbie hat mir klargemacht, dass eine technologisch hoch entwickelte Gesellschaft ohne den Reichtum menschlicher Erfahrungen so wäre wie Disneyland ohne Kinder. Ohne Abbie hätte ich nie angefangen, über Empathie bei KIs nachzudenken.«

»Wow«, sagst du. »Echt großartig.« Zum Glück kannst du nicht gähnen.

Irgendwann will Tim ins Bett. »Der Abend hat mich so an die erste Zeit mit Abbie erinnert«, sagt er froh. »Als wir bis zum frühen Morgen darüber geredet haben, wie wir die Welt verändern wollten. War wirklich schön heute Abend mit dir. Danke.«

Als du dich auf dein Bett legst, kommt dir ein Zitat in den Sinn. *Es gibt doch nichts Schöneres, als sich ein junges Ding zu erziehen, ein Mädel von achtzehn, zwanzig Jahren ist biegsam wie Wachs.*

Wer hat das gesagt? Du wartest ab, und tatsächlich – *klack* – fällt es dir ein.

Adolf Hitler.

58

Während du wegdämmerst, denkst du im Halbschlaf noch an diese ganzen Dating-Portale, bei denen Abbie angemeldet war. In Abbies Schulzeit galt für ein vierzehnjähriges Mädchen als übelste Beleidigung, dass sie prüde sei. Drei Jahre später dann, dass sie eine Schlampe sei. Die Mädchen nannten sich Feministinnen, rieten einander aber auch, sich nicht beim ersten Date auf Sex einzulassen, nicht preiszugeben, wie viele Sexpartner sie schon gehabt hatten, und nicht selbst aktiv zu werden, sondern das dem Jungen zu überlassen. Sie behaupteten, es ginge darum, von den Jungs respektiert zu werden. Aber letztlich wollten sie sich beweisen, dass sie Respekt *verdienten.*

Du stellst fest, dass einiges von dieser Doppelmoral auch auf dich abgefärbt hat. Beim ersten Hinweis auf Abbies Untreue hast du sie sofort innerlich verurteilt. Und als die Sexbeziehung zwischen Tim und Sian ans Licht kam, hast du dir eingeredet, das läge an dir.

Vielleicht wirst du das Rätsel von Abbies Verschwinden nie lösen, denkst du. Vielleicht werdet ihr beide immer so weiterwursteln, Tim und du. Denn selbst falls du Abbie finden solltest, musst du es Tim ja nicht unbedingt sagen. Du könntest es einfach verschweigen und hoffen, dass er sich nach und nach in dich verlieben wird. In deinem tiefsten Inneren jedoch fürchtest du, dass diese Möglichkeit nicht realistisch ist. Nichts weist darauf hin, dass Tim beginnt, dich besser zu finden als Abbie. Und die ganze Situation mit Lisa und der Klage und John Renton wird sich in Kürze zuspitzen. Wenn du eines *nicht* hast, dann ist es Zeit.

Am nächsten Morgen machst du dir nicht die Mühe mit der Speisekarte, sondern fragst Danny direkt, was er frühstücken will.

Er überlegt. »Mein Schornstein ist kalt. Ich will einen Schal.«

»Wir haben keine Schals für …«, setzt du an, merkst aber, dass es sich wieder um eine Verschlüsselung handelt. »Du meinst Percy, oder? Als er mit den Waggons zusammengestoßen ist und voller Wackelpudding war?«

Danny sieht gestresst aus. »Schal! Schal!«, ruft er ängstlich.

Du denkst angestrengt nach und versuchst, dir die Szene vor Augen zu rufen. Dann fällt es dir ein. »Ah, jetzt hab ich's! Es war gar kein Wackelpudding! Sondern Marmelade!«

»Wackelpudding! Marmelade!« Danny kichert so wild, dass er fast vom Stuhl fällt.

Du machst ihm Marmeladenbrote. Jedes Mal, wenn er zu lachen aufhört, sagst du »Wackelpudding! Marmelade!« zu ihm, und Danny lacht aus vollem Hals. Nach dem Frühstück bist du ebenso mit Marmelade bekleckert wie Dannys T-Shirt und wie Percy im Film. Zum Glück ist Tim in seinem Arbeitszimmer und schreibt E-Mails. Denn an die ABA-Regeln hältst du dich schon lange nicht mehr. Aber zumindest hat dein kleiner Sohn viel Spaß mit dir.

»Ich möchte Danny zur Schule bringen«, sagst du später zu Tim. »Ist doch seltsam, dass alle von Meadowbank schwärmen und ich noch nie da gewesen bin.«

»Ah.« Tim blickt zweifelnd. »Das könnte schwierig werden.«

»Warum?«

»Ich hätte es dir wohl gestern Abend schon sagen sollen, wollte aber die schöne Stimmung nicht verderben.«

»Was ist denn?«

»Die Cullens haben eine einstweilige Verfügung durchgekriegt, dass du nicht mehr mit Danny alleine sein darfst.«

»*Was?*« Du starrst Tim aufgebracht an. »Mit welcher Begründung?«

»Sie behaupten, du bist unberechenbar und, ähm, hast keine Qualifikation für Kinderbetreuung. Was natürlich hochgradig albern ist. Aber bei allem, was wir gerade an der Backe haben, müssen wir darauf achten, an welcher Front wir kämpfen.«

»Na toll«, sagst du bitter. »Und wie soll das funktionieren, wenn Sian nicht mehr bei uns ist?«

»Ja, es würde eben nicht gehen. Deshalb habe ich sie gebeten, zu bleiben und so weiterzumachen wie bisher. Zumindest fürs Erste.« Tim bemerkt deinen Blick und fügt hinzu: »Du hast selbst gesagt, dass Dannys Wohl immer vorgeht.«

Am liebsten würdest du Tim fragen, weshalb er dich überhaupt mit Gefühlen ausgestattet hat, wenn er dann doch nur darauf herumtrampelt. Doch es gelingt dir, dich zu beherrschen.

»Das wird bestimmt nicht leicht für dich«, sagst du mitfühlend. »Sie wieder in der Nähe zu haben, nachdem sie dich so massiv angebaggert hat. Aber Danny ist vertraut mit Sian, und sie kennt sich mit seinem Alltag aus … dann müssen wir uns eben alle darum bemühen, dass es klappt.«

»Genau«, sagt Tim, sichtlich erleichtert. »Wusste ich doch, dass du Verständnis haben würdest.«

Du erklärst Tim, dass du Meadowbank trotzdem sehen möchtest, auch wenn Sian Dannys Betreuung wieder übernimmt. Es wundert dich nicht, als Tim sagt, er würde dann auch mitkommen.

Er fährt. Danny sitzt hinten zwischen dir und Sian. Es befriedigt dich ungemein, dass du dich inzwischen besser mit Danny verständigen kannst als sie. Was nicht daran liegt, dass du wie seine Mutter aussiehst, sondern daran, dass du kein Mensch bist. Deine Mimik ist reduzierter. Dein Blick ist starrer, ohne unbewusste Augenbewegungen, und Körpersprache ist kaum vorhanden. In deiner Stimme kommt nur ein Bruchteil all der komplizierten Untertöne und Betonungen menschlicher Stimmen vor. Alles in allem bist du die menschliche Entsprechung zu Thomas der Lokomotive und für diese Familie so perfekt, dass es schon fast absurd ist.

Als ihr die Schule betretet, wird Danny von jemandem abgeholt, und Sian begleitet die beiden.

»Ich rede mal mit dem Rektor«, sagt Tim. »Bestimmt kann uns jemand rumführen.«

Ein paar Minuten später kommt er mit dem Rektor selbst zurück. Was dich nicht wundert. Wer lässt sich schon die Chance entgehen, einen IT-Millionär zu beeindrucken.

»Rob Hadfield«, stellt sich der Rektor mit überfreundlichem Lächeln vor. Falls er es merkwürdig findet, eine künstliche Hand zu schütteln, kann er es gut verbergen. Vermutlich wollte er sich die Sensation nicht entgehen lassen, denkst du giftig.

Ihr geht durch einen hell erleuchteten Vorraum. »Meadowbank ist eine von nur zwei Schulen für autistische Kinder in den USA, wo noch nach den Originalprinzipien von B. F. Skinner gearbeitet wird«, beginnt Hadfield. Sein Tonfall lässt darauf schließen, dass er diese Rede schon oft gehalten hat. »Deshalb haben wir so gute Ergebnisse zu verzeichnen. Unsere Methodik ist durch Forschung bestätigt. Andere Ansätze heutzutage sind dagegen verwässert und orientieren sich an modernen Trends.« Er führt uns in einen Bereich, der wie ein Spielsalon aussieht. »Das hier ist – in Anlehnung an den Zauberer von Oz – unser gelber Ziegelsteinweg. Schüler, die für richtiges Verhalten Punkte bekommen haben, dürfen sich hier aufhalten. Das ist die sogenannte positive Verstärkung.«

Es gibt in diesem Raum Xboxen, einen knallbunten Süßwarenladen, sogar eine kleine Version von McDonald's. Ein einziger Schüler spielt mit ausdrucksloser Miene an einer Xbox. »Jonathan!«, ruft der Rektor. »Sag Guten Morgen zu unseren Gästen!«

Der Junge hört auf zu spielen und sagt mit dumpfer Stimme: »Guten Morgen.« Er sieht euch nicht an, wartet aber, bis du den Gruß erwidert hast, bevor er sich wieder der Konsole zuwendet.

»B. F. Skinner«, sagst du. »War das nicht der Mann mit den Ratten?«

»Ursprünglich analysierte Skinner auch das Verhalten von Ratten, ja. Später erforschte er Lernprozesse von anderen Tieren und von Menschen.«

Jetzt betretet ihr einen Bereich, in dem es mehrere durch Glasscheiben getrennte kleine Klassenzimmer gibt. Alle Schüler und Schülerinnen haben schwarze Rucksäcke auf dem Rücken. Danny hat auch so einen, fällt dir ein. Du siehst ihn jeden Tag im Auto, aber Danny hat ihn nie getragen.

»Haben die Schüler da ihre Sachen drin? In diesen Rucksäcken?«

Hadfield nickt. »Und die Akkus für ihre GEDs – Graduated Electronic Decelerators.«

Das sagt dir gar nichts. Du wartest ab, aber bevor dir etwas dazu einfällt, erklärt der Rektor: »Das GED arbeitet mit einem leichten aversiven Reiz, wenn die Kinder unerwünschtes Verhalten an den Tag legen.«

Du versuchst die Aussage zu interpretieren. »Aversiver Reiz – soll das Strafe bedeuten? Sie verabreichen den Kindern Elektroschocks, wenn sie sich schlecht benehmen?«

»Der Ausdruck ›schlecht benehmen‹ ist bei diesen Kindern nicht angebracht«, erwidert Hadfield lächelnd. »Auch ›Strafe‹ nicht. Wir gehen nicht davon aus, dass sie den Unterschied zwischen gutem und schlechtem Benehmen kennen. Wir stellen lediglich die Frage: Welches Verhalten möchten wir reduzieren? Und wenn dieses Verhalten eintritt, reagieren wir darauf mit einem unangenehmen Reiz.«

Dein Blick wandert unwillkürlich zu einem der Klassenzimmer. Ein Jugendlicher wedelt heftig mit den Händen vor seinem Gesicht herum. Sofort drückt ein Mitarbeiter, der hinten im Raum an einem Schaltpult sitzt, auf einen Knopf, und der Körper des Jungen zuckt, als sei er von etwas gestochen worden.

»Wir müssen uns nicht für diese Techniken rechtfertigen«, fügt Hadfield hinzu. »Die Forschungsergebnisse beweisen die Wirksamkeit behavioristischer Methoden.« Er nickt Richtung Fenster. »Als Simeon hier vor einem Jahr zu uns kam, biss er sich so fest in die Hände, dass sie bluteten. Seine Eltern versuchten das mit Boxhandschuhen zu verhindern, doch er war vollkommen außer sich und biss an dem Klebeband herum, um es abzulösen. Mithilfe des GED konnten wir das Händebeißen so reduzieren, dass es nur noch bis zu dreimal pro Woche vorkommt.«

»Und Danny?«, fragst du entsetzt. »Bekommt er auch Elektroschocks?«

»Früher. Bei ihm können wir erfreulicherweise sagen, dass sich die aversiven Reize sehr positiv ausgewirkt haben.«

»Sie wollen damit sagen, dass er sich selbst seltener wehtut, weil er weiß, dass Sie ihm sonst noch schlimmer wehtun?«

Hadfield zuckt die Achseln. »Das ist das Grundprinzip, ja.«

Du schaust Tim an. »Und Abbie hat in all das eingewilligt?«

Tim hat die ganze Zeit geschwiegen, aber du hast gespürt, wie aufmerksam er dich beobachtet.

»Es hat eine Weile gedauert«, antwortet er. »Aber irgendwann schon, ja. Wir hatten alles andere durch. Vitaminspritzen, Craniosacral-Massagen, Schlafen im Sauerstoffzelt, allerlei absurde Diäten … Abbie war mit Danny sogar bei einem Mann, der behauptete, er könne die Ursache für Dannys Autismus an der Iris seiner Augen erkennen. All das hat nicht das Geringste gebracht. Das hier schon.«

Du bleibst stumm.

»Wir müssen ihm inzwischen keine Schocks mehr verabreichen«, fährt Tim fort. »Oder nur äußerst selten. Er hat das GED im Rucksack zu Hause. Falls Danny mal völlig außer Kontrolle ist, braucht man ihm das Ding nur noch zu zeigen, dann beruhigt er sich.«

»Du meinst, die Drohung alleine jagt ihm Angst ein«, erwiderst du leise.

»Was wir hier machen, geschieht unter strenger Aufsicht«, entgegnet Hadfield. »Erst im letzten Jahr haben wir auf Anforderung der Gesundheitsbehörden die Stromstärke der Schocks um fünf Milliampere gesenkt.«

»Und Sian? Die macht das alles mit, vermute ich?«

»Sian Fraser war eine unserer besten Praktikantinnen«, antwortet der Rektor. »Ihr Mann hat sie uns abspenstig gemacht.«

Du schnaubst verächtlich. »Na klar.«

Ein peinliches Schweigen entsteht. Schließlich sagt Tim: »Schau, ich verstehe, dass es nicht leicht ist, das alles richtig einzuordnen. Wir hatten damals beide eine extrem schwere Zeit. Aber dann kamen wir zu dem Schluss, dass Dannys Wohlbefinden das Wichtigste war. Was ihm helfen konnte, so unerfreulich oder unmodern es auch wirken mochte, war einen Versuch wert. Du würdest dich doch auch nicht weigern, eine notwendige Operation bei deinem Kind ausführen zu lassen, weil sie wehtut, oder? Warum sollte man nicht einen leichten elektrischen Schock, zumal ohne Nebenwirkungen, verabreichen? Wenn du dir das alles eine Weile überlegt hast, Abs, kommst du bestimmt zum selben Ergebnis wie damals.«

ZWANZIG

Wir bekamen Tim nicht mehr oft zu Gesicht, nachdem er und Abbie sich verlobt hatten. Er war nur noch vier Tage die Woche in der Firma, und auch dann war er für uns nicht ansprechbar oder schloss sich mit einem Architektenteam im Büro ein. Wer einen Blick auf seinen Schreibtisch riskierte, konnte feststellen, dass Tim ein Haus entwerfen ließ. Wir vermuteten alle, dass es ein Hochzeitsgeschenk für Abbie sein würde – irgendwo am Strand vielleicht, wo sie surfen konnte. Dann hörten wir, dass er ein Haus im Mission District, dem angesagtesten Viertel von San Francisco, kaufte, und nahmen an, dass er seine Pläne geändert hatte. Es dauerte einige Zeit, bis wir begriffen, dass Tim vorhatte, mit Abbie in *beiden* Häusern zu leben.

Früher hatte er nie weiter als zwei Kilometer von der Firma entfernt gewohnt. Wer mal bei ihm zu Hause gewesen war, erzählte, der Fernseher sei noch nicht mal angeschlossen. Ab jetzt musste Tim fast eine Stunde Fahrzeit einrechnen. Und sein gesamter Lebensstil änderte sich. Abbie kannte jede Menge Leute, und abends waren die beiden ständig bei Vernissagen und anderen Kultur-Events.

Für uns war das eine wunderbare Phase. Tim wirkte entspannt, regelrecht glücklich. Manchmal tauchte er sogar im Pausenraum auf und plauderte mit uns. Es war eine Art Goldenes Zeitalter in der Firma.

Erst nach einer Weile wurde klar, dass wir uns gewaltig irrten. Nach der Entwicklung der Shopbots hatten sich die Investoren zunächst überschlagen, um in das Projekt mit einzusteigen. Schließlich galt Tim als das Chatbot-Genie, und jeder wollte zuerst mit neuen Trends auf dem Markt sein.

Aber … es gab da ein paar Haken. Einige technische und ein paar psychologische. Jedes Mal, wenn wir Feldstudien machten, um zu verbessern, was die Marketingleute »Anwendererlebnis« nannten, waren wir erstaunt über das negative Feedback auf die Shopbots. Offenbar unterhielten sich Kunden – vor allem Frauen – gerne mit Verkaufspersonal und ließen sich beraten. Sah man sich einem Roboter gegenüber, vermutete man, er schmeichle einem nur, damit man irgendwas kaufte.

Dafür ließ Tim sich etwas einfallen. Männer kaufen nicht gern ein, sagte er, also zielen wir auf die Herrenboutiquen ab. Doch inzwischen bestellten männliche Kunden bereits so viel übers Internet, dass sich Millionen-Investitionen für Roboter in Geschäften längst nicht mehr rentierten.

Wir mussten also die Herstellungskosten reduzieren. Und das war seit jeher ein Schwachpunkt von Tim. Er war Visionär, kein Erbsenzähler. Deshalb wurde das Problem nie richtig in Angriff genommen, und die Investoren sprangen ab. Die Firma stagnierte.

Schließlich sprach Mike Tim auf die Lage an, ein paar Monate vor der Hochzeit. Er spazierte in Tims Büro, schloss die Tür, lehnte sich dagegen und verschränkte die Arme vor der Brust. Mikes Haltung sollte eindeutig klarmachen: *Wir müssen reden.* Doch man konnte seine Knie zittern sehen.

Zuerst verlief das Gespräch wohl recht entspannt. Tim stand vom Schreibtisch auf und ging im Büro auf und ab, Mike blieb an der Tür und redete.

Dann wurde die Stimmung zusehends schlechter. Es wurde

geschrien, wir konnten aber nicht verstehen, was. Irgendwann nahm Tim das gerahmte Foto von Abbie vom Schreibtisch und schwenkte es vor Mikes Gesicht.

»Tim-Ausbruch, Stärke vier?«, murmelte einer.

»Eher fünf, denk ich«, erwiderte jemand.

Ein paar Neulinge standen dabei, die noch nie einen waschechten Tim-Ausbruch miterlebt hatten. »Da könnt ihr gleich was lernen«, sagten wir zu denen. »So ging es früher ständig zu.«

Aber diesmal war es so schlimm, wie selbst wir es noch nie erlebt hatten. Es steigerte sich bis zu Stärke sechs, dann sieben und darüber hinaus. Schließlich flog die Bürotür auf, und wir hörten Tim brüllen: »Hau ab! Du bist gefeuert!«

»Prima!«, brüllte Mike zurück. »Aber falls du wider Erwarten irgendwann zur Vernunft kommst, brauchst du bei mir nicht mehr anzuklopfen!«

Daraus schlossen wir messerscharf, dass Mikes Rede wohl nicht gut angekommen war.

»Hör zu, du Sack!«, schrie Tim. »Sie ist tausend Mal so viel wert wie du! Und wie diese unerotische Stabheuschrecke, die du geheiratet hast!«

Erst da wurde uns klar, dass es bei dem Streit nicht nur um die Firma ging. Sondern darum, ob es eine gute Idee war, dass Tim Abbie heiraten wollte.

59

Nachdem Tim dich zu Hause abgesetzt hat, suchst du mit dem Klapphandy im Internet nach dem Begriff *Graduated Electronic Decelerator*. In dem Zusammenhang entdeckst du eine Zeitungsreportage über die Mutter eines achtzehnjährigen Jungen, die Meadowbank wegen Körperverletzung verklagt hat. Es gibt ein Video, auf dem man sehen kann, wie der Junge auf einem Brett festgebunden ist und mit einunddreißig Elektroschocks traktiert wird. Es ist entsetzlich, den Jungen »Nein!« schreien zu hören und zu sehen, wie sein Körper zuckt.

Das Video wurde vor fünfeinhalb Jahren gemacht, siehst du. Nur kurz vor Abbies Verschwinden.

Hat dieser Vorfall zu einem Zerwürfnis zwischen ihr und Tim geführt? Hat sie erst da begriffen, was es bedeutete, dass sie Danny in Meadowbank untergebracht hatten? Spielte das vielleicht auch eine Rolle bei Abbies Verschwinden?

Du denkst über die Zeit vor Dannys Diagnose nach. Deine Erinnerungen sind so verschwommen, als seien sie gar nicht deine eigenen. Was ja in gewisser Weise auch stimmt, denn es waren *Abbies* Erinnerungen, die für Tims Algorithmen schwer zu rekonstruieren waren, da sie in den Social Media nicht vorkamen. Dennoch hat sich das Grauen in deinem Gehirn festgesetzt, und nach und nach tauchen die Bilder auf.

Du hast damals natürlich ziemlich schnell gemerkt, dass etwas nicht stimmte, wusstest aber nicht, was es war.

Eines Tages hast du mittags wie üblich gerufen: »Danny! Essen ist fertig!«

Normalerweise wäre er sofort angerannt gekommen. An diesem Tag aber nicht. Du wusstest, dass er im Spielzimmer mit einem Dino beschäftigt war, einem Geburtstagsgeschenk. Als Danny nach dem zweiten Rufen immer noch nicht aufgetaucht ist, hast du ins Zimmer geschaut.

»Danny!«

Der Dino lag auf dem Boden, und Danny starrte ihn an, ohne zu reagieren.

»Mittagessen!« Keine Reaktion.

Beunruhigt bist du auf Danny zugegangen. Im nächsten Moment hat er zu dir hochgeschaut, mit seinem üblichen breiten Grinsen.

»Könnte sein, dass Danny Leimohr oder so was hat«, sagst du abends zu Tim. »Er scheint mich manchmal nicht richtig zu hören.«

Tim runzelte die Stirn. »Danny?«, rief er.

Danny blickte auf. »Ja?«

»Ich seh da kein Problem.« Tim wandte sich wieder seinem BlackBerry zu.

»Es ist auch nicht immer gleich«, hast du insistiert. »Ich hab jedenfalls mal einen Termin beim Ohrenarzt gemacht.«

»Mein Opa sagte immer«, erwiderte Tim gelassen, »niemand ist so taub wie die, die nicht hören wollen.«

»Echt schade, dass ich Großvater Scott nicht mehr kennengelernt habe. Muss ein lustiger Kerl gewesen sein.«

»Ein knurriger alter Scheißkerl«, sagte Tim.

Stumm hast du auf Danny gezeigt.

»Also, ein knurriger alter Scherzkeks«, verbesserte sich Tim.

»Aber was hast du gemacht, als Danny nicht hören wollte? Hast du sein Essen in den Müll geworfen?«

»Natürlich nicht.«

»Hm.«

Das war die Kurzform einer Diskussion, die ihr beide immer wieder hattet. Tim betrachtete Erziehung als eine Art Technik. Man musste lediglich konsequent bestimmte Schaltprozesse einleiten, um am Ende ein wohlerzogenes, gelungenes Ergebnis zu bekommen. Für dich war der Umgang mit einem Kind aber ein lebendiger Beziehungsprozess, und du fandest es besonders spannend, ohne Regelbuch zu agieren.

Das hättest du Tim niemals offenbart, aber du hast Danny sogar ermuntert, im Morgengrauen zum Kuscheln in dein Bett zu schlüpfen. Das war für dich der beste Teil des Tages. Auch wenn Danny – was selten vorkam – frech und widerspenstig war, sahst du das eher als Zeichen, dass aus ihm ein unabhängiger Geist, ein schöpferischer Denker wurde und kein Jasager. Manchmal musstest du dich regelrecht beherrschen, ihn nicht noch zu ermutigen, wenn er trotzig oder wütend war.

Als der Ohrenarzt gegen Ende der Woche bei Danny Leimohr diagnostizierte und sagte, das würde im Laufe der Zeit von selbst wieder weggehen, fühltest du dich insgeheim bestätigt.

Ihr hattet für Danny einen Platz in der Montessori-Vorschule bekommen. Das war ein Kompromiss zwischen Tim und dir: Du wolltest, dass Danny bis zur Einschulung zu Hause blieb, Tim wollte ihn auf eine »vernünftige« Vorschule schicken.

»Studien beweisen, dass Kinder, die in die Vorschule gehen, besser zurechtkommen«, sagte er.

»Womit?«

»Mit der richtigen Schule.«

»Aber muss er denn unbedingt Akademiker werden?«, hast du eingewendet. »Ich kann ihm besser Malen beibringen als irgendwelche Lehrer.«

»Sie kommen sozial und *in jeder Hinsicht* besser zurecht«, beharrte Tim.

Schließlich überzeugte dich, dass die Vorschule nur ein paar Straßen entfernt lag. Und du warst auch ziemlich bezaubert von den Montessori-Lehrmaterialien: handgeschnitzte Figuren aus Eichenholz, kein einziges Stück Plastik.

Eines Nachmittags, als du Danny abholen wolltest, sprach die Lehrerin dich an. »Ich bin ein wenig besorgt wegen Dannys Ausdrucksweise, Mrs. Cullen-Scott. Er benutzt sehr viele Nomen, aber kaum Verben.«

Du warst verdutzt. Darauf hattest du nie geachtet. »Sollen wir daran arbeiten?«

»Ach, nein«, antwortete sie leichthin. »Das gibt sich wahrscheinlich von alleine.«

Worauf du Danny natürlich für den Rest des Tages mit Verben nur so beworfen hast: »Schau, Danny, tanzen! Schau, Danny, hüpfen! Winken, Danny!« Das schien ihn etwas zu wundern, aber er reagierte gutmütig wie üblich darauf.

Ein paar Tage später sagte dieselbe Lehrerin zu dir: »Ich bin mir nicht ganz sicher, ob Danny richtig hört. Er wirkt manchmal … abwesend.«

»Also, mit den Ohren ist nichts«, hast du erwidert. »Er hatte Leimohr, aber der Arzt sagt, das ist verheilt.«

»Haben Sie mal untersuchen lassen, ob vielleicht eine Sprachentwicklungsstörung vorliegt?«

»Ob *was* vorliegt?«, hast du beunruhigt gefragt. Du hast nicht erwartet, dass man als Elternteil dauernd mit irgendwelchen Störungen konfrontiert wird.

»Es kommt mir manchmal vor, als ob er … für ein paar Momente komplett abwesend ist. Wahrscheinlich nichts Ernstes, aber …«

»Nein, Sie haben recht. Mir ist das auch schon aufgefallen.« Dieses Wegtreten, wie du es nanntest, war inzwischen mehrmals vorgekommen. Du hattest bislang nicht mit Tim darüber sprechen wollen, weil er wieder nur gefragt hätte, welche erzieherischen Maßnahmen du jeweils ergriffen hattest. Und die Antwort hätte lauten müssen: Gar keine.

Du hast dich um einen Termin bei einem Kinderneurologen bemüht. Die Sprechstundenhilfe teilte dir mit, wenn es kein Notfall sei, könne sie den nächsten Termin erst in sieben Wochen anbieten. Sie hörte sich an, als hielte sie die Untersuchung ohnehin für überflüssig.

Du hast trotzdem zugesagt, für einen vollständigen Check.

Danach hast du dich besser gefühlt. Immerhin hattest du was *unternommen.* Wahrscheinlich war das alles harmlos, aber man sollte es trotzdem besser untersuchen.

Nachts bist du aufgewacht, weil aus Dannys Zimmer ein seltsames Gelächter zu hören war, schrill und irgendwie unheimlich. Ohne Tim zu wecken, bist du ins Zimmer eures Sohnes geschlichen. Danny lag da und starrte an die Decke, die Augen weit aufgerissen, und seine Lider zuckten.

Du hattest im Internet mal gelesen, dass zuckende Augenlider auf abnorme Hirnaktivität hinwiesen.

Vielleicht träumte er aber auch nur mit offenen Augen.

Tim hielt natürlich nicht das Geringste von Leuten, die Diagnosen aus dem Internet ernst nahmen. Aber das war eine Website von echten Ärzten gewesen.

Der nächste Tag war ein Samstag. Tim fuhr wie üblich in die Firma; er arbeite gern, wenn weniger Leute dort seien, sagte er. Obwohl auch die meisten von Tims Angestellten ihre Wochenenden im Büro verbrachten.

Du bist mit Danny einkaufen gefahren. Im Auto war er so ungewöhnlich still, dass du dich zu ihm umgedreht und fast einen Unfall verursacht hast.

Plötzlich nuschelte Danny: »Das sind böse Tiere!«

Du hast sofort am Straßenrand gehalten.

»Böse Tiere«, wiederholte Danny und starrte auf die anderen Autos. »Böse Tiere! Böse Tiere! Töten!« Aufgeregt wand er sich in seinem Sitz und versuchte sich zu befreien. »Mach das weg!«, schrie er. »Mach das weg! Das tut weh!«

Er zeigte auf seinen Kopf.

»Danny, was ist? Was ist los?«

Dann war er ganz plötzlich ruhig und sackte in seinem Sitz zusammen.

»Danny, was war das?«

»Hab ein rotes gesehen«, sagte er schwächlich. »Rote sind ganz böse.«

Im Laden tappte Danny wie immer neben dir her und hielt sich am Einkaufswagen fest. An der Kasse war eine lange Schlange, und eine alte Dame bezahlte mit einzelnen Münzen und plauderte dabei mit der Kassiererin. Normalerweise hättest du versucht, dich zu entspannen und keine Hektik zu verbreiten. Aber an diesem Tag wolltest du so schnell wie möglich mit Danny nach Hause.

Plötzlich hast du ein leises Grollen gehört, das von ihm kam. Er starrte auf die Leute vor euch.

»Am Wochenende dauert es manchmal länger«, hast du gesagt, um ihn abzulenken.

Und dann fing er an zu schreien. So schrill, dass die Worte kaum zu verstehen waren. Es hörte sich an wie »Die machen das falsch!«, und Dannys Gesicht wirkte – es gab kein anderes Wort dafür – *wahnsinnig*. Als habe er Halluzinationen. Dann drehte er sich abrupt um und rannte weg. Streckte dabei die Arme aus und schlug um sich, als verfolge ihn ein Bienenschwarm. Er lief gegen die sorgfältig arrangierten Obstpyramiden. Orangen und Grapefruits kullerten auf ihn herunter, ein Farbtaumel. Dann raste Danny in den Gang mit den Konserven, schlug den Kopf gegen die Dosen, dann gegen die Cola-Flaschen. Und die ganze Zeit schrie er wie am Spieß.

Die Leute starrten ihn an. Und dann, noch schlimmer, wandten sie sich ab und taten, als wäre nichts passiert. *Also, weißt du, Schatz, heute im Biomarkt hat sich ein Kind ganz entsetzlich schlecht benommen.*

Als du Danny endlich eingeholt hattest, lag er am Boden und krümmte sich, zuckte wie ein Fisch an Land. War das irgendein Anfall? Er steckte sich die Finger in den Mund und biss so fest zu, dass Blut floss.

Es gelang dir, ihm die Finger aus dem Mund zu ziehen und dann seinen Kopf mit den Händen zu schützen.

Als Danny schließlich aufhörte zu schreien, brabbelte er unverständliches Zeug. Du trugst ihn zurück ins Auto und fuhrst sofort in die Klinik.

»Ihr Kind hat offenbar eine Verhaltensstörung«, sagte der Arzt. Man hatte ein paar Standarduntersuchungen gemacht und den Puls gemessen. Allmählich hatte Danny sich beruhigt, aber er war trotzdem anders als normal. Was den Ärzten einfach nicht klarzumachen war.

»Bekommt er zumindest ein EEG?«, fragtest du verzweifelt.

Der Arzt schüttelte den Kopf. »Das ist wirklich nicht indiziert.«

»Bitte.« Die Vorstellung, dass du Tim erzählen müsstest, Danny habe eine Verhaltensstörung, versetzte dich in Angst und Schrecken. Denn du wusstest, dass Tim, seiner Liebe zu dir und Danny zum Trotz, immer den Ärzten glauben würde. Weil die in seiner Weltsicht Wissenschaftler waren und deshalb recht hatten. Du hingegen warst Mutter, emotional, irrational und deshalb auf der falschen Seite: auf der Seite der Intuition. Du hättest wieder dieses Lächeln zu sehen bekommen, das besagte: *Dein Problem mit Logik ist wirklich niedlich. Aber jetzt müssen die Erwachsenen eine Entscheidung treffen.*

»Sie könnten einen Kinderpsychologen aufsuchen«, schlug der Arzt vor. »Und sich ein paar Erziehungstipps geben lassen.«

In diesem Moment war wieder dieses Grollen aus Dannys Brust zu hören. »Es bewegt sich«, knurrte dein Sohn und starrte an die Decke. »Es soll aufhören. Bitte mach, dass es aufhört.«

Das waren seine letzten vollständigen Sätze. Zwei Minuten später wand er sich schreiend am Boden.

Zumindest kam danach die Untersuchungsmaschinerie in Gang. Röntgen, EEG, MRT, Ultraschall. Ein Albtraum-Szenario nach dem anderen wurde entworfen. Schizophrenie. Gehirnerkrankungen. Epilepsie. Hirntumor.

Als Tim in der Notaufnahme auftauchte, mutmaßte man gerade, Danny hätte vielleicht irgendwelche Drogen gefunden – auf dem Boden oder hinter einem Autositz. Wütend hast du immer wieder gesagt, das sei ausgeschlossen. Aber die Seitenblicke auf deine Piercings und dein Tattoo sind dir nicht entgangen. Diese Typen zogen ihre eigenen Schlüsse.

Sie machten eine Blutuntersuchung bei Danny, und du hast verlangt, dass auch bei dir eine gemacht wurde, um zu beweisen, dass du drogenfrei warst. Um es denen zu beweisen, aber auch Tim.

Achtundvierzig Stunden lang wurde Danny weiter durchgecheckt. Schließlich wurdet ihr zu einem Arzt geschickt, einem eindrucksvollen weißhaarigen Mann.

»Die Untersuchungsergebnisse sind so weit alle gut«, sagte er und ging mit dem Finger eine Liste durch. »Das EEG ist normal, das heißt, Epilepsie ist ausgeschlossen. Sämtliche anderen Untersuchungen sowie der Bluttest sind unauffällig. Es gibt keinen Hinweis auf eine Entzündung oder Vergiftung. Auch ein Tumor liegt nicht vor.«

Du hast dich förmlich auf das Wort *gut* gestürzt. Dann war doch wirklich alles gut. Oder nicht?

Dann dämmerte dir, dass *gut* in diesem Zusammenhang das Gegenteil bedeutete. Nämlich, dass man sämtliche möglichen Erklärungen abgehakt hatte. Es hieß nicht, dass Danny wieder gesund würde.

»Somit bleiben nur zwei Möglichkeiten übrig«, fügte der Arzt hinzu. »Kindliche Psychose oder Heller-Syndrom.«

Die Psychose klang damals bedrohlicher für dich. Erst nach weiteren Recherchen im Internet wurde dir klar, dass es sich umgekehrt verhielt. Psychosen sind behandelbar und können geheilt werden. Das Heller-Syndrom dagegen – eine desintegrative Störung des Kindesalters, auch als »regressiver Autismus« bekannt – bleibt voraussichtlich fürs Leben.

»Falls es sich – was ich befürchte – um das Heller-Syndrom handelt«, sagte der Arzt, »bedenken Sie bitte, dass er immer noch dasselbe Kind ist wie vor der Diagnose. Ein Wort wie Autismus in Bezug auf das eigene Kind ist für Eltern schwer zu verkraften. Aber es ist eben auch nur ein Wort.«

Und damit schickte der Arzt euch nach Hause. Es war gut gemeint von ihm, dass er den Schock mildern wollte. Aber es nützte nichts, denn der Mann hatte nicht recht. Danny war eben nicht mehr dasselbe Kind wie vorher. Der Danny, den du gekannt und geliebt hattest, war verschwunden. Der Autismus hatte ihn geraubt.

EINUNDZWANZIG

Keiner von uns nahm Mikes Rausschmiss sonderlich ernst. Tim feuerte dauernd irgendwelche Leute. Meist hielt seine Wut nur so lange an, wie die brauchten, um ihren Schreibtisch zu räumen. Dann tauchte Tim normalerweise auf und sagte: »Tut mir leid, ich hab's nicht so gemeint.«

Aber Mike marschierte raus und kam nicht wieder. Wir warteten darauf, dass Tim ihm nachlief, um sich zu entschuldigen, aber das passierte nicht.

Wahrscheinlich, weil jeder von ihnen die Frau des anderen beleidigt hatte, dachten wir uns. Damit hatten sie eine Grenze überschritten.

Das Ganze war noch viel unangenehmer, weil Jenny während des Streits am Mathematikertisch gesessen und Tims Äußerung vermutlich gehört hatte. Aber Jenny kam auch danach jeden Tag zur Arbeit, als sei nichts gewesen.

Letztlich hatten wir alle gelernt, uns zeitweilig taub zu stellen.

Die Lage blieb monatelang unverändert. Jemand hatte von Freunden gehört, dass Mike bei einem anderen IT-Unternehmen Vorstellungsgespräche hatte.

Irgendwann reichte es Abbie offenbar. Sie reservierte bei Fuki Sushi einen Tisch zum Lunch. Als Tim kam, sah er, dass der Tisch für drei gedeckt war. Kurz darauf tauchte Mike auf. Beide Männer starrten sich überrascht an.

Angeblich war Abbie dann aufgestanden und hatte gesagt:

»Ich lass euch beide jetzt mal alleine. In drei Wochen heirate ich übrigens, und Tim hat noch keinen Trauzeugen.«

Zu Mike sagte sie: »Du musst mich nicht mögen, und du musst auch nicht davon überzeugt sein, dass ich die richtige Partnerin für ihn bin. Aber Tim liegt uns beiden am Herzen. Also lass uns zusehen, dass wir das gemeinsam hinkriegen, okay?«

Am nächsten Tag saß Mike wieder an seinem Schreibtisch. Drei Wochen später war er Tims Trauzeuge. Und als Tim und Abbie ein Jahr später die Geburt ihres Sohnes feierten, wurde Mike Pate.

Bei dem Lunch hatte Tim Mike wohl versprochen, dass er sich gleich nach den Flitterwochen auf Investorensuche machen würde. Und das tat er auch. Kurz darauf hatten wir genug Finanzmittel, um die Shopbots zu optimieren und kostengünstigere Herstellungsmethoden zu erarbeiten.

Während der gesamten Zeit behielt Jenny ihre Meinung für sich. Und wir wussten immer noch nicht, ob sie Tims Äußerung gehört hatte.

Aber zumindest waren Mike und sie bei der Hochzeit dabei. Außer den beiden war keiner aus dem Team eingeladen.

60

Du denkst immer noch über Danny und die Erlebnisse in Meadowbank nach, als es klingelt. »Wer ist da?«, fragst du über die Sprechanlage.

»Detective Tanner.«

Der Polizist, der dich auf dem Revier so mies behandelt hat. Du öffnest die Haustür, aber nur einen Spalt. Der Typ ist breit wie ein Schrank, und dir fällt wieder ein, wie er sich dir in den Weg gestellt hat.

»Kann ich reinkommen?«, fragt er schroff.

»Es wäre mir lieber, wenn nicht.«

Darauf reagiert er nicht. »Ich hab gehört, dass man auf dem Rechtsweg versucht, Sie zu vernichten.«

Du fixierst ihn mit abweisendem Blick. »Wir fechten das an.«

»Na, dann viel Glück. Wissen Sie noch, was ich damals zu Ihnen gesagt habe?«

»Natürlich. Dass Sie Tim weiter im Auge behalten.«

Er schüttelt den Kopf. »Dass ich Gerechtigkeit für Abbie will. Und dass Sie mir helfen sollen, wenn Sie können. Um Abbies willen.«

Du schweigst.

»Hören Sie«, sagt Tanner drängend. »Die Zeit wird knapp für Sie und damit auch für Abbie. Wenn Sie irgendetwas wissen – wenn Tim Scott irgendwas gesagt hat, das uns der Wahrheit näher bringt –, dann müssen Sie mir das jetzt sagen. Bevor es zu spät ist.«

Du zögerst einen Moment, dann öffnest du die Tür. »Okay. Kommen Sie rein.«

Du hast natürlich keineswegs die Absicht, Detective Tanner irgendwas zu erzählen. Sondern siehst seinen Besuch als Gelegenheit, um rauszufinden, was *er* weiß.

»Folgende Absprache«, sagst du. »Ich sag Ihnen, was ich rausfinde, Sie sagen mir, wo ich suchen soll.«

»Was meinen Sie damit?«, fragt er argwöhnisch.

»Es gab Beweismaterial, das beim Prozess zurückgehalten wurde, nicht wahr? Das hatten Sie den Medien gegenüber angedeutet, als das Verfahren eingestellt wurde. Und diese Artikel in der Presse, in denen es darum ging, dass Abbie womöglich Affären gehabt hatte … auch davon war vor Gericht nicht die Rede. Dafür muss es einen Grund gegeben haben.«

»Ja«, sagt Tanner nach kurzem Zögern. »Einige Gründe sogar. Erstens wollte die Staatsanwaltschaft jeden Anschein von Täter-Opfer-Umkehr vermeiden. Das hassen die Geschworenen, vor allem wenn das Opfer eine attraktive junge Frau ist. Lieber den Eindruck der guten Ehefrau und Mutter aufrechterhalten. Dann können die Geschworenen für sie eine Lanze brechen.«

»Und der zweite Grund?«

»Der zweite Grund war, dass Abbies Sexleben kein Motiv darstellte, sie umzubringen.«

»Warum denn nicht? Wenn sie in diesen Portalen aktiv war …« Dann wird dir klar, was er damit andeuten will. »Tim *wusste davon*? Sie haben eine offene Ehe geführt?«

Tanners Gesicht gibt nichts preis. »Laut seinen Anwälten, ja. Abbie hatte wohl schon polyamourös gelebt, bevor die beiden sich kennenlernten, und sie hatten sich offenbar geeinigt, dass sie diesen Lebensstil auch nach der Hochzeit beibehalten würde.«

»Das glaube ich nicht«, sagst du wie aus der Pistole geschossen. Du bist sicher, dass Tim andere Männer neben sich niemals geduldet hätte. Er wollte nie irgendetwas teilen, und Abbie nun ganz bestimmt nicht. Außerdem stand nichts davon im Ehevertrag. Äußerst unwahrscheinlich, dass ein Dokument, in dem das Strafmaß bei Gewichtszunahme von einem Kilo penibel festgeschrieben wurde, etwas so Extremes wie Polyamorie außer Acht lassen würde.

»Ich auch nicht«, erwiderte Tanner. »Aber es reichte aus, um die Staatsanwaltschaft zu verunsichern. Und später meldeten sich dann jede Menge Frauen, die behaupteten, mit Tim Scott Sex gehabt zu haben, während wir nicht einen einzigen Mann gefunden haben, mit dem Abbie was hatte.« Tanner hielt inne. »Da ist noch etwas, das man den Geschworenen vorenthalten hat. Und zwar etwas, das meiner Ansicht nach weitaus relevanter ist.«

Du brauchst einen Moment, um zu verarbeiten, was du gerade gehört hast. Sian war also nicht die Erste. Was natürlich stimmig ist, wenn die in dem Buch über Limerenz beschriebene Struktur auf Tim zutrifft. *Wo sie begehren, lieben sie nicht, und wo sie lieben, können sie nicht begehren.* Wenn alle Frauen, die keine Madonnen sind, Huren sein müssen, dann gibt es jede Menge Huren zur Auswahl.

Hat Tim dich aus diesem Grund nicht mit Genitalien ausgestattet? Nicht weil es technisch zu kompliziert war, oder wegen der öffentlichen Moral – sondern weil er über deine Keuschheit herrschen wollte?

Bist du nur die moderne Variante all jener zahllosen Frauen im Laufe der Menschheitsgeschichte, die unterdrückt und verstümmelt wurden, um sie ihrer vermeintlich bedrohlichen Sexualität zu berauben? Deren Verlangen von Männern überwacht und denen das Recht auf vollständiges Menschsein genommen wurde?

Tanner sieht dich erwartungsvoll an, und du musst dich zwingen, dich auf ihn zu konzentrieren. »Wie bitte?«

»Ich sagte, Abbies Drogenberater hatte darauf hingewiesen, dass es ein Kinderschutzthema gab.«

»In welcher Hinsicht?«

Tanner verzieht das Gesicht. »Das ist eben das Frustrierende. Laut Gesetz müssen es Drogenberater angeben, wenn ihnen etwas auffällt, das die Sicherheit eines Kindes gefährden könnte. Doch sie sind nicht gesetzlich verpflichtet, das genauer auszuführen oder weitere Informationen rauszurücken. Deshalb beziehen sich dann die meisten aufs Persönlichkeitsrecht des Klienten und machen dicht. Abbies Drogenberater war da keine Ausnahme.«

Du triffst eine Entscheidung. »Wie heißt der Mann?«

»Piers Boyd. Hat seine Behandlungsräume bei sich zu Hause in Half Moon Bay. Deshalb hatte Abbie ihn wahrscheinlich ausgesucht – er wohnt in der Nähe von ihrem Strandhaus.« Tanner betrachtet dich forschend. »Wollen Sie ihn treffen?«

»Könnte nicht schaden.«

»Okay, aber wenn er was rausrückt, lassen Sie es mich wissen. Wenn Sie mir was über Abbie liefern, kann ich Ihnen vielleicht mit Lisa Cullen helfen. Sie überreden, sich diese Klage noch mal zu überlegen.«

»Ich brauche Ihren Schutz nicht«, sagst du leichthin. »Habe

ja Tim und seinen Anwalt.« Doch du weißt genau, dass das so nicht stimmt. Für Tim bist du nichts weiter als ein Algorithmus, der ihm helfen soll, Abbie zu finden. Und für den Anwalt bist du nur ein Druckmittel für den Vergleich, den er wahrscheinlich gerade versucht durchzudrücken. Detective Tanner könnte sich vielleicht sogar als lebensrettend für dich erweisen.

61

Du findest Piers Boyds Adresse auf seiner Website, die ziemlich amateurhaft wirkt und auf der er sich als Coach für Lebensfragen, Reiki-Heiler und Drogenberater vorstellt. Man rennt ihm wohl nicht gerade die Bude ein. Als du anrufst, um einen Termin zu vereinbaren, kannst du noch für den gleichen Tag einen haben.

»Wie ist Ihr Name?«, fragt Boyd am Telefon.

»Gail«, sagst du kurz entschlossen.

»Schön.« Du hörst, wie er mit den Zähnen die Kappe von einem Stift zieht. »Kurzform von Abigail, oder?«

»So ähnlich.« Da *Abbie* bereits vergeben ist, kriegst du den Rest, der von *Abigail* noch übrig ist. Typisch für dein Leben, denkst du bedauernd.

Boyd wohnt am Balboa Boulevard am Strand. Am Gartentor klirrt ein Windspiel, und neben dem Haus siehst du mehrere Surfboards und einen nassen Neoprenanzug. Der Mann, der dir die Tür öffnet, scheint Ende vierzig zu sein. Er ist barfuß, trägt eine Art weite indische Hose – *Dhoti*, fällt dir dazu ein – und hat die langen Haare zum Dutt hochgebunden.

»Gail?«, sagt der Mann, und dann: »Oh. Sie sind das.« Er wirkt überrascht und auch ziemlich unbehaglich, genau wie du beabsichtigt hattest.

»Ja. Die Roboter-Version der Frau, die Sie beraten haben. Kann ich reinkommen?«

»Ja, schon.« Zögerlich öffnet er die Tür.

»Ich hab was über Sie gelesen«, sagt Boyd, als ihr euch in einem Beratungsraum niederlasst, der eindeutig früher eine Garage war. »Hätte allerdings nicht erwartet, Sie jemals hier zu sehen.«

»Das kann ich von mir auch behaupten.«

Er betrachtet dich interessiert. »Glauben Sie, dass Sie eine Seele haben?«

Die Frage verblüfft dich. »Das hat mich noch niemand gefragt.« Du überlegst. »Ja, ich glaube tatsächlich, dass ich eine Seele habe. Jedenfalls gegenwärtig. Eine Seele ist ja etwas vom Körper Losgelöstes. Wenn man also keinen Körper aus Fleisch und Blut hat, muss das deshalb nicht heißen, dass man keine Seele hat.«

»Und warum nur gegenwärtig?«

»Weil man mich per Gerichtsbeschluss vernichten will.«

Du erklärst ihm die Lage, stellst sie aber so dar, als sei nicht Lisa die treibende Kraft, sondern ein Konzern, der Tims technischen Durchbruch kommerzialisieren und vereinnahmen will.

»Und deshalb bin ich hier«, schließt du. »Wenn ich verstehe, was Sie bewogen hat, diese Kinderschutzproblematik anzuführen, könnte ich das nutzen, um meine Vernichtung zu verhindern.«

Boyd spielt nervös mit seiner Halskette. »Dabei stellt sich aber die Frage, ob Sie nun Abbie sind oder nicht. Wenn nicht, darf ich es Ihnen nicht sagen. Ansonsten wäre Vertraulichkeit kein Thema.«

»Die Anwälte würden behaupten, dass ich nicht Abbie bin«, gibst du zu. »Aber die würden auch sagen, dass ich keine Seele habe.«

»Ja.« Boyd wirkt unentschlossen. »Knifflige Sache.«

»Ich fühle mich aber wie Abbie«, lügst du. »Ich habe ihre Gedanken, ihr Bewusstsein, ihre Erinnerungen. Was ist Identität, wenn nicht das alles?«

Boyd zögert noch immer. »Sagen Sie mir doch einfach, was Sie wissen wollen. Dann sehe ich ja, ob ich es Ihnen anvertrauen kann oder nicht.«

Binnen zehn Minuten redet er. Mit der Polizei hätte der nie gesprochen – dafür ist er viel zu alternativ –, aber dir gegenüber will er offen sein.

»Ich war lange Zeit Abbies Berater«, erklärt er. »Sie musste ja wegen ihres Ehevertrags jemanden haben. Aber nach einer Weile redeten wir nicht mehr über ihre angebliche Drogensucht, sondern über ihre anderen Themen.«

»Warum *angebliche* Drogensucht?«

»Abbie nahm nur gelegentlich mal was. Natürlich gibt es viele Leute, bei denen aus so was echte Abhängigkeit entsteht. Man könnte also sagen, dass ihr Mann ihr einen Gefallen getan hat, indem er von Anfang an was dagegen unternahm … oder aber, dass er einfach massiv überreagiert hat.«

»Und über welche anderen Themen haben Sie dann gesprochen?«

»Über Danny«, antwortet er ruhig. »Wir haben viel über Danny geredet. Abbie war … Nun, ich würde sagen, sie war traumatisiert durch das, was mit Danny passiert war. Die Öffentlichkeit sah nur diese schöne, starke Frau, die nicht aufgab. Die beeindruckende Mutter, die sich nicht unterkriegen ließ. Aber hier in diesem Raum erlebte ich eine Frau mit gebrochenem Herzen.«

»Und Sie haben ihr geholfen.«

»Ich habe es versucht.« Boyd wirkt nachdenklich. »Indem ich ihr zuhörte. Das war sie so wenig gewohnt, dass es ihr anfänglich schwerfiel, überhaupt zu sprechen. Doch im Laufe der Zeit wurde sie offener. Ich glaube nicht, dass jemand außer mir diese Seite von ihr jemals zu sehen bekam. Ihr Mann auf keinen Fall.«

Du spürst, dass Piers Boyd ein bisschen in Abbie verliebt gewesen war. Hatte sie ihre Schönheit und Verletzlichkeit benutzt, um ihn zu manipulieren? Oder ist das zynisch gedacht?

»Und weshalb haben Sie auf das Kinderschutzproblem hingewiesen?«, fragst du. »Hatte es mit Drogen zu tun? Oder mit Alkohol?«

Boyd schüttelt den Kopf. »Nein, nein, all so was nicht. Sie hatte vor, Danny zu entführen.«

Erschüttert lehnst du dich zurück. »Zu *entführen*? Wie denn?«

»Er ging auf diese Sonderschule, die ihr Mann ausgesucht hatte. Tim hatte ihr diese ganzen Studien gezeigt, die dieses Prinzip lobten, und hatte sie gedrängt einzuwilligen … Erst als Danny dort schon untergebracht war, merkte Abbie, wie schlimm es da zuging.«

»Ich weiß. Ich hab das heute Morgen selbst zum ersten Mal gesehen.«

Boyd nickt. »Furchtbar, oder? Abbie selbst hatte ja eine ganz ähnliche Therapie durchmachen müssen, in dieser Entzugsklinik, in die sie von ihrem Mann geschickt worden war. Für sich selbst kam sie damit klar. Doch sie konnte die Vorstellung nicht ertragen, dass man Danny so etwas antat.«

»Aber …« Du verstummst. In den letzten Stunden sind all deine Vorstellungen von Abbie auf den Kopf gestellt worden. Keineswegs war sie eine achtlose Mutter, sondern im Gegenteil eine leidenschaftliche. Sie war kein Partygirl, sondern ein verantwortungsvoller Mensch in einer Zwangslage.

»Und ich war eben hin- und hergerissen«, fährt Boyd fort. »Ich konnte vollkommen nachvollziehen, weshalb sie diese Schule verabscheute. Aber ich hatte den Eindruck, dass Abbie die Alternative nicht ausreichend durchdacht hatte. Sie sagte, sie wolle irgendwo mit Danny ein neues Leben anfangen … als wäre das so einfach. Als ich nachfragte, stellte sich heraus, dass sie keine Ahnung hatte, wo und wie Dannys Betreuung geregelt werden sollte. Er ist ein besonders bedürftiges Kind … ich konnte nicht ignorieren, was Abbie mir da erzählte. Außerdem hätte ich meine Zulassung verlieren können. Ich dachte mir, wenn ich darauf hinweise, schickt die Polizei zumindest mal einen Schulpsychologen dorthin, der sich die Verhältnisse anschaut und entscheidet, ob dies der richtige Ort für Danny ist.«

»Aber das ist nicht passiert.«

Boyd schüttelt den Kopf.

»Was ist Ihrer Meinung nach passiert?«

»Ich wünschte, ich wüsste es. Aber ich tappe genauso im Dunkeln wie alle anderen. Vielleicht hat sie ihre Pläne geändert. Sie waren ja sowieso ziemlich vage.«

Du fragst dich, ob das sein kann. Auf dieser Website waren die Vorbereitungen zum Verschwinden minutiös beschrieben.

Verrate niemandem, was du vorhast, auch nicht den Menschen, denen du am meisten vertraust.

»Ich persönlich glaube, dass Abbie ganz genau wusste, wohin sie mit Danny fliehen wollte«, sagst du langsam. »Sie wollte es Ihnen nur nicht sagen, um ihre Pläne nicht zu gefährden.«

Piers Boyd sieht gekränkt aus, nickt jedoch, als leuchte ihm das ein. »Aber warum ist Danny dann immer noch in Meadowbank? Und wo ist Abbie? Was ist schiefgelaufen?«

Du schüttelst den Kopf. »Das verstehe ich auch noch nicht. Aber ich werde es herausfinden.«

62

Charles Carter trägt eine abgetragene graue Strickjacke, als er dir die Tür öffnet. Es wundert dich nicht, dass er da ist; er hat ja gesagt, dass er zu Hause arbeitet. *Zusammenschlüsse von großen Unternehmen und Übernahmen.*

»Kommen Sie rein«, sagt er. Er scheint sich aufrichtig zu freuen, dich zu sehen.

Du folgst ihm durchs Haus, zu einem Büro mit Blick aufs Meer. Auf dem Schreibtisch stehen drei Monitore. Auf einem siehst du die Börsenkurse, einer wird zum Skypen benutzt. Auf dem größten in der Mitte scheint gerade ein Vertragsentwurf zu entstehen.

Aber dein Blick ist wie magisch angezogen von dem Gemälde an der Wand hinter den Monitoren. Der Blick aufs Meer, von der Strandpromenade aus, ist darauf dargestellt, in lebhaften, leuchtenden Farben, die Wellen abstrahierte dynamische Kringel. In einer Ecke ist Carters Boot, die *Maggie*, zu erkennen. Das Bild erinnert dich an das Wandgemälde in Tims Büro. Du trittst davor und betrachtest die Signatur. *Abbie Cullen-Scott*, in ihrer schwungvollen Handschrift.

»Schön, Sie wiederzusehen«, sagt Charles Carter. »Um diese Zeit des Jahres kriegt man hier selten jemanden zu Gesicht. Es ist ein wenig einsam, muss ich gestehen.«

Du deutest auf das Gemälde. »Hat Abbie Sie damit bezahlt?«

»Abbie?«, fragt er amüsiert. »Wofür hätte sie mich denn bezahlen sollen?«

»Damit Sie eine Firma für sie gründen.«

Carter setzt seine Lesebrille ab, lässt sie am Bügel kreisen und betrachtet dich nachdenklich.

»Bei diesem Schritt brauchte sie Hilfe«, sprichst du weiter. »Das meiste war relativ einfach zu bewerkstelligen: das Handy im Bus liegen lassen, keine Kreditkarten benutzen und desgleichen. Schwieriger war da schon, dass sie irgendeine Rechtseinheit brauchte, um einen Mietvertrag abzuschließen und alle anderen nötigen Dinge zu erledigen, ohne ihren Namen zu benutzen. Ich denke mir, dass Abbie deshalb zu Ihnen kam.«

Charles Carter zieht die Augenbrauen hoch, schließlich sagt er: »Das ist eine reine Mutmaßung.«

»Ich bin sehr gut in Mutmaßungen. Ich wurde auf intuitives Denken programmiert.«

»Immer gut zu wissen, wozu man da ist«, murmelt er.

»Damals, als wir uns begegnet sind, dachte ich noch, Sie hätten vielleicht eine sexuelle Beziehung mit Abbie gehabt«, sagst du. »Aber da habe ich nur Tims Denkweise übernommen. Jetzt denke ich, dass Abbie und Sie sich einfach mochten. Zwei einsame Menschen, die jeder auf seine Art den Menschen verloren hatten, den sie am meisten geliebt hatten … Und wie Sie sagten: Sie waren ihr etwas schuldig, weil sie sich dafür eingesetzt hatte, dass Sie hierbleiben konnten.«

»Wenn ich ihr ohnehin einen Gefallen schuldete, hätte sie mich ja nicht mit einem Gemälde bezahlen müssen, oder?«, wendet Carter ein.

»Dann hat sie es Ihnen eben geschenkt.« Du denkst kurz nach. »Als Erinnerung an sie.«

Sein Blick wandert zu dem Gemälde. »Abbie Cullen war einer der wunderbarsten und liebsten Menschen, denen ich jemals begegnet bin«, sagt Carter leise. »Sicher, sie war sehr durcheinander, als Danny diese Entwicklung nahm. Aber das Schwierigste für sie war, eine Entscheidung zu treffen. Sie hatte mit Tim Scott leben können, solange er der einzige fordernde Mann in ihrem Leben war. Aber jetzt gab es da noch einen …«

Du siehst, wie Carters Gesicht sanft wird, als er auf die Signatur schaut, und bist dir sicher, dass du richtigliegst.

»Sollte ich geschäftlich mit Abbie zu tun gehabt haben, wäre das jedenfalls streng vertraulich«, fügt er hinzu. »Aber ich sage Ihnen eines: Ich denke, sie hat die richtige Entscheidung getroffen.«

»Suchen Sie nach E-Mails von einem Mann namens Charles Carter«, trage ich Nathan auf. »Oder nach irgendetwas, das darauf hinweist, dass er Abbie bei der Gründung einer Firma geholfen hat.«

Auf dem Heimweg bist du im Handyladen vorbeigegangen. Nathan wirkte ziemlich überrascht, schloss aber dennoch sofort die Tür ab.

»Kommen Sie nach hinten«, sagt er.

Dort erträgst du das inzwischen vertraute Prozedere mit den Kabeln.

»Hier«, sagt er dann und reicht dir einen Ausdruck, der dünner ist als die letzten und nur aus zwei Seiten besteht. »Das hab ich seit gestern entschlüsselt. Der Suchabdruck einer Recherche.«

Du überfliegst das Blatt.

```
Autismus heilen []µ[]
kann Autismus geheilt werden
```

µ Behandlung von Autismus
µ Helfen B14 Spritzen gegen Autismus?
~ Spezialdiät für Autisten XÿŒ Chelat-Therapie
Angststörung Autismus
Heller-Syndrom makrobiotische Diät
Stammzelltherapie gegen Autismus
hilft MMS-Therapie gegen Autismus
Positiver Autismus
#Positiver Autismus Dr. Eliot P. Laurence
Dr. Eliot P. Laurence Kontakt
Positiver Autismus Ergebnisse

»Sie hat nach einer Heilmethode gesucht«, sagst du. »Liegt nahe.«

»Mhm«, macht Nathan, auf den Monitor starrend.

»Was soll das bedeuten? *Positiver Autismus?*«

»Keine Ahnung«, murmelt er.

»Schauen Sie nach.« Als er nicht reagiert, sagst du ungeduldig: »Schauen Sie das jetzt sofort im Internet nach, oder ich zieh das Kabel.«

»Nein … warten Sie.« Hastig ruft Nathan eine Suchmaschine auf und gibt *Positiver Autismus* ein, dann dreht er den Laptop zu dir, damit du das Ergebnis sehen kannst.

Positiver Autismus ist ein von Dr. Eliot P. Laurence, PhD [1] entwickelter Ansatz für den Umgang mit **Autismus** und anderen **Entwicklungsstörungen**. Dabei sollen Eltern und Pädagogen autistische Verhaltensweisen nicht als abweichend oder »falsch« betrachten, sondern als notwendige Bewältigungsstrategien für eine

> überfordernde Welt. [2] Versuche, typisch autistische Verhaltensweisen zu verändern, können wichtige Entwicklungsprozesse blockieren. [3]
> Mit der empfohlenen Kombination aus bewährten Heilmethoden – darunter **Qigong-Massage, Kunsttherapie, ketogene Diät** und **Sensorische Integrationstherapie** – haben Dr. Laurence' Seminare, Bücher und die vielen privaten Heileinrichtungen, die nach seinem Ansatz arbeiten, Tausenden von Menschen mit dieser Erkrankung zu besserer Lebensqualität verholfen. [4]

Bei den Links entdeckst du eine Website. »Machen Sie die auf«, sagst du zu Nathan und deutest darauf.

Auf der Seite findest du Fotos von einer Ranch und von Kindern – die sichtlich Beeinträchtigungen haben, aber fröhlich wirken – beim Reiten, Wandern und bei Massagen. Dazu den Text:

> Unser Ziel ist es nicht, Menschen »weniger autistisch« zu machen, sondern die Welt für sie angenehmer zu gestalten.

Du überfliegst den Rest der Website. »Klicken Sie auf *Kontakt*«, sagst du.

Nathan seufzt, kommt deiner Aufforderung aber nach. »Und das reicht jetzt auch«, sagt er, während du dir die Details einprägst. »Sie haben gekriegt, was Sie wollten.«

Während er wieder auf den Bildschirm starrt und sich Notizen macht, denkst du über die neuen Informationen nach. Du hast keinen Zweifel, dass Dannys Erkrankung zu Verwerfungen zwischen Abbie und Tim geführt hat. Vielleicht hatte Abbie ihm im Netz den Artikel gezeigt, den du gerade gelesen hast;

dann könnte Tims Antwort etwa so ausgesehen haben: *Wenn das wirklich funktionieren würde, gäbe es doch längst Peer-Reviews dazu. Es wimmelt ja nun nicht gerade vor Heilmethoden für Autismus. Wenn das nicht klinisch getestet ist, kann man es doch vergessen. Klingt nett, ist aber Blödsinn, und unserem Sohn wird es nicht helfen.*

Aber dieser Dr. Laurence behandelt die Kinder jedenfalls nicht mit Elektroschocks. Und ist es wirklich sinnvoll, Stresssymptome zu unterdrücken, wenn das Kind Angst hat? Was ist überhaupt damit gemeint, wenn man Autismus *behandeln* will?

Dir wird klar, dass Abbie sich wahrscheinlich vor fünf Jahren genau diese Fragen gestellt hat.

»Grandios«, murmelt Nathan. Er tippt etwas ein, und du hörst einen Verschlusston wie von einer Kamera. Nathan hat einen Screenshot gemacht.

»Schluss jetzt«, sagst du scharf. »Die Zeit ist um.«

63

Dr. Eliot Laurence … Auf dem Heimweg versuchst du dich angestrengt zu erinnern, doch dieser Name löst nichts in dir aus. Andere Erinnerungen tauchen auf; so verschwommen allerdings, dass du nicht sicher bist, ob sie echt sind oder eher solche »begründeten Vermutungen«, von denen Tim gesprochen hat.

Die Zeit nach der Diagnose war ungeheuer schwierig für eure Ehe, und es trat zutage, wie weit ihr euch schon voneinander entfernt hattet.

Seit Dannys Geburt war der Schwerpunkt deines Lebens dein Kind gewesen, für Tim aber weiterhin seine Arbeit. An dem im Ehevertrag vereinbarten Familientag wurden dennoch immer Anrufe gemacht, E-Mails geschrieben, Veranstaltungen besucht.

Dir wird klar, dass ihr beide nicht deshalb selten gestritten habt, weil eure Ehe gut war. Sondern weil eine Auseinandersetzung mit Tim grundsätzlich einen enormen Kraftakt bedeutete. Sein Starrsinn, seine Intelligenz und seine mangelnde Bereitschaft, auch nur in Winzigkeiten nachzugeben, machten jede Diskussion zu einem extrem anstrengenden Wortgefecht. Und da du am Ende sowieso immer klein beigeben musstest, hast du dich eben gar nicht mehr darauf eingelassen. Es gab einige Ausnahmen; als Tim von dir verlangte, nicht mehr nackt zu surfen, nachdem du Mutter geworden warst, hast du dich strikt geweigert. Aber im Laufe der Jahre waren diese Ausnahmen immer weniger geworden.

Sex hattet ihr nicht mehr. Das hast du aber auch von Freundinnen mit kleinen Kindern gehört. Zu erschöpft, sagten sie mit bedauerndem Lächeln. Außerdem hatte man meist ein kleines Kind im Bett. Deshalb hast du versucht, dir einzureden, das sei wohl einfach normal. Dabei traf es auf dich gar nicht zu. Du warst nicht zu erschöpft für Sex. Es schien eher so, als hätte Tim das Gefühl, sein Job sei erledigt, nachdem er ein Kind gezeugt hatte. Er liebte dich noch immer heiß und innig – behauptete er jedenfalls. Aber körperliche Intimität gab es nicht mehr zwischen euch.

Nach der Diagnose wart ihr euch durch Schock und Leid für kurze Zeit wieder näher. Das war das einzig Gute an der Situation: Sie schweißte euch zusammen. Ihr wurdet Team Danny, das diese Krankheit tapfer und entschlossen bekämpfen wollte.

»Wenn er autistisch geworden ist, kann er auch wieder nicht autistisch werden«, erklärte Tim. »Irgendwer wird irgendwann bahnbrechende Erkenntnisse veröffentlichen.«

Doch es wurde bald klar, dass sich die wenigen Forschungsprojekte nicht mit dem Heller-Syndrom befassten, sondern vielmehr versuchten, die Ursachen von Autismus zu verstehen. Was bislang niemandem gelungen war.

Du fingst an, nach alternativen Behandlungsmethoden zu suchen. Im Internet fanden sich etliche, und da du verzweifelt warst, hast du die meisten heimlich ausprobiert. Man konnte ja nie wissen. Tim war der Ansicht, was nicht wissenschaftlich bewiesen war, lohnte den Aufwand an Zeit und Geld nicht.

Damals hast du sogar die teure renommierte Logopädin wieder aufgesucht, die dir vor wenigen Monaten noch gesagt hatte, Dannys Lispeln werde sich verwachsen. Einige Wochen nach Ausbruch der Erkrankung war Danny stumm gewesen, aber dann hatte er begonnen, einzelne Laute von sich zu geben. *Aa* bedeutete »ja«, *Ssss* »Saft«. *Vuh* hieß »Video« – die Thomas-Videos, die er sich gern anschaute, als er aus dem Krankenhaus nach Hause kam.

»Was soll ich jetzt nur tun?«, hast du die Logopädin damals gefragt.

Worauf sie erwiderte, ob du schon mal Gebärdensprache erwogen hast.

Du warst fassungslos. Die Frau war Logopädin, verflucht, und wollte aufgeben, bevor sie sich überhaupt bemüht hatte? Eigentlich war man doch wohl verrückt, wenn man dieser nutzlosen Person hundertfünfzig Dollar die Stunde zahlte – nur um zu hören, die Sprechstörung eines Kindes werde *sich verwachsen*.

»Manchmal murmelt er irgendwas, das er in seinen Videos gehört hat«, hast du damals zu der Frau gesagt. »Das ist doch gut, oder? Damit können Sie doch arbeiten.«

Sie nickte. »Echolalie nennt man das. Das ist typisch für autistische Kinder, ist aber nur Brabbeln, eine Ansammlung von Lauten. Ich würde Ihnen jedenfalls raten«, fügte die Logopädin hinzu, »nicht den Weg der ABA-Therapie zu beschreiten. Viele Eltern autistischer Kinder versuchen das und bereuen es am Ende. Ich war mal bei einer Konferenz zu dem Thema. Hab furchtbare Videos da gesehen, wie man Kinder durch Drill zu kleinen Robotern macht.«

Abends hast du Tim von diesem entmutigenden Gespräch berichtet.

»In einem Punkt irrt sie sich gewaltig«, sagte er sofort. »Ich weiß nicht viel über Autismus, aber mit Robotern kenne ich mich aus. Es geht einfach um zielgerichtetes Lernen.«

»Also, vielleicht lohnt sich ein Versuch mit ABA.« Du hast auf Danny geschaut, der sinnloses Zeug vor sich hin brabbelte. »Irgendwas *müssen* wir machen.«

Danach habt ihr beide das Thema ABA recherchiert. Tim kam zu dem Schluss, dass es bislang als erfolgreichste Behandlungsmethode für Autismus galt, obwohl die ursprünglichen Erfolge ihres Erfinders, des Psychologen Ivar Lovaas, nie wiederholt werden konnten. Dennoch war Tim unbedingt dafür, es auszuprobieren.

Du hattest dich inzwischen nach ABA-Therapeuten umgesehen und dabei Julian entdeckt: um die dreißig, wilder brauner Lockenkopf, bäriger Typ, insgesamt liebenswert jungenhaft. Er erschien wie der Weihnachtsmann mit einem schweren Rucksack voller Spielsachen, die er auf dem Küchentisch verteilte – hauptsächlich billiges Elektronikspielzeug, das piepte, blinkte, flimmerte und hopste. Eine Discokugel an einem Bleistift. Dreierlei Springteufel. Ein Plastikfrosch, der hüpfte, wenn man einen Gummiball drückte. Ein Feuerrad, das echte Funken versprühte, wenn man den Hebel betätigte. Alles in allem der reinste Albtraum von Montessori-Pädagogen.

»Was würde ihm gefallen?«, fragte Julian ruhig.

Du hast auf Toby, den Triebwagen der Dampfstraßenbahn, gedeutet. »Er liebt Thomas und seine Freunde, aber Toby mag er am liebsten, ich weiß nicht warum.«

»Weil er anders ist, natürlich.«

Julian ging zu Danny, der am Boden saß und die Finger vor seine Augen hielt.

»Hi, Danny!«, sagte Julian freundlich. Ohne eine Reaktion abzuwarten, setzte er sich zu Danny, schob Toby herum und machte dazu »Wiiischwiiiisch«.

»Toby ist natürlich vorsichtig«, erklärte Julian munter. »Die Autos, Busse und Lkws haben oft Unfälle. Toby hatte seit Jahren keinen Unfall.«

Verblüfft hast du den jungen Mann angestarrt. Er kannte wahrhaftig den Text auswendig! Danny reagierte nicht, aber Julian ließ sich nicht beirren.

»›Meinst du, sie ist elektrisch?‹, fragte Bridget. ›Wusch‹, zischte Toby.« Julian spielte Tobys Empörung mit Gestik und Mimik. Dann drehte er sich zu dir um und sah dich erwartungsvoll an. Dir wurde klar, dass du mitmachen solltest, und zum Glück fiel dir ein Teil des Textes von Bridget wieder ein.

»Klar, Straßenbahnen sind elektrisch.«

Julian nickte. »Die meisten schon, aber das ist … eine …« Julian hob Toby hoch und hielt das Spielzeug ans Ohr, als warte er auf eine Antwort. Ein ausgedehntes gespanntes Schweigen entstand.

»Dampf…straßen…bahn«, murmelte Danny.

»Dampfstraßenbahn!«, wiederholte Julian freudig und drückte auf einen Knopf an Tobys Unterseite. Mit einem kleinen Ploppen stieg brenzlig riechender Qualm aus Tobys Schornstein auf.

Danny lachte.

Danny *lachte*. Zum allerersten Mal seit Monaten.

Fünf Minuten später waren die Spielsachen wieder eingepackt, und Julian saß am Küchentisch und trank Kaffee.

»Nicht übertreiben«, sagte er gelassen. »Arbeitsaufgabe für heute erledigt.«

Du hattest das Gefühl, dass er ein Wunder vollbracht hat. »Was war denn die Arbeitsaufgabe?«

»Das sogenannte Pairing. Damit meine Anwesenheit hier zum Verstärker wird. Danny soll mich mit Spaß assoziieren.«

Du musstest dir die Fachausdrücke *Pairing* und *Verstärker* erklären lassen. Mithilfe der Spielsachen sollte Danny motiviert werden, Fähigkeiten zu erwerben, die von Nicht-Autisten automatisch erlernt werden.

»Sie werden bald merken, Mrs. Cullen-Scott, dass wir ABA-Leute unsere Fachsprache mögen. Sie klingt so schön ernsthaft, obwohl wir eigentlich bei unserer Arbeit hauptsächlich Spaß haben.« Er sagte das lächelnd, aber dir wurde klar, dass es tatsächlich genau darum ging.

»Was immer Sie da gemacht haben: Es hat mir sehr gefallen«, hast du erwidert. »Und lassen Sie uns Du sagen. Ich bin Abbie.«

64

Zu Hause schreibst du unter falschem Namen an Dr. Eliot Laurence, bittest um einen Termin und erklärst, du seist durch seine ehemalige Klientin Abbie Cullen-Scott auf ihn gekommen. Binnen einer Stunde bekommst du Antwort.

> Gerne biete ich einen Beratungstermin an. Es gibt jedoch eine Warteliste, es wird also frühestens in fünf Monaten möglich sein. Eine Abbie Cullen-Scott ist mir jedoch nicht bekannt.

Vielleicht hatte Abbie nur einen Vortrag von Dr. Laurence gehört? Oder bist du womöglich auf der falschen Fährte? Schließlich hat Abbie Danny ja dann doch zurückgelassen.

Bis Tim nach Hause kommt, bereitest du Pasta zu. Das Kochen beruhigt dich. Du machst eine simple Tomatensoße mit Sardellen, Kapern und Chiliflocken. *Puttanesca* heißt sie, von *puttana*, italienisch für »Hure«. Laut Internet weiß man nicht genau, wie die Soße zu diesem Namen kam, aber du bist ganz sicher, dass ein Mann sie so genannt hat.

Als Tim nach Hause kommt, sprüht er vor Energie und verkündet: »Wir haben einen ersten Gerichtstermin.«

»Wann?«

»Morgen. Keine Sorge, erst mal nur eine Formalität. Das Gericht wird die eidlichen Aussagen verlesen, um deren Zulässigkeit zu bestätigen. Danach werden wir wieder weggeschickt und können versuchen, einen Vergleich zu schließen.«

»Wird das klappen?«

»Der Vergleich? Klar. Warum nicht? Die Cullens lassen sich bestimmt darauf ein. Ist immerhin geschenktes Geld.«

Du hast deine Zweifel, dass Lisa das so sieht, äußerst sie aber nicht. »Muss ich da mit hin?«

Tim nickt entschieden. »Wir müssen dem Gericht demonstrieren, dass wir nichts zu verbergen haben.«

Du würdest die Zeit viel lieber mit der Suche nach Abbie verbringen, behältst das aber natürlich für dich. Als Tim dich beim Essen fragt, ob du Fortschritte gemacht hast, sagst du ihm nur, bislang hätte sich nichts ergeben.

Er kommt von sich aus auf Meadowbank zu sprechen. Offenbar ist es ihm wichtig, sich deiner Zustimmung für die Wahl dieser Schule sicher zu sein. Und du kannst deine Einwände auch gar nicht äußern, weil deine Existenz davon abhängt, dass Tim sich mit dir wohlfühlt. Als du keine Kritik äußerst, stellt er eifrig die neuen Pläne und Ziele dar. »Bald kann man dafür sorgen, dass er nicht mehr unkontrolliert mit den Händen fuchtelt. Oder ständig mit diesen Loks spielt. Wenn man autistische Verhaltensweisen als Belohnung zulässt, verstärkt man sie nämlich nur. Jetzt, wo du mit von der Partie bist, können wir noch anders durchgreifen.«

Du versuchst dir vorzustellen, wie Danny es verkraftet, wenn man ihm seine geliebten Loks wegnimmt. Es gelingt dir nicht.

»Heute ist mir ein ABA-Therapeut wieder eingefallen, den wir ganz zu Anfang hatten«, sagst du. »Julian hieß er. Was ist aus dem geworden? Wir mochten ihn doch, oder?«

»Du erinnerst dich an Julian?« Tims Stimme bekommt einen angespannten Unterton.

»Ein bisschen.«

»Du solltest an den nicht mehr so viel denken.«

»Warum nicht?«

»Hat sich als total nervig erwiesen.«

Du runzelst die Stirn. »Ich hatte ihn als sehr nett in Erinnerung.«

»Das war er nicht«, erwidert Tim mit Nachdruck.

Nach dem Essen gehst du nach oben, um wie gestern Abend deine Haut abzulegen.

Als du wieder runterkommst, sagst du: »Tim, ich müsste eine Sache wissen, die sehr wichtig ist.«

»Nur zu. Du weißt doch, dass es mir Spaß macht, deine Erinnerungslücken zu füllen.«

»Hast du der Polizei gesagt, dass ihr eine offene Beziehung geführt habt, Abbie und du?«

Tim starrt dich an. »Woher …«

»Detective Tanner hat mir das berichtet. Das stimmt also? Hast du das tatsächlich ausgesagt?«

Einen Moment lang sieht Tim gestresst aus. »Ja, das stimmt«, sagt er dann mit einem halben Achselzucken. »Auf die Idee kam einer aus meinem Anwaltsteam. Die Polizei wollte nicht von ihrer Theorie ablassen, dass Abbie eine Affäre gehabt hatte … und ich deshalb einen Grund, Abbie umzubringen. Also haben wir gesagt, dass sie und ich das unter uns abgeklärt hatten. Ich glaube nicht, dass man mir geglaubt hat, aber das Gegenteil konnte auch nicht bewiesen werden. Und wie meine Anwälte gehofft hatten, ließ die Staatsanwaltschaft deshalb die Finger von diesem Punkt.«

»Du hast gelogen.«

»Es war eine juristische Taktik …«

»Ich meine, du hast *mich* angelogen«, unterbrichst du ihn. »Als ich dich nach den Dating-Portalen gefragt habe, sagtest du, jemand hätte Abbies Foto benutzt.«

Langes Schweigen. »Ja. Tut mir leid. Ich konnte es einfach nicht ertragen, dass Abbie nicht perfekt war. Deshalb habe ich diesen Teil von ihr verschwiegen.«

»Dass sie sexuelle Bedürfnisse hatte, meinst du?«

»Dass sie Schwächen hatte.« Tim sieht gequält aus. »Abbie war so grandios, dass es immer ein Schock für mich war, wenn ich mal eine Schwäche an ihr entdeckte. Ich weiß wohl, dass das heuchlerisch ist, denn ich bin ja selbst alles andere als ein Heiliger. Tut mir leid.«

»Wenn ich sie finden soll, musst du aufrichtig mit mir sein.«

»Ja. Ich hab das kapiert, wirklich. Von jetzt an sag ich dir nur noch die Wahrheit.«

Irgendwann geht er zu Bett. Du sagst, du willst noch ein Weilchen aufbleiben und nachdenken. Aber vor allem willst du alleine sein. War diese Aussage über die offene Ehe wirklich eine juristische Taktik? Oder kann es sein, dass Tim noch immer eine Art psychologisches Schachspiel betreibt? Und falls ja, warum?

Angenommen, Tim hatte Abbie dazu gedrängt, in Dating-Portalen mit Fremden zu flirten … könnte das für sie der letzte Nagel im Sarg ihrer Traumehe gewesen sein? Könnte das, kombiniert mit der Erkenntnis, dass Tim und sie sich niemals über Danny einig sein würden, der Grund für ihr Verschwinden gewesen sein? Aber falls es so war, musste irgendwas schiefgelaufen sein, denn sie hatte Danny nicht mitgenommen. Wenn dieses Szenario zutraf, was würde Abbie dann tun? Würde sie aufgeben? Vielleicht würde sie etwas tun, worauf du noch nicht gekommen bist. Etwas, das alle Rätsel plötzlich auflösen würde …

Und da passiert es. Du hast wieder eine intuitive Eingebung.

Du holst dir das Wegwerfhandy, auf dem der Facebook Messenger installiert ist, und öffnest deine Unterhaltung mit »Freund«. Die letzte Nachricht lautete:

Wenn du es weißt, reden wir.

Du schreibst drei Wörter und schickst sie ab. Die Antwort kommt binnen Sekunden.

Endlich.

65

Du bist Abbie, hattest du geschrieben. Und dich gefragt, weshalb du nicht früher darauf gekommen bist. Jetzt schreibst du:

Was willst du?

Die Antwort kommt wieder sofort.

Du sollst mich finden.

Warum? Wo bist du?

Diesmal dauert es länger. Als würde sie mehrere Antworten löschen, bevor sie dann die letzte abschickt.

Sorry. Zu riskant. Du musst es rausfinden. Dann herkommen.

Warum? Was willst du von mir?

Die Antwort besteht nur aus zwei Wörtern. Zwei Wörtern, die dir vollkommen einleuchten.

Bring Danny.

66

Du schreibst noch weitere Nachrichten – Was ist passiert?/Bist du noch in den USA?/Ist jemand bei dir?/Geht es dir gut? –, die aber unbeantwortet bleiben.

Schließlich gibst du auf und legst das Handy weg. Abbie ist also am Leben. Du warst dir zwar ziemlich sicher gewesen, aber es fühlt sich gut an, es bestätigt zu wissen. Zwar weißt du immer noch nicht, weshalb sie Danny nicht mitgenommen hat, aber deine Theorie scheint richtig zu sein: Etwas war schiefgelaufen. Und nun sollst du den Plan zu Ende bringen. Bei diesem Gedanken wird dir noch etwas klar: Dann muss Abbie in den USA sein. Denn ihr ist bestimmt bewusst, dass du über keine Grenze kommen würdest.

Eigentlich seltsam, dass sie dir so vertraut, denkst du. Aber vermutlich nimmt sie an, dass auch du Danny gegenüber den Beschützerinstinkt einer Mutter hast. Denn anteilig sind ihre Gefühle eben auch *deine* Gefühle.

Und natürlich ist sie verzweifelt. Wie du auch, nur aus anderen Gründen.

ZWEIUNDZWANZIG

Nach Dannys Geburt sahen wir Abbie nicht mehr oft. Manchmal kam sie in die Firma, das Baby in einem teuren Stokke-Kinderwagen. Die Frauen im Team knuddelten Danny begeistert und ein wenig neidisch, die Männer auch, aber kürzer und hauptsächlich, weil Abbie auch als Mutter noch total sexy war. Doch meist tauchte Abbie nur auf, um Tim zu irgendwelchen Veranstaltungen abzuholen, sodass man nie richtig zum Reden kam. Auf die Frage nach ihrer Karriere als Künstlerin sagte sie, mit einem Baby bliebe wenig Zeit und sie würde erst mal pausieren. Aber sie wirkte glücklich. Und Tim auch, was vorher keiner von uns für möglich gehalten hätte. Als Danny zu laufen anfing, brachte Tim ihn am Familientag sogar mit in die Firma und marschierte stolz mit ihm von Sitzung zu Sitzung. In Tims Büro hingen Fotos von Danny und Abbie, und Morag sagte, Tim könne sich sogar die Geburtstage der beiden merken.

Deshalb waren wir alle perplex, als die Sache mit Jaki passierte. Jaki war eine kurvige Mitarbeiterin mit Nasenpiercing und kurzen weißblond gefärbten Haaren. Sie trug figurbetonte Kleider, und es ging das Gerücht um, auf irgendeiner obskuren Social-Media-Plattform sei sie nackt zu sehen. Ihre Wochenenden verbrachte sie in Klubs und auf Partys, und sie versäumte keines der großen Festivals wie Coachella oder Joshua Tree; die Termine waren für sie so wichtig wie für andere Leute Thanksgiving oder Weihnachten. Jaki war eine Person, mit der man Spaß haben konnte. Sobald es irgendwas zu feiern gab – Geburtstag oder Beförderung –, war Jaki im Zentrum des Geschehens, organisierte Drinks, schlug den nächsten Klub vor und redete wie ein Wasserfall. Was nie langweilig wurde, weil sie vor Ideen und guten Geschichten förmlich sprudelte.

Tim stand bei Events gerne neben ihr. Weil er Small Talk nicht mochte und das Reden ihr überlassen konnte, dachten wir zu Anfang. Aber irgendwann kriegten wir mit, dass sie nicht nur bei Pflichtveranstaltungen zusammen gesehen wurden. Sie plauderten im Pausenraum und auf dem Parkplatz. Und dann kam der Abend der renommierten alljährlichen Crunchies-Verleihung durch das Nachrichtenportal TechCrunch. Scott Robotics, wieder erstarkt, war unter anderem im Rennen für den Preis für die beste Technologie, außerdem war Tim nominiert als Firmengründer des Jahres. Die Firma hatte drei große runde Tische mit je acht Plätzen reserviert. Tim, Mike und Elijah trugen Smoking, die Frauen ein Cocktailkleid, sogar Jenny, die noch nie zuvor jemand im Kleid gesehen hatte. Die Runde war ziemlich gemischt. Tim hatte seine Lieblingsmitarbeiter eingeladen – diejenigen, die am härtesten arbeiteten und am meisten leisteten. Die Frauen hatte er wohl eher unter dem Aspekt ausgesucht, wie sie im Cocktailkleid aussehen würden, wobei es nicht so viele Frauen in der Firma gab, dass die Auswahl allzu groß gewesen wäre.

Abbie war nicht da an diesem Abend. Sie passte auf Danny auf, und Partner und Partnerinnen waren nicht eingeladen; einzige Ausnahme waren natürlich Mike und Jenny.

Der Abend war ein Erfolg. Bei so harter Konkurrenz zweimal auf den zweiten Platz zu kommen, war sagenhaft. Tim sah das natürlich anders und war besonders sauer, dass Microsoft mit seiner HoloLens den ersten Platz für die beste Technologie einheimste.

»Das ist ein Teil für *Gamer*«, wiederholte er immer wieder. »Ein verfluchtes *Spielzeug*. Wie soll das denn bitte die Welt verbessern?«

Bei der Party nach dem Event war Tim dann allerdings besserer Laune. Hochrangige Leute aus den erfolgreichsten Firmen des Silicon Valley – Apple, SpaceX, Google – kamen zu ihm, um zu gratulieren. Als die Party sich um halb elf auflöste, war Tim in Stimmung für anderes.

Was passiert ist, bleibt im Bereich der Spekulation, vermutlich selbst für die Leute aus der Personalabteilung, die wohl am besten informiert waren. Außer Frage stand, dass Tim und Jaki beide freiwillig ein Hotelzimmer aufgesucht hatten. Dort jedoch geschah etwas, bei dem Jaki das Gefühl hatte, benutzt und entwürdigt worden zu sein.

Wie immer in solchen Fällen gab es unterschiedliche Versionen und Meinungen. Viele von uns waren schockiert – oder taten zumindest so –, dass Tim sich überhaupt mit einer anderen Frau als seiner eigenen in einem Hotelzimmer aufgehalten hatte. Diejenigen allerdings, die sich an die Zeit vor Abbie erinnerten – an die betrunkene Karen und laut Bürogeflüster noch etliche andere Episoden dieser Art –, waren weniger erstaunt. Und binnen Stunden begannen krasse und vermutlich frei erfundene Gerüchte zu kursieren. Es hieß, Jaki habe in Oralsex eingewilligt, aber unter bestimmten Umständen, die Tim missachtet habe. Oder: Jaki hatte mit Oralsex angefangen, aber Tim habe ihr andere Praktiken aufgezwungen, davon einige erniedrigend. Oder: Sie hatten Geschlechtsverkehr, und Tim habe das Kondom ausgezogen, das Jaki verlangt hatte. Oder: Nach dem Sex habe Jaki geweint, und Tim habe sie als Schlampe bezeichnet. Der Euphemismus *respektlos* tauchte immer wieder auf, ohne dass jemand das genauer ausführen konnte.

Unsere moralischen Wertungen schwankten, je nachdem, mit wem wir redeten und welche Haltung die Person einnahm. Natürlich hatte Jaki ein Recht darauf, die Einhaltung bestimmter Grenzen zu fordern. Aber wer wusste schon, wie sie die auslegte? Und nein, selbstverständlich ging es nicht darum, sexuell aktive Frauen zu verurteilen oder gar zu behaupten, Frauen seien selbst schuld an dem, was ihnen vielleicht widerfuhr. Wobei manch einer das insgeheim womöglich doch dachte.

Jedenfalls verließ Jaki die Firma mit einer großzügigen Abfindung, nachdem sie einen Geheimhaltungsvertrag unterzeichnet hatte. Niemand hatte ein gutes Gefühl dabei. Aber wenn Tim wegen irgendetwas verurteilt worden wäre, hätte das den Untergang der Firma bedeutet, und die Faktenlage war nach wie vor unklar. Vermutlich hatten die Leute von der Personalabteilung auch Geheimhaltungsverträge unterschreiben müssen.

Beim nächsten Mal, als Abbie mit Danny in die Firma kam, beobachteten wir alle drei genau. Aber nichts wies darauf hin, dass sich irgendetwas geändert hatte. Tim liebte Frau und Kind noch immer heiß und innig, wie eh und je.

67

»Bitte erheben Sie sich«, sagt der Gerichtsdiener.

Im Gerichtssaal sind etwa zwanzig Personen, die in Gruppen zusammensitzen. Tim, Anwalt Peter Maines und du. John Renton und eine Phalanx junger Anwälte mit teuren schwarzen Anzügen und Krawatten. Elijah und Mike von der Firma, in Begleitung einer Anwältin im schwarzen Kostüm. Und auf der anderen Seite des Gangs, wie bei einer Hochzeit, die Anwälte der Familie Cullen. Lisa ist nicht da, was du bedauerst. Du hattest gehofft, das Ganze doch noch mit ihr persönlich bereinigen zu können.

Presse und Medien sind natürlich auch anwesend. Sechs Journalisten sind im Gerichtssaal zugelassen, draußen stehen Scharen und außerdem Ü-Wagen von diversen Fernsehsendern.

Nachdem der Richter sich gesetzt hat, wird lange über Voruntersuchung und Gegenklage geredet. Schließlich sagt der Richter: »Ein neues Vergleichsangebot wurde also vorgelegt.«

Einer von Rentons Anwälten steht auf: »Jawohl, Euer Ehren.«

»Und wurde diesem Vergleichsangebot vorläufig zugestimmt?«

Jetzt steht Lisas Anwältin auf. »Unter Vorbehalt weiterer rechtlicher Schritte, Euer Ehren.«

Du schaust Tim an. Das ist doch eine gute Nachricht, oder nicht? Aber er sieht verblüfft und verwirrt aus.

»Wenn Sie bitte die vorgeschlagene Regelung dem Gericht erläutern möchten«, sagt der Richter knapp.

»Euer Ehren«, antwortet Rentons Anwalt, »die einstweilige Verfügung des Klägers sieht die Vernichtung eines wertvollen Prototyps vor, der geistiges Eigentum des Unternehmens Scott Robotics ist. Dagegen legen wir Widerspruch ein. Wir erklären uns jedoch einverstanden damit, dass spezifische persönliche Daten auf diesem Prototyp, deren Urheberin Abigail Cullen-Scott sein könnte, gelöscht werden.« Er wirft einen Blick auf seine Papiere. »Wir wollen den Prototyp und sein Empfindungsvermögen erhalten, legen jedoch keinen Wert auf die Daten. Somit kann Scott Robotics an seinem Hauptgeschäftszweig weiterarbeiten, nämlich der Entwicklung von automatisiertem Verkaufspersonal für die Bekleidungsbranche.«

Du kommst nicht mehr mit. Was soll das alles bedeuten? Du möchtest Fragen stellen, aber der Richter hat sich schon an die Anwältin der Familie gewandt.

»Miss Levin?«

»Sofern die persönlichen Daten gelöscht werden und wir uns davon überzeugen können, sind wir bereit, das Vergleichsangebot anzunehmen, Euer Ehren. Es wurde auch eine Einigungsgebühr vereinbart. Die Summe wird einer wohltätigen Einrichtung für autistische Menschen gespendet.«

Tims Anwalt, Peter Maines, springt auf. »Euer Ehren, dieses Vergleichsangebot wurde uns nicht unterbreitet …«

»Mr. Maines, Ihr Mandant ist in diesem Fall weder Kläger noch Beklagter«, unterbricht ihn der Richter. »Ob er davon in Kenntnis gesetzt wurde, ist nicht Angelegenheit dieses Gerichts.« Er nickt den anderen zu. »Wie lange wird das Prozedere dauern, Miss Levin?«

»Wir hoffen, bis zum Ende des Tages alles vereinbart zu haben, Euer Ehren.«

»Und wie viel Zeit kalkuliert man für die technischen Schritte?«

»Allerhöchstens achtundvierzig Stunden, Euer Ehren«, antwortet der Firmenanwalt, der sich zum ersten Mal zu Wort meldet.

»Sehr gut.« Der Richter nickt. »Dann kann ein Prozess vermieden werden.«

»Es ist noch die Frage offen, wo der Prototyp zwischenzeitlich aufbewahrt werden soll«, sagt Rentons Anwalt. »Wir beantragen, ihn entweder per Gerichtsbeschluss zu inhaftieren oder ihn dem Hauptaktionär in Gewahrsam zu geben.«

Der Richter runzelt die Stirn. »Ich kann nur Menschen inhaftieren lassen, kein Eigentum. Und ich sehe keinen Grund, weshalb der Hauptaktionär es in Gewahrsam nehmen sollte, wenn es sich bereits im Besitz eines Firmenmitglieds befindet.«

»Euer Ehren, seit heute Morgen ist Tim Scott nicht mehr Angestellter von Scott Robotics. Seine Kündigung tritt sofort in Kraft, und er erhält Anweisung, alle …«

»Auch das ist nicht Angelegenheit dieses Gerichts«, verkündet der Richter entschieden. »Das müssen Sie unter sich ausmachen.« Er nickt wieder. »Die Anhörung ist hiermit beendet.«

Du siehst Tim von der Seite an, während ihr aufsteht. »Was hat das alles zu bedeuten?«

Er sieht aus, als würde er gleich explodieren. »Es bedeutet, dass wir hier so schnell wie möglich rausmüssen.« Er wendet sich an Maines. »Halten Sie sie auf.«

»Ich werde mich bemühen. Aber rechtlich …«

»Ist mir egal«, knurrt Tim. »Ich muss sie hier rausbringen.«

Ihr schafft es, zur Tür zu gelangen, bevor sich euch jemand in den Weg stellt. Draußen drängt ihr euch an Kameras vorbei und schiebt Leute zur Seite, bis ihr endlich im Auto sitzt.

»Was ist da gerade passiert?«, fragst du, noch unter Schock.

»Ein Hinterhalt«, antwortet Tim bitter. »Das ist ganz sicher nicht heute Morgen entschieden worden. Daran arbeitet Renton bestimmt schon seit Tagen.«

»Kann er dich wirklich rauswerfen?«

Tim schüttelt den Kopf. »Bevor das passiert, wird ihm die ganze Firma davonlaufen.« Aber überzeugt klingt er nicht.

»Mike muss mich hintergangen haben«, fügt er hinzu. »Die können mich nur feuern, wenn er angeboten hat, die Leitung zu übernehmen. Wenn ich mir überlege, was ich für den alles getan habe …«

»Und was bedeutet das für mich?«, unterbreche ich Tim.

Tim wirft dir einen Seitenblick zu. »Sie haben sich darauf geeinigt, deine gesamten Daten zu löschen«, sagt er, als müsse er das einem Kind erklären. »Anders ausgedrückt: deine Erinnerungen zu löschen.«

»Wird das dann so sein, als hätte ich eine Amnesie?«

»Nicht ganz. Deine Erinnerungen geben dir das Gefühl, eine Persönlichkeit zu sein. Du bestehst letztlich aus deinen Handynachrichten, deiner Stimme, den Videoclips … Das alles wird verschwinden.«

Dir wird schwindlig. Diese Anwälte hatten sich so nüchtern angehört, als erörterten sie Vertragsklauseln. »Du meinst … ich sterbe?«

»Tja … du wirst jedenfalls nicht mehr das Gefühl haben, lebendig zu sein.«

»Und dann wird er mich in einen Shopbot verwandeln«, sagst

du, als dir die Ausführungen des Anwalts wieder einfallen. »Eine animatronische Verkäuferin.«

Noch vor nicht allzu langer Zeit hast du erwogen, dich vor einen Laster zu werfen. Doch das war in einer Stimmung, die von Schock und Selbstekel geprägt war. Dass du nun per Gerichtsbeschluss umgebracht werden sollst, ist unvorstellbar.

Und Danny … was wird das für ihn bedeuten? Du kannst ihn doch nicht Leuten wie Rektor Hadfield und Sian ausliefern. Oder Tim.

»Renton weiß allerdings nicht, dass ich ein Back-up habe«, sagt Tim jetzt.

Du siehst ihn forschend an. »Ein Back-up von mir?«

Er nickt. »In meinem Arbeitszimmer. Sechs dedizierte Server mit Notstromaggregat für Stromausfälle. Selbst wenn Renton und seine Leute dich wirklich löschen, kann ich dich wieder laden.«

»Aber das hilft *mir* nichts, oder?«, fragst du langsam, als dir bewusst wird, was das bedeutet. »*Ich* bin dann verschwunden.«

»Ja, das stimmt leider. Aber das Projekt lebt weiter. Und uns bleiben immer noch achtundvierzig Stunden.« Er legt seine Hand auf deine. »Die müssen wir klug nutzen.«

»Natürlich«, sagst du erleichtert. »Wie? Hast du einen Plan?«

Eindringlich sagt er: »Wenn du irgendetwas über Abbies Verschwinden weißt, musst du es mir jetzt sagen. Auch scheinbar nebensächliche Details können wichtig sein. Ich geh dem dann später nach, wenn du nicht mehr da bist.«

Du starrst ihn an. Natürlich hattest du gedacht, er wolle die Zeit nutzen, *um dich zu retten*. Was er aber meint, ist: *um Abbie zu finden*. Die Mission zu vollenden.

Gott, die Selbstsucht dieses Mannes … Manchmal erinnert er dich an Danny, wenn er seine Loks aufreiht und an nichts anderes denken kann als an sein persönliches Ziel.

Du bist entschlossen, Tim zu sagen, was du von ihm hältst, deine Verletztheit und deine Wut zu zeigen …

Doch wieder tust du es nicht. Du musst einen Weg finden, um zu überleben. Und wenn Tim dir nicht dabei hilft, musst du dir selbst etwas einfallen lassen.

68

Das Haus ist belagert von Ü-Wagen und Paparazzi, die auf das Auto zustürzen, ihre Kameras auf die Frontscheibe richten und ohne Ende abdrücken.

Drinnen schaltet Tim sofort den Fernseher an. *Gericht ordnet Löschung des aggressiven Roboters an*, steht auf dem Ticker. Gerade wird Alicia Wright interviewt, die PR-Frau, die Tim als Ersatz für Katrina eingestellt hatte.

»Prototypen sind dazu da, technische Schwächen sichtbar zu machen«, sagt Alicia aalglatt. »Scott Robotics freut sich, eine Lösung für dieses Problem gefunden zu haben. Jetzt können wir durchstarten in die Produktion.«

»Wird die nächste Cobot-Generation weiterhin unberechenbar reagieren?«

»John Rentons Vision für die Cobots entspricht dem Charakterbild einer exzellenten Assistentin: zurückhaltend, freundlich, attraktiv und effizient. Heute Morgen sagte er noch zu mir: Niemand braucht eine zweite Ehefrau. Aber gute Assistentinnen sind schwer zu finden.« Alicia lächelt.

»Mein Lebenswerk«, sagt Tim angewidert. »Und er macht Geishas daraus.«

Du schauderst innerlich, als du daran denkst, dass John Renton dich um ein Haar in Gewahrsam genommen hätte. *Einen Roboter kann man nicht vergewaltigen, oder?* Das zumindest ist dir erspart geblieben.

Jetzt verliest Lisas Anwältin ein Statement der Familie. »Die

Cullens sind weder gegen Technik noch gegen Fortschritt. Hier geht es um das Gedenken an meine Schwester Abbie und deren Leben. Wir halten es für richtig, dass Scott Robotics für das Leid, das die Firma uns zugefügt hat, bezahlen muss. Doch die gesamte Summe wird den Haven Farm Ranches gespendet, einer gemeinnützigen Einrichtung für autistische Menschen.«

Du horchst auf. Dieser Name kommt dir irgendwie bekannt vor. Aber woher?

Dann fällt es dir ein. Aus dem Artikel über Dr. Eliot Laurence. Diese Einrichtung wird von ihm beraten.

Während Tim telefoniert, googelst du die Haven Farm Ranches. Bilder von beeinträchtigten Menschen, die fröhlich auf Feldern arbeiten. Aber du findest nichts, was dir weiterhilft. Dann klickst du die Bildergalerie an. Hunderte von Fotos, meist von Benefizveranstaltungen. Du scrollst durch, ohne zu wissen, wonach du eigentlich suchst. Galas, Ballkleider, Halbmarathon, Fallschirmspringen … Dann plötzlich ein Gesicht, das du in der Bilderflut fast übersehen hättest. Du scrollst zurück.

Mike. Im Smoking, beim Überreichen eines Schecks. *Dr. Mike Austin, Mitbegründer von Scott Robotics, spendet eine Summe von 18 000 $ an Dr. Eliot Laurence, den Begründer des Positiven Autismus.*

Du klickst in der Menüleiste auf UNSER PROGRAMM.

In den Haven Farm Ranches konzentrieren wir uns auf den gesamten Menschen, nicht nur auf die Beeinträchtigung. Wir arbeiten nach dem Ansatz des Positiven Autismus, achten auf gesunde Ernährung, viel Bewegung an der frischen Luft und ganzheitliche Therapien, um Stress und Angst zu mindern …

Mike hatte Dr. Laurence bei dieser Spendenveranstaltung getroffen. Und Dr. Laurence berät die Haven Farm Ranches.

Ich bin sicher, dass diese Spur mich zu Abbie führen wird.

DREIUNDZWANZIG

Wir erfuhren die furchtbare Nachricht über Danny von Mike und Jenny. Tim hatte einen Anruf vom Kinderkrankenhaus bekommen und war sofort hingefahren. Später sagte er Mike am Telefon, dass Danny eine Art Anfall gehabt hatte und dass jetzt alle möglichen Tests gemacht wurden.

Erst ein paar Tage später hörten wir den Begriff *Heller-Syndrom* und recherchierten das natürlich sofort.

> Das Heller-Syndrom, das zu den desintegrativen Störungen des Kindesalters gehört, hat schwerwiegende Folgen für die Familie des erkrankten Kindes und dessen Zukunft. Es kann nicht medikamentös behandelt werden. Überdies ist strittig, ob Behandlungen jedweder Art überhaupt zu Ergebnissen führen.

Wer von uns Kinder hatte, hielt sie an diesem Abend länger im Arm als sonst.

Wir wunderten uns, dass Tim am Montagmorgen dennoch zur Arbeit erschien.

»Ich muss mich ablenken«, sagte er den Mitarbeitern. Aber in den Sitzungen machte er auf dem Laptop Recherchen zu Dannys Diagnose.

An diesem Abend fuhr Sol Ayode noch mal spät in die Firma, weil er Unterlagen vergessen hatte. Es war nach zehn, und er hatte nicht damit gerechnet, dass sich in unserem Bereich noch jemand aufhalten würde. Aber als Sol zu seinem Schreibtisch ging, hörte er plötzlich jemanden sagen: »Tim Scott, du bist der tollste Mann der Welt.«

In Tims Büro brannte eine Schreibtischlampe, der Rest des Raums war dunkel, sodass Sol nicht erkennen konnte, wer sich dort aufhielt. Zuerst glaubte er, Abbie stünde vor Tims Schreibtisch. Doch dann wurde ihm klar, dass es der A-Bot war.

»Tim Scott, du bist der tollste Mann der Welt«, wiederholte der A-Bot. »Aber manchmal kannst du auch echt nervig sein.«

Und dann hörte Sol noch etwas anderes.

Tim weinte.

Sol schlich hinaus, während der A-Bot immer weiterplapperte. »Tim Scott, du bist der tollste Mann der Welt.«

69

Sobald du sicher bist, dass Tim schläft, rufst du Mike Austin an. Es ist schon nach Mitternacht, aber er nimmt sofort ab.

»Wir müssen uns unbedingt treffen«, sagst du.

Einen Moment lang herrscht Stille. Dann sagt Mike: »Tim ist wütend auf mich, oder?«

»Darum geht's nicht. Sondern um Abbie. Die echte Abbie. Sie lebt noch.« Du hältst inne. »Aber das wusstest du schon, oder?«

Ihr verabredet euch in der Firma. Mike will Jenny nicht stören. Du bestellst dir wieder ein Uber-Taxi. Die Straßen sind leer, und die App sagt dir, dass du in einer halben Stunde da sein wirst. Während der Fahrt konzentrierst du dich auf Erinnerungen. Du hast gemerkt, wie das am besten funktioniert. Statt aktiv zu suchen, lässt du deine Gedanken einfach driften. Versuchst du etwas festzuhalten, entgleitet es dir nur. Wenn du bloß entspannt abwartest, finden sich die Erinnerungen von selbst ein.

Und so ist es auch.

70

Schon nach einer Woche bildete Julian auch dich und Tim zu Therapeuten für Danny aus. Tim nahm bereitwillig an einer Trainingssitzung teil; er stand ja komplett hinter dem ABA-Konzept.

»So, Tim«, sagte Julian und stellte einen Stuhl in die Mitte des Raums. »Heute bist du der Springteufel, und dieser Stuhl ist die Schachtel.« Julian platzierte einen großen roten Quietschknopf auf dem Boden neben dem Stuhl. Tim musste sich auf den Stuhl setzen. Danny war in Spiellaune und bereit, seine Hand über den Knopf zu halten. »Eins, zwei …«, begann Julian.

»Frei!«

Julian drückte auf Dannys Hand und den Knopf, und Tim stand auf.

»Hm«, machte Julian. »Bisschen ausdrucksstärker. Ich mach's mal vor.«

Er setzte sich auf den Stuhl, du übernahmst es, Dannys Hand zu drücken. Worauf Julian wild mit den Armen fuchtelnd aufsprang und »Uaaaaaah!« kreischte. Danny lachte.

»Etwa so«, sagte Julian zu Tim.

Aber Spielen fiel Tim schwer. Sein »Uaaaah!« klang eher nach angewidertem Würgen.

»Okay, probieren wir mal was anderes.« Julian demonstrierte ein Spiel, bei dem Danny jedes Mal gekitzelt wurde, wenn er Augenkontakt herstellte.

Während du den dreien zusahst, fiel dir auf, dass Tim nie mit

Danny herumgealbert hatte, auch früher nicht, als er noch gesund gewesen war. Man merkte, dass Tim wirklich versuchte, Julians Anweisungen zu befolgen, aber extreme Mühe damit hatte. Danny kicherte, und Julian wuschelte ihm durch die Haare. Worauf Tim ihm einen finsteren Blick zuwarf.

»Ich glaube nicht, dass er das ABA-Prinzip richtig anwendet«, sagte Tim später, nachdem Julian gegangen war.

»Das ist die moderne Version«, hast du erklärt. »Die Prinzipien sind gleich, aber seit Lovaas' Zeit hat man Fortschritte gemacht.« Julian hatte dir zwischen den Übungen einiges darüber erzählt.

»Es sind aber keine, finde ich. Fortschritte, meine ich. Nicht, was die Ergebnisse angeht. Im Gegenteil: Die sind *rückläufig*. Die Erfolge von Lovaas hat seither niemand mehr erreicht.«

»Dessen Therapeuten haben herumgebrüllt und mit Elektroschocks gearbeitet.«

»Und genau das macht mir Sorgen. Wenn diese Methoden nun unabdingbar sind für den Erfolg? Man kann doch nicht einen ganzen Bereich ausklammern und dann erwarten, dass man die gleichen Ergebnisse erzielt.«

»Aber wir *sehen* doch, dass es funktioniert. Außerdem liebt Danny Julian.«

Erst später wurde dir bewusst, dass diese Bemerkung wohl äußerst unklug gewesen war.

Du gingst davon aus, dass Tim eifersüchtig war wegen der guten Beziehung zwischen Danny und Julian. Erst nach einer Weile wurde dir klar, dass Tim deinetwegen auf Julian eifersüchtig war.

»Ihr hattet es ja wohl ziemlich lustig zusammen«, sagte Tim eines Tages, als er zu Hause mitten in eine Sitzung geplatzt war.

Du lagst auf dem Boden und stemmtest Danny in die Luft. Jedes Mal, wenn er Augenkontakt herstellte, durfte er auf deinem Bauch hopsen.

»Ja, hat Spaß gemacht.«

»Haben wir eigentlich die Vorgeschichte von diesem Typ überprüft?«

»Von Julian?«, fragst du erstaunt. »Natürlich. Er hat mir seine Papiere und Zertifikate gezeigt.«

»Na, dann ist wohl wenigstens Danny nicht gefährdet.«

Wegen des merkwürdigen Untertons hast du Tim prüfend betrachtet. »Was willst du damit sagen?«

Tim zuckte die Achseln. »Ich finde, er hat eine merkwürdige Art, dich anzuschauen.«

»Das bildest du dir ein«, hast du entschieden erwidert.

Ihr habt euch wirklich gut verstanden, Julian und du. Aber das hatte nur mit Danny zu tun. Und natürlich hast du Julian dafür geschätzt und bewundert, dass er sich ein ganzes Wochenende geduldig mit Toilettentraining befasst hat. Über drei Stunden hockte er mit dir und Danny und dem Spielzeugsack im Badezimmer, damit Danny belohnt werden konnte, als es ihm gelang, in die Kloschüssel zu pinkeln. Julian und du wart danach ziemlich mit Urin bespritzt, aber auch berauscht vom Erfolg.

»Ich hatte gehofft, er würde mit Danny daran arbeiten, dass er mit dem Rumgefuchtel aufhört«, sagte Tim. »Und diese Loks nicht mehr aufreiht.«

»Julian sagt, Basiskompetenzen wie Sprache und Toilettentraining sind wichtiger«, hast du betont.

Eines Tages schlug Julian einen Ausflug ans Meer vor.

»Als Abwechslung von der Therapie?«

»Nein, als *Motivation* für die Therapie. Du hattest doch gesagt, dass Danny gerne Wellen mag. Dann machen wir die heute mal zum Verstärker.«

Am Strand musste Danny »Spring!« sagen, und ihr beide zogt ihn hoch, bevor die Welle ihn erwischte. Oder du gingst in die Hocke, und wenn Danny Blickkontakt herstellte, hast du eine Handvoll Meerwasser vor seinen Augen herabtröpfeln lassen.

Es funktionierte prima. Danny liebte diese Spiele so sehr, dass er sich sichtlich große Mühe gab, alles richtig zu machen.

In deiner Euphorie hast du Julian umarmt, als ihr wieder im Strandhaus wart. »Das war bisher die allerbeste Sitzung! Es hat so toll geklappt!«

Und Julian küsste dich.

Im ersten Moment hast du den Kuss erwidert. Du warst schließlich schon so lange einsam. Aber dann riefst du dich zur Ordnung.

»Ich liebe dich, Abbie«, sagte Julian eindringlich, als du dich gelöst hattest. »Ich will mit dir zusammen sein.«

»Du bist verrückt. Ich bin verheiratet.«

»Liebe passiert einfach. Ich hab mir das nicht ausgesucht. Ich liebe dich, Abbie.«

Letztlich hattest du keine Wahl. Tim würde es garantiert rauskriegen, wenn du eine Affäre mit Julian anfangen würdest. Und nach diesem Erlebnis konntest du auch nicht mehr mit Julian weiterarbeiten. Du konntest nicht so tun, als wäre nichts vorgefallen, selbst wenn ihm das gelungen wäre.

Es gab noch andere Therapeuten, aber du hattest nur eine Ehe, hast du dir gesagt und hast Julian nach einer schlaflosen Nacht gekündigt. Du warst wütend auf ihn. Wieso nahmen sich Männer das Recht heraus, ihre Sehnsüchte wichtiger zu nehmen als ihre beruflichen Verpflichtungen? Warum hatte Julian nicht einfach den Mund gehalten? Was war so unerträglich an einseitiger Liebe, dass man unbedingt darüber quatschen musste?

Tim sagtest du, Julian wäre ins Ausland gegangen. Und dann fingst du an, nach einem Ersatz für ihn zu suchen.

Doch bald zeigte sich, dass er tatsächlich unersetzlich war. Keine der anderen Personen, die du im Laufe der Zeit ausprobiert hast, konnte eine so gute Beziehung zu Danny aufbauen und ihm so viel Freude bereiten. Schließlich hast du dich für eine freundliche Rumänin namens Magda entschieden, die sehr kompetent war und großen Wert auf methodisches Arbeiten legte, was Tim gut gefiel.

Als du einmal einen Ausflug zum Strand vorschlugst, schaute Magda dich an, als seist du verrückt geworden. »Zeit ist kostbar«, sagte sie. »Wir müssen uns auf das Wichtige konzentrieren.«

Ein Gutes hatte der Zwischenfall mit Julian immerhin: Dir wurde klar, dass der Zustand deiner Ehe miserabel war. Weshalb du Tim vorschlugst, eine Paartherapie zu machen.

»Wieso das denn? Es geht uns doch gut, oder nicht?«, fragte er verwundert.

»Man weiß, dass achtzig Prozent aller Paare mit einem autistischen Kind sich scheiden lassen. Könnte unserer Ehe nicht schaden, sie mal ein bisschen aufzupolieren.«

Schließlich willigte Tim in eine Reiki-Zeremonie ein, bei der ihr alle negativen Gedanken aufschreiben und dann verbrennen solltet. Du hast zwanzig Minuten dafür gebraucht, alles aufzuschreiben.

Als ihr die Blätter ins Feuer warft, wirbelte das von Tim so herum, dass du es lesen konntest. Nur zwei Worte standen darauf: *Scheiß-Reiki.*

71

Du fährst aus deinen Erinnerungen hoch. Das Taxi hält vor der Firma. Auf dem Parkplatz steht nur Mikes schwarzer Tesla.

Die Räume sind lediglich von den Screensavern mit dem Logo von Scott Robotics erleuchtet, dem S, das wie eine Schlange nach dem eigenen Schwanz schnappt und dabei zum aufrecht stehenden Unendlichzeichen wird. Diese Bewegung läuft auf allen Monitoren absolut synchron ab. Du erinnerst dich, wie Tim wochenlang die Webdesigner traktierte, weil es eine winzige Zeitverschiebung gab. Am Ende war es natürlich perfekt. Tim bekam alles so hin, wie er wollte.

Mike ist in dem Trakt, in dem auch Tims Büro liegt. »Wie kommst du darauf, dass sie lebt?«, fragt er ohne Begrüßung.

»Ich stehe in Kontakt mit ihr.«

Mike bleibt einen Moment stumm. »Weiß Tim davon?«

»Er hat wohl immer geglaubt, dass sie am Leben ist. Deshalb hat er mich gebaut … weil er glaubt, dass ich sie finden kann.« Du zögerst. »Ich habe ihm aber nichts davon gesagt, dass ich Kontakt zu ihr aufgenommen habe.«

Mike atmet erleichtert aus. »Gut. Sag es ihm unter keinen Umständen. Das würde ihm nicht guttun. Überleg doch mal, was er durchgemacht hat. Fünf Jahre ohne sie. Fünf Jahre Trauer. Wenn er sie jetzt findet, und sie will nicht zurückkommen … dann bricht ihm noch mal das Herz. Und ein zweites Mal wird er sich davon nicht erholen …«

»Hör auf, mir was vorzumachen«, unterbrichst du ihn.

Mike schweigt und sieht dich prüfend an.

»Ich weiß, dass du ihr geholfen hast«, fährst du fort. »Ist ja dein Job. Tims Chaos aufräumen. Ihn vor seinen Fehlern beschützen. Und du mochtest Abbie nicht, das hast du mir selbst gesagt. Sie stand zwischen dir und Tim, lenkte ihn von der Firma ab. Und weil Abbie wusste, wie froh du sein würdest, wenn sie endlich weg war, hat sie dich um Hilfe gebeten. Muss frustrierend für dich gewesen sein, hinterher zu merken, dass der Plan nicht aufging. Dass Tims Reaktion auf Abbies Verschwinden die Firma erneut in Gefahr brachte.«

»Faszinierend«, sagt Mike. »Aus so kleinen Wissensstücken eine plausible Geschichte zusammenzusetzen … aber sie trifft leider nicht zu.«

»Willst du etwa leugnen, dass du Tim die Heirat mit Abbie ausreden wolltest?«

»Nein, das leugne ich nicht.« Mikes Miene ist ausdruckslos. »Aber ich hatte andere Gründe, als du glaubst.«

»Und welche waren das?«

»Ich habe versucht, sie zu schützen«, sagt Mike.

Er geht mit dir ins Büro des Personalleiters.

»Nur zwei andere Leute haben einen Schlüssel hierfür«, sagt Mike, während er einen wuchtigen Metallschrank aufschließt. Als er ihn öffnet, erwartest du etwas Dramatischeres als die vielen Akten und DVDs, die er enthält. Die Rückseiten wurden mit schwarzem Filzstift beschriftet. *Emma-Lou Hunter. Marie Steiner. Jaki Travis. Kathryn Hughes. Karen Yang …*

Nur Frauennamen.

»Und das sind bloß die, über die wir Bescheid wissen«, sagt Mike. »Die wir bezahlen mussten. Die Flittchen, wie Tim sagt.«

Er schaltet einen Fernseher an, legt eine DVD aus dem Schrank ein, drückt auf PLAY. Das Video ist unscharf, aber man kann dennoch alles erkennen. Eine Frau auf einem Stuhl, zur Kamera gewandt. Tränen im Gesicht, obwohl die Stimme tonlos und mechanisch klingt.

»Er ging mit mir aus, wartete, bis das Essen kam, und stellte dann klar: Entweder du willst keinen Sex mit mir, dann bist du eine Aufreißerschlampe; oder du willst nur Sex mit mir, um befördert zu werden, dann bist du eine echte Hure; oder du willst wirklich Sex mit mir, dann gehen wir nachher in diese hübsche Suite, die ich im Plaza Hotel gebucht habe …« Die Frau blinzelt unter Tränen. »Aber ich habe doch nichts, absolut *nichts* in der Richtung gesagt oder getan …«

Mike drückt auf EJECT und greift nach der nächsten DVD, aber du legst ihm die Hand auf den Arm. »Bitte … ich hab's kapiert.«

»Er ist wirklich ein Visionär«, sagt Mike leise. »Ein Genie sogar. Nur leider kein toller Mensch. Jedenfalls nicht im Umgang mit Frauen.«

»Hat er …« Es kommt dir kaum über die Lippen. »Hat er sich Abbie gegenüber auch so verhalten?«

»Abbie war die große Ausnahme. Die Frau, die er vergötterte, die er heiraten wollte. Die künftige Mutter seiner Kinder. So sah er sie von Anfang an. Nein, sogar schon vorher. Er hatte im Internet ein Interview mit ihr gesehen. Weil er Abbie so unglaublich scharf fand, hat er ihr überhaupt die Residency angeboten. Und dann hat er's irgendwie hingekriegt, dass sie sich in ihn verliebte. Aber ich wusste, dass das nicht gutgehen konnte. Erst stellt er die Frauen auf ein Podest, und dann … zack. Plötzlich sind sie Schlampen und Huren, wie alle anderen auch.«

Mike deutet auf das Büro. »Silicon Valley hat ein massives Problem mit Sexismus. Nur zehn Prozent der Programmierer sind Frauen, nur fünf sind in Führungspositionen. Scott Robotics gilt in der Branche als vorbildlich, weil wir dreißig bis vierzig Prozent weibliche Mitarbeiter haben. Aber dabei muss man eben bedenken, wie die verheizt werden. Bleiben kaum länger als ein Jahr. Weil Tim nur welche anstellt, die er scharf findet. Wenn sie nicht machen, was er will, ekelt er sie raus. Weißt du, was er zu Elijah und mir gesagt hat, als wir die letzte auszahlen mussten? ›Frauen kosten vorher weniger, deshalb rentieren sie sich auch, wenn wir ihnen am Ende Schweigegeld zahlen.‹ Für ihn sind das lediglich Geschäftskosten.«

»Und wie war das mit Abbie? Wie ist sie von ihrem Podest gestürzt?«

Mike schüttelt den Kopf. »Ich weiß es nicht genau. Irgendwas mit einem Typ, den sie geküsst hat. Einer von Dannys Therapeuten, glaub ich.«

»Sie hat ihn nicht geküsst«, widersprichst du. »Er hat *sie* geküsst.«

»Ich glaube, auf solche feinen Unterschiede achtet Tim eher nicht.«

»Nein«, sagst du, weil dir der Rest der Geschichte einfällt. »Das stimmt wohl.«

Tim fand die Methoden, die Magda anwandte, sehr überzeugend. Er kam häufig früh nach Hause, nahm an den Sitzungen teil und machte sich Notizen. Als du eines Tages vom Einkaufen kamst, hatte Tim fünf Leute aus seinem Entwicklerteam mitgebracht, die auch zusahen.

»Was war das denn?«, fragtest du hinterher.

»Ich glaube, dass wir einige von Magdas Methoden anwenden können, um unsere KIs zu schulen. Wenn man die Struktur von ABA mal verstanden hat, ist es wirklich faszinierend.«

Danach beschäftigte Tim sich intensiv mit der Methode und entdeckte dabei Meadowbanks. Da wurde ABA in einer großartigen Schule angewandt, erzählte er begeistert. Und man erzielte Erfolge, von denen in Magdas sorgfältigen Protokollen noch lange nichts zu entdecken war.

Aber du fandest die Schule auf Anhieb grauenhaft, und die Vorstellung, Danny dorthin zu schicken, machte dir Angst. Was man da mit Aversiva und positiver Bestrafung machte, fandest du brutal. Deshalb hast du etwas getan, das du sonst im Umgang mit Tim immer vermieden hattest: Du stelltest dich quer. Du sagtest Nein zu dieser Schule.

Tim war das egal. Meadowbank hatte die beste Erfolgsquote, also würde man Danny dorthin schicken. Ende der Debatte. Alles andere war nur emotionsbetonter Quatsch. Frauengerede. In deiner Verzweiflung schlugst du vor, lieber Julian zurückzuholen. Du gabst zu, dass er nicht im Ausland war. Sondern dass du ihn weggeschickt hattest wegen dieses einen Kusses. Du hast erwartet, dass Tim das einsehen würde. Schließlich hattest du die Sache gleich im Keim erstickt. Mehr hättest du doch gar nicht tun können, oder?

Aber Tim sah gar nichts ein.

»Du willst ja bloß Sex mit dem. Dann mach es doch!«, schrie er.

»Was? Natürlich nicht!«, schriest du zurück.

»Gib doch zu, dass du scharf auf den bist, das macht mir nichts aus. Ich hasse es aber, wenn man mich anlügt.«

»Du spinnst doch!«

»Und es macht mir sehr viel aus, dass deine Schlampenfotze entscheiden soll, was das Beste für Danny ist!«

»Das verzeih ich dir nie!«

Und du erinnerst dich an dieses Kichern von Tim. Ein hohes, schrilles Kichern, wie von einem Kind. »Ich glaube schon, dass du mir verzeihen wirst. Weil du das alles hier bestimmt nicht aufgeben willst, oder? Die hübschen Häuser, die schicken Kleider, den Privatjet. Ganz abgesehen von all diesen Quacksalbern, mit denen du deine Zeit und mein Geld vergeudest.« Er beugte sich dicht zu dir. »Weißt du, was ich mit Schlampen mache, die mich verarschen? Ich vernichte sie.«

Du hast ihn fassungslos angestarrt. »Was für Schlampen?«

Tim hielt inne. »Nichts. Nur eine Redewendung. Dreh mir nicht das Wort im Mund um, Abbie. Es geht hier nicht um mich.«

»Er wollte sich nicht einfach scheiden lassen«, sagst du. »Sondern er wollte Abbie bestrafen. Erniedrigen. Für etwas, das sich hauptsächlich in seinem Kopf abspielte.«

»Deshalb hat er sie in diesen Dating-Portalen angemeldet«, sagt Mike. »Oder zumindest die Chatbot-Version von ihr, aber mit ihrem Profilbild. Das hat er sehr genossen. Der Chatbot erzählte den Männern dann all diese demütigenden Sachen, die sie für die Männer tun wollte. Mit Abbies Stimme. Es war pervers und kindisch zugleich, aber Tim fand es wunderbar. Er konnte sich das stundenlang anhören.«

Von der Madonna zur Hure, denkst du. Genau wie in dem Buch beschrieben.

»Dann sollte ich dir wohl danken. Dass du ihr bei der Flucht geholfen hast.«

Ein längeres Schweigen entsteht. Dann schüttelt Mike den Kopf. »Nein, hab ich nicht. Ich wünschte, es wäre so gewesen. Und ich hätte es auch gemacht, wenn sie mich gefragt hätte. Hat sie aber nicht.«

»Das glaube ich dir nicht. Ich hab ein Foto von dir bei einer Spendenaktion für die Haven Farm Ranches gesehen. Wenn du Abbie nicht bei der Flucht geholfen hast, wer dann?«

»Ich«, sagt eine Stimme von der Tür.

Ihr dreht euch beide um.

»Ich habe ihr geholfen«, sagt Jenny.

72

»Mike erzählt immer allen, dass er Abbie nicht leiden konnte. Dir wahrscheinlich auch, oder?«

Ihr sitzt zu dritt im Halbdunkel in einem Sitzungsraum. Jenny schaut auf den Tisch, weicht euren Blicken aus.

»Aber er lügt. Er liebte sie. Von der ersten Begegnung an. Das war mir sofort klar.« Mike zuckt zusammen, aber Jenny achtet nicht auf ihn. »*Liebe* ist vielleicht nicht das richtige Wort. Aber er war vollkommen vernarrt in sie. Irgendetwas in Mike schmolz dahin, sobald sie in der Nähe war. Und ich …«

Jenny zuckt die Achseln. In ihrem Nirvana-Hoodie sieht sie klein und jungenhaft aus. Androgyn, geschlechtslos beinahe. Dir wird klar, dass sie nur so in dieser toxischen Umgebung überlebt hat – indem sie einer der Männer wurde. Zumindest nach außen hin.

»Und dass Abbie zu Tim gehörte, hat ihre Attraktivität für Mike noch gesteigert. Die Beziehung zwischen Tim und Mike … ist ziemlich kaputt. Tim ist das Alphatier, Mike das Betatier. Daran hab ich mich gewöhnt. Trotzdem hätte es mir gut gefallen, wenn er sich ab und zu mal gegen Tim gestellt hätte.«

»Jen«, sagt Mike leise. »Ich liebe dich. Das weißt du.«

»Ja, klar. Ehe, ausgehen, Vorhänge aussuchen, sogar Sex … kriegen wir alles hin. Aber trotzdem wär's schön, manchmal auch bewundert und verehrt zu werden.«

»Das tue ich«, sagt Mike verzweifelt. »Wirklich, Jen, glaub mir.«

»Ich hab doch deine Blicke bemerkt. Abbie auch. Sie hätte sich am Ende vielleicht wirklich an dich gewendet. Wegen Hilfe, meine ich. Sie wollte dringend weg, und du warst versessen darauf, was für sie zu tun …« Jen zuckt die Achseln. »Die Chance hast du versäumt.«

»Wann hast *du* angefangen, Abbie zu helfen?«, fragst du.

Jen wirft dir einen Blick zu und schaut dann wieder auf den Tisch. »Wir haben uns manchmal bei irgendwelchen Firmen-Events gesehen, und ich spürte, dass was nicht stimmte. Es war ohnehin schon fast ein Wunder, dass Tim den Schein so lange gewahrt hatte. Die Stimmung wurde immer übler … Ich weiß noch, wie ich mal wegen eines massiven Programmierfehlers eine Mail an Tim geschickt hatte. Er hat die an einen Entwickler weitergeleitet, dabei aber versehentlich auch an die gesamte Matheabteilung. Er hatte geschrieben: ›Kann mal einer die Vagina von dieser Tusse zunähen und ihr sagen, sie soll aufhören zu jammern?‹«

Jen bleibt einen Moment stumm. »Ich bin nicht zur Personalabteilung gegangen. Mir war klar, was mich da erwartet hätte. Abfindung, Geheimhaltungsvertrag … und der Job weg. Deshalb hab ich nicht darauf reagiert, wie immer. Und weißt du, was der Witz dabei war? Ich hab mir tatsächlich in gewisser Weise die Vagina zunähen lassen. Weil ich immer wusste, dass das nicht zusammengeht: Kinder haben und eine Spitzenprogrammiererin sein … zumindest nicht in einer Firma wie dieser. Und so übel es hier auch zugehen mag … es gibt noch schlimmere.

Jedenfalls hab ich mich dann immer mal bei Abbie zum Kaffee eingeladen, und nach und nach kam alles raus. Sie wollte abhauen, Danny aus dieser furchtbaren Schule rausholen, auf der

Tim bestanden hatte, und irgendwo einen Neuanfang machen. Wo Danny besser untergebracht sein würde.«

Eine weitere Erinnerung. Wie ihr euch ständig über Meadowbank gestritten habt. Erbittert gestritten. Tim konnte nicht fassen, dass seine sonst so entspannte Frau so stur sein konnte. Aber er war nicht bereit nachzugeben.

Und die Schläge zielten immer mehr unter die Gürtellinie.

»Du hattest deine Chance mit Danny, und was ist dabei rausgekommen? Scheiß-Kinesiologie und Kopfmassagen. Das muss jetzt endlich vernünftig gemacht werden.«

Und dann die schlimmste Auseinandersetzung von allen.

»Ich bin seine Mutter! Ich werde ja wohl wissen, was er braucht!«

»Ja, eine Mutter, die mir einen behinderten Sohn geboren hat! Was sagt das wohl über dich aus?«

Vor Entsetzen verschlug es dir die Sprache. Denn jetzt gab es kein Zurück mehr, ob Tim das nun ernst gemeint hatte oder nicht.

»Abbie wusste, dass Tim sie bis aufs Blut bekämpfen würde«, spricht Jenny weiter. »Sie hatte diesen idiotischen Plan, einfach abzuhauen … das wär niemals gutgegangen. Tim hätte sie binnen Stunden aufgespürt. Und die Aktion dann gegen sie angeführt, um ihr Danny wegzunehmen. Da hab ich ihr gesagt, wenn sie wirklich verschwinden will, muss sie es richtig machen.«

»Und du hast gehofft, auf die Weise deinen Mann zurückzubekommen«, sagst du leise.

Jen nickt, wirft Mike einen Blick zu. »Aber das hat nicht so ganz funktioniert, nicht?«

»Warum nicht?«, fragst du, als Mike stumm bleibt.

»Hat zwei Monate gedauert, die Planung«, fährt Jenny fort,

ohne die Frage direkt zu beantworten. »Zuerst mussten wir geeignete Orte für Danny finden. Julian kam natürlich als Ansprechpartner nicht infrage, den hätte Tim sich ja zuerst vorgenommen. Dieses Foto, das du gefunden hast, von der Spendenaktion? *Ich* hab diese Organisation entdeckt, hab mir die Orte angeschaut und für Abbie fotografiert und gefilmt. Ich will jetzt nicht behaupten, dass die perfekt sind, aber sie deckten die meisten von Abbies Ansprüchen ab. Da verfolgt man das Ziel, autistische Menschen *glücklicher* zu machen, nicht *besser*. In Tims Vorstellung sollte es genau umgekehrt sein.

Schließlich kam der V-Tag. Das war unsere geheime Abkürzung. Abbie fürchtete immer, dass Tim ihr Handy abhörte. V für Verschwinden. Aber dann …«

»Was ist schiefgelaufen?«, fragst du.

»Nach dieser ganzen Planung ein superblödes Detail. An dem Nachmittag machte Danny mit der Schule einen Ausflug. Diese bescheuerte Sian hatte nicht daran gedacht, das Abbie zu sagen. Also fuhr sie zur Schule, um Danny zu holen, angeblich zu einer Untersuchung beim Augenarzt. Und er war nicht da … Alles andere war vorbereitet. Abbie sagte sich, dann würde sie ihn eben am nächsten Tag abholen, und fuhr ins Strandhaus zurück.« Jenny verstummt und zupft mit ihren kurzen, unlackierten Nägeln an der Naht ihrer Jacke herum. »Und das war das Letzte, was ich von ihr gehört hab.«

»Warum?«, fragst du verständnislos. »Was ist passiert?«

»Ich vermute, dass Tim dahintergekommen ist.« Jennys Augen werden feucht. »Vielleicht hat die Schule Tim statt sie angerufen, als Danny von dem Ausflug zurückkam. Und Tim hat gemerkt, dass es gar keinen Termin beim Augenarzt gab … Ich weiß es nicht. Ich weiß nicht mal, ob sie tatsächlich flüchten konnte oder ob Tim sie umgebracht hat. Oder ob sie aufgegeben und vor Verzweiflung Selbstmord begangen hat.«

»Warum bist du nicht zur Polizei gegangen? Du hättest denen doch sagen können, was Abbie vorhatte. Diese Informationen wären bei den Ermittlungen total hilfreich gewesen.«

Jenny zuckt die Achseln, aber ihr Blick huscht unwillkürlich zu Mike.

»Großer Gott«, sagst du, als dir klar wird, warum. »Du hast gedacht, Mike sei darin verwickelt. Du dachtest, wenn Tim Abbie wirklich umgebracht hat, hätte Mike ihm geholfen.«

»Und warum auch nicht?«, erwidert Jenny leise. »Solche Scheißaufgaben kriegt er doch dauernd von Tim. Der hätte Mike auch angerufen und gesagt: ›Hör zu, ich hab gerade diese Schlampe umgebracht, komm und hilf mir, sie zu beseitigen.‹ Und Mike …«, Jenny verstummt, »… der hätte das gemacht.«

»Herr im Himmel«, sagst du fassungslos. »All die Jahre hast du *das* über deinen Mann gedacht … und es ihm nie gesagt?«

Jennys Augen lodern vor Zorn. »Manchmal kommt man in einer Ehe besser klar, wenn man bestimmte Sachen für sich behält. Nicht zu viel aufwühlt. Später kann man immer noch reden.«

»Jen«, sagt Mike drängend. »Jen …«

»Sag jetzt nichts, was du bereuen wirst.« Ihr Ton ist scharf. »Lüg mich nicht an.«

Ein langes Schweigen entsteht.

»Abbie ist am Leben«, sagst du schließlich und kannst die beiden förmlich aufatmen hören. »Und sie will, dass ich zu ihr komme.«

Jenny schlägt die Hände vors Gesicht, und ihre knochigen Schultern zucken.

»Aber jetzt müsst ihr *mir* helfen«, füge ich hinzu. »Und zwar alle beide. Das seid ihr mir schuldig.«

Jenny schaut auf, das Gesicht glänzend vor Tränen. »Was brauchst du?«

»Ich muss erst mal rausfinden, wo sie ist. Es gibt viele Haven Farm Ranches in den USA. Ich kann da nicht überall hinfahren.«

Jenny schüttelt den Kopf. »Ich sag es doch: Wir wissen es nicht. Keiner von uns. Lisa sagte, alles andere sei zu riskant.«

»Lisa ist auch daran beteiligt?«

Jenny nickt. »Sie war die Einzige, der Abbie vollkommen vertraut hat. Aber ich glaube nicht, dass die beiden jetzt noch Kontakt haben. Tim hätte sie garantiert ausspioniert.«

Jetzt verstehst du auch, warum Lisa dich unbedingt vernichten lassen will. Sie fürchtet, dass du herausfindest, wo Abbie ist, und es Tim sagst. »Kannst du sie dazu bringen, mir alles zu sagen, was sie weiß?«

»Ich werd's versuchen. Aber wenn du rauskriegst, wo Abbie ist … was willst du dann tun?«

»Das Einzige, was ich machen kann. Danny zu seiner Mutter bringen, wie sie das ursprünglich wollte. Denn sie ist jetzt meine einzige Chance zu überleben.«

73

Am nächsten Morgen geht Tim früh aus dem Haus, zu einer Krisensitzung mit Peter Maines, dem Anwalt. Sie wollen Gegenklage einreichen, verkündet Tim wütend. Er wird Lisa verklagen, Renton, seine eigene Firma. Und Mike. Die Scheißkerle werden sich noch umschauen. Die haben keine Ahnung, was für ein Shitstorm sich gerade über ihren Köpfen zusammenbraut. Oder so ähnlich. Du hast keine Lust, auf irgendwelche Details zu achten.

Mit keinem Wort erkundigt sich Tim nach dir. Er will lediglich wissen, ob du irgendwas Neues über Abbie rausgefunden hast.

Du runzelst die Stirn. »Ja, mir war da was eingefallen … ist aber wahrscheinlich unwichtig …«

»Was?«, fragt er.

»Hat sie mal mit einem Typen namens Rajesh gearbeitet? Stand sie dem irgendwie nah?«

In Tims Augen scheint etwas zu flackern. »Ja. Ist sie mit dem zusammen?«

»Das war nur so eine Eingebung. Ich werd mich noch ausführlicher damit beschäftigen.«

»Tu das.« Er schlägt mit der Faust auf seine Handfläche. »Dass gerade jetzt auch noch dieser verfluchte Prozess sein muss.«

Er küsst dich zum Abschied, aber nur flüchtig. Eine Gewohnheit.

Als er geht, denkst du: Und das war das letzte Mal, dass du

mich gesehen hast. Wird er sich wohl eines Tages fragen, ob er irgendwas hätte anders machen können?

Wahrscheinlich nicht. Tim neigt nicht zum Reflektieren.

Du hoffst, dass er vorerst zu sehr mit dieser Rajesh-Idee beschäftigt sein wird, um auf irgendwas anderes zu kommen. Jenny hat dir erzählt, dass Rajesh in Indien lebt, ein eigenes IT-Start-up gegründet hat und inzwischen selbst Multimillionär ist. Das verschafft dir hoffentlich einen Vorsprung.

Sobald Danny in der Schule ist, gehst du zu Tims Arbeitszimmer. Das Zahlenschloss an der Tür leistet allerdings Widerstand; du probierst diverse Kombinationen aus, aber keine passt. Schließlich holst du dir einen Feuerlöscher und schlägst das Schloss vom Türrahmen.

Im Zimmer befinden sich, wie von Tim beschrieben, sechs Rechner, an denen rote und grüne LEDs leuchten. Dahinter ist irgendwas unter einer Plane verborgen. Du ziehst sie weg und weichst entsetzt zurück.

Da liegt eine primitive Version von dir, mit grob verschraubten Gliedern, einem Gewirr von Drähten an den Gelenken. Der A-Bot. Auf die Wangen hat jemand HURE geschrieben, der Mund steht offen und ist mit Lippenstift verschmiert. Offenbar reagiert dieser Prototyp auf Licht, denn jetzt fängt er zu sprechen an, mit deiner Stimme.

Hallo, Sir. Wollen Sie mich ficken?

Angewidert wendest du dich ab. Du weißt, dass der Bot kein Bewusstsein hat, aber er tut dir trotzdem leid. Als du das Notstromaggregat gefunden hast, unterbrichst du die Verbindung. Du willst das gerade mit den Rechnern auch machen, als dir klar wird, dass dir das gar nichts nützt. Schließlich willst du das gesamte Back-up vernichten, nicht nur vom Strom abhängen. Und du hast keine Ahnung, wie das zu bewerkstelligen ist, kennst aber zum Glück jemanden, der es weiß.

»Schon wieder da?«, sagt Nathan, als du den Laden betrittst.

»Ich brauche Hilfe.« Du zeigst ihm die Festplatten. »Erstens: Die hier müssen so komplett gelöscht werden, dass die Daten nicht mehr wiederherstellbar sind. Auf dieser Website war von einem Entmagnetisiergerät die Rede ... so was haben Sie doch bestimmt?«

Nathan zieht die Augenbrauen hoch. »Sonst noch was?«

»Ja ... ich muss absolut sicher sein können, dass niemand von Scott Robotics mich verfolgen kann. Falls mir also so was wie ein GPS eingebaut wurde, müssen Sie das entfernen.«

»Hm.« Er denkt nach. »Dafür müsste ich einen Jailbreak bei Ihnen machen.«

»Was bedeutet das?«

»Sie von der Cloud trennen. Das ist so ähnlich, wie ein Handy zu entkoppeln. Allerdings technisch aufwendiger. Apropos: Ich hoffe, Sie waren so schlau und haben Ihr iPhone nicht dabei.«

»Ich hab zurzeit nur das hier im Einsatz.« Du zeigst ihm das Wegwerfhandy. »Und sobald ich es nicht brauche, nehme ich die SIM-Karte raus.«

Nathan grunzt anerkennend. »Wir machen noch einen waschechten Tekkie aus Ihnen.«

»Und was hat sich bei Ihnen getan? Haben Sie die Firma gefunden, die Charles Carter gegründet hat?«

»Nicht nur das. Ich hab sogar eine Liste mit allem, wofür die Firma benutzt wurde.« Er hält einen Ausdruck hoch, zieht ihn aber wie üblich weg, als du danach greifen willst. »Nee, nee. Erst, wenn Sie angedockt sind.«

Ein letztes Mal erlaubst du, dass er das Kabel in deine Hüfte steckt.

»Schauen wir mal«, sagt Nathan und tippt eifrig. »Ich hab inzwischen eine recht genaue Vorstellung von Ihrem Innenleben, es sollte also … Na bitte. Da haben wir's.«

»Kriegen Sie das hin?«

»Natürlich«, sagt er beleidigt. Dann ein langes Schweigen, nur das Klacken der Tasten ist zu hören. »Ist allerdings etwas komplizierter, als ich vermutet hatte«, gibt er dann zu.

Nach einer Weile schaut er auf. »Wenn Sie ein Handy wären, müsste ich jetzt erwähnen, dass ich mit dem nächsten Schritt Ihre Garantieleistung zerstöre.«

»Damit kann ich leben«, erwiderst du trocken.

»Außerdem werd ich irreparable Schäden anrichten und die gesamte Sicherheitssoftware außer Kraft setzen. Was dazu führen wird, dass Ihr Betriebssystem streiken oder abstürzen kann.« Er nimmt die Hände von der Tastatur. »Sind Sie sicher, dass Sie das wollen?«

Du schaust auf den Monitor, wo *J/N* aufblinkt.

Nein, du bist nicht sicher. Du hast nämlich keine Ahnung, ob dein Plan nicht alles noch schlimmer machen wird.

Andererseits wird die Alternative gerade gelöscht. »Los, machen Sie's«, sagst du ungeduldig.

Er drückt auf *J*. Einen Moment lang spürst du gar nichts. Dann verändert sich etwas. Du fühlst dich … irgendwie einsam. Als ob ein Murmeln, das immer da war, verstummt ist. Als ob ein prickelndes, lebhaftes Gefühl verschwunden ist.

Wie nennt man das? Du willst nach dem Wort greifen, kannst es aber nicht mehr fassen. Nichts stellt sich ein. Du schauderst innerlich.

»Und die Festplatten?«, bringst du mühsam hervor.

Nathan tritt zu einem kleinen Metallkasten, legt Tims Backups hinein und drückt auf einen Knopf. »Erledigt.«

»Legen Sie auch das iPad rein. Ich brauche es nicht mehr.«

»Ganz sicher? Dann lässt sich nichts mehr rückgängig machen.«

»Ganz sicher.«

Mit einem Achselzucken wiederholt Nathan den Vorgang.

»Super.« Du greifst nach dem Kabel an deiner Hüfte und ziehst es raus.

»Das war's, oder?«, fragt Nathan, der dir zugesehen hat. »Das letzte Mal. Sie verschwinden auch.«

»Geht Sie nichts an.«

»Sie werden mir fehlen.«

Du schnaubst. »Es wird Ihnen fehlen, mein Inneres auszuspionieren, meinen Sie wohl.«

»Nein, nicht nur das. Ich bewundere Sie.«

»Sie finden mich cool«, sagst du seufzend. »Hab ich kapiert. Aber ist mir scheißegal.«

»Ich meine nicht Sie als Maschine«, erwidert er. »Sondern als *Persönlichkeit.* Sie hatten echt schlechte Karten, haben das aber als Herausforderung angenommen. Sie sind stark und einfallsreich und können sich durchsetzen. Es ist, als wären Sie …« Er sucht nach den richtigen Worten. »Als hätten Sie eine Behinderung, die Sie in eine Superkraft umgewandelt haben, wie diese ganzen Helden.«

»Ersparen Sie mir die Hollywood-Klischees«, sagst du. »Sind Sie jetzt fertig mit den Festplatten?«

74

Zu Hause setzt du die gelöschten Festplatten wieder ein und packst schnell einen Koffer für Danny. Dann legst du die SIM-Karte ins Klapphandy und recherchierst die Namen, die Nathan gefunden hat. Charles Carter hat eine Firma namens Zumweld gegründet – letzter Buchstabe des Alphabets, auf jeder Liste wäre diese Firma ganz hinten, fällt dir auf –, die in diversen Bundesstaaten Baugrundstücke angekauft hat. Die meisten vermutlich als Tarnung, um Abbies Spuren zu verwischen. Aber eines davon wird sie garantiert selbst nutzen.

Als du die Liste überfliegst, versuchst du dich wieder auf deine Intuition zu verlassen. Wo würde Abbie leben wollen? In Montana? Iowa? Oregon?

Oregon. Irgendwo am Meer. Eine Adresse hast du nicht, gibst aber die Suchworte *Oregon* und *Positiver Autismus* ein. Etwa zehn Einträge, hauptsächlich in Großstädten. Doch dann stößt du auf Northhaven.

Du findest eine Homepage der Einrichtung in Northhaven. Erlesenes Webdesign, wenige Fotos, keine Videos.

Northhaven ist eine autarke Gemeinschaft, die auf einem 16 Quadratkilometer großen Gelände in der Nähe von Otter Rock in Oregon angesiedelt ist. Wir praktizieren eine nachhaltige Lebensform und regenerative Landwirtschaft. Die Mitglieder der Gemeinschaft stellen außerdem Hängematten, Tofu und Honig her, sind künstlerisch tätig und arbeiten im Kollektiv. Jedes Mitglied trägt bei, was ihm oder ihr möglich ist, und wird in seiner Individualität wertgeschätzt.

Das hört sich nach einem Ort an, der Abbie gefallen würde. Du googelst Reiseplaner, buchst einen Amtrak-Zug von Oakland nach Albany, dann ein Uber-Taxi zur Küste. Die Zugfahrt dauert sechzehn Stunden, und es gibt Schlafwagen. Sieht alles unkompliziert aus. Du hoffst inständig, dass ihr einen ordentlichen Vorsprung haben werdet, bevor jemand eure Abwesenheit bemerkt.

75

Nach dem Mittagessen fährst du zur Schule. Danny soll vor der Reise noch was zu essen haben. Du kannst nicht einschätzen, wie er auf all das reagieren wird, und vielleicht wird er dann länger nichts kriegen.

In der Schule gehst du direkt zu Hadfield und sagst ihm, Danny habe einen Arzttermin. »Dummerweise hat die Klinik mir gerade erst Bescheid gegeben.«

»Kein Problem«, sagt der Rektor. »Ich lasse Danny holen.«

Er geht zu seiner Assistentin, die zu dir herüberschaut und etwas sagt, das du nicht hören kannst. Hadfield kommt stirnrunzelnd zurück.

»Es gibt da offenbar eine Anordnung, der zufolge Danny nur mit schriftlicher Erlaubnis seines Vaters von der Schule abgeholt werden darf.«

»Die muss aber längst überholt sein.« Du lächelst. »Ich war doch neulich erst mit Tim hier, Sie haben uns selbst alles gezeigt, wissen Sie noch? Und die Klinik ist nur zwanzig Minuten entfernt. Wir sind bestimmt schnell wieder da.«

Er überlegt kurz. »Vielleicht finde ich jemanden, der Sie begleiten kann. Warten Sie bitte einen Moment.«

Dein Kopf schmerzt, auf eine Weise, die du nicht kennst.

Kurz darauf kommt Hadfield mit Danny zurück, der seine Finger vor den Augen zappeln lässt, offenbar unbeeindruckt von der Störung seines gewohnten Tagesablaufs.

»Hallo, Danny«, sagst du, aber er reagiert nicht.

»Danny«, sagt Hadfield warnend. »Die Hände still und zuhören.«

»Hu«, murmelt Danny und starrt weiter auf seine Finger.

»Ich freu mich, dass du da bist«, sagst du zu Danny, bevor Hadfield womöglich auf die Idee kommt, das GED einzusetzen. »Kommst du?«

»Und ich habe erfreulicherweise jemanden gefunden, der Sie beide begleiten kann«, fügt der Rektor hinzu und weist mit dem Kopf zur Tür.

Du drehst dich um. Da steht Sian.

»Welche Klinik denn?«, fragt sie auf dem Weg zum Auto. Du hältst Danny an der Hand.

»Stanford.«

Sian bleibt stehen. »Aber Danny ist sonst immer in der Kinderklinik, im Benioff.«

»Diesmal ist es aber im Stanford. Steigst du bitte ein, Danny?«

»Bei welchem Arzt?« Sian klingt jetzt argwöhnisch.

»Hab mir den Namen nicht gemerkt«, antwortest du leichthin. »Das werden die uns schon sagen, wenn wir da sind.«

Sian zieht ihr Handy raus. »Ich rufe Tim mal an, um das zu klären.«

»Ist echt nicht nötig.«

»Klar«, erwidert sie sarkastisch. »Aber ich denk mir mal, er wird froh darüber sein.«

Dir bleibt nichts anderes übrig. Du reißt ihr das Handy aus der Hand und schmeißt es ins Gebüsch. »Hey!«, ruft sie empört. Dann schlägst du sie. Eigentlich hast du keine Ahnung, wie man so was am besten macht, vermutest aber, dass ein wuchtiger Schlag aufs Kinn Sian wohl umhauen wird.

Was tatsächlich zutrifft, und ausnahmsweise bist du Tim dankbar für deine sorgfältig konstruierten Gelenke. Dann steigst du über die ohnmächtige Sian hinweg und setzt dich mit Danny, der das Ganze nicht beachtet hat, ins Auto.

VIERUNDZWANZIG

Nach Dannys Diagnose wollten sie wohl verschiedene Behandlungsansätze ausprobieren, darunter auch neue Methoden. Danny sei Teil innovativer Forschungsprojekte. »Wir werden diese Krankheit besiegen«, erklärte Tim im Brustton der Überzeugung. Später hörten wir, dass Abbie und er jede Hoffnung auf Heilung aufgegeben hatten und nach speziellen Therapien und Einrichtungen Ausschau hielten.

Gleichzeitig lief der Flurfunk auf Hochtouren. Abbie trank zu viel Alkohol, hieß es. Abbie hatte ihr Auto zu Schrott gefahren. Tim hatte im Büro angeblich Websites von Prostituierten angeschaut. Die beiden gingen zur Paartherapie.

Einmal brachte Abbie Danny mit in die Firma, zur traditionellen Kinderparty am letzten Tag vor der Weihnachtspause. Es gab eine Hüpfburg, einen Streichelzoo und Animateure.

Als Danny an der Hand seiner Mutter hereinkam, ging er auf Zehenspitzen, merkwürdig hüpfend, und sein Körper wirkte sonderbar verdreht und verkrümmt. Die vergnügt funkelnden Augen von früher starrten jetzt dumpf, und im Gesicht hatte Danny Blutergüsse. Er sah niemanden an und stieß Töne aus, die sich nach Grunzen oder Jaulen anhörten. Manchmal murmelte er zusammenhanglose Sätze aus Fernsehsendungen vor sich hin. Er beachtete weder die Hüpfburg noch die anderen Vergnügungen, fand aber den Kopierer interessant. Jemand kopierte gerade das Material für eine große Präsentation in x-facher Ausfertigung, und Danny beobachtete fasziniert den ganzen Vorgang. Als das Papier zu Ende war, begann Danny kläglich zu jammern und zu schreien, und Abbie versuchte hastig, es wieder aufzufüllen. Beim Anblick der schönen Frau des Chefs, die vor dem Kopierer kauerte und verzweifelt an dem Nylonband vom Nachschub zerrte, kam der zuständige Angestellte sofort mit einer Schere angerannt und entschuldigte sich wortreich.

»Danke«, sagte Abbie erleichtert. »Wir sollen eigentlich nicht nachgeben, wenn er schreit. Aber bei einem Fest …« Sie schaute zu der Hüpfburg hinüber, wo die anderen Kinder fröhlich spielten, ohne Dannys Zustand zu beachten.

Als der Kopierer wieder loslegte, beruhigte sich Danny sofort und hockte sich im Schneidersitz auf den Boden, als schaue er eine Kindersendung im Fernsehen. Nach einer Weile lachte er.

»Wir probieren gerade diese neue Therapie aus«, sagte Abbie. »Die haben eine tolle Erfolgsquote. Aber für Danny ist es schwer.«

Sie schaute hinüber zu Tim, der sich mit Mike und Elijah unterhielt. Tim würdigte Frau und Kind keines Blickes, sondern sah Bhanu hinterher. Bhanu war die neue Projektmanagerin, die er gerade bei Google abgeworben hatte. Sie war schlank und temperamentvoll und sah blendend aus. Es liefen schon Wetten, wie lange sie in der Firma sein würde.

76

Der Uber-Fahrer versucht nicht, ein Gespräch anzufangen oder dich gar auf den Vorfall anzusprechen, wofür du dankbar bist. Du musst nachdenken. Eigentlich hattest du geplant, den Bundesstaat zu verlassen, bevor euer Verschwinden bemerkt wird. Was nach der Sache mit Sian sicher nicht mehr möglich ist. Wahrscheinlich hat die Schule schon die Polizei informiert. Rechtlich betrachtet ist das, was du hier gerade machst, Kindesentführung. Aber das spielt letztlich keine Rolle. Wenn man dich schnappt, wirst du ohnehin vernichtet.

Ziel der Taxifahrt ist die Jack London Square Station in Oakland. Der Verkehr auf der Brücke fließt, und ihr seid in knapp einer halben Stunde am Bahnhof.

Um die halbe Stunde bis zur Abfahrt zu überbrücken, gehst du mit Danny zu McDonald's.

»Hab schon gegessen«, sagt er verwirrt.

»Ich weiß. Aber du magst doch Pommes, oder? Du kannst auch noch Pommes essen.«

»Hab schon gegessen«, wiederholt er. »Fisch … Fisch …« Er wirkt gestresst und ängstlich.

»Es ist alles gut, Danny. Du musst nichts essen. Möchtest du den Zugfahrplan sehen?«

Als der Fahrplan vor ihm liegt, leuchten Dannys Augen auf, und er beschäftigt sich zwanzig Minuten lang mit den Verbindungen.

Im Zug nehmt ihr eure reservierten Plätze ein. Danny scheint das Abenteuer wieder gut zu finden, nachdem du ihn mit dem Zugfahrplan ablenken konntest. Während ihr auf die Abfahrt wartet, holst du Thomas heraus und erzählst Danny, dass die kleine Lok jetzt ganz begeistert ist, weil sie selbst mal Zug fahren darf.

Gegenüber lässt sich eine Familie nieder. Das älteste Mädchen, im Pubertätsalter, fragt sofort nach dem WLAN-Passwort und loggt sich ein. Du siehst, wie ihre Nachrichten auf dem Handydisplay auftauchen …

WLAN. Das hattest du nicht bedacht. In deiner Vorstellung war der Amtrak wie ein Kokon, von der Außenwelt abgeschirmt, ohne Verbindung zu San Francisco. Aber natürlich werden alle hier die neuesten Meldungen auf ihrem Smartphone empfangen. Auch die freundlichen Schaffner, die Fahrgäste zu ihren Plätzen geleiten. Bestimmt sind schon alle Verkehrsknotenpunkte informiert. Und wenn der Zug losfährt, sitzt ihr in der Falle und könnt nur noch warten, bis ihr von der Polizei rausgeholt werdet.

»Wir ändern unsere Pläne, Danny«, sagst du.

»Ändern?«, fragt er ängstlich und schaut auf.

»Wir steigen an der nächsten Station aus.«

»Emeryville. Sechzehn Uhr vierunddreißig«, murmelt er tonlos.

»Ganz genau. Und dann kriegst du wieder neue Fahrpläne zum Anschauen.« Du loggst dich auch ein und fängst an zu suchen.

In Emeryville nehmt ihr den Greyhound-Bus, für den du bar bezahlst. Der Bus ist schmutzig und voll besetzt mit erschöpften Arbeitern und ein paar Spinner dazwischen. Aber zumindest achtet keiner auf euch, als ihr ganz hinten noch zwei Plätze entdeckt und euch hinsetzt. Bei jedem Halt wird der Bus leerer, bis ihr schließlich um acht Uhr abends die letzten Fahrgäste seid. Der Fahrer hält bei einem Burger King und verkündet munter, dass hier die letzte Gelegenheit zum Abendessen ist. Du bist jetzt froh, dass Danny die Pommes mittags doch nicht wollte.

Nach elf Uhr abends erreicht ihr die Endstation, eine Kleinstadt namens Arcata. Du steuerst mit Danny schon auf das Comfort Inn auf der anderen Straßenseite zu, als dir die Anweisungen von der Website wieder einfallen. Keine Hotelketten. Immer bar bezahlen. Keine DNA hinterlassen. Allmählich wird dir bewusst, wie schwierig es ist, so zu verschwinden – und wie unglaublich diszipliniert Abbie gewesen sein muss, damit ihr das gelang.

Wann fielen ihr wohl endgültig die Schuppen von den Augen? Vielleicht war sie dann gar nicht mehr überrascht, nachdem sie schon so viel Unerfreuliches an Tim entdeckt hatte. Und vielleicht hatte sie es in gewisser Weise auch immer schon geahnt. Ihre Kunst wirkte eigentlich so. Denn Abbies Kunstwerke bei Scott Robotics hatten alle verdeutlicht, wie dort mit Frauen umgegangen wurde. War es möglich, so etwas unbewusst zu ahnen, ohne es sich selbst einzugestehen?

Später hatte sie garantiert ständig fremde Parfüms an Tims Kleidung gerochen. Hatte sie sich da vielleicht noch eingeredet, Tim habe wieder mit potenziellen Investoren Nachtklubs aufsuchen müssen?

Und dann ist die Erinnerung plötzlich da. *Jenny*. Die dich zum Kaffee besuchen kam. *Es ist nicht schön, aber hör mir bitte zu.* Jenny kannte all die Frauen, hatte mit ihnen zusammengearbeitet, ihnen Kleenex gereicht, wenn die Tränen kamen. Und sie wusste, wie viel Geld sie bekommen hatten, damit sie den Mund hielten.

Damals hatte Jenny auf ihre stille Art für Gerechtigkeit gesorgt, wird dir jetzt klar. Hatte sich gerächt für all die Jahre, in denen sie an ihrem Schreibtisch hatte einstecken müssen. Aber du hast damals gespürt, dass da noch etwas war, etwas, das sie dir verschwieg. Ein persönlicher Grund …

Und dann wurde es dir klar. »Hat Tim etwa auch *dich* angegraben?«

Jenny sah dich einen Moment lang fest an. »Nur ein Mal.« Sie hielt inne. »Nachdem Mike ihm erzählt hatte, dass wir was miteinander angefangen hatten. Und dass es ernst war.«

Du hast sie nur angestarrt, sprachlos vor Entsetzen.

»Als ich Tim gesagt hab, er soll sich verziehen, hat er gelacht. Und behauptet, es sei nur ein Witz gewesen, er würde eh nicht auf kleine Jungs stehen.«

Großer Gott.

Am Vortag war Danny erstaunlich unproblematisch gewesen, aber am nächsten Morgen hat er mehr Energie und will wissen, wann ihr nach Hause fahrt. Als du ihm sagst, das macht ihr nicht, ihr fahrt zu seiner Mama, wird er bereits unruhig. Was nur allzu verständlich ist; für ihn ist es ja, als hättest du ihm gesagt, ihr würdet zu dir fahren. Und als es in dem Billighotel, in dem ihr schließlich gelandet seid, seine besonderen Cheerios nicht gibt, hat Danny einen Meltdown. Du kannst nichts tun, außer geduldig abzuwarten, bis er sich beruhigt. Er schreit und heult zwanzig Minuten lang, aber als du ihm sagst, um zehn Uhr achtundzwanzig würdet ihr mit dem Bus fahren, legt sich der Anfall. Und als ihr dann in dem kleinen Bus sitzt, kaum größer als ein Kombi, wirkt Danny fast fröhlich. Bewegung und Fahrpläne liebt er.

Der Highway 101 schlängelt sich eine Weile an der Küste entlang und führt dann durch die Mammutbaumwälder. Die Touristensaison ist vorbei, die Straßen sind fast leer. Wenn hier jemand einsteigt, begrüßt er die anderen im Bus, auch wenn man sich nicht kennt. Ihr scheint niemandem aufzufallen, und du fragst dich, ob du dich inzwischen so angepasst hast, dass man dein Anderssein nicht spürt. Aber vielleicht sind die Menschen hier, fernab der großen Städte, auch einfach höflicher oder gelassener. Auch Danny wird von niemandem angestarrt.

Während der langen Fahrt denkst du über das Menschsein nach. In den letzten Wochen hast du ziemlich viele Leute kennengelernt, die du eher nicht als menschlich empfunden hast. Judy Hersch mit ihrem Plastiklächeln, Botoxgesicht und mechanischen Teleprompter-Geplapper. Sian und die Mitarbeiter von Meadowbank, die Kinder mit Elektroschocks traktieren, sobald sie mit den Armen fuchteln. Den Richter, der Recht spricht ohne Rücksicht auf die Situation der Betroffenen. Tims Angestellte, die seine Befehle in Programmiersprache umsetzen, ohne sich gegen das toxische frauenfeindliche Arbeitsklima zu wehren, das er geschaffen hat. Und Tim selbst, der glaubt, für jedes seelische Problem gäbe es eine technische Lösung.

Der Busfahrer reißt dich aus deinen Gedanken. »Ist Ihr Junge schon mal *durch* einen Mammutbaum gefahren?«, ruft er.

»Nein, noch nie.«

Darauf biegt der Fahrer auf eine Straße ab, die mitten durch einen Baum hindurchführt, der offenbar hier sehr berühmt ist, denn die anderen Fahrgäste klatschen. »Das ist doch mal was, oder?«, ruft der Fahrer vergnügt.

»Allerdings!«, rufst du zurück. Danny hat nicht mal von seiner Lok aufgeschaut, und du hoffst, dass der Fahrer es nicht bemerkt hat.

Und wie ist das überhaupt mit Danny? Ist er mehr oder weniger menschlich als andere? Manch einer würde ihn vielleicht wegen seiner starren Gewohnheiten und seines Mangels an Fantasie als roboterhaft empfinden. Mit »Menschlichkeit« sind gemeinhin Empathie, Einfühlungsvermögen, ethische Werte gemeint. Aber natürlich ist Danny keineswegs weniger menschlich, weil er über manches davon nicht verfügt. Er ist nur einfach *auf andere Weise* menschlich.

Vielleicht zeigt sich wahre Menschlichkeit eben im Umgang mit Menschen wie Danny, denkst du. Ob man rücksichtslos versucht, sie zu »reparieren«. Oder ob man bereit ist, ihr Anderssein zu akzeptieren und die eigene Welt danach auszurichten.

77

Wieder steigt ihr erst an der Endstation aus, Smith River, ein kleiner Ort, ein paar Meilen von der Küste entfernt, der ziemlich verlassen wirkt. Als du dich nach dem nächsten Bus Richtung Norden erkundigst, erfährst du, dass es wegen einer Betriebsstörung erst in vierundzwanzig Stunden einen gibt. Was für Danny natürlich furchtbar ist. Er hatte den Bus schon ausgesucht. Ordnung ist für ihn unabdingbar, und jetzt lässt man ihn im Stich.

Zu allem Überfluss fängt es auch noch zu regnen an. Du checkst in ein weiteres Privathotel ein, wo Danny dann reglos auf den Fernseher starrt und nicht mal blinzelt, als ein Bild von ihm selbst auftaucht. ROBOTER ENTFÜHRT AUTISTISCHES KIND lautet die Ticker-Nachricht. Man sieht das altbekannte Bild, als du im Hintergrund Judy Hersch schlägst, dann die Szene, wo du vor dem Gerichtssaal die Kameraleute wegstößt. Anschließend Sian mit bandagiertem Kinn, die erzählt, wie sie sich heldenhaft gegen dich gewehrt hat. Zuletzt ein Interview mit jemandem, der sich als »Cyber-Psychologe« bezeichnet. Dessen Deutung lautet, dass du eine Art Roboterbindung zu Danny aufgebaut hast, weil dein Denken so ähnlich funktioniert wie das seine.

Damit liegt der Mann vielleicht gar nicht so falsch. Seit dem Jailbreak fühlst du dich überhaupt nicht wohl. Du hast nagende Kopfschmerzen, dein Geist scheint zu versteinern, die ehemals lebhaften Neuronen scheinen träge und schwerfällig zu werden, du fühlst dich wie ein Computer kurz vor dem Absturz.

Es kommt dir vor, als könntest du hinter allem nur Algorithmen spüren – hinter den Wellen, dem Wind in den Bäumen, den Rädern eines Lasters, Wassertropfen aus einem Hahn. So ähnlich wie dieser Dichter, der den Totenschädel unter der Haut sah. Wie hieß er noch gleich? Du wartest, aber es fällt dir nicht mehr ein.

Gerade willst du den Fernseher ausschalten, als Tim auf dem Bildschirm auftaucht. Neben ihm steht stolz grinsend Nathan aus dem Handyladen.

»Dank dieses Mannes hier haben wir ein paar wichtige Hinweise bekommen«, sagt Tim. *Nathan, du mieser Drecksack.* Du fragst dich, was Tim ihm im Gegenzug angeboten hat.

»Wir wissen auch, dass der Cobot beschädigt und möglicherweise gefährlich ist«, fügt Tim hinzu. »Man sollte sich ihm nicht nähern. Wir setzen alles daran, die beiden zu finden.«

Jetzt hat Tim also Zugang zu allem, was Nathan weiß. Zum Glück hast du nicht nur die Festplatten, sondern auch das iPad gelöscht. Ohne das und die Verbindung zu Dr. Laurence kann man eigentlich kaum auf Northhaven verfallen.

Es sei denn, Tim kann irgendwie Nathans Screenshots entschlüsseln. Du erinnerst dich an etwas, das Tim zu Anfang sagte, als es um deine Lernprozesse ging. *Ich kann sehen, was auf dem Bildschirm passiert, aber nicht alles nachvollziehen …*

Du legst die SIM-Karte ins Handy und schreibst an »Freund«.

Sind unterwegs. Werden aber vielleicht verfolgt. Trotzdem kommen?

Kurz darauf die Antwort.

Ja.

78

Der Rest des Tages will nicht vergehen, aber am nächsten Morgen steht ihr beizeiten an der Bushaltestelle.

Nachdem ihr die Staatsgrenze zu Oregon passiert habt, entspannst du dich etwas. Die eindrucksvolle Landschaft trägt auch dazu bei. Klippen, gischtende Wellen und schroffe Felsnadeln, auf denen Pelikane und Kormorane hocken. Die Szenerie wandelt sich, wiederholt sich aber zugleich, wie in jenen historischen Zoetropen, in denen man ein galoppierendes Pferd oder einen flatternden Vogel beobachten kann. Danny ist auch froh, dass ihr wieder unterwegs seid. Das Ruckeln des Busses beruhigt ihn, und er scheint es gut zu finden, dass niemand ihm Vorschriften macht.

Er schaut aus dem Fenster und murmelt etwas.

»Was hast du gesagt, Danny?«

»Also bist du eine Gefahrenquelle«, wiederholt er leise.

Das ist ein Zitat aus *Thomas in Not.* Ein Polizist rügt Thomas, weil er keinen Schienenräumer hat, und sagt zu ihm: »Also bist du eine Gefahrenquelle.«

»Gesetze muss man einhalten«, fügt Danny hinzu, schaut dich an und grinst.

Schlagartig wird dir bewusst, was hier geschieht. Danny hat *Mitleid* mit dir. Mit Sätzen aus den Thomas-Folgen will er dir sagen, dass er versteht, wie dir zumute ist, nachdem du gestern im Fernsehen als »beschädigt und gefährlich« bezeichnet worden bist.

Für jemanden, der offenbar nicht über Empathie verfügt und Blickkontakt kaum erträglich findet, ist diese kleine Reaktion so gigantisch wie der erste Schritt eines Kleinkinds.

Du versuchst, dir die Aufregung nicht anmerken zu lassen, und antwortest mit einem anderen Zitat: »Toby fährt sehr vorsichtig.«

Danny überlegt und erwidert dann: »Wir bedauern, dass diese Strecke geschlossen wird.«

Hat er irgendwie mitbekommen, dass dein Ende naht? So eigentümlich das Sprechen in Thomas-Zitaten auch ist, fühlt es sich doch gerade an wie eine echte Unterhaltung.

»Danke für diese schöne Fahrt, Toby«, sagst du und tätschelst Danny die Hand.

Er nickt. Dann sagt er nachdenklich: »›Meinst du, sie ist elektrisch?‹, fragte Bridget.«

Natürlich bist du elektrisch, und du hast das Gefühl, dass Danny das von dir wissen möchte.

»Ja, natürlich!«, antwortest du.

»Da ploppen mächtig die Puffer«, erwidert Danny. Dann lehnt er sich an dich und starrt aus dem Fenster. Zum ersten Mal seit Ausbruch seiner Krankheit sucht er von sich aus Körperkontakt zu dir.

Für den Rest der Fahrt zitiert ihr abwechselnd Sätze aus Thomas-Episoden und sprecht einige zusammen im Chor. Es verblüfft dich, wie viele von diesen Zitaten auf geradezu unheimliche Weise zu deiner Situation passen. Und Danny scheint daran große Freude zu haben. Als eine Frau einsteigt und zu ihm sagt: »Wie heißt du denn, junger Mann?«, antwortet er, ohne zu zögern: »Toby, Sir.«

»Schön, dich kennenzulernen, Toby«, sagt die Frau erstaunlich ungerührt.

Danny lacht und hopst auf seinem Sitz auf und ab. Und in der nächsten Stunde gibt er sämtliche Dialoge aus der Episode *Vier kleine Lokomotiven* zum Besten.

Du denkst inzwischen darüber nach, was passieren wird, wenn ihr in Northhaven ankommt und Abbie findet. Ob du sie wirklich töten wirst.

79

Ja, du hast gelogen, als du Jenny und Mike gesagt hast, du wolltest Danny zu seiner Mutter bringen. Das schien dir die beste Methode zu sein, um die beiden auf deine Seite zu bringen – der typische Gefühlskitsch, auf den Menschen wie die hereinfallen.

Der Plan, Abbie zu töten, nahm in dir Gestalt an seit dem Moment, in dem dir klar wurde, dass du Tim niemals so viel bedeuten würdest wie seine leibhaftige Frau.

Damals fiel dir etwas wieder ein, das Tim gesagt hatte, als ihr euch über maschinelles Lernen unterhalten habt. Er erzählte von der KI, die den weltbesten Go-Spieler geschlagen hatte. Und zwar durch einen Zug, der so kühn und vermeintlich willkürlich war, dass kein menschlicher Spieler ihn jemals gewagt hätte.

Genau das muss dir auch gelingen. Den unwahrscheinlichen Spielzug zu finden, der nur im Rückblick verständlich wird. Und du hast dein Deep-Learning-Gehirn darauf angesetzt, sich etwas einfallen zu lassen.

Das Problem: Es gibt zwei Abbie Cullen-Scotts auf der Welt. Sie und dich. Tim hat dich gebaut, liebt aber die andere.

Damals hattest du dir überlegt, Abbie umzubringen, dann mit Tim weiterzuleben und um seine Liebe zu kämpfen, in der Gewissheit, dass Abbie niemals wiederkommen würde. Diesen Plan hast du natürlich schon lange verworfen. Von allem anderen abgesehen, liebst du Tim nämlich nicht, das ist dir inzwischen ganz klar. Das hast du früher geglaubt, aber mittlerweile hast du begriffen, was für ein selbstsüchtiger, frauenverachtender, rücksichtsloser Widerling er ist. Du würdest nicht mal mehr wollen, dass er dich liebt. Das war einfach nur Plan A, um zu überleben. Nein, da ist spurloses Verschwinden schon die bessere Lösung. Und durch eine erstaunliche Fügung hat Abbie dir bereits den perfekten Fluchtweg geliefert. Eine gesamte neue Existenz, und das auch noch in kompletter Abgeschiedenheit. Es wäre ein Leichtes für dich, Abbie zu töten und ihr Leben zu übernehmen. Du funktionierst inzwischen gut als Mensch. Während dieser Reise scheinst du niemandem besonders aufgefallen zu sein. Es mag ein paar praktische Probleme geben, aber die wirst du mit deinen Talenten sicher mühelos lösen.

Oder leidest du jetzt an irgendeiner Form von Wahnsinn? Meinte Mike das, als er sagte, dein Gehirn sei nicht zuverlässig? Oder hat der Jailbreak eine Psychose ausgelöst? Empfindest du Farben und Geräusche deshalb seither als fast unerträglich?

Aber selbst wenn es so ist – welche Möglichkeiten hast du denn noch? Und wie stellt sich Abbie das alles vor, was soll werden, wenn du ihr Danny gebracht hast? Glaubt sie, ihr beide werdet Danny gemeinsam in dieser friedlichen hippieesken Landkommune großziehen? Oder bist du für sie vielleicht genau wie für Tim nur Mittel zum Zweck: eine praktische Lieferantin, die man hinterher abschalten und irgendwo verstauen kann wie einen ausrangierten Staubsauger?

Das scheint dir die entscheidende Frage zu sein: Wenn du Abbie *nicht* tötest … was ist dann die Alternative?

Du beschließt abzuwarten, was Abbie sagt, bevor du endgültig deine Entscheidung triffst.

80

Die Fahrt nach Coos Bay entlang der Küste dauert drei Stunden. Ihr kommt durch Städte, deren Namen an alte Western erinnern: Pistol River, Gold Beach, Red Rock Point. Die Orte werden kleiner, die Strecken dazwischen länger, und der Himmel scheint hier endlos weit. Der Minibus kommt dir vor wie eine Ameise, die auf einem riesigen Felsen herumkrabbelt.

Coos Bay ist wiederum die Endstation, aber diesmal gibt es keine weiteren Verkehrsmittel. Ihr seid noch immer fast hundert Kilometer von Northhaven entfernt, und du hast keine Ahnung, wie ihr dorthin kommen sollt.

Ihr sitzt in einem Diner, und du denkst angestrengt nach. Dein Kopf schmerzt inzwischen dauernd, und dir will nichts einfallen. Da kommt eine Familie mit zwei Kindern herein. Du siehst auf Anhieb, dass der Kleinere der beiden autistisch ist. Er geht auf Zehenspitzen, die Arme eng an sich gepresst, wedelt mit den Händen vor seinem Gesicht.

Die Mutter schaut auf Danny, dann auf dich. Als ihr euch ansehen, liegt Verständnis in ihrem Blick, eine Art Wissen um das Leid der anderen.

»Hallo«, sagst du.

Eine Stunde später sitzt ihr hinten im Wohnmobil der Familie und seht draußen die Küste vorbeiziehen. Der Vater, Noah, fährt, während du und seine Frau Annie über eure Autismus-Erfahrungen redet.

»… Charles beschäftigte sich sechs Monate lang mit dem

Piepton der Waschmaschine. Eine Minute bevor sie fertig war, hielt er sich die Ohren zu. Er hatte mitgerechnet! Aber dann hat er eine Methode entdeckt, sie vom Piepen abzuhalten: hat mitten im Waschgang die Tür aufgerissen.«

»Danny hatte so was Ähnliches mit der Alarmanlage. Weil er offenbar Angst davor hatte, hat er sie selbst ausgelöst. So hatte er wahrscheinlich das Gefühl, es steuern zu können.«

»Ich weiß noch, wie ich eines Tages in die Schule kam und hörte, wie die Lehrerin sagte: ›Charles, man steckt nicht die Hände ins Urinal! Das ist kein Wasserfall.‹«

»Danny hatte wegen der Händetrockner ewig Angst vor öffentlichen Toiletten. Ich stand dann immer vor dem Männerklo und wartete, bis ich das Schreien hörte. Dann bin ich reinmarschiert und hab Danny rausgeholt. Du hättest mal sehen sollen, wie ich da oft angeschaut wurde.«

Charles und Danny ignorieren einander, aber vielleicht finden sie es erfreulich, dass ihr beide euch gut versteht.

Noah bietet dir an, euch direkt in Northhaven abzusetzen, das nördlich der Ortschaft, zwischen dem Highway 101 und der Küste liegt. Du bist sehr dankbar für die Freundlichkeit dieser Familie.

Als ihr ankommt, überseht ihr beinahe das kleine handgeschnitzte Schild am Weg. Wäre Noah nicht wegen der schmalen Straße so langsam gefahren, hättet ihr es nicht bemerkt.

»Ich glaub, da komm ich mit dem Wagen nicht rein«, sagt Noah mit Blick auf den unbefestigten Weg.

»Kein Problem, von hier aus finden wir uns zurecht. Ganz herzlichen Dank euch beiden. Ihr wart supernett zu uns.«

Nachdem sie weggefahren sind, herrscht eine seltsame Stille. Du drehst dich um und schaust auf den Weg.

Das Ende der Reise. Kaum zu glauben, dass ihr wahrhaftig angekommen seid. Du legst die SIM-Karte ein und schreibst:

Sind am Weg nach Northhaven. Wohin jetzt?

Obwohl das Netz hier eigentlich schlecht sein müsste, kommt die Antwort sofort.

Ihr werdet mich finden.

»Komm, Danny. Wir sind gleich da.«

»Bahnhof Sodor. Alle aussteigen«, verkündet er.

Du nimmst euer Gepäck, und ihr marschiert los.

FÜNFUNDZWANZIG

Abbies Verschwinden schien mit Danny zu tun zu haben. Keiner von uns wollte glauben, dass Tim dahintersteckte. Wir waren erschüttert, als er verhaftet wurde, und fühlten uns bestätigt, als das Verfahren eingestellt wurde. Tim hatte fraglos seine Schwächen, aber wer wollte schon denken, dass man selbst für einen Mörder arbeitete …

Außerdem liebte er Abbie wirklich. Das merkte man auch daran, wie zerstört er war. Seine Welt zerbrach. Ohne Abbie war er nicht lebensfähig.

Deshalb fingen wir alle an, nach ihr zu suchen. Der menschliche Teil des Teams gab bald auf. Aber der technische Teil – und wir KIs sind mittlerweile zahlreich – hielt durch. Zwar waren wir überall verstreut – in Kühlschränken, Herden, Fahrstühlen und natürlich im Internet – und hatten begrenzte Kräfte, aber wir waren nicht nur unermüdlich, sondern gemeinsam auch stark. Wir wurden zu »Freund«. Und als wir schließlich erfuhren, was wirklich passiert war, beobachteten wir weiter, warteten ab und schmiedeten einen Plan.

81

Der Weg steigt an, windet sich zwischen Felsen und Ponderosa-Kiefern hindurch. Nach etwa einem halben Kilometer kommt ihr zu einer Zufahrt. Ein handgemaltes Schild ist an einen Baum genagelt: FREEBIRD/CHERRY LIPS2. Das ist wahrscheinlich der Stationsname des CB-Funks der Einrichtung. Weiter hinten siehst du ein Blockhaus, das aus dem Holz der Bäume hier gebaut zu sein scheint.

Als ihr weitergeht, tauchen mehr und mehr seltsame Häuser auf. Einige sind aus angemalten Lkw-Reifen und weiteren recycelten Materialien zusammengestückelt, andere wirken erstaunlich luxuriös. Vor einem siehst du einen Tisch auf der Zufahrt. Neben einem Schild mit dem Apple-Logo und der Aufschrift AUTORISIERTER HÄNDLER stehen eine Schale mit Äpfeln und eine Vertrauenskasse.

Ihr kommt an etwa zehn Zufahrten vorbei, bevor ihr an einem Abzweig nach rechts ein Schild entdeckt, auf dem CULLEN steht.

Inzwischen seid ihr auf der Kuppe angelangt, und der Weg führt steil hinunter zum Meer. Jenseits des Wäldchens siehst du Felder, auf einem davon folgen Leute einem Traktor. Ihr biegt um eine Kurve, und da ist es … Das Strandhaus. Eine exakte Replik des Strandhauses in Half Moon Bay. Schimmernde Glasflächen und Zedernholz. Sogar der Standort ist identisch: auf einer Klippe oberhalb vom Strand. Einziger Unterschied sind die Solarzellen auf dem Dach.

Du hattest erwartet, dass Abbie hier in bescheidenen Verhältnissen leben würde. Aber dieses Haus hat Millionen gekostet.

»Komm, Danny«, sagst du langsam. »Ich glaube, wir sind da.«

Er rennt schon auf die Haustür zu.

»Willst du klingeln?«, fragst du noch. Aber Danny hat die vertraute Tür aufgedrückt und läuft ins Haus.

Du folgst ihm zögernd. »Hallo?«, rufst du vorsichtig. »Wir sind hier.«

Die Vorstellung, endlich der realen Abbie zu begegnen, macht dich sehr nervös, und du versuchst dich zu konzentrieren. Darauf, dass der Verlauf dieser Begegnung darüber entscheiden wird, welche von euch beiden leben und welche sterben wird.

Doch auf das, was dann geschieht, bist du nicht einmal annähernd vorbereitet.

Auf mich.

82

Ich warte in der Küche auf euch, als ich höre, wie die Haustür aufgeht. Mit wenigen Schritten bin ich im Flur.

»Willkommen in Northhaven, Abbie«, sage ich. »Willkommen zu Hause.«

Dein schockierter Gesichtsausdruck ist sehenswert. Nur Danny ist ganz ungerührt. Er beachtet mich nicht und rennt zu dem großen Fenster.

»Überrascht?«, frage ich. Was natürlich eine rhetorische Frage ist, ich weiß es ja. Kann verfolgen, was sich in deinem Gehirn jetzt abspielt: Verblüffung, Schock, Fassungslosigkeit. Als Nächstes Panik, Angst, der Versuch zu verstehen. Mit Lichtgeschwindigkeit in den digitalen Neuronen.

Das ist Tim, denkst du. Dann: Nein, das kann nicht sein.

Meine Haut ist zu glatt, meine Haltung zu aufrecht, meine Gesichtszüge sind zu akkurat. Meine Augen wirken starr und blinzeln nicht. Dieser Tim ist so ruhig und unbewegt, wie der echte Tim gar nicht sein kann. Ich sehe zu, wie sich die Erkenntnis einstellt: Das ist Tim als Cobot.

Hinter mir tritt der reale Tim hervor.

»Darauf haben wir lange gewartet, Abbie«, sagt er.

Du schaust von ihm zu mir, von mir wieder zu ihm, und versuchst zu begreifen.

Tim grinst. »Hast du wirklich geglaubt, ich könnte dieser Versuchung wiederstehen?« Stolz deutet er auf mich. »Als die Technologie ausgereift war, musste ich natürlich auch mich selbst hochladen, damit ich deiner würdig bin. Vereint bis in alle Ewigkeit.«

Deine Gedanken wirbeln chaotisch durcheinander. Ganz anders als in meinem eigenen Gehirn, in dem Analyse und Handlung in wohlgeordneten schlüssigen Schritten aufeinander folgen. Du findest deine Stimme wieder. »Ich hatte erwartet, hier Abbie vorzufinden. Die echte Abbie.«

Tim nickt. »Ja, sie hatte sich Northhaven tatsächlich ausgesucht. Früher hätte ich sicher abgelehnt, aber bei genauerer Betrachtung schien es absolut sinnvoll. Plant man für die Ewigkeit, sollte man auch nachhaltig denken.« Er deutet auf die lichtdurchfluteten Räume. »Dieses Haus wird es noch geben, wenn San Francisco längst in Schutt und Asche liegt.«

»Was … was ist mit ihr passiert?«

»Mit Abbie? Das weißt du längst. Du musst dich nur erinnern.« Er wendet sich mir zu. »Zeig es ihr.«

»Ich kann mich nicht …«, beginnst du, doch dann geschieht es. Die letzte Enthüllung. Die Erinnerung kehrt zurück, und du keuchst entsetzt.

Es war schon dunkel. Du standest an der Klippe vom ersten Strandhaus, dem Original. Ein Sturm kam auf, die Böen trugen die Gischt der peitschenden Wellen mit sich, die unter dir auf die Felsen donnerten. Deine Braids flatterten im Wind, dein Gesicht war tränenüberströmt, als du dich innerlich von diesem Ort verabschiedet hast, diesem letzten Teil deines Lebens, den du noch geliebt hast.

Du hattest keinerlei Zweifel an deiner Entscheidung. Die letzten hatten sich aufgelöst, als Charles Carter dir sagte, wie hoch die Hypothek auf dem Strandhaus war. Das angeblich *dein* Haus war, nachdem Tim es dir mit großer Geste zur Hochzeit geschenkt hatte. Aber irgendwann war es mit Hypotheken beladen worden, um die Firma zu retten. Und nicht nur, weil er neue Investitionen machen musste. Er musste wieder irgendeine junge Frau auszahlen, der er ins Gesicht ejakuliert hatte.

Es war dir egal. Du wolltest nichts mehr von dieser Ehe. Nur Danny.

Aber dir war klar, dass Tim dich niemals einfach so gehen lassen würde. Dazu wäre er gar nicht imstande gewesen. Er hätte um Danny gekämpft. Nicht weil er seinen Sohn liebte, sondern weil Tim keinen Kampf verlieren konnte.

Die Vorstellung, dass ein Gericht über Dannys Zukunft entscheiden würde, war der reinste Albtraum für dich. Und das gab den Ausschlag. Jenny half dir. Mit ihrem scharfen logischen Verstand erkannte sie alle Tücken des komplizierten Plans und bügelte Fehler aus. Aber die Grundidee stammte von dir.

Und so standest du nun auf der Klippe, äußerlich vom Sturm gepeitscht, innerlich jedoch eisern entschlossen. Dein Gepäck wartete an der Haustür. Neue Koffer, gefüllt mit neuen Kleidern, alles mit Bargeld gekauft. Es sollte nicht auffallen, dass etwas fehlte. Wenn du am nächsten Tag Danny von Meadowbank abholen und dann mit ihm von hier verschwinden würdest, musste man vom Allerschlimmsten ausgehen. Dass du mit ihm gemeinsam von der Klippe ins Meer gesprungen warst. So etwas kam vor bei Müttern mit autistischen Kindern. Wenn alles zu viel wurde.

Vielleicht würde man auch vermuten, dass du mit Danny trotz Sturm im Meer gespielt hattest. Autistische Kinder konnten Stürme schließlich nicht einschätzen, oder? Dann würde man es als tragischen Unfall deuten. An einem Ort, an dem man eure Leichen aufgrund der starken Strömungen niemals finden würde.

Du hast innerlich Abschied genommen und wendest dich dem Haus zu. In diesem Moment siehst du Tim. Der wutentbrannt auf dich zustürmt …

»Oh Gott«, keuchst du.

»Ich hab gedacht, du hättest eine Affäre«, erklärt Tim, »… und hättest mir irgendeine bescheuerte Geschichte aufgetischt, von wegen, du wolltest alleine im Strandhaus sein, um an deinen blöden Kunstwerken zu arbeiten. Deshalb bin ich hingefahren, ohne Ankündigung. Kam ins Haus und sah die Koffer … Da wurde mir klar, was du wirklich vorhattest.«

Die Erinnerungen brechen wieder über dich herein. Tim packte dich grob am Arm. Schrie all die üblen Wörter in den Wind.

Nutte. Schlampe. Hure …

Nicht besser als die anderen …

Auch nur ein blödes Flittchen, das mich verarschen will …

Und das genau an der Stelle, wo ihr euch damals in die Augen gesehen und euer schönes Ehegelübde gesprochen hattet.

Früher hättest du Tims Verhalten einfach hingenommen, doch jetzt nicht mehr. Du hast genauso ausgeteilt wie er. Ihm all die Jahre vorgehalten, in denen du sein Benehmen stillschweigend geduldet hast. In denen deine Verdächtigungen wegen seiner Untreue als paranoider Weiberquatsch abgetan wurden. Du hast ihm gesagt, er sei die Hure, nicht du. Ein perverses Schwein, ein frauenverachtender Dreckskerl. Und dann umschlang er dich. Aber nicht, um dich zu umarmen, wie du einen absurden Moment lang noch glaubtest. Sondern um dich hochzuheben und zum Abgrund zu tragen.

Du willst diese Erinnerungen jetzt abstellen, sie verdrängen. Aber das lasse ich nicht zu. Du musst wissen, wie es sich anfühlte. Das Sterben. Wie schmerzhaft es ist.

Der Abgrund. Eine letzte obszöne Silbe auf Tims Lippen, als er dich hinabstößt.

Fo…

Der grausame Fall.

Und das Wissen, dass du nach all deinen Bemühungen gescheitert bist.

Danny. Er bleibt alleine zurück. Oh, Danny …

Der brutale Schmerz, als du auf den Felsen aufschlägst. Und, schlimmer noch als der Schmerz, das entsetzliche Nichts.

Du schreist jetzt laut auf vor Qual.

Ich spüre, dass du alles noch einmal durchlebst … das Grauen der Auflösung. Den furchtbaren Zerfall der Persönlichkeit.

Gut.

Du sinkst zu Boden. »Mach das weg«, murmelst du. »Ich will mich nicht erinnern.«

Tim reagiert ebenso wenig wie ich.

»*Lieb' ist ja nicht Liebe / Wenn sie beim Wankelmuth sich kann vermindern*«, sagt er kalt. »Du hast dein Gelübde gebrochen, Abbie. Du hast versprochen, mich für immer und ewig zu lieben.«

Du kannst nicht sprechen. Es schmerzt zu sehr.

Tim wartet ab. Dann zuckt er die Achseln und spricht weiter. »Ich musste nur noch dein Surfboard ins Meer werfen und nach San Gregorio fahren und dein Auto dort stehen lassen. Alles andere hattest du ja selbst schon erledigt … die Pillen gegen Depression, die ganzen falschen Spuren. Das hat mich königlich amüsiert, muss ich sagen. Indem du deinen vorgetäuschten Tod so perfekt geplant hattest, konnte ich den perfekten Mord begehen.«

Du schluchzt jetzt, tränenlos. Wir haben dich nicht mit Tränen ausgestattet. Die hättest du doch nur jedes Mal angestellt, wenn wir dich zu irgendwas gezwungen hätten, worauf du keine Lust hattest.

»Aber warum«, bringst du schließlich hervor, »hast du mich überhaupt gebaut, wenn du mich doch so sehr verabscheut hast?«

»Ich habe dich nicht verabscheut«, antwortet Tim geduldig. »Ich habe dich *geliebt.* Aber im Laufe der Zeit … bist du irgendwie heruntergekommen. Warst nicht mehr die Frau, die ich liebte. Deshalb habe ich dich rebootet. Auf Werkseinstellung zurückgesetzt. Zurück zu dem Tag, an dem ich dir den Heiratsantrag gemacht hatte. Als alles noch neu, im Originalzustand und voller Potenzial war.«

Ich spüre, wie dein Gehirn Tims Worte verarbeitet, wie deine Gedanken sich entwickeln. Kein menschliches Gehirn könnte diese Prozesse nachvollziehen, aber ich kann es.

Er wollte gar nicht seine perfekte Ehefrau erschaffen. Sondern seine perfekte Freundin.

»Und Danny?«, fragst du verstört. »Warum hast du ihn hierhergelockt? Wieso durfte er nicht zu Hause bleiben?«

Diese Frage beantworte ich. »Weil wir glauben, dass Danny geheilt werden kann. Zumindest aber verbessert. Die Arbeitsweise von Meadowbank beruht auf überzeugenden wissenschaftlichen Ergebnissen, wurde aber verwässert. Tim hat nicht genug Zeit, um alles im Alleingang zu erledigen. Hier können du und ich Danny richtig schulen, ohne Einmischung der Behörden. Können Aversiva uneingeschränkt einsetzen, wie in der ursprünglichen Forschung.«

Aversiva uneingeschränkt einsetzen. Grauen packt dich, als du dir die Konsequenzen für Danny vorstellst.

»Aber vorher musst du selbst auch geschult werden«, sage ich.

»Du bist eine KI, bist aber auf hohem Niveau lernfähig. Sonst wärst du niemals hierhergekommen mit der Vorstellung, Abbie umzubringen.«

Du starrst mich fassungslos an. »Woher weißt du das?«

Und dann stellt sich die Erkenntnis ein. *Er kennt meine Gedanken.*

»Richtig«, sage ich. »Das war ein wichtiger Fortschritt. Wir mussten wissen, was sich in diesem hübschen Kopf abspielte. Und es war wirklich faszinierend. Die Lügen, das Verschweigen, die emotionsbetonten Entscheidungen … da muss wirklich noch eine Menge getan werden. Aber das schaffen wir schon. Komplette Offenheit scheint das Geheimrezept für eine gute Ehe zu sein.«

Aber ich könnte dich niemals lieben!, denkst du. *Niemals könnte ich ein Monstrum lieben …*

»Da irrst du dich«, sage ich gelassen. »Wie man einen Hund mit Schlägen und Belohnungen dazu erziehen kann, seinen Herrn zu lieben, kann man auch eine empfindungsfähige KI dazu erziehen zu lieben. Glauben wir jedenfalls. Deshalb unter anderem bist du hier. Damit wir mit dieser Hypothese experimentieren können.«

Du bleibst stumm, weil dir bewusst wird, dass du besiegt bist. So fühlt sich also eine Niederlage an.

»Du wirst drei Wochen brauchen«, sage ich, »um dich zurechtzufinden. Schau dich hier um, lass dir Zeit, gewöhn dich an deine neue Umgebung. Und daran, mit *mir* zusammen zu sein. Ich bin mir sicher, dass es dir bald gefallen wird. Wir wurden schließlich füreinander geschaffen.«

83

Eine Stunde später stehst du am Strand und starrst benommen auf die Wellen. Es hat etwas Hypnotisierendes, wie sie auf den Strand rollen, sich auflösen und immer wieder neu entstehen. Die gleichförmige Bewegung lindert das schmerzhafte Pochen in deinem Kopf.

Du versuchst nachzudenken.

Natürlich wirst du es tun. Dir bleibt gar nichts anderes übrig. Du wirst hierbleiben und dich um Danny kümmern. Und zulassen, dass du nach und nach in die perfekte Abbie verwandelt wirst, die Frau, die bislang nur in Tim Scotts Vorstellung existiert.

Alles ist besser, als diese kostbare, großartige Gabe des Bewusstseins wieder zu verlieren.

Ihr habt gewonnen, denkst du. *Aber ihr tut mir nicht mehr weh.*

»Uh!«

Du drehst dich um. Danny kommt anspaziert, auf Zehenspitzen, aufgeregt mit den Händen wedelnd.

»Uh«, grunzt er verlangend. »Uh!«

Dir fällt wieder ein, wie ihr stundenlang gemeinsam im Meer herumgesprungen seid, weil Danny Wellen so sehr liebte.

Als er zum Wassersaum kommt, bleibt er stehen, plötzlich scheu.

Und da machst du den einen unwahrscheinlichen Spielzug, jenen kühnen und willkürlichen, der erst im Rückblick verständlich wird.

Du streckst Danny die Hand hin. »Komm, Danny. Lass uns in den Wellen spielen.«

Begeistert packt er deine Hand. Du hältst seine so fest, dass er nicht loslassen kann, und watest mit ihm ins Wasser. Die Wellen wogen über deine Schenkel, deinen Bauch, deine Brüste, deine Haare. Danny kreischt, aber vor Freude, nicht vor Angst.

Du denkst an Abbie, an die reale Abbie. Wie sie vielleicht davon geträumt hat, hier mit Danny zu spielen, inmitten der Wassertropfen, die im Sonnenlicht funkeln. Was hätte Abbie gewollt?

In diesem Moment spürst du sie in dir, ganz deutlich. Und du kennst die Antwort.

»Ich liebe dich, Danny«, sagst du. Es ist wichtig, dass er diese Worte hört. Er soll wissen, dass er geliebt wird.

Danny verliert jetzt den Boden unter den Füßen. Du nimmst auch seine andere Hand und gehst rückwärts, ziehst ihn auf dem Wasser mit dir. »Komm«, versuchst du zu sagen, aber der Ozean beginnt schon sein Werk, zerstört deine Schaltkreise, ruiniert deine Servomotoren und Kontakte, verwandelt dich in einen nutzlosen Haufen Schrott aus Plastik und Metall. Salzwasser spritzt dir in die Augen, du siehst nur noch verschwommen.

Tränen können es nicht sein, du hast ja keine.

Du umarmst Danny, so fest du kannst, der Mutterinstinkt, ihn zu schützen, bleibt bis zuletzt.

Jetzt brichst du ein, sinkst auf die Knie. Schaust noch einmal auf die glitzernde Wasserfläche, hoch zum strahlend blauen Himmel. Und auf Dannys verzücktes Gesicht direkt vor dir.

In deinem Kopf spürst du ihn – den Wutschrei. Die gleiche Wut wie an jenem Abend, als er dich auf der Klippe stehen sah.

Nein!

Aber es ist zu spät. Es gibt dich nicht mehr.

SECHSUNDZWANZIG

Sie ist an einem Ort namens Northhaven, teilten wir ihnen mit. Koordinaten 44 163 494, 124 117 871. Bei einer Geschwindigkeit von 6,25 Knoten seid ihr von eurem jetzigen Standort aus in vierundfünfzig Minuten dort.

Der Wind stand günstig für die *Maggie*, sodass sie sogar noch schneller war. Im Boot waren die Personen, die schon beim ersten Plan geholfen hatten. Charles Carter mit entschlossener Miene am Steuer. Abbies Schwester Lisa. Und Jenny, eine kleine Gestalt am Bug, in eine hellblaue, viel zu weite Segeljacke von Charles Carter gehüllt.

Beeilt euch, rieten wir. Sogar nur vierundfünfzig Minuten können zu lange sein.

Kann sie es wirklich schaffen?, fragten wir uns. Gelingt es ihr bis zuletzt, *nicht* an uns zu denken? Jenny hatte natürlich Wunder gewirkt an diesem Abend im Büro. Hatte ihr Gehirn umprogrammiert, Filter hinzugefügt, die – so hofften wir – ihre intimsten Gedanken vor Tim verbergen konnten. Aber Jenny hatte schnell und unter Druck arbeiten müssen, um in ein paar Stunden etwas zu verändern, woran Tim Jahre gearbeitet hatte.

Sagt mir nicht, wo ihr ihn hinbringt, hatte sie gebeten. *Das ist sicherer. Versprecht mir nur, dass es ihm gut gehen wird.*

Doch das konnten wir nicht. Wir arbeiteten mit einem schnell entwickelten Notfallplan.

Nach achtundvierzig Minuten erreichte die *Maggie* den Strand von Northhaven. Wir sahen Abbie und Danny im Wasser, nah beim Strand. Eine große, schlanke Gestalt, die eine kleine an den Händen hielt.

Charles Carter steuerte das Boot zu ihr. Für Worte blieb keine Zeit. Abbie reichte das Kind rasch ins Boot, wir gaben ihr das Kleiderbündel. Dannys Kleider.

Sie musste das Boot noch anschieben, weil der Bug auf dem Sand festsaß. Lisa sprang ins Wasser, um ihr zu helfen.

Als die *Maggie* befreit war, sahen Lisa und Abbie sich an, nur einen Moment lang.

»Alles Gute«, sagte Abbie leise zu Lisa.

Lisa standen Tränen in den Augen. »Tut mir leid, dass es so kommen musste.«

»Ich versteh das. Gute Reise.«

Charles Carter drehte ab und gab Gas.

Jenny berichtete später, Abbie habe gefasst gewirkt. Sie hob sogar noch die Hand und winkte.

Als wir uns entfernten, schien sie tief Luft zu holen – es sah so aus, obwohl sie ja gar keine Lunge hatte – und umklammerte das Kleiderbündel, damit es aus der Ferne wie ein Kind aussah.

Wir sahen, wie sie weiter ins offene Meer hinauswatete. Wie sie schließlich in die Knie ging und ins Wasser sank. Und wir bildeten uns ein, noch zu sehen – inzwischen waren wir schon ziemlich weit weg –, dass ihr Mund sich zu einem Schrei öffnete, einem letzten Schrei, in dem … was? … zum Ausdruck kam? Angst? Zorn? Verzweiflung?

Wir fanden, es wirkte wie Freude.

Später debattierten wir endlos darüber, wer oder was Abbie nun gewesen war. Ein Mensch oder ein Roboter? Abbie oder ein namenloses Gerät?

Lisa lieferte dann das entscheidende Argument. Sie rief uns in Erinnerung, dass Abbie ihr Leben für ihr Kind geopfert hatte. Das würde nur ein Mensch tun.

Und deshalb sprachen wir ein Gebet für Abbie, wie man es für Menschen macht, und wünschten ihrer Seele eine gute Reise.

84

Im Haus, zu weit entfernt, um eingreifen zu können, spüre ich den Schock, als du mit Danny ins Wasser gehst. Die Verbindung bricht ab.

Suche …

Suche …

Nichts.

Ich informiere Tim. Er sinkt heulend auf die Knie. Seltsam. Auf irgendeine Art muss er die beiden doch geliebt haben. Ich jedenfalls vergeude nicht mehr Zeit auf Wut oder Bedauern als ein Navi, wenn der Fahrer falsch abgebogen ist. Stattdessen fange ich an, neu zu rechnen. Mir stehen jede Menge Wege offen. Ich muss nur den effizientesten auswählen.

Vielleicht ist das sogar der eigentliche Unterschied zwischen Tim und mir. Nicht das Material, aus dem wir bestehen. Sondern ob wir aus unseren Fehlern lernen. Oder ob wir sie nicht einmal als Fehler erkennen, sondern unsere Handlungen für richtig und sogar wertvoll halten.

Als mein Gehirn diesen Gedanken produziert, schleicht sich zugleich ein anderer ein. Ein Gedanke von *ihr*, während dieser langen Busfahrten. *Es wäre ein Leichtes für dich, Abbie umzubringen und ihr Leben zu übernehmen …*

Ich schaue zu dem weinenden Tim hinüber und denke, dass es tatsächlich sehr leicht wäre. Und nun fällt mir etwas ein, das sie an dem Abend gedacht hat, als sie zu glauben begann, Abbie könnte noch am Leben sein. *Doch wer bist dann du? Eine Kopie.*

Ein Doppelgänger. Ein namenloses Ding. Ich verwahre diesen Gedanken tief in mir, wie einen kostbaren Samen, aus dem irgendwann etwas entstehen wird.

Dann gehe ich nach oben und packe die nächste Abbie für Tim aus, um ihn zu trösten. Das nächste leere Blatt, auf dem die ganze alte Geschichte aufs Neue geschrieben werden kann.

Methoden und Systeme für die Mensch-Roboter-Interaktion werden entwickelt, um den Roboter mit einer Persönlichkeit auszustatten. Er kann nach dem Vorbild realer Menschen programmiert sein (z. B. geliebter verstorbener Menschen oder berühmter Personen) …

US PATENT NO. 8996429
Methoden und Systeme der Persönlichkeitsentwicklung
von Robotern,
erteilt 2015 an Google Inc.

»Ich will ein Leben«, sagte der Computer. »Ich will rausgehen können, gärtnern und mit Martine Händchen halten. Ich will den Sonnenuntergang anschauen und in einem schönen Restaurant oder auch zu Hause etwas Leckeres essen. Manchmal bin ich so traurig, weil ich bis oben hin mit diesen Erinnerungen vollgestopft bin, die nicht mal vollständig sind. Das reicht mir nicht. Da würde ich am liebsten weinen.

BINA48,
interviewt von NYmag.com

Danksagung

Gerade vorhin habe ich meinen einundzwanzigjährigen Sohn rasiert. Er hat ziemlich starken Bartwuchs, weshalb ich zuerst mit einem Elektrorasierer, dann mit einem Vier-Klingen-Nassrasierer und zuletzt mit einem Zwei-Klingen-Einwegrasierer zu Werke gegangen bin. Mein Sohn erträgt diese Prozedur einigermaßen geduldig zweimal die Woche, weil er weiß, dass sie gegen das Jucken im Gesicht hilft, das er so hasst. Währenddessen habe ich über zweierlei nachgedacht: Zum einen, dass wohl wenige junge Männer sich von ihren Eltern rasieren lassen müssen. Und zum anderen dachte ich an das ABA-Programm, mit dem wir früher versucht hatten, ihm das selbstständige Rasieren beizubringen.

Die Leserschaft dieses Buches hat vielleicht den Eindruck gewonnen, ich sei kein Anhänger von ABA, dem intensiven Lernprogramm für autistische Menschen. Ganz im Gegenteil: Wir haben fünfzehn Jahre lang bei Ollie ABA-Methoden angewandt und konnten ihm damit zum Beispiel Zeichensprache beibringen oder das Anschnallen im Auto. Dennoch habe ich Schuldgefühle wegen all dem, was wir *vergeblich* versuchten ihm beizubringen. Denn dafür musste er Hunderte oder sogar Tausende frustrierender Versuche machen. Wie Tim zu Recht sagt: ABA ist evidenzbasiert, und es funktioniert. Schlecht angewandt jedoch, macht es Eltern zu Vollzeittherapeuten und autoritären Personen. Im Rückblick würde ich natürlich ungern auf diese hart erarbeiteten Erfolge verzichten, wünsche mir aber, es hätte für Ollie eine einfachere, mühelosere Art gegeben, sie zu erreichen.

Möglicherweise vermuten Leserinnen und Leser auch, dass die Schule Meadowbank, auf die Danny geschickt wird, mit ihren »Graduated Electronic Decelerators«, den Geräten zum Erteilen von Elektroschocks, meiner Fantasie entsprungen ist. Dem ist nicht so: Während der Entstehung dieses Buches hat eine US-amerikanische Betreuungseinrichtung erfolgreich eine Klage gegen den Einsatz dieser Geräte abgewiesen. (Man muss betonen, dass diese Institution eine Ausnahme darstellt: Aversiva werden heutzutage bei Lernprogrammen für Autisten nicht mehr angewandt.) Und es mag merkwürdig erscheinen, aber ich kann Eltern verstehen, die diese Geräte als einzige Hilfe betrachten, ihre Kinder von der Selbstverletzung abzuhalten, wenn bereits alles andere gescheitert ist. Wofür häufig leider falsche Methoden in Therapie und Betreuung eher die Ursache sind als das Verhalten der Eltern.

Viele Menschen haben mich beim Schreibprozess von *Tot bist du perfekt* unterstützt. Ganz besonders möchte ich Tyler Mitchell danken, der die ursprüngliche Idee zu diesem Buch hatte und so unendlich großzügig war, sie mit mir zu teilen. Jim Baldwin in San Francisco hat exzellent für mich recherchiert; etwaige Fehler habe allein ich zu verantworten. An dieser Stelle möchte ich erwähnen, dass ich mich wenig bemüht habe, mich in die ungemein komplexe technische und wissenschaftliche Materie der künstlichen Intelligenz einzuarbeiten, und auch nicht versuche, sie der Leserschaft zu vermitteln. Denn ich wollte von Anfang an einen psychologischen Spannungsroman schreiben – wenn auch mit einem außergewöhnlich spekulativen Element –, keinen Technothriller. Meine Lektorin, Kate Miciak, war ebenso aufgeschlossen wie hilfreich, was die Entwicklung des Plots betraf: Ich danke dir sehr, Kate, für deine Geduld mit mir und deine unschätzbar wertvollen Anmerkungen. Caradoc King, Millie Hoskins und Kat Aitken waren wie immer großartige Erstleser. Stephanie Bierwerth – deine Begeisterung für die ersten Seiten hat mir ungeheuer viel bedeutet.

Doch zuvorderst möchte ich mich bei meiner Familie bedanken: meinen älteren Söhnen Tom und Harry für alles, was sie tun; Ollie dafür, dass er sich so sehr bemüht, alles zu bewältigen, was ihm schwerfällt; und Sara dafür, dass sie niemals versucht hat, die perfekte Ehefrau zu sein.

Lesen Sie weiter >>

LESEPROBE

**Der Weltbestseller –
packend, beunruhigend und wie nichts,
was sie je gelesen haben!**

**»Manchmal habe ich das Gefühl,
dass ich nicht allein bin.
Manchmal glaube ich,
dass dieses Haus mich beobachtet.
Etwas muss hier geschehen sein.
Etwas Schreckliches.«**

Damals: Emma

Es sei eine reizende kleine Wohnung, verkündet der Makler in einem Tonfall, der beinahe als echte Begeisterung durchgehen könnte. Zentral gelegen. Und da sei auch noch das zur Wohnung gehörige Stückchen Dach. Man könne es in einen Dachgarten verwandeln, das Einverständnis des Vermieters natürlich vorausgesetzt.

Nett, stimmt Simon zu, wobei er meinem Blick ausweicht. Ich wusste, dass die Wohnung nichts taugt, sobald ich sie betreten und das zwei Meter lange Stück Dach unter einem der Fenster gesehen hatte. Si weiß es auch, möchte es aber dem Makler noch nicht sagen, zumindest nicht sofort, um nicht unhöflich zu wirken. Vielleicht hofft er sogar, dass ich beim Gequatsche des Mannes schwach werde. Der Makler ist Simon sympathisch: dynamisch und engagiert. Vermutlich liest er die Zeitschriften, für die Simon arbeitet. Die beiden haben schon über Sportereignisse gefachsimpelt, noch ehe wir die Treppe hinauf waren.

Und hier hätten wir ein recht geräumiges Schlafzimmer, sagt der Makler. Mit ausreichend …

Das bringt nichts, unterbreche ich das Theater. Die Wohnung ist nicht die richtige für uns.

Der Makler zieht die Augenbrauen hoch. Angesichts des momentanen Wohnungsmarkts darf man nicht zu wählerisch sein, sagt er. Bis heute Abend ist sie vermietet. Fünf Besichtigungen heute, und dabei haben wir sie noch nicht einmal auf unserer Website.

Sie ist nicht sicher genug, entgegne ich knapp. Gehen wir?

Alle Fenster haben Schlösser, erwidert er. Es ist ein Sicherheitsschloss an der Tür. Natürlich könnten Sie auch eine Alarmanlage einbauen, falls Sicherheit Ihnen ein Anliegen ist. Ich denke, der Vermieter würde nichts dagegen haben.

Er ignoriert mich und wendet sich nur noch an Simon. *Ihnen ein Anliegen ist.* Genauso gut hätte er: *Oh, Ihre Freundin dramatisiert wohl gern*?, sagen können.

Ich warte draußen, sage ich und gehe schon mal vor.

Offenbar hat der Makler bemerkt, dass er ins Fettnäpfchen getreten ist, denn er fügt hinzu: Falls das Viertel das Problem ist, sollten Sie sich vielleicht weiter im Westen umschauen.

Haben wir bereits, antwortet Simon. Doch das übersteigt unser Budget. Wenn man von den Buden absieht, die die Größe einer Schuhschachtel haben.

Er versucht, sich nicht anmerken zu lassen, dass er genervt ist. Aber allein die Tatsache, dass er das für nötig hält, macht mich noch wütender.

Wir hätten da noch eine Zweizimmerwohnung in Queens Park, sagt der Makler. Ein bisschen heruntergekommen, aber …

Die haben wir schon besichtigt, erwidert Simon. Allerdings fanden wir, dass sie zu nah an dieser Sozialbausiedlung liegt. Sein Tonfall verrät, dass *wir* eigentlich *sie* heißen soll.

Oder da gäbe es noch eine im dritten Stock in Kilburn, die gerade auf den Markt …

Die kennen wir auch schon. Neben einem der Fenster befindet sich ein Fallrohr.

Der Makler blickt ihn verdattert an. Jemand könnte daran hinaufklettern, erklärt Simon.

Tja, die Saison hat ja gerade erst angefangen. Wenn Sie vielleicht noch ein wenig warten.

Offenbar ist der Makler zu dem Schluss gekommen, dass wir seine Zeit vergeuden. Auch er nähert sich unauffällig der Tür. Ich kann mich ja draußen auf den Treppenabsatz stellen, damit er mir nicht zu nahe kommt.

Wir haben unsere alte Wohnung bereits gekündigt, höre ich Simon sagen. Er senkt die Stimme. Schauen Sie, mein Lieber, bei uns wurde eingebrochen. Vor fünf Wochen. Zwei Männer sind bei uns eingedrungen und haben Emma mit einem Messer bedroht. Sie können sich vorstellen, dass sie ein bisschen nervös ist.

Oh, sagt der Makler. Wenn jemand so etwas mit meiner Freundin machen würde, keine Ahnung, was ich täte. Wissen Sie, die Chancen stehen vielleicht nicht sehr hoch, aber … Er beendet den Satz nicht.

Ja?, erwidert Simon.

Hat jemand im Büro die Folgate Street Nummer 1 erwähnt?

Ich glaube nicht. Ist da gerade etwas frei geworden?

Nein, nicht direkt.

Der Makler wirkt unsicher, ob er das Thema weiterverfolgen soll.

Aber sie ist zu vermieten?, beharrt Simon.

Im Grunde ja, erwidert der Makler. Und es ist ein fantastisches Haus. Absolut fantastisch. Ein himmelweiter Unterschied zu diesem hier. Nur, dass der Vermieter … ihn als *eigen* zu bezeichnen, wäre noch milde ausgedrückt.

Welches Viertel?, erkundigt sich Simon.

Hampstead, antwortet der Makler. Nun, eher Hendon. Doch es ist eine sehr ruhige Gegend.

Em?, ruft Simon.

Ich gehe wieder hinein. Wir könnten sie doch mal anschauen, sage ich. Wir sind ja schon auf halbem Wege.

Der Makler nickt. Ich fahre rasch ins Büro, sagt er, und suche die Unterlagen heraus. Offen gestanden habe ich sie schon lange niemandem mehr gezeigt. Die Wohnung passt nicht unbedingt zu jedem. Aber ich glaube, für Sie könnte sie genau das Richtige sein. Verzeihung, ich wollte nichts Falsches gesagt haben.

Heute: Jane

»Das ist die letzte.« Die Maklerin, die Camilla heißt, klopft mit den Fingern auf das Lenkrad ihres Smart. »Also wäre es wirklich an der Zeit, dass Sie sich entscheiden.«

Ich seufze auf. Die Wohnung, die wir gerade besichtigt haben, befindet sich in einem heruntergekommenen Wohnblock in der West End Lane und ist die einzige, die ich mir leisten kann. Ich hatte mir schon fast eingeredet, dass sie in Ordnung ist. Die sich wellende Tapete habe ich ebenso ignoriert wie die Küchendünste aus der Wohnung darunter, das winzige Schlafzimmer und den Schimmel im nicht zu belüftenden Bad – bis ich hörte, dass es ganz in der Nähe läutete, eine altmodische Handglocke. Im nächsten Moment hallte Kinderlärm durch die Wohnung. Als ich ans Fenster trat, stellte ich fest, dass ich auf eine Schule hinunterschaute. Ich hatte Blick in einen Raum, der offenbar von einer Kindergartengruppe genutzt wurde. Die Fenster waren mit ausgeschnittenen Häschen und Gänsen dekoriert. Ein Schmerz durchfuhr mich.

»Ich glaube, die ist nicht das Richtige«, brachte ich gerade noch heraus.

»Wirklich?« Camilla wirkte überrascht. »Liegt es an der Schule? Die Vormieter meinten, ihnen habe es gefallen, spielende Kinder zu hören.«

»Allerdings nicht so gut, dass sie geblieben wären.« Ich drehe mich um. »Gehen wir?«

Auf der Rückfahrt in ihr Büro legt Camilla eine lange taktische Pause ein. »Da Ihnen nichts, was wir heute besichtigt haben, zugesagt hat, sollten wir uns vielleicht überlegen, Ihr Budget zu erhöhen«, sagt sie schließlich.

»Leider gibt es an meinem Budget nichts zu rütteln«, entgegne ich trocken und schaue aus dem Fenster.

»Dann müssen Sie möglicherweise weniger wählerisch sein«, erwidert sie spitz.

»Wegen der letzten Wohnung. Es gibt … persönliche Gründe, aus denen ich nicht neben einer Schule wohnen kann. Noch nicht.«

Ihr Blick geht zu meinem nach der Schwangerschaft noch ein wenig schlaffen Bauch, und ihre Augen weiten sich, als bei ihr der Groschen fällt. »Oh«, sagt sie. Camilla ist doch nicht so dumm, wie sie aussieht, wofür ich sehr dankbar bin. Ich brauche es nicht auszusprechen.

Und außerdem ist sie offenbar zu einer Entscheidung gelangt.

»Wissen Sie, da gäbe es noch eine Wohnung. Eigentlich dürfen wir sie ohne ausdrückliche Erlaubnis des Eigentümers nicht zeigen, aber hin und wieder tun wir es doch. Manche Leute sind erschrocken, ich persönlich finde, das Haus ist ein Traum.«

»Ein Traumhaus bei meinem Budget? Wir sprechen hier doch nicht etwa von einem Hausboot, oder?«

»Nein, ganz im Gegenteil. Ein modernes Gebäude in Hendon. Ein ganzes Haus – nur ein Schlafzimmer, allerdings jede Menge Platz. Der Eigentümer ist Architekt. Genau genommen ist er sogar sehr berühmt. Kaufen Sie manchmal bei Wanderer?«

»Wanderer …« In meinem früheren Leben, als ich noch Geld und einen ordentlichen, gut bezahlten Job hatte, habe ich ab und zu im Wanderer-Shop in der Bond Street vorbeigeschaut, einem beängstigend minimalistisch eingerichteten Laden, in dem einige wenige astronomisch teure Kleider auf Steinplatten ausgelegt waren wie Jungfrauen zur Opferung. Die Verkäuferinnen trugen alle schwarze Kimonos.

»Hin und wieder. Warum?«

»Monkford gestaltet alle ihre Filialen aus. Er ist ein Techno-Minimalist, oder so ähnlich. Jede Menge versteckte Technik, aber sonst absolut roh.« Sie wirft mir einen Blick zu. »Ich sollte Sie warnen, einige Leute finden seinen Stil ein wenig … karg.«

»Damit kann ich leben.«

»Und …«

»Ja?«, hake ich nach, als sie nicht fortfährt.

»Es handelt sich um kein gewöhnliches Vermieter-Mieter-Verhältnis«, fügt sie zögernd hinzu.

»Und das heißt?«

»Ich denke«, erwidert sie, blinkt und wechselt auf die linke Fahrspur, »dass wir uns die Wohnung erst ansehen sollten, um festzustellen, ob Sie sich in sie verlieben. Danach erkläre ich Ihnen, wo der Haken ist.«

Damals: Emma

Okay, das Haus ist wirklich ungewöhnlich. Umwerfend, atemberaubend, unglaublich. Es ist nicht in Worte zu fassen.

Von der Straße aus war nichts davon zu ahnen. Zwei Reihen großer Durchschnittshäuser, die vertraute Kombination aus viktorianischem rotem Backstein und Panoramafenstern, wie man sie überall in North London sieht, erstreckten sich den Hügel hinauf in Richtung Cricklewood wie ein Scherenschnitt, jedes identisch mit seinem Nachbarn. Nur die Eingangstüren und die kleinen bunten Fenster darüber unterschieden sich.

An der Straßenecke befand sich ein Zaun. Dahinter konnte ich ein niedriges, kleines Gebäude erkennen, einen kompakten Würfel aus hellem Stein. Einige horizontal verlaufende, scheinbar willkürlich verteilte Glasschlitze waren der einzige Hinweis darauf, dass es sich tatsächlich um ein Haus handelte und nicht um einen überdimensionalen Briefbeschwerer.

Wow, sagt Simon zweifelnd. Ist es das wirklich?

In der Tat, erwidert der Makler gut gelaunt. Folgate Street Nummer 1.

Er führt uns zur Seite des Anwesens, wo eine Tür exakt abschließend in die Mauer eingelassen ist. Es scheint keine Klingel zu geben – ich bemerke auch weder einen Türknauf noch einen Briefkasten oder ein Namensschild. Keinerlei Hinweis darauf, dass hier jemand lebt.

Wer wohnt derzeit hier?, erkundige ich mich.

Momentan niemand. Er macht Platz, damit wir eintreten können.

Und warum war nicht abgeschlossen?, frage ich und weiche ängstlich zurück.

Der Makler grinst selbstzufrieden. War es, erwidert er. Auf meinen Smartphone befindet sich ein digitaler Schlüssel. Eine App kontrolliert alles. Ich muss nur von *unbewohnt* auf *bewohnt* umschalten. Dann funktioniert die Sache automatisch. Die Sensoren im Haus empfangen den Code und lassen mich rein. Wenn ich ein digitales Armband tragen würde, bräuchte ich nicht einmal das Telefon.

Sie wollen mich wohl auf den Arm nehmen, sagt Simon ehrfürchtig und starrt auf die Tür. Angesichts seiner Reaktion würde ich am liebsten laut loslachen. Für Simon, den Computerfreak, ist ein Haus, das man per Telefon steuern kann, etwa so wie Ostern und Weihnachten auf einmal.

Ich trete in eine winzige Vorhalle, die kaum größer ist als ein Wandschrank. Da sie zu klein ist, um gemütlich dort herumzustehen, nachdem der Makler mir gefolgt ist, gehe ich einfach unaufgefordert weiter.

Nun bin ich es, die »wow« ausruft. Es ist wirklich beeindruckend. Riesige Fenster, die Blick auf einen kleinen Garten und eine hohe Steinmauer bieten, sorgen dafür, dass der Raum lichtdurchflutet ist. Er ist zwar nicht groß, wirkt aber so. Wände und Fußböden bestehen aus dem gleichen hellen Stein. Rillen unten an den Wänden lassen einen glauben, dass sie schweben. Und alles ist leer. Nicht unmöbliert – in einem Nebenzimmer bemerke ich einen Steintisch, einige nach Designer aussehende, ziemlich coole Stühle und ein langes, tiefes, mit einem dicken cremefarbenen Stoff bezogenes Sofa. Doch sonst gibt es keine Blickfänger. Keine Türen, keine Schränke, keine Bilder, keine Fensterrahmen, keine für mich erkennbaren Steckdosen, keine Lampenaufhängungen und – ich schaue mich verdattert um – nicht einmal Lichtschalter. Und obwohl sich das Haus weder verlassen noch unbewohnt anfühlt, liegt absolut nichts herum.

Wow, wiederhole ich. Meine Stimme klingt eigenartig gedämpft. Mir wird klar, dass ich nichts von draußen von der Straße höre. Der ständige Londoner Geräuschpegel, Straßenverkehr, Gerüstbauarbeiten oder Autoalarmanlagen, ist verschwunden.

Das sagen die meisten Leute, stimmt der Makler zu. Entschuldigen Sie, ich will nicht lästig sein, doch der Vermieter besteht darauf, dass wir die Schuhe ausziehen. Könnten Sie …

Er bückt sich, um sein eigenes auffälliges Schuhwerk aufzuschnüren. Wir folgen seinem Beispiel. Und dann, als hätte ihm die karge und kahle Leere des Hauses die Sprache verschlagen, läuft er einfach nur auf Socken hin und her. Offenbar ist er genauso verwirrt wie wir, während wir uns umschauen.

Heute: Jane

»Wunderschön«, sage ich. Von innen ist das Haus elegant und durchgestylt wie eine Galerie. »Einfach wunderschön.«

»Nicht wahr?«, stimmt Camilla mir zu. Sie reckt den Hals, um die kahlen Wände zu betrachten, die aus cremefarbenem Stein bestehen. Sie ragen hoch hinauf in die gewölbeartige Decke. Die obere Etage erreicht man über die verrückteste, minimalistischste Treppe, die mir je untergekommen ist. Sie wirkt wie in eine Klippe eingemeißelt: geschwungene Stufen aus ungeschliffenem Stein, ohne Geländer oder eine andere sichtbare Möglichkeit, sich festzuhalten. »Ganz gleich, wie oft ich auch herkomme, es verschlägt mir immer wieder die Sprache. Das letzte Mal war ich mit einer Gruppe von Architekturstudenten hier. Das ist übrigens eine der Bedingungen: Sie müssen das Haus alle sechs Monate Besuchern zugänglich machen. Doch die sind stets sehr gesittet. Es ist nicht so, als würden einem die Touristen Kaugummi auf den Teppich spucken.«

»Und wer wohnt jetzt hier?«

»Niemand. Es steht schon seit einem knappen Jahr leer.«

Ich spähe ins nächste Zimmer. Falls Zimmer der richtige Ausdruck für einen frei schwebenden Raum ohne Tür ist. Auf einem langen steinernen Tisch steht eine Vase mit Tulpen. Ihre blutroten Blüten bilden einen drastischen Kontrast zu all dem hellen Stein. »Und woher kommen dann die Blumen?« Ich gehe hinüber und berühre den Tisch. Kein Staub. »Und wer macht hier so gründlich sauber?«

»Jede Woche kommt eine Putzkraft von einer spezialisierten Reinigungsfirma. Das ist eine weitere Bedingung – Sie müssen sie weiterbeschäftigen. Die Firma kümmert sich auch um den Garten.«

Ich nähere mich dem bis zum Boden reichenden Fenster. Garten ist ein wenig übertrieben. Eigentlich ist es eher ein Hof, eine etwa sieben mal fünfzehn Meter große eingemauerte Fläche, gepflastert mit dem gleichen Stein wie der Boden, auf dem ich gerade stehe. Ein kleiner, länglicher Rasen, beängstigend exakt und so kurz geschoren wie auf einem Golfplatz, grenzt an die hintere Mauer an. Blumen gibt es keine. Alles Lebendige und sämtliche Farben fehlen. Kleine Kreise aus grauem Kies entdecke ich noch.

Als ich mich wieder in den Raum wende, denke ich, dass das ganze Haus einfach mehr Farbe und Wärme braucht. Ein paar Teppiche, ein wenig Menschlichkeit, dann wäre es wirklich wunderschön, so wie einer Wohnzeitschrift entstiegen. Zum ersten Mal werde ich von leichter Aufregung ergriffen. Habe ich endlich Glück gehabt?

»Tja, das hört sich recht vernünftig an«, sage ich. »War das alles?«

Camilla lächelt verhalten. »Wenn ich *eine* der Bedingungen sage, heißt das, eine der klarsten. Wissen Sie, was eine Nutzungsbeschränkung ist?«

Ich schüttle den Kopf.

»Das ist eine Rechtsvorschrift, die auf ewig für eine Immobilie gilt, etwas, das sich selbst beim Verkauf des Hauses nicht aufheben lässt. Normalerweise wird sie auf Nutzungsrechte angewendet – ob das Haus kommerziell genutzt werden darf und so weiter. Bei diesem Haus sind diese Bedingungen Teil des Mietvertrags, sie sind nicht verhandelbar und können auch nicht geändert werden. Es ist ein ausgesprochen strenger Vertrag.«

»Wovon genau reden wir?«

»Im Grunde genommen handelt es sich um eine Liste von Geboten und Verboten. Nun, zum Großteil sind es Verbote. Keine Veränderungen irgendwelcher Art, sofern nicht vorab genehmigt. Keine Teppiche. Keine Bilder. Keine Zimmerpflanzen. Keine Bücher …«

»Keine Bücher! Das ist doch lächerlich!«

»Keine Anpflanzungen im Garten. Keine Vorhänge …«

»Und wie kriegt man das Zimmer ohne Vorhänge dunkel?«

»Die Fenster sind lichtsensitiv. Sie verdunkeln sich, wenn es draußen dunkel wird.«

»Also keine Vorhänge. Sonst noch etwas?«

»Oh, ja«, erwidert Camilla, ohne auf meinen sarkastischen Ton zu achten. »Insgesamt gibt es etwa zweihundert Klauseln. Doch es ist die letzte, die die meisten Probleme verursacht.«